Sian Gilbert

Sie hat angefangen

GOLDMANN

Buch

Auf dem Gymnasium waren Annabel, Esther, Tanya und Chloe beste Freundinnen und teilten jedes Geheimnis. Mittlerweile sind die vier nur noch lose in Kontakt – bis eine unerwartete Einladung sie wieder zusammenbringt: Ihre frühere Mitschülerin Poppy lädt die jungen Frauen zu ihrer Hen Party in die Karibik ein. Und das, obwohl keine der vier mit Poppy in Verbindung geblieben ist. Tatsächlich war das scheue Mädchen stets die Außenseiterin der Clique und wurde von den anderen sogar gemobbt. Offenbar vergeben und vergessen. Warum sonst sollte sie jetzt mit ihnen auf einer exklusiven Privatinsel eine glamouröse Party feiern wollen? Leichtfertig nehmen sie die Einladung an. Doch sie haben Poppy unterschätzt: Gnadenlos enthüllt sie alte wie neue Sünden, und die tropische Idylle wird zum blutigen Albtraum.

Autorin

Sian Gilbert wurde im englischen Bristol geboren. Sie studierte Geschichte an der University of Warwick und arbeitete später fünf Jahre als Lehrerin in Birmingham. Heute lebt sie in Cambridge. »Sie hat angefangen« ist ihr Debütroman.

Mehr zur Autorin unter twitter.com/SianMGilbert
und instagram.com/sianmgilbert

SIAN GILBERT

SIE HAT ANGEFANGEN

THRILLER

Aus dem Englischen
von Lorenz Stern

GOLDMANN

Die Originalausgabe erschien 2023 unter dem Titel
»She Started It«
bei William Morrow,
an imprint of HarperCollins Publishers, New York

Der Übersetzer dankt Nina Pallandt.

MIX
Papier | Fördert gute Waldnutzung
FSC® C014496
FSC www.fsc.org

Penguin Random House Verlagsgruppe FSC® N001967

1. Auflage
Deutsche Erstveröffentlichung Mai 2024

Umschlaggestaltung: UNO Werbeagentur GmbH, München,
nach einer Vorlage von Olivia Lo Sardo
unter Verwendung von Bildmaterial von
gettyimages / kittisun kittayacharoenpong
Redaktion: Regina Carstensen
AB · Herstellung: ik
Satz: Uhl + Massopust, Aalen
Druck und Bindung: GGP Media GmbH, Pößneck
Printed in Germany
ISBN 978-3-442-49456-9

www.goldmann-verlag.de

Meiner Großmutter Marie Blackmore,
die mir ihre Liebe zu Büchern vererbt hat.

PROLOG

Robin

22. Mai 2023

Nur die Braut erwartet mich, und die ist von oben bis unten voller Blut.

Normalerweise steht am Ende des Urlaubs die ganze Reisegesellschaft mit ihrem Gepäck am Ufer, munter, fröhlich und sonnenverbrannt. Wenn ich mit meinem Deckboot über das Wasser gerast komme, beachten sie mich meistens gar nicht, sondern werfen einen letzten Blick auf die Insel: den weißen Sandstrand, das klare Wasser, die Palmen.

Es ist der ideale Tag für einen Törn auf See. Die Sonne strahlt, und ich habe die Flut im Rücken.

Doch jetzt, wo mich die Braut erwartet, ist plötzlich nichts mehr wie zuvor.

Ich bin weiß Gott nicht zimperlich. Wer eine Privatinsel führt, muss auf alles gefasst sein. Mit dem Speedboot ist man in einer knappen halben Stunde hier, ich bin also immer in der Nähe, falls etwas schiefgeht. Die Gäste haben die Insel zwar für sich, aber ich lasse sie nicht auf dem Trockenen sitzen. Es gibt ein Nottelefon, Leuchtraketen und gut bestückte Erste-Hilfe-Sets.

Klar, es gab den einen oder anderen Notfall.

Einmal kam jemand auf die bescheuerte Idee, die Klippe hinaufzuklettern, und brach sich das Bein. Ein andermal versicherte mir eine Frau, ihre Schwangerschaft sei kein Problem, und dann kamen gleich in der ersten Nacht die Wehen. Ich dachte, mir wäre nichts Menschliches fremd.

Aber so etwas habe ich noch nie erlebt.

Das Boot erreicht die Anlegestelle, und kaum habe ich den Motor abgestellt und die Leine festgemacht, kommt die Braut auch schon angelaufen.

»Was ist los?«, frage ich, und meine Stimme klingt erstaunlich kraftvoll. »Ist jemand verletzt? Soll ich den Rettungsdienst verständigen?«

Aus der Nähe betrachtet, macht die Braut den Eindruck, als stünde sie unter Schock. Sie hat tiefe Schnittwunden an den Händen, aber ich bezweifle, dass die ausreichen, um ihr dünnes weißes Kleid derart zu ruinieren. Die ganze Vorderseite ist mit großen Blutflecken übersät, die zum Teil schon eingetrocknet sind. Die eine Gesichtshälfte ist völlig zerkratzt. Unter dem linken Auge bildet sich ein leichter Bluterguss.

Ich strecke vorsichtig die Hand aus, und sie schreckt zurück.

»'tschuldigung!« Ich sehe mich nach den anderen um, kann aber niemanden entdecken.

Es ist zu still hier. Es ist erst wenige Tage her, dass ich die fröhliche, lärmende Gruppe junger Frauen auf diese Insel geschippert habe, zur Hen Party ihres Lebens. Alles schien vollkommen normal.

»Wo sind die anderen?«, frage ich.

Schließlich richten sich die schreckgeweiteten, angsterfüllten Augen der Braut auf mich.

»Ihre Brautjungfern?«, setze ich hinzu. »Wo sind sie?«

»Es ist alles schiefgegangen«, murmelt sie.

Ich will etwas sagen, doch die Braut ist noch nicht fertig. Trotz der glühenden Hitze schlingt sie schützend die Arme um sich.

Bei ihren Worten läuft es mir kalt den Rücken hinunter.

»Sie hat angefangen.«

EINS

Annabel

18. Mai 2023

Wieder nehme ich die Einladung zur Hand, eine dicke cremefarbene Karte mit Prägedruck, die irgendwie noch imposanter ist als das First-Class-Flugticket auf die Bahamas. Bis das Airport-Taxi kommt, bleiben mir noch ein paar Minuten Zeit, also setze ich mich in den samtbezogenen Sessel am Fenster und lese mir alles noch einmal gründlich durch.

Liebe Annabel, steht da. *Ich hoffe, diese Einladung ist eine freudige Überraschung. Ich werde im Sommer nächsten Jahres heiraten und hätte dich gern als Brautjungfer dabei. Wenn nichts dazwischenkommt, findet die Hen Party auf einer völlig privaten Insel auf den Bahamas statt, und das Ganze kostet dich keinen Penny. Näheres zur Hochzeit erfahrt ihr, wenn ihr da seid. Bitte gib so bald wie möglich Bescheid, ob du es einrichten kannst. Alles Weitere s. u., und die Flugtickets liegen bei. Liebe Grüße, Poppy Greer.*

Ausgerechnet Poppy Greer. Die Einladung kam in der Tat überraschend. Ich habe Poppy seit fast zehn Jahren nicht gesehen, geschweige denn gesprochen. Schon seit dem Abitur nicht mehr. Außerdem war sie nicht gerade mein Lieblingsmensch. Ganz im Gegenteil, wir vier – Chloe, Esther, Tanya und ich – konnten Poppy nicht besonders gut leiden und haben sie deshalb ständig gepiesackt. Nichts Ernstes, völlig harmlos. Trotzdem ist es ein Schock, dass sie uns eingeladen hat und uns noch dazu als Brautjungfern haben will.

»Einen First-Class-Gratisflug und einen Aufenthalt auf einer Privatinsel werde ich mir auf keinen Fall entgehen lassen«, sagte Chloe, als wir feststellten, dass wir alle den gleichen Brief bekommen hatten. »Schon gar nicht, wenn ihr mit dabei seid.«

In dem Umschlag mit der Einladung und den Flugtickets steckt auch eine Broschüre. Die Insel heißt Deadman's Bay, ein unheilvoller Name, den der Anblick des klaren Meerwassers jedoch sofort vergessen macht. Ein kleiner, weiß getünchter Anlegesteg aus Holz ragt in die Wellen hinaus, und in der Ferne leuchtet ein schmaler Streifen Festland unter dem weiten blauen Himmel. Im Inneren der Broschüre ein paar Inselfotos: gepflegter Rasen inmitten von üppig sprießendem Grün; Palmen, die wie Straßenlaternen in die Höhe ragen, mal schief gewachsen, mal kerzengerade, mit Hängematten dazwischen, und in der Mitte eine Feuerstelle, umringt von Liegestühlen. Im Hintergrund der weiße Strand, Sonnenliegen und ein kleiner, rot-weiß gestreifter Pavillon. Das Strandhaus – von vier winzigen Hütten am anderen Ende der Insel einmal abgesehen, die einzige und bei weitem größte Unterkunft – versteckt sich hinter vier riesigen Palmen, die einander die Plätze streitig machen, ein kleiner einstöckiger Bau mit rosa Fenstern und rosa Haustür. Daneben, kaum zu sehen, ein großzügiger Terrassenbereich mit Grill.

Es fiel mir nicht schwer, Ja zu sagen. Ich musste nicht einmal meine Pläne ändern; ich hatte keine, und ich arbeite nicht. Und auch mein Mann Andrew hatte nichts dagegen, wenn ich ein paar Tage verreiste.

Die anderen drei haben alle einen Job. Esther Driscoll ist Investmentbankerin bei einem großen Finanzdienstleister und musste bitten und betteln, um freizubekommen. Sie ist sehr viel pflichtbewusster als wir anderen. Selbst wenn sie nicht arbeitet, hängt sie ständig am Telefon oder beantwortet E-Mails. Von dem Wildfang, der sie in der Schule und auch an der Uni noch war, als sie jede Party als Letzte verließ, ist nicht mehr viel übrig. Aber ich weiß, dass ihre Mutter ihr das Vorstellungsgespräch für ihren jetzigen Job verschafft hat, weshalb sie unter starkem Leistungsdruck steht, obwohl sie das uns gegenüber niemals zugeben würde.

Heute ist Tanya Evesham diejenige, die jede Party als Letzte verlässt, wenn auch nur, weil sie selbst sie organisiert. Sie ist Eventmanagerin und plant alles, vom Promi-Empfang bis zur High-Class-Geburtstagsparty. Als sie anfing, lud sie uns zu jeder Fete ein, wo wir nicht nur Gratiscocktails, sondern auch die Möglichkeit serviert bekamen, mit der gesellschaftlichen Elite auf Tuchfühlung zu gehen. Tanya hat einen gewissen Charme, und dessen ist sie sich durchaus bewusst. Mit ihrer sprühenden Persönlichkeit schlägt sie alle in ihren Bann, die Leute können gar nicht genug von ihr kriegen. Tanyas Partys waren echte Events – und ein fester Termin im Society-Kalender.

Und dann, vor ein paar Monaten, war damit plötzlich Schluss. Tanya lud uns nicht mehr zu ihren Partys ein, und wir hörten auch nichts mehr von ihr, was allerdings nicht heißt, dass sie ihren Beruf aufgegeben hätte. Im Gegenteil, sie hat so viel zu tun wie nie. Sie und ihr Boyfriend Harry – von Beruf Bodyguard eines Politikers – haben sich letztes Jahr ein Haus am Londoner Stadtrand gekauft, das Tanya eifrig renoviert, weshalb wir drei anderen sie kaum noch zu Gesicht bekommen, und zu einer Einweihungsparty hat sie uns bislang auch nicht eingeladen.

Für Chloe zählt dieser Trip quasi als Dienstreise. Sie kriegt sich vor Begeisterung gar nicht mehr ein. Chloe Devine (eigentlich Chloe Smith, ein hoffnungslos gewöhnlicher Nachname, mit dem sie es nie zu etwas gebracht hätte, wie zu betonen sie nicht müde wird) ist eine Instagram-Sensation: Nur noch fünfzigtausend Follower fehlen ihr bis zur Million. Ausgestattet mit den Sponsoring-Deals zahlloser Firmen, für die sie auf verschiedenen Kanälen Werbung macht, protzt Chloe vor ihren Followern bei jeder Gelegenheit mit ihrem Reichtum. Doch ein First-Class-Flug auf eine private Insel ist ein ganz neues Level, und sie hat sich eigens für diesen Anlass gleich sieben verschiedene Bikinis zugelegt. Ein schlichtes Foto von ihr beim Kaffeetrinken in einem Café generiert Hunderttausende von Likes.

Hätte ich gewusst, dass man sich, um reich und berühmt zu werden, lediglich die Nase machen lassen muss, hätte ich das noch vor ihr getan. Aber ich beneide sie nicht. Chloe ist nach wie vor Single, trotz ihrer zahlreichen Beziehungen. Wenn man das so nennen kann.

Ich bin glücklich verheiratet. Ich habe das große Los gezogen.

Als hätte er meine Gedanken gelesen, kommt Andrew ins Wohnzimmer, wo ich gemütlich am Fenster sitze und alles erst in dem Umschlag und dann in meiner Prada-Handtasche verstaue. Chloe ist nicht die Einzige mit geilem Designerzeug.

»Hast du meinen Schlüssel gesehen?«, fragt Andrew, hebt die Sofakissen hoch und lässt sie wieder fallen. »Wahrscheinlich hast du ihn wieder verräumt.«

Ich seufze. Nie findet Andrew seinen Schlüssel, wenn er aus dem Haus gehen will, und immer gibt er mir dafür die Schuld. »Hast du in deiner Jacke nachgesehen?«

»In meiner Jacke?«, wiederholt er, als wäre ich verrückt geworden. »Wie soll er denn da …« Der Rest des Satzes verschwindet mit ihm durch die Tür, und ich höre Schlüssel klirren. Stirnrunzelnd kommt er zurück ins Zimmer. »Warst du das? Ich könnte schwören, dass ich ihn gestern nach Feierabend aus der Tasche genommen habe.«

»Warum sollte ich deinen Schlüssel verräumen?« Ich versuche, das Ganze mit einem Lachen zu überspielen, doch seine Miene verfinstert sich.

»Weil du ständig meine Sachen verräumst.« Er stellt sich vor den Spiegel über dem Kamin und rückt seine Krawatte zurecht.

»Hast du heute einen wichtigen Termin?«

Meine Stimme lässt ihn zusammenzucken, aber die Krawatte sitzt. »Nichts Besonderes. Warum fragst du?«

»Weil du dich so lange mit deiner Krawatte aufhältst. Und dich rasiert hast.«

Er seufzt. »Ach, Annabel, hast du wirklich nichts Besseres zu tun, als meine Morgenroutinen zu überwachen?«

»Ich fliege doch heute«, sage ich, weil er bislang kein Wort darüber verloren hat. Ich erwarte ja nicht, dass er mich zum Flughafen fährt, das wäre absurd. Aber früh aufstehen, zusammen frühstücken und ein Quickie zum Abschied wären schon nett gewesen. Stattdessen hatte Andrew die Snooze-Taste gedrückt, und ich saß allein in der Küche und knabberte an meinem Avocadotoast. »Ich bin immerhin fünf Tage weg.«

»Ach ja, deine Hen Party«, sagt er. »Wann geht's denn los?«

»Jetzt gleich«, sage ich und checke mein Handy. »Das Taxi müsste jeden Moment hier sein.«

»Wie ich sehe, bist du startklar.« Er deutet mit einem Nicken auf den Koffer neben mir und sieht auf seine Armbanduhr. »Ich darf nicht zu spät kommen, Schatz.«

»Kein Problem.« Und das meine ich ernst. Er muss zur Arbeit, er schafft das Geld ran, auch wenn er manchmal ein echter Geizhals ist, weshalb ich nicht so oft shoppen gehen kann, wie ich gern möchte. Aber ich habe da so meine Tricks. Ich stehe auf und schlinge ihm die Arme um den Hals. »Ich werde dich vermissen.«

»Ach was, dafür wirst du vor lauter Party gar keine Zeit haben«, erwidert er und löst sich aus meiner Umarmung.

Ich tackere mir ein Lächeln ins Gesicht. »Ich liebe dich. Hey, gib mir einen Abschiedskuss.«

Er lacht. »Du bist doch in ein paar Tagen wieder da.«

Ich möchte ihn mit einem Kuss auf den Mund zum Verstummen bringen, da klingelt mein Handy, und das jähe Geräusch macht auch den leisesten Anflug von Romantik im Handumdrehen zunichte. Das muss das Taxi sein, denke ich und nehme das Gespräch an, ohne den Anrufer zu checken.

»Hallo?« Ich halte mir das Handy ans Ohr, und Andrew tätschelt mir die Schulter und geht zur Tür hinaus. Sie fällt hinter ihm ins Schloss, bevor die Person am anderen Ende der Leitung auch nur ein Wort herausgebracht hat.

»Annabel, Schätzchen, bist du's? Nicht zu fassen, dass du tatsächlich mal drangehst, wenn ich anrufe. Du bist doch sonst immer so *beschäftigt*.«

Meine Mutter.

Ich stöhne innerlich. Vielleicht ist es noch nicht zu spät – noch kann ich einfach auflegen und ein Netzproblem vorschieben.

»Mum«, sage ich und beschließe, es hinter mich zu bringen.

»Um Himmels willen, wie geht es dir? Ich habe ja schon seit Monaten nichts mehr von dir gehört.«

Ich habe ein – gelinde ausgedrückt – gespaltenes Verhältnis zu meiner Mutter. Weder ein dramatisches Zerwürfnis noch ein tiefes, dunkles Geheimnis waren der Grund, weshalb ich meinem Elternhaus den Rücken gekehrt habe und ans andere Ende von Bristol gezogen bin. Ich finde es eigentlich nur natürlich, dass ich mich nach dem Studium neu erfinden wollte. Ich bin ein besserer Mensch geworden und würde es nicht ertragen, ein Leben als Supermarktkassiererin fristen zu müssen wie Mum. Sie wohnt immer noch in dem winzigen 3-ZKB-Häuschen am Rand von Hartcliffe, obwohl Dad schon vor Ewigkeiten ausgezogen ist. Als ich Andrew kennenlernte und er mir *seine* Eltern vorstellte – der Vater Ex-Abgeordneter, die Mutter Hautärztin, stolze Besitzer einer fünfstöckigen georgianischen Villa mitten in Clifton –, lag es irgendwie nahe, Mum Ade zu sagen.

Andrew ist ihr nur das eine Mal begegnet, bei der Hochzeit, denn dazu musste ich sie natürlich einladen. Ich hatte den ganzen Tag panische Angst davor, dass sie etwas Dummes sagen könnte, und so fiel ich ihr ständig ins Wort oder lachte sofort laut auf, wenn sie einen Witz zu machen versuchte, um von ihr abzulenken. Sie hatte sich wirklich alle Mühe gegeben, aber das zu enge Kleid von Next und ihr Hochzeitsgeschenk (eine Topfpflanze) wirkten doch ziemlich unsophisticated, erst recht, als Andrews Mutter in einem mit Chantilly-Spitze besetzten Kleid von Givenchy aufmarschierte und uns nicht nur einen diamantgeschliffenen Dekanter mit passenden Gläsern überreichte, »damit ihr was zum Auspacken habt«, sondern uns obendrein sieben Nächte in einem Fünf-Sterne-Wellness-Resort in Island spendierte. Ihr Geschmack ist schlicht sehr viel gehobener. Mir fiel ein Stein vom Herzen, als Mum endlich ging, und da Andrew nicht noch einmal nach ihr gefragt hat, empfindet er vermutlich ähnlich. Sie ist in Hartcliffe besser aufgehoben, und wir sind hier besser aufgehoben, in einem georgianischen Haus, das genauso aussieht wie das von Andrews Eltern, die gleich um die Ecke wohnen.

»Ich bin praktisch schon auf dem Weg zum Flughafen«, sage ich, in der Hoffnung, dass das Taxi endlich kommt und mir einen Vorwand liefert, um das Gespräch zu beenden. »Ich fliege zu einem Junggesellinnenabschied.«

»Wer heiratet denn?«, fragt Mum, wie immer direkt auf den Punkt. Wann sie wohl das letzte Mal Urlaub gemacht hat? Als ich klein war, sind wir jedenfalls nie weggefahren, denn ich weiß noch, wie neidisch ich war, wenn die anderen von ihren tollen Sommerferien berichteten.

»Das ist ja der Witz.« Einen Augenblick lang überlege ich, ob ich es ihr wirklich erzählen soll, aber was kann es schon schaden? »Die Glückliche ist Poppy Greer.«

»Poppy Greer?«, sagt Mum hörbar erstaunt. »Die Poppy Greer aus deiner Schule?«

»Ja, die Poppy Greer«, sage ich. »Komisch, nicht? Aber sie hat uns auf eine Privatinsel auf den Bahamas eingeladen. Da konnten wir schlecht Nein sagen.«

Am anderen Ende der Leitung wird geseufzt. »Stimmt, so etwas kann man nur schwer ausschlagen. Dann hast du also wieder mit ihr zu tun?«

»Äh, nein«, gestehe ich, und mir fällt auf, wie seltsam das klingt. »Die Flugtickets waren der Einladung beigelegt. Aber wir haben ihre Hochzeits-Posts auf Instagram gesehen. Sie folgt uns schon seit ein paar Monaten.«

»Wer, bitte, sind *wir*?«

»Chloe, Esther, Tanya und ich.« Warum klingt das bloß so crazy, jetzt, wo ich es ihr erkläre? Mum hat die schreckliche Angewohnheit, alles schlimmer zu reden, als es tatsächlich ist. »Wir sind ihre Brautjungfern.«

»Aber ich dachte …« Sie verstummt.

»Was?«

»Schon gut, da habe ich wohl etwas durcheinandergebracht.« Sie räuspert sich und setzt mit hellerer Stimme hinzu: »Na, dann habt ihr vier ja endlich Gelegenheit, euch bei Poppy zu entschuldigen, für alles, was damals vorgefallen ist. Ich hoffe, ihr geht in euch und betrachtet das Ganze nicht nur als Gratisurlaub. Wie schön, dass sie heiratet.«

Nicht schon wieder. Sie lässt wirklich keine Gelegenheit aus, mir eins reinzuwürgen.

»Wir brauchen uns für nichts zu entschuldigen«, sage ich. »Das ist doch alles zehn Jahre her. Alberner Teeniekram, nichts Ernstes. Ich habe zurzeit mehr Probleme, als Poppy jemals hatte!«

»Weißt du, was dein größtes Problem ist, Annabel? Du glaubst, die Vergangenheit spielt keine Rolle, weil sie abgeschlossen ist. Du vergisst, dass nichts im Leben ohne Folgen bleibt. Du bist zu sehr mit dir selbst beschäftigt und interessierst dich zu wenig für andere.«

Die alte Leier. Das hat mir gerade noch gefehlt.

Vielleicht spürt sie, dass ich den inneren Rückzug angetreten habe, denn sie redet einfach weiter, ohne eine Antwort abzuwarten.

»Ich meine es ernst. Nutzt diese Gelegenheit, euch bei Poppy zu entschuldigen, für alles, was damals geschehen ist. Wenn nicht, werdet ihr es bitter bereuen. Vielleicht ist diese Reise ja so eine Art Angebot, nach all den Jahren endlich reinen Tisch zu machen.« Wieder seufzt sie, atmet tief aus. »Ich mache mir Sorgen deinetwegen, Liebes. Nicht, weil dein sozialer Terminkalender so voll ist oder Andrew so viel arbeitet. Sondern weil ich Angst habe, dass du dein Potenzial nicht ausschöpfst und unter deinen Möglichkeiten bleibst. Wozu hast du eigentlich studiert? Da gehst du als Erste in unserer Familie zur Uni, und dann machst du nichts daraus.«

Da biegt endlich, Gott sei Dank, das Taxi in unsere Auffahrt, und ich sehe, wie der Fahrer aussteigt und versucht, mich anzurufen.

»Ich muss jetzt Schluss machen, Mum. Das Taxi ist da.«

»Denk daran, was ich dir gesagt habe. Du fehlst mir. Es wäre schön, wenn ich dich nicht immer nur an Weihnachten zu Gesicht kriegen würde. Vielleicht kannst du mich nach deinem Urlaub ja ein paar Tage besuchen kommen?«

»Vielleicht«, sage ich. »Tschüss.«

»Tschüss, Schätzchen, ich hab dich lieb. Viel Spaß bei deinem Junggesellinnenabschied.«

Sie wartet, bis ich auflege. Das macht sie jedes Mal. Ich frage mich, warum, wo sie doch immer das letzte Wort hat. Also beende ich das Gespräch, stopfe das Smartphone in meine Handtasche, schaue mich ein letztes Mal um und gehe dann zur Tür hinaus.

Damit liegt sie mir seit Ewigkeiten in den Ohren, dass ich endlich etwas mit meiner Ausbildung anfangen soll. Als ob ich nicht schon selbst darüber nachgedacht hätte. Ich habe Psychologie studiert, weil ich den menschlichen Geist verstehen wollte, und daran hat sich bis heute nichts geändert. Wenn Andrew nicht zu Hause ist, setze ich mich oft an seinen Computer und lese Studien, die mich interessieren. Diese Seite meiner Person habe ich niemandem mehr gezeigt, seit Mum auf meiner Bettkante saß und geduldig lauschte, wie ich meinen Abistoff herunterbetete.

Aber inzwischen gibt es eigentlich keinen Grund mehr, etwas mit meinen Abschlüssen anzufangen. Ja, Abschlüsse, Plural. Ich habe es nämlich nicht beim Bachelor belassen, sondern auch noch meinen Master in Psychologie gemacht und mich auf die biologischen Aspekte spezialisiert. Es ist faszinierend, dass sich anhand von Scans und Tests für viele psychische Störungen und ihre nicht selten verheerenden Wirkungen eine physische Ursache nachweisen lässt. Von Freud halte ich hingegen wenig – über Gefühle zu sprechen und daraus auf erlittene Traumata zu schließen, ist in meinen Augen Quatsch.

Der Taxifahrer hilft mir mit meinem Gepäck, kein Wunder, schließlich habe ich ihm mein strahlendstes Lächeln geschenkt. Er öffnet mir sogar die Beifahrertür. Logisch, dass er auf ein fettes Trinkgeld spekuliert, er hat schließlich gesehen, wie riesig unser Haus ist. Trotzdem macht es mich ein bisschen stolz, dass er sich meinetwegen so ins Zeug legt.

Als er den Wagen zurücksetzt, werfe ich einen letzten Blick auf unser Haus. Obwohl es im Grunde Andrew gehört, er hat es von seinem eigenen Geld bezahlt, betrachte ich es als »unseres«. Wenn ich es so sehe, muss ich immer an den Zahnarzt meiner Kindheit denken, der ein großes georgianisches Haus komplett entkernen und zu seiner Praxis umbauen ließ – kalte, klinische Behandlungsräume, weiß getüncht, mit hässlichen Linoleumböden.

Ich checke mein Handy, doch Andrew hat mir keinen Abschiedsgruß geschickt, dabei hängt er von morgens bis abends an seinem Smartphone, das immer griffbereit liegt, egal ob er vor dem Fernseher sitzt oder unter der Dusche steht.

Um mich abzulenken, hole ich den Umschlag mit den Tickets und der Broschüre hervor und sehe mir noch einmal die Inselfotos an.

Ich habe kein schlechtes Gewissen wegen dem, was damals war. Da kann Mum mir noch so lange Vorträge halten. Es gibt nichts, wofür ich mich bei Poppy entschuldigen müsste, und diese Einladung ist der Beweis dafür. Wir werden superviel Spaß haben und die traurige Wirklichkeit vergessen, die wir hier zurückgelassen haben.

Wenn Poppy tatsächlich so nachtragend wäre, hätte sie uns wohl kaum eingeladen.

Und von jetzt an ist Relaxen angesagt.

Das wird *der* Knaller.

ZWEI

Chloe

18. Mai 2023

Okay, ich glaube, ich habe jetzt genug Bilder. Dieser Flug ist der *Wahnsinn.*

Ich wollte ja eigentlich absagen, bis ich gesehen habe, dass Poppy alles bezahlt. Seit wann ist Poppy Greer, ausgerechnet Poppy Greer, eine Rich Bitch? Ich könnte ja sagen, ich beneide sie nicht, aber das wäre voll gelogen. Wenn ich so viel Kohle hätte wie sie, würde ich mich mindestens zweimal die Woche in den Flieger setzen, nur um so richtig im Luxus zu schwelgen. Aber wer weiß? Wenn meine Sponsorendeals weiter Profit abwerfen und den Leuten meine Urlaubsfotos gefallen … wie bitte? Eine Airline der Extraklasse wie zum Beispiel Emirates möchte dich unterstützen und dir First-Class-Flüge an jedes gewünschte Ziel ermöglichen? Das wird zwar hart, aber hey, ich bin dabei.

Schon die Airport-Lounge war krass. Wir hatten unseren eigenen Bereich, wo es Frühstück gab. Richtiges Frühstück mit allem Pipapo: frische Fruchtsmoothies und tausend Sorten Gebäck, Joghurt, Käse und Müsli. Und obwohl Esther am Ende das meiste davon gegessen hat, habe ich einen megaschönen Teller kreiert mit allem, was es gab, nicht zu vergessen den edlen Wein nebst Nüssen und Oliven. Ein paar Tische weiter saßen ein paar Geschäftsleute beim Frühstück, die von dem spontanen Fotoshooting nebenan nicht sonderlich begeistert waren, aber auch das ist Arbeit, sorry, Gents.

Ich bin inzwischen so nahe an einer Million Follower, dass sie sich fast mit Händen greifen lässt. Meine Agentin, so eine Dürre namens Carla, die sich mit ziemlicher Sicherheit ausschließlich von Selleriesticks und Stress ernährt, hat gesagt, wenn es so weitergeht, ist es in spätestens vier Wochen so weit. Sie war total happy, als ich ihr von Poppys Einladung erzählte, und bestand darauf, dass ich den ganzen Trip minutiös mit der Kamera festhalte. Ich wünschte, ich hätte mein Lighting Kit mitnehmen können, aber viele meiner Follower stehen auf den »natürlichen« Look, den meine Bilder jetzt haben.

Die Stimmung war anfangs ein bisschen awkward. Schließlich hatten wir vier uns seit Ewigkeiten nicht gesehen. Annabel bin ich in letzter Zeit sowieso aus dem Weg gegangen, aus naheliegenden Gründen. Und auf Tanya kann ich momentan eigentlich auch verzichten.

Sie sieht nicht viel besser aus als früher. Sie trug allen Ernstes Leggings – ich meine, hello, wir fliegen First Class, da kann man sich doch wenigstens ein bisschen Mühe geben und sich anziehen, als würde man dazugehören, oder? Und einen Oversized-Pullover, der wahrscheinlich kaschieren sollte, wie dünn sie geworden ist. Aber im Gesicht lässt sich das nicht kaschieren, richtig ausgemergelt sieht sie aus, und diese Tränensäcke, Himmel. Vielleicht sollte ich ihr ein paar Tipps geben, wie man so was überschminkt, denn sie kann anscheinend nur sehr schlecht verbergen, dass mit ihr etwas nicht stimmt. Nicht, dass Annabel oder Esther das mitbekommen hätten. Annabel stieß einen spitzen Schrei aus, als sie zur Tür hereinkam, rannte von einer zur anderen, küsste uns auf beide Wangen und erzählte uns, wie toll wir alle aussähen. Dabei war sie die Einzige, von der man das behaupten konnte, auch wenn ich wohl nie erfahren werde, wie sie sich eine Prada-Tasche leisten kann, obwohl sie nicht arbeiten geht.

»Wie lange ist es her, dass wir vier das letzte Mal so zusammengesessen haben?«, fragte Annabel, mit dieser albernen rauchigen Stimme, die sie immer aufsetzt, wenn sie eine Show abzieht.

»Wir haben uns doch vor Kurzem erst getroffen und über die Einladung gesprochen«, sagte Esther grinsend.

Mal ehrlich, im Grunde ist auch Esther angezogen, als ob sie etwas zu verbergen hätte. Esther macht gern Sport (was die Superfitten imho nur sagen, um sich über uns Normalos zu erheben, die sich quälen, damit der Arsch nicht hängt), also müsste sie doch eigentlich ihre straffen Arme und Beine zur Schau stellen, stattdessen hat sie sich in Schlabberhosen und einen langärmligen Rollkragenpullover gehüllt. Während wir am Flughafen auf Annabel warteten, wechselte sie mit Tanya und mir kaum eine Silbe, weil ihr Freund ihr ständig Nachrichten aufs Handy schickte. Sie knabberte so lange an ihrer Unterlippe, bis die zu bluten anfing, und jetzt hat sie Lippenstift an den Zähnen. Ich frage mich, wie lange es wohl dauert, bis sie es merkt, darum habe ich ihr nichts davon gesagt.

Annabel wischte ihre Bemerkung beiseite. »Du weißt doch, was ich meine. Nicht nur ein kurzes Mittagessen oder so. Und jetzt verbringen wir richtig Zeit miteinander. Ist das nicht toll?«

»Einfach *traumhaft*«, sagte ich, aber sie schien gar nicht zu kapieren, dass ich sie verarschte, denn sie strahlte mich regelrecht an.

Wir wurden zu unseren Sitzplätzen in die Kabine eskortiert, und wenn ich Plätze sage, meine ich Suiten, echt unbelievable, fast schon too much. Es gibt einen Schlaf- und einen Sitzbereich, alles in diesen coolen, neutralen Grau- und Weißtönen, mit einem orangefarbenen Dekokissen auf dem Ledersessel. Von den sechs verfügbaren Suiten haben wir vier belegt. Von den beiden letzten ist die eine leer, und die andere, ganz hinten, beherbergt einen streng dreinblickenden Anzugträger mit glänzendem Kahlkopf, worüber ich kichern musste, was Esther mit Augenrollen quittierte.

Zugegeben, beim Start war ich ein klein wenig nervös. Wenn die Maschine so leicht absackt, bevor sie in die Waagerechte findet, kriege ich jedes Mal Panik, dass wir abstürzen könnten. Dass der Mensch am Himmel herumgondelt, hat die Natur nicht vorgesehen, und ich habe ständig Schiss, dass die Gesetze der Physik sich an diesen Fun Fact erinnern und uns in die Tiefe stürzen lassen.

Ein Glas O-Saft und ein heißes Tuch halfen, mich von meinen Ängsten abzulenken. Ich drückte mir das Tuch ins Gesicht – die Tasche mit meinem Backup-Make-up stand gleich neben meinen Füßen – und schloss die Augen. Als wir endlich unsere Reiseflughöhe erreichten und die Fasten-Seat-Belts-Leuchten ausgingen, stieß ich einen Seufzer der Erleichterung aus.

Jetzt sitzen wir in meiner Suite zusammen. Wir können es, glaube ich, alle immer noch nicht fassen, dass wir hier sind, auf dem Weg zu Poppy Greer auf einer Bahamasinsel. Halb habe ich mich gefragt, ob unsere Flugtickets sich beim Einscannen als Fakes erweisen würden, als letzte kleine Rache für damals, und das Flughafenpersonal uns auslachen und nach Hause schicken würde.

Esther hatte so etwas gesagt, als wir uns vor ein paar Monaten zum Lunch trafen, kurz nachdem wir die Einladungen bekommen hatten. Wir legten sie neben unsere Caesar Salads auf den Tisch und merkten erst in dem Moment, dass sie, von der Anrede abgesehen, alle denselben Wortlaut hatten.

»Also, ich weiß nicht«, sagte Esther und schüttelte den Kopf. »Das kommt mir irgendwie verdächtig vor.«

»Wieso verdächtig?«, fragte ich und spießte ein Stück Hähnchen auf meine Gabel. Meine Follower, meine »Familie«, wie ich sie nenne (was nicht besonders schwerfällt, wenn der Vater im

Knast sitzt und die Mutter säuft), stehen total darauf, dass ich mich so gesund ernähre (für ein Foto dieses Essens bekam ich über hunderttausend Likes). »Sie bezahlt doch alles.« Das war für mich der wichtigste Punkt.

Esther blieb skeptisch. »Aber *warum* bezahlt sie alles? Für uns? Warum hat sie sich uns als Brautjungfern ausgesucht, obwohl sie uns seit Ewigkeiten nicht gesehen hat?«

»Apropos«, sagte Annabel stirnrunzelnd, »wir wissen bis jetzt nicht das Geringste über diese Hochzeit. Wo findet sie statt? Und *wann?* Wir haben weiter nichts als die Einladung zur Hen Party, ›alles Weitere später‹.«

»Das werden wir schon noch früh genug erfahren. Kein Ding. Sie möchte definitiv wissen, wie es uns so geht.« Achselzuckend griff ich zu meinem Handy und scrollte zu ihrem Instagram-Account. »Seit sie uns folgt, hat sie unsere ganzen Bilder geliked. Sogar das Foto, das ich gerade von meinem Salat gepostet habe.«

Wir waren alle total baff, als wir feststellten, dass Poppy uns auf Instagram folgte. Ich war, logisch, die Erste, aber bald hatte sie auch die Accounts der anderen gefunden und likte jedes neue Foto und jede neue Story, die wir teilten. Sogar die von Esther, und Esther ist auf Insta ein Totalausfall. Sie postet circa alle drei Monate ein Foto und hat noch nicht mal tausend Follower. Poppy hat zwar auch nicht viel mehr, aber dafür Unmengen von Posts. Die ersten paar waren hauptsächlich Momentaufnahmen aus dem Londoner Nightlife, verwackelte Fotos von Cocktails und Clubs, und dann natürlich von Bildern, die entweder von ihr selbst stammten oder von Künstlern, die sie mochte (Poppy ist ein absoluter Artfreak). Aber wir alle kannten das Foto von ihrer linken Hand mit dem funkelnden Diamantring.

Es war Annabels Idee, ihr zurückzufolgen, nur so, just for fun. Also, ich folge ausschließlich Promis, aber die anderen drei folgten Poppy, und wir konnten sehen, was sie so trieb. Ich weiß, dass ich sie nicht als Einzige um diesen Ring beneidete – wie hatte ausgerechnet Poppy Greer es geschafft, sich einen Typen mit so viel Geld zu angeln?

Danach hagelte es Braut-Pics, von Kleidern, die sie anprobiert, und potenziellen Locations, die sie ausgecheckt hatte. Ihre Shortlist für das Hochzeitskleid war krass. Einen Abend hatten wir uns bei mir die Kante gegeben und für das Kleid gevotet, das uns am besten gefiel. Also, ich persönlich fand das hautenge Versace-Seidenteil am schärfsten, die anderen standen auf die eher traditionellen Modelle. Mit der Zeit wurde es für uns zu so einer Art Spiel – was würde Poppy wohl als Nächstes posten, und würde sie uns endlich zeigen, wie sie jetzt aussah? Bislang war auf keinem der zahllosen Hochzeitsbilder ihr Gesicht zu sehen gewesen.

Zwei Monate vor Erhalt der Einladungen hatte Poppy eine Story geteilt, in der sie vor schicken Einladungskarten saß und überlegte, wen sie auf die Gästeliste für ihre Hochzeit setzen sollte. Sie schrieb:

> Einige habe ich schon so viele Jahre nicht mehr gesehen. Wäre es nicht lustig, eine Art Klassentreffen daraus zu machen?

»Wart's ab, Tanya, sie ruft dich bestimmt an«, hatte ich damals gewitzelt. »Sie will dich als Trauzeugin.«

»Du glaubst doch nicht im Ernst, dass die uns einlädt«, hatte Tanya geantwortet und die Augen verdreht. »Ich bin entsetzt, dass sie überhaupt auf die Idee kommt, Leute aus der Schule einzuladen.«

Umso größer unsere Überraschung, als die Einladungen zur

Hen Party durch den Briefschlitz gesegelt kamen. Und sie nicht nur Tanya, sondern uns alle vier als Brautjungfern haben wollte.

Ich grinste in die Runde. »Also, ich finde, wenn sie uns eine Ferienreise auf die Bahamas spendiert, können wir Poppy Greer auch in unseren erlauchten Kreis aufnehmen.«

Das entlockte Annabel ein Lächeln, aber noch zögerte sie. »Ich glaube nicht, dass wir untereinander auch so großzügig wären, wenn es um unsere eigenen Hen Partys ginge.«

»Schon weil wir sie nie im Leben einladen würden!« Ich lachte.

Tanya, die bis jetzt in Gedanken versunken dagesessen hatte, runzelte die Stirn. »Vielleicht geht es in Wahrheit um etwas ganz anderes. Vielleicht sollten wir doch hinfahren und … ihr wisst schon, sehen, wie es ihr geht. Nach allem, was war.«

»Vermisst da etwa eine ihre alte Freundin?«, frotzelte ich. »Du hast offenbar noch immer ein schlechtes Gewissen.«

»Ich meine ja nur.« Tanya schob den noch halb vollen Salatteller von sich. »Wir waren schon ziemlich gemein zu ihr, vor allem gegen Ende. Das könnte die Gelegenheit sein, endlich reinen Tisch zu machen. Damit wir das nicht ewig mit uns herumtragen müssen.«

»Wer trägt hier was mit sich herum?«, fragte Esther. »Also, ich nicht.«

»Wir sollten fahren, alle vier«, sagte Tanya. »Ich finde das wichtig.«

»Und selbst wenn Poppy immer noch so strange drauf ist wie früher, werden wir vier Tage lang das Luxusleben auf einer privaten Bahamasinsel genießen«, setzte ich hinzu und ignorierte Tanyas genervten Seufzer.

Esther hob die Hände und gab sich geschlagen. »Na schön, na schön. Ich komme mit. Wir fahren.«

Annabel nickte. »Ja, gut. Aber wegen der Sandstrände und der Cocktails und nicht, um meine Kindheit zu therapieren.«

»Hurra!« Ich erhob mein Weinglas. »Darauf müssen wir anstoßen.«

»Vorausgesetzt ich kann mir freinehmen«, murmelte Esther, doch dann erhob auch sie das Glas und grinste. »Auf die Bahamas!«

»Auf die Bahamas!«, riefen wir im Chor.

Jetzt kehrt das Gespräch zu Poppy zurück. Ich sitze in meinem Sessel, Esther und Annabel hocken auf der Bettkante, und Tanya steht im Eingang. Eine Stewardess offeriert uns zum Abschluss des Festmahls, das wir soeben verspeist haben, einen Kaffee, und wir nehmen dankend an. Nachdem sie selbigen serviert hat, geht sie wieder hinaus, und wir können ungestört reden.

»Mich würde interessieren, wie sie heute drauf ist«, sage ich und denke an die Poppy von einst. »Sie hat kein einziges Foto von sich auf Instagram gepostet.«

In der Schule gibt es immer dieses eine Kind, das nirgends richtig dazugehört, auch wenn es allem Anschein nach völlig normal ist. Keine gravierenden Mängel, kein Grund für Hohn und Spott. Und doch bleibt es immer außen vor, findet nie Anschluss an die Gruppe, deren Witze es nicht versteht, weil diese Witze vermutlich auf seine Kosten gehen.

Dieses Kind war Poppy Greer. Klar, sie war ein bisschen pummelig, und das haben wir ihr auch oft genug unter die Nase gerieben (ich weiß noch, wie wir sie mit zwölf oder dreizehn monatelang nur Poppy Gierig nannten), aber sie war so seltsam, dass niemand mit ihr befreundet sein wollte. Sie hatte einen merkwürdigen, obsessiven Charakter, war immer nur auf ein Thema fixiert, von dem sie dann ununterbrochen sprach, wie *Star Wars* oder auch *The Great British Bake Off*. Aber am komischsten waren ihre gruseligen Bilder. Sie malte gern und stellte ihre Sachen ständig in der Schule aus. Noch mit sechzehn trug sie eine Zahnspange. Sie kam gut mit den Lehrern aus und wurde regelmäßig Klassenbeste. So eine war sie.

Nie und nimmer hätte ich gedacht, dass aus der mal was wird, denn auch wenn die Welt gern das Gegenteil behauptet, belohnt sie selbstbewusste, attraktive Menschen. Ich selbst bin dafür das beste Beispiel. Ich bin mit drei D-Noten durchs Abi gerasselt, was aber nicht die geringste Rolle spielt, denn meine Doppel-Ds bringen mir über Bikinifotos jeden Monat ein paar Tausender. Oder nehmen wir Annabel: schön, blond, eine bessere Nase als ich, obwohl ich mir meine habe machen lassen, und außerdem ist sie mit dem schnuckeligen Andrew verheiratet und braucht nicht zu arbeiten. Verglichen mit ihr ist Esther, auch wenn sie immer gut gekleidet ist und einen Killerbody hat, lediglich Durchschnitt, weshalb sie diesen öden Job in der Bank machen muss. Zu Tanya gibt es momentan nicht viel zu sagen, aber sie ist nicht unattraktiv. Deswegen hatte sie als Eventmanagerin auch so großen Erfolg. Man kann keine Stimmungskanone und gleichzeitig potthässlich sein.

»Dumm war sie jedenfalls nicht«, sagt Esther. »Vielleicht ist sie auch im Investmentbanking.«

»Vielleicht hat sie es ja sogar ohne Beziehungen zu etwas gebracht«, sagt Annabel grinsend.

Esther ignoriert den Seitenhieb und trinkt einen Schluck Kaffee. »Ich habe keine Ahnung, wie es ihr nach dem Abi ergangen ist. Sind die Greers damals nicht weggezogen?«

»Ich meine, ja«, sage ich. »War ihre jüngere Schwester nicht noch intelligenter als sie? Vielleicht sind sie irgendwo aufs Land gezogen, damit sie auf ein vornehmes Oberstufen-College für Genies gehen konnte.«

»Sie wiederzusehen wird garantiert total komisch«, sagt Annabel. »Meine Mum meinte, es wäre eine gute Gelegenheit, sich bei ihr zu entschuldigen. Man fasst es nicht.«

»Ich wusste gar nicht, dass du noch mit deiner Mutter sprichst«, sagt Tanya, und Annabel errötet.

»Sie hat es geschafft, mich anzurufen, als ich heute Morgen auf mein Taxi gewartet habe«, murmelt sie. »Ich habe nicht gecheckt, dass sie es war. Ich dachte, es wäre der Taxifahrer, der sich auf der Suche nach unserem Haus verfahren hatte.«

»Was bei den ganzen Nobelvillen nicht allzu schwierig ist«, räumt Esther ein. »Aber was heißt entschuldigen? Entschuldigen wofür?«

Annabel und vor allem Esther haben die Neigung, so zu tun, als wäre nie etwas vorgefallen. Ich bin da ehrlicher. Ich meine, wir werden dieses Jahr alle achtundzwanzig, und wenn man in diesem Alter noch nicht einmal zu einer Kleinigkeit wie der Sache mit Poppy Greer stehen kann, ist das für meinen Geschmack ziemlich kindisch.

»Das wollte ich schon beim Essen sagen. Wir könnten uns für unser damaliges Verhalten entschuldigen«, schlägt Tanya vor. »Und ihr sagen, wie sehr wir uns darüber freuen, dass sie uns als Brautjungfern haben möchte.«

»Man entschuldigt sich doch nicht für etwas, das zehn Jahre her ist«, bemerkt Annabel. »Nein, ich finde, wir verlieren einfach kein Wort darüber. So ist es für alle leichter.«

»Einverstanden«, sagt Esther. »Keine Silbe. Das gilt vor allem für dich, Chloe.«

Ich runzle die Stirn. Wenn die wüsste, was ich den dreien alles verschwiegen habe …

»Die eigentliche Frage ist doch: Wen heiratet sie?«, sagt Annabel.

»Stimmt«, setze ich kichernd hinzu. »Wer, zur Hölle, würde Poppy Greer heiraten?«

Wir alle lachen, und die Spannung verfliegt.

Poppy treffen wir erst auf der Insel, darum weiß ich nicht, ob sie schon länger dort ist oder einen anderen Flug genommen hat. Als wollte sie das Wiedersehen nach all den Jahren besonders spannend machen, aber das nehme ich ihr nicht übel. Es wäre schon ziemlich awkward gewesen, den ganzen Neun-Stunden-Flug gemeinsam zu verbringen.

Außerdem werde ich den Gedanken nicht los, dass wir vielleicht nur deshalb ihre Brautjungfern sind, weil sie keine anderen Freundinnen hat. Wir kommen dem möglicherweise am nächsten.

Wie traurig.

Die anderen gehen zurück in ihre Suiten. Tanya verkündet, sie werde den Rest der Reise verschlafen und wolle nicht gestört werden, während Esther ihre Job-E-Mails abarbeiten und ihrem Freund Brad antworten will, der ihr bereits ein Dutzend Nachrichten geschickt hat. Nur Annabel und ich genießen die restliche Flugzeit; von fern höre ich, dass sie sich einen Film ansieht und noch etwas zu essen bestellt, und genau das habe ich auch vor, nachdem ich mein neuestes Selfie hochgeladen habe.

Ich lege mich aufs Bett und halte das Handy hoch über mein Gesicht und sehe, dass sich mein Haar auf dem Kissen aufgefächert hat, ein Glorienschein in Platinblond. Ziemlich sexy. Es gibt angenehmere Orte, um Mitglied im Mile High Club zu werden, als die Bordtoilette, schreibe ich darunter. Ich weiß, das ist grenzwertig, fast schon dirty, aber ich weiß auch, dass diese gelegentlichen Posts jede Menge Likes generieren. Und da sind die ersten paar hundert auch schon, nebst verzweifelten Kommentaren von traurigen alten Säcken von wegen, wie gern sie jetzt hier oben bei mir wären. As if.

Nach einem Film und einer weiteren üppigen Mahlzeit mit

dem einen oder anderen Gläschen Wein dazu bringt mir die Stewardess noch einen Digestif und ein Stück Kuchen.

»Wir sind bald da«, sagt sie, während ich bewundere, wie fest ihr Dutt geknotet ist und wie taufrisch ihr Make-up aussieht, obwohl sie neun Stunden praktisch nonstop auf den Beinen war. »Ich hoffe, Sie haben Ihren Flug genossen.«

»Es war zauberhaft«, sage ich, doch kaum sind die Fasten-Seat-Belts-Leuchten angegangen, ist auch der nervöse Knoten im Magen wieder da.

DREI

Tanya

18. Mai 2023

Die Broschüre, die Poppy den Einladungen beigelegt hat, wird der Schönheit dieses Ortes nicht gerecht.

Selbst wenn man nur am Festlandpier steht, wird deutlich, wie viel heller und klarer hier alles scheint. Weit draußen auf dem Meer kann ich die Insel erkennen, auf der wir das Wochenende verbringen werden, ein kleiner dunkler Fleck am Horizont, umgeben von endlosem Blau. Vom Flughafen bis hierher waren wir fast eine Stunde unterwegs, zu viert in einem völlig überhitzten Taxi, und ich hielt die meiste Zeit die Augen geschlossen, damit ich in der stickigen Enge keinen Migräneanfall bekam. Dabei geht es mir so schon nicht besonders gut. Jetzt, im Freien, wirkt die Luft viel frischer, ganz anders als die Abgase und Schadstoffe in England.

Einerseits möchte ich immer noch zurück nach Hause, damit ich mich dem Unvermeidlichen nicht stellen muss. Andererseits möchte ich für alle Zeiten hierbleiben und ein Inselleben führen, fernab von allem, ohne mir Gedanken darüber machen zu müssen, was mich bei meiner Rückkehr erwartet. Es ist furchtbar. Manchmal schlägt mein Herz so heftig, als wollte es mir aus der Brust springen, und mir zittern die Hände. Ständige Mahnungen, die mich mürbe machen wollen.

Am Ende des Piers, neben einem Boot, hebt eine Frau mittleren Alters die Hand zum Gruß und winkt uns zu sich. Sie sieht ganz anders aus, als ich sie mir vorgestellt hatte, nachdem wir erfahren hatten, dass uns die Verwalterin der Insel abholen würde: eine sportliche Schönheit im Hippie-Outfit, mit langen Beinen und sonnengebräunter Haut. Stattdessen sieht sie eigentlich ganz normal aus, mit blumengemusterten Leggings und fetten Boots. Als sich ihr Mund zu einem breiten Lächeln verzieht, zeigen sich kleine Falten.

»Müssen wir den ganzen Kram doch wahrhaftig selber schleppen«, murrt Annabel und wirft sich die Handtasche über die Schulter. »Das nenne ich erstklassigen Service.«

Es sind noch nicht mal zwanzig Meter, möchte ich sagen, und dein Koffer hat Rollen. Aber ich halte den Mund, was bei Annabel zumeist das Beste ist.

Während wir den Steg hinuntergehen, frage ich mich, was die Frau wohl von uns denkt: vier aufgestylte junge Frauen in High Heels, die sich mit ihren Koffern abplagen. Ich bin noch am normalsten angezogen, mit meinem großen Pulli, aber selbst der ist viel zu viel, schon wegen der Hitze. Keine gute Idee für jemanden, der sich die größte Mühe gibt, nicht zu schwitzen, denn ich kann ihn ja schlecht ausziehen. Sie ist da wesentlich pragmatischer, und ich glaube, es liegt ein Anflug von Belustigung in ihrem Blick, als wir schließlich vor ihr stehen.

»Sie müssen die Hen Party sein«, sagt sie, und auch ihre Stimme klingt anders als erwartet. Als ich sie aus der Nähe sehe, mit ihrer glänzenden, sonnengegerbten Haut, das lange Haar zu einem unvorteilhaften Pferdeschwanz gebunden, denke ich, sie würde schroff, fast männlich klingen. Wieder überrascht sie mich, mit einem leichten, melodischen walisischen Akzent. »Ich bin übrigens Robin. Ich bringe Sie sicher zu Ihrem Feriendomizil.« Sie hebt die Hand und deutet auf den dunklen Fleck am Horizont, den ich vorhin schon entdeckt habe. »Das ist die Insel, auf der Sie wohnen werden. Deadman's Bay.«

Bei dem Namen bekomme ich noch immer eine Gänsehaut. Robin hat es bemerkt und wirft mir ein flüchtiges Lächeln zu.

»Keine Angst, das klingt gruseliger, als es ist«, sagt sie. »Die Insel ist eine historische Stätte, erstmals besiedelt von einem schiffbrüchigen Seemann. Er heiratete eine Frau vom Festland, und zusammen bauten sie ein Haus, das es aber schon lange nicht mehr gibt. Das neue Haus des Besitzers, in dem Sie wohnen werden, steht an der der gleichen Stelle. Trotzdem: Keine Geister und Gespenster, versprochen.«

»Die Insel gehört Ihnen gar nicht?«, fragt Chloe, die bis jetzt vollauf damit beschäftigt war, das Ende des Piers zu fotografieren.

Robin lacht. »Schön wär's. Ich bin nur eine bessere Taxichauffeuse zwischen Festland und Insel. Die Besitzer leben in den USA, und ich schaue ab und zu nach dem Rechten.«

Klingt nach einem coolen Job. Ich mustere Robin, diese nette, höfliche Frau, die eindeutig aus Wales stammt. Was sie wohl hierher verschlagen hat?

Vielleicht sollte ich mich von der Vorstellung verabschieden, dass jeder Mensch vor irgendetwas wegläuft. Aber ich habe nun einmal das Gefühl, als wäre ich schon mein Leben lang auf der Flucht.

Robin nimmt unser Gepäck entgegen und verstaut es auf dem Boot. Sie weiß genau, was sie tut; einen Fuß auf dem Pier, den anderen auf dem Boot, ohne auch nur eine Sekunde aus dem Gleichgewicht zu geraten, obwohl das Boot in der sanften Dünung hin und her schaukelt. Als unser Gepäck verladen ist, streckt sie die Hand aus und hilft uns einer nach der anderen an Bord.

Annabel zögert. »Ich werde leicht seekrank. Wie lange dauert die Fahrt?«

»Wir haben heute die Flut im Rücken«, sagt Robin. »Es dürfte nicht viel länger dauern als eine halbe Stunde, vierzig Minuten maximal. Bei Gegenwind dauert es unter Umständen doppelt so lange.«

»So lange?« Annabel wird leichenblass. »Und wir sind ganz allein da draußen?«

»Es gibt ein Notfalltelefon«, sagt Robin, »und wenn das Festnetz mal ausfällt, helfen Leuchtraketen, deren Schein man von hier aus sehr gut sehen kann. Die wurden aber noch nie gebraucht.«

Entschlossen hält sie ihr die Hand hin, und Annabel gibt sich geschlagen. Sie steigt ins Boot, stöckelt in ihren Pumps quer über die Planken und plumpst auf die lange Sitzbank. Esther folgt ihr, ohne zu murren, setzt sich neben Annabel und drückt ihr zum Trost sogar die Hand.

Chloe kann es offenbar gar nicht erwarten; sie verschmäht die ausgestreckte Hand, klettert ohne fremde Hilfe an Bord und sucht sich einen Platz. Im selben Moment, als ich Robins Hand ergreifen will, meldet Chloe sich zu Wort, als ob ihr der Gedanke gerade erst gekommen wäre.

»Und wenn es Sturm gibt?«

»Sturm?« Robin denkt einen Augenblick nach und lässt meine Hand in der Luft hängen. »Nachts gibt es öfter mal ein Gewitter, aber das verzieht sich auch wieder.«

»Aber würden Sie auch bei einem echten Unwetter noch zu uns herausfahren?«, hakt Chloe nach, und das Blitzen in ihren Augen verrät mir, dass sie Annabel nur Angst einjagen will. Und es funktioniert: Annabel klammert sich regelrecht an Esther.

Robin hebt beschwichtigend die Hände. »Zugegeben, dann müsste ich fremde Hilfe holen. Wenn das Unwetter wirklich so schlimm wäre. Aber wie gesagt, das hat's noch nie gegeben. Also alles im grünen Bereich. Ihr seid im Urlaub, Ladys! Und nicht im Straflager!«

Ich sehe zur Insel hinüber. Wie klein sie wirkt, wie endlos weit entfernt. Der Himmel ist klar, keine Wolke weit und breit. Nur eine sanfte Brise ist zu spüren.

Trotzdem. Ich blicke zurück zum Festland; gut zu wissen, dass uns nichts passieren kann.

»Tanya, nicht wahr?«

Ich zucke vor Schreck zusammen, als ich meinen Namen höre. Robin wartet.

»Ich habe eine Liste mit Ihren Namen bekommen«, erklärt sie. »Sind Sie dann so weit?«

Mir ist bei der Sache irgendwie unwohl, aber ich verdränge den Gedanken und ergreife ihre Hand.

Als wir endlich alle vier an Bord sind, setzt Robin sich ans Steuer. Annabel und selbst Chloe schrecken zusammen, als der Motor röhrend aus seinem Schlummer erwacht.

Das Boot gleitet aufs Meer hinaus und nimmt allmählich Fahrt auf. Der Wind ist hier draußen sehr viel stärker und weht uns ins Gesicht. Ich bin froh, dass es endlich losgeht und atme die frische Luft tief ein. Mein Kopf ist schwerer als Chloes Koffer, und bevor der Motor ansprang, hatte ich Angst, dass ich diejenige sein würde, die sich übergeben muss.

»Ich muss Sie vorwarnen«, brüllt Robin gegen den dröhnenden Motor und die Wellen an. »In fünf Minuten haben Sie kein WLAN mehr. Auf der Insel haben Sie zwar ein Netz, aber das ist ziemlich störanfällig. Was Internetempfang angeht, ist Deadman's Bay leider noch nicht im einundzwanzigsten Jahrhundert angekommen.«

Esther reißt erschrocken die Augen auf. »Kein WLAN? Und wie soll ich die nächsten vier Tage überstehen?«

Auch Chloe protestiert. »Wie soll ich ohne Internet Urlaubsfotos und -videos hochladen?«

»Betrachten Sie's als Abenteuer«, sagt Robin. »Außerdem sind Sie ja wohl der Braut zuliebe hier.«

Poppy zuliebe. Genau das wollte ich den anderen sagen, aber jetzt, wo wir hier sind, ist es irgendwie komisch. Dass wir ihr nach all den Jahren Auge in Auge gegenüberstehen werden.

Was mich betrifft, muss ich ununterbrochen an das Mädchen denken, das wir vor zehn Jahren zurückgelassen haben. Merkwürdig, sie sich als Erwachsene vorzustellen, die ein Leben führt, auf das wir keinen Einfluss haben.

Hat sie uns verziehen? Oder, wichtiger noch: Hat sie mir verziehen?

Manchmal, wenn ich mir die anderen so ansehe, möchte ich ihnen am liebsten ins Gesicht schreien. Interessiert sie überhaupt, was wir damals getan haben? Verschwenden sie je auch nur einen Gedanken daran? Denn es gibt Tage, besonders seit wir die Einladungen bekommen haben, an denen ich an nichts anderes mehr denken kann.

Wir rasen auf die Insel zu, und außer uns ist niemand auf dem Wasser, so weit das Auge reicht, nur das endlose Blau des Meeres. Ich denke an meine winzige Wohnung, das Bad, in dem der Schimmel wuchert, weil ein Abluftventilator eben kein Ersatz für ein Fenster ist, auch wenn mein Vermieter das Gegenteil behauptet.

Was Robin wohl vom Jobsharing hält?

»Wie fühlen Sie sich, Annabel?«, brüllt sie, weil sie sich als Einzige daran erinnert, dass Annabel angeblich seekrank ist.

Die ist ein bisschen blass um die Nase, aber das hat nicht unbedingt etwas zu sagen. Müde reckt sie den Daumen. »Gut. Es war nur am Anfang so schlimm, als das Boot noch geschaukelt hat.«

»Wusste ich's doch«, sagt Robin. »Die Hen Party wird ein Traum. Wann ist die Hochzeit?«

Da hat sie uns kalt erwischt.

»Die Hochzeit?«, fragt Annabel. »Meine Hochzeit?«

»Sie sind doch die Braut, oder?«, sagt Robin und blickt starr geradeaus. Die dunklen Umrisse der Insel rücken näher, ein wachsender Fleck am Horizont. »Eine Ihrer Brautjungfern ist schon früher gekommen, um alles für Ihre Ankunft vorzubereiten.«

Da muss sie irgendetwas falsch verstanden haben.

Ich habe sie den anderen gegenüber zwar nicht geäußert, aber ich hatte von Anfang an Bedenken wegen dieser Reise. Schon vor drei Monaten, als ich die Einladung erhielt. Dass sie überhaupt mit der Post kam, war das erste Warnsignal. Niemand schickt mir Briefe oder Karten, schon seit einer Ewigkeit nicht mehr. Weshalb sich mir sofort die Nackenhaare sträubten, als ich auf dem Boden hinter der Tür etwas entdeckte, das definitiv nicht nach Rechnung aussah, ein instinktives Gespür für Gefahr: Hier stimmt was nicht.

Und dann auch noch eine Einladung auf eine Bahamasinsel. Als Poppy Greers Brautjungfer. Damals wusste ich noch nicht, dass sie auch die anderen eingeladen hatte. Ich hielt das für einen schlechten Scherz und hätte die Einladung samt Broschüre und Flugticket beinahe auf der Stelle zerrissen.

Stattdessen saß ich eine Weile da, mit dem Umschlag im Schoß, und dachte über die First-Class-Tickets nach. Was sie wohl zu bedeuten hatten? Ein paar Stunden später hatte Annabel uns alle angerufen und sich erkundigt, ob wir auch eine Einladung erhalten hätten. Es ging also nicht nur um mich.

Es fällt mir immer noch schwer, an die Vergangenheit zu denken. Manchmal frage ich mich, ob das, was ich heute durchmache, vielleicht die Strafe ist für das, was damals war. Und das Universum mir damit zu verstehen geben will, dass ich es verdient habe. Dass ich ein furchtbarer Mensch bin. Denn ist es nicht irgendwie auch egoistisch, dieses Wochenende als Chance auf die Vergebung meiner Sünden zu betrachten?

Die anderen sind furchtbar gespannt, wie Poppy jetzt wohl aussieht.

Mich beschäftigt viel mehr, was sie wohl von uns denkt.

»Ich glaube, Sie verwechseln da etwas«, sagt Esther zu Robin.

Aber Annabel findet den Irrtum urkomisch. Sie wirft den Kopf in den Nacken und lacht. »Ja. Ich bin die Braut. Stimmt's?«

»Ja.« Chloe grinst, trotzdem ist mir das Ganze ein Rätsel. Wie kommt Robin auf diese Idee?

Robin nickt. »Dann sind Sie also nur zu fünft. Eine kleine Hen Party, aber vielleicht hat das ja auch sein Gutes.«

»Na, erleichtert, Tanya?«, flüstert Chloe mir zu, und wieder hat sie dieses Blitzen in den Augen. »Poppy hat keine neue Freundin.«

Die drei reiben mir bei jeder Gelegenheit unter die Nase, dass Poppy und ich einmal gute Freundinnen waren. Wenn nicht sogar beste Freundinnen. Wir gingen auf dieselbe Grundschule und dachten uns nachmittags zum Zeitvertreib Geschichten aus. Aber als wir dann aufs Gymnasium kamen und ich mich mit den drei anderen anfreundete, verloren Poppy und ich uns aus den Augen. Wie das im Leben so ist. Zumindest redete ich mir das ein.

Von Zeit zu Zeit erinnern sie mich daran, dass ich fast genauso war wie Poppy. Die ständige Außenseiterin, die nirgends so richtig dazugehörte.

»Halt die Klappe, Chloe«, sage ich scharf, doch sie grinst nur.

Robin überhört unser Gezanke. »Wir sind gleich da. Nur noch ein Katzensprung.«

Der Rest der Fahrt vergeht ohne ein weiteres Wort, und beschauliche Stille macht sich breit. Obwohl wir nebeneinander auf der harten Bank sitzen, ist jede in ihre eigene Welt abgetaucht. Wie Annabel am Flughafen schon sagte, ist es eine Ewigkeit her, dass wir vier gemeinsam etwas unternommen haben. Zwar haben wir uns in den vergangenen Monaten ein paarmal zum Lunch getroffen, wenn auch nie alle zusammen, aber das verläuft stets nach demselben Muster – rein in den Laden, Essen und Getränke bestellen, die wichtigsten Neuigkeiten im Schnelldurchlauf, und dann bezahlen und ab durch die Mitte.

Deshalb ist es jetzt ein bisschen seltsam und ungewohnt, da wir seit Jahren nicht mehr so viel Zeit miteinander verbracht haben. Ich fand es angenehmer, sich nur zu zweit zu treffen, vor allem mit Annabel, auch wenn ich deswegen ein schlechtes Gewissen habe. Esther ist in letzter Zeit immer so abweisend. Was Chloe betrifft, versuche ich, ihr möglichst aus dem Weg zu gehen, damit sie mich nicht ständig entsetzt anstarrt. Dieser vorwurfsvolle Blick, sogar am Flughafen, als wollte sie der ganzen Welt verkünden, dass mit mir etwas nicht stimmt. Die anderen drei treffen sich bestimmt heimlich ohne mich. Ich weiß, ich kann manchmal ganz schön kratzbürstig sein. Ich kenne meine Schwächen. Und in letzter Zeit war ich ohne Frage noch schwieriger als sonst.

Aber das ist nicht allein meine Schuld.

Wir sind jetzt fast am Ziel, und selbst aus dieser Nähe kommt mir die Insel unfassbar klein vor. Als ich das sage, nickt Robin und stellt den Motor ab, während wir uns dem Anlegesteg nähern, der dem Pier auf dem Festland zum Verwechseln ähnlich sieht.

»Alles in allem acht Hektar«, sagt sie. »Aber da passt eine Menge drauf.«

Anders als auf dem Festland endet der Pier nicht an einem weißen Strand, sondern geht direkt in einen staubigen, von Bäumen und Büschen gesäumten Pfad über. Dahinter, im Inselinneren, erhebt sich ein kleiner Berg, an dessen Hang sich ein schmaler Weg zum Gipfel hinaufschlängelt.

Nachdem Robin das Boot vertäut hat, hilft sie uns wieder an

Land und bemerkt meinen Blick. »Ich nenne ihn den Deadman's Peak, aber offiziell hat er keinen Namen. Von hier aus sieht er sehr viel imposanter aus, als er tatsächlich ist. Der Weg zum Gipfel ist auch für Kinder problemlos zu bewältigen, man muss nur aufpassen, dass man nicht runterfällt, wenn man oben ist.« Sie gönnt sich ein Grinsen und weist mit einem Nicken auf unser Schuhwerk. »Sie haben hoffentlich nicht nur High Heels eingepackt, sonst wird der Aufstieg schwierig.«

»Keine Angst, ich bleibe am Strand«, sagt Chloe, wirkt aber nicht sonderlich begeistert. »Es gibt doch einen Strand, oder? Und nicht nur diesen … Sumpf.«

»Keine Sorge, nur ein paar Schritte, dann sind wir da.« Robin hievt unsere Koffer auf den Pier und drückt sie uns buchstäblich in die Hand. »Sonst landen sie am Ende noch im Meer. Na ja, immerhin würden wir sehen, wohin sie fallen.«

Sie hat recht; das Wasser ist hier sogar noch klarer – und gerade einmal einen Meter tief.

»Oh!«

Chloes unterdrückter Schrei lässt uns herumfahren. Mit ausgestrecktem Arm zeigt sie auf den Pfad, der ins Inselinnere führt. »Ist das etwa Poppy?«

Eine Frau kommt auf uns zu.

»Et voilà«, sagt Robin. »Sie hat offenbar das Boot gehört. Jetzt ist die Brautgesellschaft komplett.«

VIER

Esther

18. Mai 2023

Für die anderen war das kein Problem. Als die Einladung eintraf, ging es nicht etwa um die Frage, ob sie vier Tage freibekommen würden, sondern ob sie genug Bikinis im Schrank hatten.

Für mich bedeutete das ein ausführliches Gespräch mit meinem Chef, einem Mann, der berufstätige Frauen meines Alters immer noch wie Gebärmaschinen behandelt und ständig auf der Suche ist nach Gründen, Frauen loszuwerden, bevor sie tatsächlich schwanger werden. Er war zwar nicht sonderlich begeistert, aber er ist mit meinen Eltern befreundet, außerdem hatte ich seit über einem Jahr keinen Tag mehr freigenommen, also blieb ihm wenig anderes übrig, als seiner Enttäuschung darüber Ausdruck zu verleihen, dass ich den Urlaub so kurzfristig (drei Monate im Voraus) und zu einem so kritischen Zeitpunkt (wann wäre der nicht?) angemeldet hatte.

Eigentlich wollte ich im Urlaub meine ganzen ungelesenen E-Mails abarbeiten. Zur Beruhigung nestele ich an meiner Lieblingshalskette, einem Goldkettchen mit meinem Namen »Esther« in Kursivschrift.

Annabels Bemerkung im Flugzeug über Beziehungen hängt mir nach. Sie hat sich immer eingebildet, etwas Besseres, intelligenter, talentierter zu sein als wir – und am liebsten würde ich ihr ins Gesicht sagen, was für ein ödes und oberflächliches Leben sie führt. Ich habe wenigstens etwas aus mir gemacht.

Ihr Mann hatte selbstverständlich nichts dagegen, dass sie vier Tage verreist. Mein Freund Brad hingegen nahm es als weiteren Beweis dafür, dass ich zu wenig aktive Beziehungsarbeit leiste, und das, obwohl wir schon drei Jahre zusammen sind. Am Abend vor meiner Abreise gab er mir unmissverständlich zu verstehen, was er von der ganzen Sache hält. Gern würde ich mit den anderen darüber sprechen, aber sie sind alle so sehr mit sich selbst beschäftigt, dass sie mir wahrscheinlich gar nicht zuhören würden.

Ehrlich gesagt weiß ich nicht, warum ich überhaupt noch mit ihnen befreundet bin. Schon irgendwie traurig, dass wir uns auch nach so vielen Jahren weiterhin aneinanderklammern. Die meisten Leute, die ich kenne, haben sich weiterentwickelt und könnten sich nicht einmal vorstellen, mit ihren ehemaligen Klassenkameraden befreundet zu sein. Ich hingegen werde sie einfach nicht los, da nützte es auch nichts, dass ich zum Studium nach Warwick ging. Die anderen drei blieben in Bristol, Annabel studierte an der BU, Tanya an der University of West England, und Chloe absolvierte eine ihrer vielen abgebrochenen Ausbildungen, bis sie Photoshop für sich entdeckte. Das war meine Chance, mich endlich abzunabeln, doch wie ich leider feststellen musste, war es gar nicht so leicht, an der Uni neue Freunde zu finden. Klar lernte ich Leute kennen, aber nach dem Abschluss verschwanden sie alle nach London und lebten ihr eigenes Leben, in einer Blase, zu der ich nicht gehörte.

Also landete ich schließlich wieder in der alten Heimat und bei dem Trio infernale, und seitdem kleben wir aneinander. Selbst als Tanya wegen ihres neuen Jobs nach London zog, kam sie so oft nach Hause, dass sie ständig hier zu sein schien. Manchmal sehe ich in den Spiegel und entdecke erste Falten und frage mich, wo all die Jahre geblieben sind.

Als Tanya mich in die Rippen stößt, schrecke ich aus meinen

Gedanken und bemerke, dass alle wie gebannt in eine Richtung starren. Ich hebe den Blick, und jetzt sehe ich sie auch: die Frau, die auf uns zukommt.

»Das kann unmöglich Poppy sein.« Chloe klappt die Kinnlade herunter.

»Das *ist* Poppy«, sagt Robin. Weder bemerkt sie, wie geschockt wir sind, noch scheint es sie zu stören, dass wir Poppy nicht auf Anhieb erkennen.

Poppy Greer war ein dickes, unbeholfenes Mädchen mit Zahnspange und fettigem mattbraunem Haar. Beim Gehen ließ sie die Schultern hängen, wahrscheinlich weil sie sowieso immer zu Boden starrte. Eine Aura der Verzweiflung umgab sie wie ein übler Geruch, den man an warmen Tagen manchmal sogar riechen konnte.

Aber die Frau, die uns da entgegenkommt, ist nie und nimmer Poppy Greer, so groß und schlank und nach Zimt duftend; ihr Parfum ist derart intensiv, dass wir es noch aus einem Meter Entfernung riechen können. Sie trägt flache Sandalen, trotzdem überragt sie uns alle, selbst mich, um Haupteslänge, und das schulterfreie Häkelkleid, unter dem sie einen grellorangenen Bikini trägt, vermag ihren sonnengebräunten, durchtrainierten Körper nur notdürftig zu verhüllen. Es ist nicht nur ihr verändertes Äußeres – sie hat sich eindeutig die Lippen aufspritzen, die Nase machen und die Augenbrauen so shapen lassen, dass sie ihr markantes Gesicht perfekt umrahmen –, sondern ihre ganze Körperhaltung, die sie sozusagen zu einem neuen Menschen macht. Mit ihren straffen Schultern und dem leicht gereckten Kinn strahlt sie eine Ruhe und Souveränität aus, die nicht den leisesten Zweifel daran lässt, dass sie keine Angst mehr hat, uns gegenüberzutreten.

Gott, müssen wir sie jetzt umarmen? Oder wie läuft das hier? Annabel scheint ernsthaft darüber nachzudenken. Sie hebt halbherzig die Arme, und als Poppy nicht reagiert, tut sie, als müsse sie sich strecken.

Bei jeder anderen würde ich losstürzen und sie fest in die Arme schließen, ob sie wollte oder nicht, so bin ich nun mal. Aber das hier ist nicht jede andere. Das hier ist Poppy Greer. Wenn auch nicht die Poppy Greer, die wir damals kannten – eine neue, selbstbewusste, attraktive Poppy, die meinen ganzen Körper in Aufruhr versetzt.

»Hallo, zusammen«, sagt sie. Selbst ihre Stimme hat sich verändert. Früher hat sie immer leicht gezittert und so ihre Nervosität verraten. Jetzt klingt sie tief und fest. »Ich freue mich ja so, dass ihr endlich da seid.«

Doch in ihren Augen sehe ich dieselbe alte Poppy. Dieses strahlende Blau, das Beste an ihr, und jetzt erkenne ich auch die Sommersprossen, die sich von einer Wange zur anderen ziehen, quer über ihre Nase. Auch ihr Haar ist noch dasselbe wie damals, mit dem Unterschied, dass der feuchte Glanz jetzt nicht mehr von Fett, sondern von Meerwasser herrührt. Sie hat die mattbraunen Strähnen zu einem Pferdeschwanz gebunden, der ihr auf eine Schulter hängt.

»Ich kann nicht glauben, dass du es wirklich bist«, sagt Chloe, wie üblich direkt auf den Punkt. »Du siehst so verändert aus!«

Poppy lacht, kurz und schrill, was in meinen Ohren irgendwie falsch klingt. »Ich fürchte, ja. Soll ich das als Kompliment verstehen?«

»Absolut.« Chloe lässt jedes Taktgefühl vermissen. »Du musst mir unbedingt den Namen deines Personal Trainers verraten.«

»Hundert Prozent Eigenleistung«, sagt Poppy.

Als ich mir die Frage stelle, wie lange wir wohl noch auf diesem Pier herumstehen und uns Chloes unhöfliche Bemerkungen über Poppys neuen Look anhören sollen, übernimmt Robin das Kommando.

»Was halten Sie von einem kleinen Rundgang über die Insel?«, fragt sie. »Ihr Gepäck können wir unterwegs in Ihren Unterkünften abladen.«

Sie geht voran, den Pfad entlang, und wir folgen ihr. Wir haben automatisch Paare gebildet. Annabel – die es sichtlich genießt, noch ein paar Minuten die Braut zu spielen – und Robin an der Spitze, Poppy und Chloe in der Mitte, Tanya und ich als Schlusslicht. Tanya sieht mich mit hochgezogenen Augenbrauen an und weist mit einem Nicken nach vorn.

»Was hältst du von Poppy?«, flüstert sie. Sie reibt sich die Nase mit den Fingern, ohne sich der irritierenden Geste bewusst zu sein. Sie hat rissige Lippen, was die grelle Sonne noch betont.

»Wahnsinn«, zische ich zurück und versuche, meine Pumps möglichst staubfrei zu halten, was sich jedoch schnell als aussichtslos erweist. »Sie sieht aus wie ein komplett anderer Mensch.«

»Fast«, sagt Tanya. »Hinter der Fassade sehe ich immer noch die alte Poppy. Meinst du wirklich, sie hat sich so sehr verändert?« Sie ist buchstäblich starr vor Ehrfurcht, kann kaum den Blick von Poppy wenden. Ich glaube, ihr zittern sogar die Hände.

»Ich bin mir noch nicht ganz schlüssig«, sage ich. Und Tanya lächelt.

Nach einer Weile mündet der Pfad auf den großen Rasen, den wir aus der Broschüre kennen. Ein kleiner Gecko flitzt im Gras an uns vorbei, und ich höre Chloe kreischen. Als wir beim Haus ankommen, sehen wir, dass sich dahinter ein Windrad versteckt, und die bunt zusammengewürfelten Liegestühle und Gartenmöbel lassen das Ganze unordentlicher erscheinen, als uns die Broschüre weismachen wollte. Trotzdem ist die Terrasse wunderschön, das Licht trifft auf den Steinfußboden und wird prompt zurückgeschleudert, eine einzige große Sonnenfalle. In der Ecke steht ein großer Gegenstand mit einer Plane darüber, bestimmt ein Whirlpool; ich kann es kaum erwarten, ihn auszuprobieren. Das Gelände scheint ziemlich weitläufig zu sein, die Palmen wispern sanft im Wind, und wie ich sehe, hat Poppy sich gesonnt, denn auf dem frisch gemähten Rasen liegen Handtücher, die von Pimm's-Pitchern in Form und an ihrem Platz gehalten werden.

»Das hier ist der zentrale Bereich, und das ist die Main Lodge«, sagt Robin. Sie öffnet die Haustür, und wir treten ein, auch Poppy, die den Rundgang vermutlich schon heute Vormittag absolviert hat. Die Tür führt in einen täuschend großen Essbereich, mit orangefarbenen Fliesen, weißen Wänden und einer Küche der gehobenen Preisklasse. »Keine Sorge, wir sind mit allem modernen Komfort ausgestattet. Den Strom erzeugen wir mit einem Windrad und Solarpanels. Ich habe auch sämtliche Lebensmittel mitgebracht, um die Poppy mich heute Morgen gebeten hat, der Kühlschrank ist also voll bis obenhin. Gleiches gilt für die Speisekammer. Sie haben offenbar eine Menge vor.«

Schwingt da etwa Wehmut mit in ihrer Stimme? Ob Robin je auf der Insel übernachtet hat?

»Aller moderne Komfort, außer WLAN«, sagt Chloe.

Robin lächelt tapfer weiter, wirkt jedoch leicht genervt. »Ja, leider.«

Hinter dem Wohnbereich befinden sich zwei Bäder, beide mit begehbaren Duschen, und dahinter ein großes Schlafzimmer mit dem gleichen orangefarbenem Fliesenboden, der sich anscheinend durch das gesamte Haus zieht. Bettwäsche und Vorhänge sehen aus wie aus den Siebzigern herübergebeamt. Das Doppelbett, zweimal zwei Meter, bildet den Mittelpunkt des Zimmers, das ansonsten, abgesehen von den schrillen Accessoires, eigentlich ziemlich schmucklos gehalten ist. Über dem Bett hängt ein großes Gemälde, aber bevor ich Gelegenheit bekomme, es mir genauer anzusehen, meldet Poppy sich zu Wort, und wir alle drehen uns zu ihr um.

»Dieses Zimmer habe ich genommen, ihr habt hoffentlich nichts dagegen«, sagt sie.

»Es ist die modernste Unterkunft«, sagt Robin. »Die Hütten sind zwar mit eigenen Bädern ausgestattet, aber die haben so ihre Macken.«

Macken? Chloe und Annabel tauschen entsetzte Blicke, worüber ich grinsen muss.

Wir setzen den Rundgang fort. Robin zeigt uns die Hütten hinter dem Haus, zu denen man über einen schmalen, von Bäumen und Büschen gesäumten Pfad gelangt. Die Tür führt direkt in die etwas geschmackssicherer – mit pfirsichfarbenen Teppichen und babyblauer Bettwäsche – ausstaffierten Zimmer, an die sich winzige Bäder mit Dusche, Toilette und Waschbecken anschließen, von derselben Farbe wie das Grün vor den Fenstern. Es ist zwar einfach, aber wenigstens gibt es fließendes Wasser und eine Klimaanlage. Ich hatte schon Angst, dass wir am Ende aussehen würden, als hätten wir an einer Survivalshow teilgenommen. Jede sucht sich eine Hütte aus, wir deponieren unser Gepäck auf den Betten und folgen Robin an den Strand.

»O mein Gooooott!«, kreischt Chloe, läuft hektisch durch den Sand und zückt ihr Handy, um Fotos zu schießen. »Kann eine von euch vielleicht ein Foto von mir mit dem Meer im Hintergrund machen? Das ist der Wahnsinn!«

Allerdings. Ein Bild wie von einer Postkarte oder aus einem Film, ein langer, verschwenderischer Streifen weißen Sandes, beleckt von geradezu unfassbar klarem Wasser; die Flut spült kleine Wellen an Land. Sonnenliegen stehen entlang des Pfades aufgereiht, der zu dem Pavillon aus der Broschüre führt, der inzwischen um eine Bar erweitert worden ist, bestückt mit zahllosen wundersamen Spirituosen. Der Strand erstreckt sich mindestens anderthalb Meilen in die eine Richtung. Zur rechten Seite hin grenzt er an den Berg. Gut, dass ich meine neuen Laufsneaker mitgebracht habe. Das ist die perfekte Strecke, um sie auszutesten.

»Auf der anderen Seite der Insel gibt es noch einen kleineren Strand, aber um dahin zu kommen, muss man sich ein ganzes Stück durchs Unterholz schlagen«, sagt Robin. »Ich an Ihrer Stelle würde mich an den hier halten. Ein Stück in diese Richtung gibt es ein paar Gezeitentümpel, die sind ideal zum Angeln.«

»Ich glaube zwar nicht, dass wir hier angeln werden«, sagt Annabel. »Trotzdem, es ist wirklich toll hier.«

Selbst Tanya, die seit unserer Ankunft am Flughafen aussieht, als wäre sie schwer erkältet, strahlt bei diesem Anblick über beide Backen. Sie zieht die Schuhe aus und vergräbt die Füße im Sand, und wir anderen tun es ihr nach. Der Nachmittag schwindet langsam, aber sicher dahin, ein erster zarter Hauch von Rosa und Orange färbt den Himmel, und die wohlige Wärme des Sandes durchströmt meinen Körper.

»Ich habe Poppy gezeigt, wo das Notfalltelefon ist, aber noch mal zu Ihrer Information: Es hängt neben dem Windrad«, erklärt Robin, obwohl ihr außer mir niemand mehr zuhört. »Die Leuchtraketen sind unter der Küchenspüle, und in den beiden Bädern in der Main Lodge finden Sie je ein Erste-Hilfe-Set. Noch irgendwelche Fragen?«

»Wollen Sie nicht noch auf ein Glas bleiben?«, fragt Poppy.

»Ich möchte nicht stören.« Robin schüttelt den Kopf. »Dann fahre ich jetzt besser, bevor es dunkel wird.«

»Wir bringen Sie noch zum Boot«, sagt Poppy. »Danke für Ihre Mühe.«

»Gern geschehen. Haben Sie alles, was Sie brauchen?«

»Jetzt ja.« Poppy weist mit einem Nicken auf uns, was mich unwillkürlich die Stirn runzeln lässt.

»Kommt, gehen wir«, sagt Poppy, und wir trotten höflich schweigend hinter ihr her.

»Seit wann lassen wir uns von Poppy Greer vorschreiben, was wir zu tun haben?«, sagt Chloe leise.

»Sie ist die Braut«, ruft Annabel ihr ins Gedächtnis.

Chloe streckt ihr die Zunge heraus. »Was unser Tour Guide aber anscheinend nicht weiß.«

»Nee.« Annabel kichert. »Aber was soll's? Ich fand es eigentlich ganz nett, so im Mittelpunkt zu stehen.«

»Wir müssen Poppy unbedingt nach ihrem Verlobten fragen«, flüstert Chloe. »Wenn Rachel weg ist.«

»Robin«, verbessere ich sie. »Sie heißt Robin.«

»Ist doch egal.« Sie zuckt die Achseln.

Da sie sich um uns keine Sorgen mehr zu machen braucht, sitzt Robin schon im Boot, als wir am Pier eintreffen, und legt ab. Poppy steht am Ende des Piers und ruft ihr zu: »Bis bald.« Da wir uns von ihr ein wenig im Stich gelassen fühlen, trete ich ein paar Schritte vor und winke ihr zum Abschied.

Es wird sehr seltsam werden ohne Robin, so viel steht fest. Jetzt, wo sie nicht mehr da ist, müssen wir uns mit Poppy abgeben. Daran führt kein Weg vorbei.

Dabei finde ich Annabel, Tanya und Chloe eigentlich schon anstrengend genug. Wir haben uns so lange nicht gesehen, dass ich ihre nervtötenden Marotten – Chloes Taktlosigkeit, Annabels spitze Zunge und Tanyas Überspanntheit – schon vergessen hatte.

Robin winkt uns ein letztes Mal, während das Boot allmählich Fahrt aufnimmt. Wir schauen ihr nach, bis sie nur noch ein Punkt in der Ferne ist, auf dem Weg zurück zum Festland, das mit einem Mal unendlich weit weg scheint.

»Na dann«, sagt Poppy. Sie hält zwei Flaschen Champagner hoch, in jeder Hand eine. »Wollen wir die Party starten?«

»Was du heute kannst besorgen …«, bemerkt Chloe.

Unterdessen ist Robin in der hereinbrechenden Dunkelheit verschwunden; als ich mich umdrehe und aufs Meer hinausblicke, ist weit und breit niemand mehr zu sehen. Wir sind allein.

Was denkst du, Poppy?

Wie fühlt es sich an, die Braut auf dieser Hen Party zu sein? Und alle Fäden in der Hand zu halten?

Vielleicht ist es befreiend. Endlich hast du so etwas wie Macht. Wenn auch nur ein kleines bisschen.

Schon als wir auf der Insel ankamen, habe ich gespürt, wie die Atmosphäre sich langsam, kaum merklich veränderte, nachdem wir begriffen hatten, dass ausnahmsweise einmal du es bist, die führt und nicht folgt. Ich hatte solche Gewissensbisse wegen damals; das hier gibt mir vielleicht Gelegenheit, endlich Frieden zu finden.

Die Insel hat was. Und birgt unbegrenzte Möglichkeiten.

Im Grunde meines Herzens weiß ich, dass »Frieden finden« nicht dazugehört.

Ich bin nicht ohne Grund hierhergekommen. Auch wenn die anderen davon nichts ahnen.

Es wird Zeit, mit der Vergangenheit abzuschließen, ein für alle Mal.

Eins steht jedenfalls fest: Nicht alle werden diese Insel lebend verlassen.

FÜNF

Annabel

18. Mai 2023

Das Wichtigste zuerst«, sagt Poppy. »Ich brauche eure Handys.«

Wir haben uns gerade mit unserem Champagner niedergelassen, auf der Terrasse mit Blick auf den Strand. Wir haben noch nicht ganz begriffen, was sie gesagt hat, da spricht Chloe auch schon aus, was alle denken.

»Was soll das heißen, du *brauchst* unsere Handys?«

Ihr Unbehagen ist ihr deutlich anzusehen. Poppy lächelt. »Hier gibt's sowieso kein Netz, aber Regel Nummer eins meiner Hen Party lautet: Technik ist tabu. Wir sind hier auf einer Insel, und ich will, dass wir jeden Moment bewusst erleben. Kein WhatsApp, keine Telefonate, keinerlei Ablenkung. Und wenn ihr Fotos machen wollt, dann hiermit.« Zu unserem Erstaunen hält sie plötzlich eine kleine Digitalkamera in der Hand, wie man sie zuletzt in den Nullerjahren gesehen hat.

»Du verstehst das nicht«, sagt Chloe. »Mein Handy ist mein Job. Ich muss unbedingt Fotos von diesem Trip machen und sie hochladen.«

»Das kannst du auch hinterher noch.« Ihr Lächeln bleibt stabil. Damit hat sie gerechnet. Ihr war klar, dass wir uns von unseren Smartphones nicht ohne Weiteres trennen würden, aber das ist ihr anscheinend egal.

Ich checke mein Handy, aber ich habe ohnehin keinen Empfang. Wäre es wirklich so schlimm, es abzugeben?

»Meinetwegen«, sage ich und reiche es ihr, und das bleibt nicht ohne Wirkung. Schulterzuckend überlässt jetzt auch Tanya Poppy ihr Handy, nicht ohne zuvor zu kontrollieren, ob es auch wirklich aus ist.

»Ich verwahre sie in meinem Zimmer«, sagt Poppy. »Keine Angst, hier schnüffelt niemand rum. Aber es ist meine Party, ich bin die Braut. Und den kleinen Gefallen könnt ihr mir ja wohl tun, schließlich habe ich euch diesen Luxustrip spendiert.«

Esther seufzt. »Sonst checke ich sowieso nur ständig meine Job-Mails. Also, mir soll's recht sein. Bitte sehr.«

Poppy kassiert das dritte Handy und sieht Chloe stirnrunzelnd an. »Du willst doch keinen Ärger machen, bevor die Party überhaupt begonnen hat, Chloe. Oder?«

Chloe schüttelt den Kopf. »Gut, meinetwegen. Da. Nimm. Ich kann ja immer noch behaupten, ich hätte ein Digital Detox gemacht.«

»Perfekt.« Poppy zieht eine verzierte, mit dunkelblauem Stoff ausgeschlagene Holzkiste unter ihrem Liegestuhl hervor. Sie legt unsere Handys hinein, knallt den Deckel zu und lässt es sich nicht nehmen, sie mit einem winzigen Schlüssel zu verschließen. Chloe will protestieren, aber Esther fasst sie am Arm und bringt sie so zum Schweigen. »Jetzt gibt es kein Zurück mehr. Ich bringe das rasch in mein Zimmer und bin gleich wieder da.«

»Also, ich weiß nicht«, murmelt Chloe, und wir schauen Poppy nach, wie sie davongeht, mit selbstbewussten Schritten und wippendem Pferdeschwanz. »Was hat sie für ein Problem mit Technik?«

Irgendwo schreit ein Vogel, und Blätter rascheln, als er davonfliegt. Langsam neigt die Sonne sich zum Horizont, der Wind frischt auf, und wir sind dankbar für den kühlen Hauch.

»So eine kleine digitale Auszeit ist doch auch mal ganz schön«, sage ich. Außerdem muss ich mich dann nicht darüber ärgern, dass Andrew mir nicht schreibt. »Schaut euch das an.«

»Annabel hat recht«, sagt Esther. »Ist doch keine große Sache. Nur vier Tage. Und das sage ich, obwohl ich weiß, dass mich bei meiner Rückkehr mindestens zweihundert E-Mails erwarten. Wie befreiend. Alles hat seine guten Seiten.«

Chloe verdreht die Augen. »Ihr habt sie ja wohl nicht mehr alle. Aber was soll's. Ich spiele nicht die Drama Queen.«

»Zur Abwechslung«, frotzele ich, und die anderen lachen, während Chloes Miene sich verfinstert.

Ich komme mir richtig nackt vor, so ohne mein Handy. Reflexartig greife ich in meine Handtasche und taste umher, bevor es mir wieder einfällt; stattdessen hole ich mein Lipgloss hervor und lege nach, damit Chloe nichts bemerkt. Den Triumph gönne ich ihr nicht. Poppy kommt mit einer weiteren Flasche Champagner und Wein auf die Terrasse zurück, ihre flachen Sandalen klacken auf den Holzdielen.

»Noch ein Schlückchen, Ladys?«, fragt sie und schenkt uns nach. »Trinken wir auf unser Wiedersehen.«

Ich frage mich, ob sich überhaupt eine von uns an unser letztes Zusammentreffen erinnert. Aber ich tackere mir ein Lächeln ins Gesicht und erhebe mein Glas.

»Auf unser Wiedersehen«, sage ich, und die anderen tun es mir nach und leeren ihre Gläser. Der fruchtige Champagner kitzelt in der Kehle.

»Ihr habt bestimmt tausend Fragen«, sagt Poppy und gießt uns allen Weißwein ein. Sie füllt die Gläser fast bis zum Rand. »Aber zuerst möchte ich noch einmal sagen, wie sehr ich mich freue, dass ihr hier seid.«

Chloe nimmt wie immer kein Blatt vor den Mund und stellt

die Frage, die uns allen auf den Nägeln brennt. »Warum hast du uns überhaupt eingeladen? Und dann sollen wir auch noch die Brautjungfern sein?«

»Ihr vier seid mir eben wichtig.« Poppy trinkt einen Schluck Wein, und plötzlich wirkt sie gar nicht mehr so selbstbewusst, denn wenn mich nicht alles täuscht, zittern ihr ein ganz klein wenig die Hände. »Das beruht vielleicht nicht auf Gegenseitigkeit, aber ich kann euch aufrichtig versichern, dass ihr vier meinen gesamten Lebensweg geprägt habt. Ohne euch wäre ich heute nicht da, wo ich bin.«

Einen Moment lang herrscht betretenes Schweigen. Selbst Chloe scheint es die Sprache verschlagen zu haben, und ein ratloses Stirnrunzeln verschattet ihr Gesicht.

»Und warum hast du dich dann so lange nicht gemeldet?«, fragt sie. »Erst dachten wir, die Einladung wäre ein Joke, schließlich hatten wir zehn Jahre nichts von dir gehört.«

Poppy zuckt die Achseln. »Irgendwie hat es nie so richtig gepasst. Euch zum Lunch einzuladen oder so war mir zu wenig. Es war der perfekte Zeitpunkt. Einer der wichtigsten Momente meines Lebens steht kurz bevor. Und daran wollte ich euch teilhaben lassen. Zum Glück habt ihr alle zugesagt. Ich hab's ja gleich gewusst.«

»Und was ist mit dem, was wir dir angetan haben?«, fragt Tanya leise und erntet dafür irritierte Blicke. Sie trägt nach wie vor den dicken Pulli, den sie schon im Flugzeug anhatte, obwohl er ihr sichtlich zu warm ist. Warum zieht sie ihn nicht einfach aus?

Tanya hat unsere albernen Schulmädchenstreiche immer schon überbewertet. Und Poppy offensichtlich auch, sonst hätte sie wohl kaum davon gesprochen, welch großen Einfluss wir auf ihr Leben hatten. Was für ein Schwachsinn. Wen interessiert denn, was vor hundert Jahren in der Schule vorgefallen ist? Wir sind schließlich erwachsen und keine Teenager mehr. Das ist doch alles Schnee von gestern.

»Tanya«, blafft Esther sie an, aber Poppy lacht nur.

»Genau darum geht es doch«, sagt sie. »Lasst uns die Vergangenheit begraben. Das Leben geht weiter. Damals habe ich mir nichts sehnlicher gewünscht, als eure Freundin zu sein. Meint ihr, das lässt sich nachholen?«

»Ist das dein Ernst?«, flüstert Tanya, doch Chloe fällt ihr ins Wort.

»Vielleicht. Wenn du uns auch weiterhin den einen oder anderen Urlaub auf einer Privatinsel spendierst«, sagt sie, gibt uns aber mit einem Grinsen zu verstehen, dass selbst sie, die eingefleischte Materialistin, womöglich nur einen kleinen Scherz gemacht hat.

»Wer ist denn der glückliche Bräutigam?«, wechselt Esther eilig das Thema. »Wir wissen gar nichts über ihn.«

»Ach ja«, sagt Poppy. »Mein Bräutigam.«

Wir wechseln fragende Blicke.

»Ich glaube, über den sprechen wir später«, sagt Poppy. »Wenn wir ein bisschen mehr getrunken haben.«

»Ich bin dabei«, sagt Chloe, leert ihr Glas und schenkt sich nach. »Was machst du eigentlich beruflich, Poppy? Ich habe gesehen, dass du mir auf Instagram folgst. Da bin ich eine ziemlich große Nummer. Fast eine Million Follower.«

Poppy zieht die Augenbrauen hoch, als sei sie beeindruckt, aber ich spüre: Sie tut nur so. »Ja, das habe ich gesehen. Dann bist du wohl jeden Tag auf Instagram, kein Wunder, dass du keine Zeit hast, mir zurückzufolgen. Reife Leistung, Chloe. Was mich betrifft, ich bin Ärztin am Great Ormond Street Hospital und mache gerade eine Fortbildung zur Kinderkardiologin.«

Da ist Chloe baff.

»Wow, krass«, murmelt sie.

Allerdings. Klar, dass Poppy clever ist, wussten wir, aber es in unserem Alter schon so weit gebracht zu haben, ist in der Tat unglaublich. Sogar Tanya und Esther sind beeindruckt – oder eine Mischung aus beeindruckt und geschockt. Weil wir dachten, dass Poppy, trotz ihrer Intelligenz, im Wesentlichen genauso enden würde wie wir. In irgendeinem beschissenen Bürojob, mit hochfliegenden Träumen, die sich nie erfüllen werden. Wenn nicht Schlimmeres.

»Ich wusste, dass du es schaffen würdest«, sagt Tanya, und Poppy sieht sie schief an.

»Malst du noch?«, frage ich.

Poppy nickt, scheint aber nicht recht zufrieden damit. »Ich hatte das Glück, meine Bilder in Galerien im ganzen Land ausstellen zu können. Die Leute lieben meine Sachen. So langsam, aber sicher mache ich mir einen Namen.«

»Das ist ja fantastisch«, sage ich, obwohl ich immer noch Bauchschmerzen bekomme, wenn ich daran denke, was wir ihr damals angetan haben.

Mit Poppys ganzer Energie stimmt irgendetwas nicht, auch wenn ich nicht den Finger darauflegen kann. Vielleicht habe ich mich an die neue Poppy nur noch nicht gewöhnt, aber das allein ist es nicht. Als sie verkündete, was sie beruflich macht, wirkte sie arrogant und selbstgefällig. Sie weiß, dass wir ihr in puncto Job nicht das Wasser reichen können. Und sie hat die Gesprächsführung an sich gerissen.

»Und was habt ihr all die Jahre so getrieben?«, fragt sie und sieht mich an. »Annabel? Wie ist das Eheleben so? Du musst mir unbedingt davon erzählen.«

Ich runzle die Stirn. Wie das Eheleben so ist? Ich weiß auch nicht. Andrew hat mir nicht einmal einen romantischen Antrag gemacht – eines Tages kamen wir an einem Juwelier vorbei, und ich zeigte ihm, was mir gefiel, worauf er meinte, wir sollten »vielleicht« ans Heiraten denken. Ich bekam nicht einmal einen Ring. Stattdessen ließ er mich einen Ehevertrag unterschreiben. Aber ich war – bin – so sehr in ihn verliebt, dass mir das egal war. Heute würde ich wahrscheinlich auf dem Ring bestehen. Tja. Ich habe mir später selbst einen gekauft. Andrew gab mir seine Kreditkarte und sagte, ich soll mir kaufen, was ich möchte, und das ist ja im Prinzip dasselbe. Jetzt sind wir seit drei Jahren glücklich verheiratet. Anders als andere Paare streiten wir uns nie. Und wir treffen uns regelmäßig mit Andrews Kollegen zum Essen oder auf einen Drink.

»Schön«, sage ich, als ich bemerke, dass alle auf eine Antwort warten. »Es wird dir gefallen, Poppy. Vorausgesetzt du hast dir den richtigen Mann ausgesucht. Wie ich.«

»Stimmt, du hattest ein gutes Händchen«, sagt Poppy.

»Woher willst du das wissen?«, geht Esther dazwischen. »Du kennst Andrew doch gar nicht. Aber du hast dir den Richtigen geangelt, Annabel«, setzt sie hinzu. Mir klappt die Kinnlade herunter. »Glaub's mir. Das gilt übrigens auch für Tanya. Harry ist ein Schatz.«

»Na ja, die Ehe hält nun schon über drei Jahre, dann muss er wohl der Richtige sein«, sagt Poppy. »Meinst du nicht auch, Chloe?«

Chloe wirkt erschrocken. Sie hat eindeutig nicht zugehört und trauert vermutlich noch immer ihrem Handy nach. »Doch, doch.«

»Das freut mich«, sagt Poppy.

Ich möchte Poppy ein paar Fragen stellen, aber sie kommt mir zuvor und wendet sich nun Esther zu. »Und was machst du so, Esther?«

»Ich bin Investmentbankerin bei Goldman Sachs«, antwortet Esther und reckt das Kinn. »Mir geht es sehr gut.«

»Das ist ja großartig.« Poppy beugt sich vor. »Du schätzt deine Arbeit sicher sehr.«

»Ja«, sagt Esther. Sie kichert nervös. »Im Ernst, sie bedeutet mir alles.«

»Das verstehe ich«, sagt Poppy. »Das geht mir genauso. Also lass dir den Job bloß nicht wegnehmen.«

Aus irgendeinem Grund blickt Esther erst zu Tanya und dann, errötend, auf ihren Schoß. Auch Chloe scheint Tanya anzusehen. Habe ich was verpasst? Warum ist es auf einmal so still?

Plötzlich steht Poppy auf, hebt die Arme über den Kopf und entblößt, wie zufällig, ihren straffen Bauch. »Was haltet ihr davon, wenn wir in den Whirlpool umziehen? Da gibt es eine Steckdose für den CD-Player. Voll retro, ich weiß. Chloe, warum hilfst du mir nicht, den Alk rüberzutragen?«

»Ähm, okay.« Chloe, die sich normalerweise von niemandem sagen lässt, was sie zu tun hat, steht auf.

Esther, Tanya und ich müssen unwillkürlich darüber lachen, dass dieser kleinen Diva endlich mal jemand ein paar Takte angesagt hat, und dann auch noch so cool und lässig.

Wir wollen gerade aufstehen, da dreht Poppy sich um.

»Ich habe ja ganz vergessen, Tanya zu fragen, was sie jetzt macht!«, sagt sie. »Obwohl … das eine oder andere weiß ich natürlich schon. Wer hat nicht von Tanya Eveshams großartigen Social Events gehört? Ich hoffe, ich kriege irgendwann auch mal eine Einladung.«

Tanya fühlt sich sichtlich ertappt und läuft rot an. »Hat sich das wirklich bis zu dir herumgesprochen?«

»Wie könnte es anders sein?«, sagt Poppy. »Wir Londoner müssen schließlich zusammenhalten, nicht wahr? Wir sind dem grauenvollen Bristol nicht umsonst entflohen. Deine Partys waren ja da schon der einzige Lichtblick. Auch wenn ich jobmäßig so ausgelastet war, dass ich dafür gar keine Zeit hatte. Dumm gelaufen.«

»Früher sind wir immer hingegangen«, platze ich heraus, weil Tanya zur Salzsäule erstarrt zu sein scheint. »Wir drei, meine ich. Tanya hat uns nach London eingeladen, und wir haben das ganze Wochenende durchgefeiert. Ich war schon ewig auf keiner Party mehr. Die letzte liegt ein halbes Jahr zurück, aber da konnte ich leider nicht.«

»Ich glaube, ich hab davon gehört«, sagt Poppy. »Es war der Geburtstag einer reichen Erbin. Stimmt's, Tanya?«

»Das weiß ich nicht mehr.« Tanya spielt nervös mit den Fingern. »Ich organisiere so viele, da verliert man manchmal den Überblick.«

»Du warst doch dabei, Esther, oder?«, fragt Poppy.

Esther wirkt überrascht. »Ja, ich glaube schon. Chloe war auch da.«

»Wenn du mal wieder eine schmeißt, musst du mich unbedingt einladen«, sagt Poppy. »Versprochen?«

»Na klar«, erwidert Tanya in einem Tonfall, der das genaue Gegenteil andeutet.

Wir ziehen an den Whirlpool um und machen den Bereich zu unserer Partyzone. Poppy zeigt uns, wo alles ist, und dann spannen Chloe und ich zwischen dem Dach der Lodge und einer Palme ein Banner, auf dem in großen pinken Lettern steht: »DER BRAUT ALL THE BEST!« Wir blasen sogar ein paar Luftballons auf und befestigen sie rings um den Whirlpool. Chloe, die für die Drinks zuständig ist, hat nicht nur eine Kühlbox mit Cider und Bier herbeigezaubert, sondern aus zwei Liegestühlen obendrein eine kleine Bar improvisiert, auf der Schnapsflaschen, Shaker und Plastikbecher bereitstehen. Auf einem Barhocker stapeln sich ein paar Kartons mit Pizzas, die Poppy vorhin zubereitet hat und die kalt gegessen werden können. Die CD-Auswahl ist zwar begrenzt, aber im Player liegt eine »Now That's What I Call Music«-Compilation, und einem guten Britney-Song kann schließlich niemand widerstehen. Die Stimmung ist entspannt. Poppy streift ihr Kleid ab und steigt im Bikini in den Whirlpool, der einladend vor sich hin blubbert. Bin ich tatsächlich erleichtert, als ich sehe, dass sie Dehnungsstreifen an den Schenkeln hat, dass sie doch nicht absolut perfekt ist? Möglich.

»Zieht euch um«, sagt Poppy. »Ich warte hier auf euch.«

Ich bin noch nicht ganz fertig, als Chloe in einem orangefarbenen Zweiteiler meine Hütte betritt. Sie setzt sich auf die Bettkante und verknotet ihre Haare umständlich zu einem Dutt.

»Wenn du mich fragst, hat Poppy deutlich zu viel an sich machen lassen«, sagt sie zur Begrüßung.

»Das sagt die Richtige.« Ich finde nichts dabei, mich vor Chloe umziehen, schließlich sind wir seit einer Ewigkeit befreundet, also ziehe ich Leggings, Oberteil und BH aus, nach der langen Reise eine wahre Wohltat. Eigentlich würde ich am liebsten erst einmal unter die Dusche steigen und mir den Dreck von Flugzeug, Taxi und Boot von der Haut waschen, aber ich möchte die anderen nicht warten lassen und entscheide mich für den pastellgelben Bikini, den Andrew früher so mochte. Meinen Koffer kann ich auch später noch auspacken. Poppy hat uns keine Zeit zum Eingewöhnen und Atemholen gelassen.

Chloe steckt ihre Haare fest und betrachtet sich in dem bodenlangen Spiegel neben dem Kleiderschrank. Sie rümpft die Nase und runzelt die Stirn. »Ich sehe wenigstens natürlich aus. Poppy hingegen sieht aus, als hätte es jemand mit Photoshop übertrieben.«

»Du bist doch bloß neidisch.« Lachend weiche ich der Haarbürste aus, die Chloe nach mir wirft. »Gib's doch zu, Chlo, du kannst es kaum erwarten, sie nach dem Namen ihres Schönheitschirurgen zu fragen.«

Sie schmollt, widerspricht jedoch nicht. Sie will die Haarbürste aufheben gehen und bleibt vor dem Gemälde stehen, das neben dem Fenster an der Wand hängt.

»Ey, zieh dir das rein.«

Ich drehe mich zu ihr um. »Was?«

»Das Bild.« Sie lacht, aber es klingt gekünstelt. »Es erinnert mich an Poppys Bilder von früher. Sie hat offenbar ihre alten Bilder hier aufhängen lassen.«

Ich betrachte das Gemälde. Chloe hat recht. Poppys Bilder hatten ein eindeutiges Erkennungsmerkmal – schwungvolle Pinselstriche, mit denen sie die dick aufgetragenen Farben auf der Leinwand mischte und die Linien zwischen den Objekten verwischte, selbst wenn sie etwas ganz Konventionelles malte. Oft wählte sie grelle Farben, die sich gegen einen filigranen Hintergrund abhoben, und dieses Bild ist keine Ausnahme. Es ist eine Version von Leonardo da Vincis »Letztem Abendmahl«, und die Jünger und besonders Jesus sind in derart schrillen Farben dargestellt, dass sie über den fahlen, perspektivischen Hintergrund hinauszureichen scheinen.

Das sieht nach Poppy aus. Etwas gekonnter, vielleicht. Nicht mehr so offensichtlich wie damals, als sie noch jünger war.

»Womöglich hat sie in allen Zimmern Bilder von sich aufgehängt?«, überlege ich laut und denke an das in Poppys Zimmer. »Das ist eine Privatinsel. Da kann man vermutlich machen, was man will.«

»Trotzdem strange, findest du nicht?«, fragt sie. »Nach allem, was damals passiert ist.«

Ich möchte lieber gar nicht darüber nachdenken, was sie meint. Ich mache eine wegwerfende Handbewegung. »Sie war immer schon ein bisschen sonderbar, wie wir aus reichhaltiger Erfahrung wissen.«

»Ja, stimmt.« Chloe muss sich sichtlich zwingen, den Blick von dem Bild zu wenden, und sucht nach Ablenkung. »Soll ich dir mit deinen Haaren helfen?«

Ich nicke, angenehm überrascht. »Ja – danke, Chloe.«

Ich lasse mich auf der Bettkante nieder, und sie setzt sich im Schneidersitz hinter mich, wie bei den Pyjamapartys unserer Kindheit. Da ich nicht auf mein Handy schauen kann, starre ich das Bild an. Der harsche Kontrast der Farben verursacht mir Übelkeit. Sämtliche Figuren weinen.

Chloe schlingt auch meine Haare zu einem Dutt. Sie seufzt, und ich spüre ihren Atem im Nacken.

»Was ist?«

»Ach, nichts.« Was mit Sicherheit gelogen ist.

Als sie fertig ist, drehe ich mich zu ihr um. Hauptsache, ich muss das Bild nicht mehr sehen. »Ich glaube, du brauchst dringend was zu trinken.«

»Gute Idee«, sagt sie.

SECHS

Chloe

18. Mai 2023

Poppys Nase sieht irgendwie schief aus.

Sorry, aber ist so. Wir haben uns zu fünft in den Whirlpool gequetscht, der by the way unglaublich ist, und ich sitze Poppy direkt gegenüber und kann die Beule auf der linken Seite deutlich erkennen. Sie ist zwar klein, aber nicht zu übersehen. Und für diesen Pfusch hat sie ein paar tausend Scheine hingeblättert?

Wir haben kalte Pizza gegessen und jede von uns hat vier Flaschen Cider getrunken. Jetzt gehen wir zu den härteren Sachen über, die ich zärtlich in zwei Liegestühle gebettet habe. Esther mixt uns Wodka Lemons, und dann stoßen wir noch einmal auf Poppys Hen Party und die bevorstehende Hochzeit an.

Ehrlich gesagt hatte ich anfangs keine große Lust, ihr zu helfen, schon gar nicht, als sie mich bat, die Bar aufzubauen. Viel lieber hätte ich in der Main Lodge ein Bad genommen und mich danach ins Bett gelegt. Aber jetzt bin ich doch froh, dass ich hier bin, denn so langsam kommt ein bisschen Schwung in die Sache. Poppy ist viel relaxter als vorhin, und auch die anderen sind jetzt lockerer drauf.

»Ihr fahrt doch bestimmt öfter zusammen in Urlaub«, bemerkt Poppy plötzlich. »Schön, wenn man Freundinnen hat, mit denen man was unternehmen kann.«

Ich wechsele einen Blick mit Esther. Wollte Poppy damit sagen, dass sie sonst keine Freundinnen hat? Einen Moment lang herrscht betretenes Schweigen.

»Nicht so wie hier«, sage ich, »aber vor zwei Jahren waren wir in einem Fünf-Sterne-Resort in Marokko, und das war supernice.«

»Marokko?« Annabel runzelt die Stirn, und in demselben Augenblick weiß ich, dass ich es verkackt habe. Sie zieht die gezupften Augenbrauen hoch. »Wer war in Marokko?«

»Ich glaube, du warst damals mit Andrew beschäftigt.« Ich spüre, wie mir die Röte ins Gesicht steigt. »Und so irre toll war es nun auch wieder nicht.«

»Ihr drei wart ohne mich in Urlaub?«

Tanya räuspert sich. »Wir dachten, das interessiert dich nicht.«

»Wie kommst du denn darauf?« O mein Gott, ich glaube, die ist tatsächlich sauer. Um nicht zu sagen stinksauer.

»Wie Chloe schon meinte: Du warst anderweitig beschäftigt«, springt Esther mir zur Seite. »Es war keine Absicht. Es tut uns leid. Du weißt ja, wie das ist.«

Poppy lacht. »Oje. Da hab ich wohl was Falsches gesagt.«

An Annabels Schläfe pocht eine Ader, und sie wendet sich Poppy zu. »Und wo sind *deine* Freundinnen?«

»Autsch!«, sagt Poppy, aber ihre Stimme klingt fast heiter, und sie lacht erneut. »Treffer, versenkt. Die arme, bemitleidenswerte Poppy Greer – die keine einzige Freundin hat und für ihre Hen Party auf euch vier zurückgreifen muss. Das denkt ihr doch, oder?«

Tja. Das hat *sie* gesagt.

Poppy nickt in die Runde. »Ich hatte eine kleinere Feier im Kollegenkreis, aber diese Party ist nur für euch. Ich wollte verhindern, dass Außenstehende unser Wiedersehen ruinieren. Und hey, bei mir seid ihr *alle* eingeladen.«

Annabels Lächeln gefriert, als wollte es jeden Augenblick in Stücke springen. Wusste ich's doch, wir hätten ihr damals schon von Marokko erzählen sollen, aber aus irgendeinem Grund war Esther strikt dagegen.

Aber worum geht es Poppy eigentlich? Sie war schon immer schrullig und exzentrisch. Ich habe Annabel nichts davon gesagt, aber wenn ich mich auch nur eine Minute länger in meinem Zimmer hätte aufhalten müssen, wäre ich durchgedreht. Auch bei mir hängt ein gruseliges Bild an der Wand – eine bizarre Kopie von Munchs »Schrei«, nur in diesem Fall mit einer Frau, der die Tränen über die Wangen strömen. Voll depri, nicht gerade Sonne, Sand und Meer. Ich musste unbedingt mit jemandem darüber reden, und dann stand ich plötzlich, eher aus Versehen, in Annabels Hütte. Tanya oder Esther wären mir lieber gewesen. Alles, nur nicht Annabel. Ich fühle mich nach wie vor unwohl in ihrer Gegenwart und würde das Thema Marokko am liebsten begraben. Aber ich glaube, das hat sie mir nicht angemerkt.

»Lasst uns ›Noch nie in meinem Leben‹ spielen!«, schlägt Poppy vor. »So erfahren wir, was wir bislang nicht übereinander wissen.«

Esther stöhnt. »Das hab ich seit der Uni nicht mehr gespielt.«

Annabel leert ihr Glas und öffnet eine neue Flasche. »Im Ernst, Poppy?«

»Kommt schon, das wird bestimmt lustig«, sagt sie.

»Ich bin dabei«, verkünde ich. Ich stehe auf Partyspiele. Obwohl es schon ein bisschen komisch ist, als wollten wir unsere verlorene Jugend zurückholen. Das bloße Zusammensein genügt, und wir verwandeln uns wieder in die jungen Frauen, die wir vor zehn Jahren waren.

Na ja, hoffentlich nicht ganz.

Es ist echt strange, aber mir wird ganz warm, wenn Poppy mich so verschwörerisch angrinst. Wer hätte das gedacht, dass ich mich mal über Poppy Greers Anerkennung freue.

»Super. Ich fange an.«

Sie schaut von einer zur anderen und überlegt fieberhaft, was sie sagen soll. »Noch nie in meinem Leben habe ich nackt im Meer gebadet.«

Blackpool, vor vier oder fünf Jahren. Ich war mit Freunden aus dem Lehrgang, den ich damals machte, auf einer anderen Hen Party, und wir alle haben es getan, obwohl es schon Oktober war. Eine der Brautjungfern holte sich eine Erkältung, und der Braut wurde das Armband gestohlen, das sie bei ihren Klamotten am Strand zurückgelassen hatte.

Ich trinke einen Schluck. Tanya und Annabel tun es mir nach. Esther schüttelt den Kopf.

Poppy lacht. »Okay, vielleicht hab ich's mir ein bisschen zu leicht gemacht. Ich hatte auch noch nie einen One-Night-Stand.«

Das soll wohl ein Witz sein! Ich mustere sie, aber sie lächelt nur unschuldig und wartet darauf, wer von uns als Erste etwas trinkt. Und natürlich, wie könnte es auch anders sein, greifen wir alle drei zu unseren Gläsern. Einen Moment lang haben wir doch tatsächlich die alte Poppy Greer erlebt.

»Gott, wie altmodisch!«, sagt Annabel. »Total oldschool.«

»Chloe, du bist dran«, ruft Poppy mir ins Gedächtnis. »Immer im Kreis herum. Ich kann ja nicht pausenlos von mir selbst erzählen.«

»Noch nie in meinem Leben …« Jetzt muss ich mir etwas einfallen lassen, ohne dass ich hinterher wie eine Schlampe dastehe. Ich habe gern Spaß und werde mich nicht dafür entschuldigen, dass ich das Leben auskoste, so gut es geht. Ich hab's. »Noch nie in meinem Leben war ich mit einer Frau im Bett.«

Ich rechne eigentlich nicht damit, dass darauf jemand trinkt. Annabel, Tanya und Esther rühren sich nicht. Das heißt, Annabel hat das Glas schon halb zum Mund geführt, als ihr aufgeht, was ich da gerade gesagt habe, und sie die Hand wieder sinken lässt.

Und dann bleibt uns allen der Mund offen stehen, als Poppy einen großen Schluck aus ihrem Plastikbecher trinkt.

»Wann?«, frage ich. Und dann, weil ich nicht an mich halten kann: »Weiß dein Bräutigam davon, Poppy?«

Sie kichert. »Das will ich doch hoffen, genau das wollte ich euch nämlich erzählen. Mein Bräutigam ist gar kein Bräutigam. Sondern eine zweite Braut. Sie ist eine Frau.«

»Eine *Frau*?«, entfährt es mir.

Die anderen sehen mich erschrocken an. Das ist doch wohl ein Scherz. Bin ich etwa die Einzige, die daran Anstoß nimmt?

»Alles okay, Chloe?«, sagt Poppy. »Du hast doch nicht etwa ein Problem damit, oder? Jeder, wie er mag.«

»Gratuliere«, fährt Annabel eilig dazwischen. »Ich bin ja so froh, dass du jemanden gefunden hast.«

Poppy beachtet sie nicht. »Chloe?«

Sie müsste eigentlich wissen, dass ich mich so leicht nicht geschlagen gebe. Sie will es nicht anders.

»Ich verkehre normalerweise nicht mit Leuten wie dir«, fauche ich. »Aber das wird dich ja wohl kaum wundern.«

Tanya schüttelt den Kopf.

»Was soll das heißen?«, sagt Poppy in ernstem Tonfall, doch der Schmerz spricht aus jedem ihrer Worte.

»Du lässt wirklich nichts aus«, sage ich. »Du warst eben schon immer Poppy Gierig.«

Ein Schatten huscht über Poppys Gesicht.

Niemand sagt ein Wort.

Wie wär's mit ein bisschen Unterstützung? Bin ich wirklich die Einzige, die so denkt? Aber alle starren angestrengt in ihre Gläser und vermeiden jeden Blickkontakt. Wie erbärmlich.

Mag sein, dass ich etwas zu viel getrunken habe, aber scheiß drauf. Jeder hat ein Recht auf eine eigene Meinung.

»Was ist?«, sage ich. »Herrje, entspannt euch, Ladys. Das war ein Joke.«

Das war kein Joke, aber was soll's. Solange sie mir nicht zu nahe kommt, kann es mir egal sein. Ich wette, sie ist schon seit Jahren scharf auf mich. Würde mich jedenfalls nicht wundern.

Die anderen heben den Blick von ihren Gläsern und starren sich an. Poppy kocht immer noch vor Wut. Schließlich lächelt Annabel und fängt an zu kichern, und Tanya und Esther lachen mit.

»Du hast dich kein bisschen verändert, Chloe«, sagt Poppy. Aber sie lächelt schon wieder.

Nun ist Esther an der Reihe, doch sie kann sich nicht entscheiden.

»Mach schon!«, sagt Poppy.

»Noch nie in meinem Leben bin ich fremdgegangen«, sagt Esther.

Einen Augenblick lang zögern alle und überlegen, wie ehrlich sie sein wollen. Ich schiele verstohlen zu Annabel und warte sehnsüchtig darauf, dass sie trinkt, doch sie rührt sich nicht. Scheiß drauf. Wann, wo, oder wichtiger noch, mit wem, werden sie schließlich nie erfahren. Ich beschließe, mich zu opfern, und trinke einen Schluck.

Tanya und Poppy nippen an ihren Gläsern. Tanya? Im Ernst? Das macht mich nun doch neugierig, aber sie ist schon aufgesprungen, um lästigen Fragen aus dem Weg zu gehen.

»Noch nie in meinem Leben habe ich mir ein Tattoo stechen lassen«, sagt sie.

Ich trinke einen Schluck und zeige auf den kleinen Schmetterling an meinem Oberschenkel. Es ist die Hälfte eines Paar-Tattoos, aber das würde ich keinem Menschen je verraten. Auch meine Mum hat einen Schmetterling am Schenkel. Wir haben sie zusammen machen lassen, um ihren letzten Drink und den Beginn ihrer Abstinenz zu feiern. Mit der es leider schnell wieder vorbei war. Jetzt erzähle ich den Leuten immer, ich hätte ihn mir nach einer wilden Nacht in einem Thailand-Urlaub stechen lassen; das klingt sehr viel spannender. Poppy hält uns die Innenseite ihres Handgelenks unter die Nase, eine rote Blüte mit dunkler Mitte, dann trinkt auch sie.

»Eine Mohnblume?«, sagt Annabel.

»Als Liebeserklärung an dich selbst?«, frage ich.

»Möglich«, antwortet Poppy, geht aber nicht weiter darauf ein. »Noch nie in meinem Leben habe ich ein Date versetzt.«

Wieder herrscht verlegenes Schweigen. Poppy bleibt cool, aber mich würde interessieren, was hinter ihrer Stirn vorgeht, was sie denkt.

»Was, wenn man zu einem Date geht, guckt, wie der Typ in real life aussieht, und dann verschwindet? Zählt das auch?«, frage ich eilig. »Dann müsste ich jetzt nämlich definitiv was trinken.«

»Ich würde sagen, ja«, sagt Poppy. »Wenn du jemanden sitzen lässt, aus welchem Grund auch immer, zählt das auf jeden Fall.«

Ich trinke, als Einzige, wie mir schmerzhaft bewusst wird. Das Spiel ist ein wenig ins Stocken geraten, weil Annabel nicht in die Gänge kommt.

»Ist diese Insel nicht schön?«, fragt Poppy mit weit ausholender Geste. Vom Whirlpool blickt man auf den Rasen und den Strand, der um diese Zeit kaum noch zu sehen ist, und wenn man die Ohren spitzt, kann man das sanfte Rauschen der Wellen hören. Doch abgesehen von der Popmusik, die aus dem CD-Player plärrt, herrscht Stille, und die hereinbrechende Dunkelheit erinnert uns daran, wie isoliert wir sind. Anders als zu Hause ist die Luft hier rein und klar, und der Himmel hängt voller Sterne.

Esther lehnt sich zurück, um den Mond zu betrachten, der als

Sichel direkt über uns steht. »Echt verrückt, hier zu sein. So weit weg von allem, was wir kennen.«

»Gibt es hier viele Insekten?« Ich verziehe das Gesicht. Es kann so schön sein, wie es will, aber wenn beim Aufwachen eine Riesenspinne auf mir herumkrabbelt, ist diese Insel offiziell ein Albtraum.

Poppy wirkt amüsiert. »Magst du keine Insekten, Chloe?«

Mich schaudert. »Igitt.«

»Das dürfte kein Problem sein. Aber auf einer Insel weiß man nie. Natürlich gibt es welche.«

Annabel nippt vorsichtig an ihrem Weinglas. »Mir fällt einfach nichts ein.«

Sie ist echt ein hoffnungsloser Fall. Ich will gerade einen Vorschlag machen, als Poppy dazwischenfunkt.

»Noch nie in meinem Leben habe ich etwas für wohltätige Zwecke getan.«

Na supi. Jetzt macht sie auch noch einen auf Moralinspritze. Keine von uns vieren rührt sich, nicht ein Tropfen Alkohol wird verkostet.

»Das war gelogen«, sagt Poppy. »Ich spende monatlich drei Wohltätigkeitsorganisationen etwas Geld und arbeite jeden Sonntag ehrenamtlich in einem Obdachlosenheim. Ich war nur neugierig.«

»Hey, das ist nicht fair!«, protestiere ich. »Du kannst doch nicht einfach irgendwas erfinden.«

Sie leert ihr Glas mit einem Schluck und schenkt sich nach. »So. Jetzt habe ich was getrunken.«

»Das zählt aber nicht wirklich«, sagt Tanya.

»Ihr spendet tatsächlich nichts für wohltätige Zwecke?«, fragt sie. »Dabei verdient ihr doch alle einen Haufen Geld.«

Ich runzle die Stirn. Was bildet die sich ein? »Es ist mein Geld, und damit kann ich machen, was ich will. Und solange ich jung bin, will ich das Leben genießen. Im Alter habe ich noch genügend Zeit, anderen zu helfen.«

»Chloe hat recht«, sagt Tanya. Logisch, dass Tanya zu mir hält. Sie ist mir noch einiges schuldig. »Außerdem kann man auch anders helfen als mit Geld. Ich habe gehört, ein Großteil der Spenden geht für die Verwaltungskosten drauf.«

»Und was tust du stattdessen, Tanya?«, will Poppy wissen.

»Also, ähm, viele meiner Events erhöhen die Sensibilität für bestimmte Themen«, sprudelt es aus ihr heraus.

»Annabel oder Esther?« Poppy lässt nicht locker. »Und ich meine nicht nur Spenden. Tut ihr überhaupt etwas für andere Menschen?«

Um nicht antworten zu müssen, trinkt Annabel einen Schluck Wodka.

»Nein, nichts«, gibt Esther unumwunden zu. »Es gibt Leute, die haben eigene Probleme.«

Damit ist die Stimmung endgültig im Keller. Was hat Poppy sich dabei nur gedacht? Ich funkele sie wütend an, und als sie das bemerkt, wirft sie den Blick mit solcher Heftigkeit zurück, dass ich mich schließlich geschlagen geben und wegsehen muss.

»Das hätte ich vielleicht nicht tun sollen«, räumt Poppy ein. »Chloe hat recht, das war nicht fair. Halten wir uns an die Regeln und sagen nur noch Sachen, die wir wirklich noch nie getan haben.«

»Schon gut.« Esther versucht, den Frieden wiederherzustellen. »Machen wir doch einfach etwas anderes. Es wird auch langsam Zeit fürs Bett.«

»Noch nie in meinem Leben habe ich Drogen genommen«, platzt es aus Annabel heraus.

O mein Gott. Ich spüre Tanyas bohrenden Blick, aber ich ignoriere sie und trinke einen Schluck. Mir doch egal. Bei denen habe sowieso längst verschissen.

Selbst unsere Fitnessfanatikerin Esther nippt an ihrem Glas. »Wenn ein Joint im ersten Unisemester zählt«, murmelt sie.

Tanya und Poppy rühren sich nicht.

Ich halte den Mund.

»Tanya«, sagt Poppy. »Du hast noch nie Drogen genommen? Wirklich?«

Ich halte innerlich den Atem an, aber Tanya bleibt standhaft.

»Nicht ein einziges Mal«, erklärt sie.

Poppy macht einen auf überrascht. »Aber du organisierst Partys in London. Da gehört das doch praktisch zum guten Ton. Noch nicht mal eine winzige Line Koks?«

Tanya schüttelt trotzig den Kopf. Mein Herz klopft wie verrückt.

Lauter Donner rollt über den Himmel. Nicht lange, und es folgt ein zweiter Schlag, noch bedrohlicher als der erste. Das Gewitter kommt näher.

»Ich glaube, das war das Signal, Feierabend zu machen«, sagt Poppy. »Jetzt, wo wir alle wieder etwas vertrauter miteinander sind, kann ich es kaum erwarten, dass die Party endlich richtig losgeht.«

»Und was hast du morgen mit uns vor?«, fragt Esther.

»Wenn wir nicht zu verkatert sind, würde ich sagen, frühstücken wir schön und steigen dann auf den Deadman's Peak. Was den Rest des Tages angeht, lasst euch überraschen.«

Ich wende automatisch den Kopf und blicke zu der steilen Klippe, die hinter der Lodge aufragt und jetzt noch höher scheint als heute Nachmittag. Ein Blitz erhellt die Szenerie, und aufgeschreckt von dem grellen Licht, fliegt ein Vogel davon.

»Das ist mein Zeichen. Ich steige aus«, sagt Tanya, und auch wir klettern aus dem Whirlpool und flüchten uns in unsere Badetücher.

Poppy richtet den Blick gen Himmel. »Robin hat gesagt, hier gibt es nachts öfter mal ein Gewitter. Würde man nie draufkommen, wenn man die Insel tagsüber sieht.«

»Nur ein paar umgewehte Liegestühle und kullernde Ciderflaschen«, sagt Annabel. »Ich freue mich auf die Wanderung morgen.«

Im Ernst? Die Annabel, die ich kenne, hasst Freiluftaktivitäten. Das ist eher Esthers Ding. Vielleicht will sie sich auch bloß wieder einschleimen, mit diesem aufgesetzten Charme, mit dem sie Fremde um den Finger wickelt. Aber Poppy ist keine Fremde, selbst wenn es sich so anfühlt.

»Na, dann bis morgen früh, Ladys«, sagt Poppy. »Wäre eine von euch vielleicht so lieb, den Whirlpool wieder abzudecken? Danke für das Spiel, es war sehr interessant.«

Sie macht auf dem Absatz kehrt, marschiert quer über die Terrasse und verschwindet in der Main Lodge.

»Ich glaube, ich mag Poppy nicht«, bemerkt Tanya, und ich muss ihr ausnahmsweise recht geben.

»Das ist ja nichts Neues«, sagt Annabel mit einem schmalen Lächeln.

»Ach, komm, so schlimm ist sie nun auch wieder nicht.« Esther nimmt die Abdeckung, zieht sie ohne fremde Hilfe über den Pool und schaltet den CD-Player aus. »Nur ein kleiner Überlegenheitskomplex, weiter nichts. Als ob ihr nicht auch manchmal zickig wärt.«

»Aber doch nicht so«, empöre ich mich.

»Wenn du meinst.« Sie gähnt und hält sich die Hand vor den Mund. »Ich bin jedenfalls reif fürs Bett. Wollen wir?«

»Wir kommen gleich nach«, sagt Tanya. »Ich will nur noch kurz mit Chloe sprechen.«

Die beiden schauen verwundert drein, widersprechen jedoch nicht und machen sich auf den Weg zu unseren Hütten.

»Bis morgen früh«, sagt Esther im Davongehen, und ich weiß schon jetzt, dass sie mich fragen wird, was Tanya wollte.

Soll sie doch. Aber von mir wird sie nichts erfahren.

Jetzt sind wir nur noch zu zweit, was das Gefühl der Isolation verstärkt. Das Gewitter zieht weiter in unsere Richtung, und erste Regentropfen fallen. Ich habe ein flaues Gefühl im Magen. Ich weiß nicht, was sie mir sagen will.

Aber damit hatte ich nicht gerechnet.

»Danke«, murmelt sie und kann mir kaum in die Augen sehen.

Echt jetzt?

»Schon gut«, sage ich.

»Poppy wiederzusehen«, sagt sie, »ist irgendwie merkwürdig, nicht?«

»Ja.«

»Du bist mir eine gute Freundin, Chloe. Das werde ich nie vergessen. Und ich bin dir immer eine gute Freundin gewesen, stimmt's?«

Tanya lallt leicht und hat glasige Augen. Sie ist betrunken.

»Hau dich aufs Ohr, Tan«, sage ich. »Du hast es dringend nötig.«

Sie streckt die Hand aus und schließt sie um meinen Arm, ihr Griff ist erstaunlich kraftvoll. »Ich mein's ernst. Danke.«

»Ich habe keine Ahnung, wovon du redest«, sage ich und betone jedes Wort. »Aber okay.«

Sie lässt mich los und geht langsam zu ihrer Hütte. Ich sehe ihr nach, nur für den Fall, dass sie stolpert oder stürzt.

Ich brauche sie als Verbündete, aber sie wird immer mehr zum Klotz am Bein.

SIEBEN

Tanya

19. Mai 2023

Im ersten Moment weiß ich nicht, wo ich bin.

Sanftes Morgenlicht sickert ins Zimmer. Ich muss die Vorhänge und das Fenster aufgemacht haben, bevor ich ins Bett gegangen bin, und die sanfte Brise ist angenehm kühl im Gesicht. Es scheint noch früh zu sein, darum lasse ich mir Zeit und bereite mich auf den bevorstehenden Tag vor. Ich setze mich auf, recke die Arme und lasse genüsslich die Schultergelenke knacken. Vom Bett aus sehe ich zwischen den Bäumen hindurch auf den Weg, der zu Esthers Hütte führt, ein Traum in Grün und Braun.

Dieses Zimmer, diese Insel – eine völlig andere Welt als alles, was ich bisher kannte.

Ich muss an Chloes ratloses Gesicht von gestern Abend denken. Ihre peinlichen Versuche, das Thema zu wechseln, um nicht darüber reden zu müssen. Vielleicht ist es für sie das Beste, einfach so zu tun, als wüsste sie von nichts. Vielleicht ist das ihre Art, damit umzugehen. Ich arbeite noch daran.

Womöglich ist es Poppy wirklich ernst damit, die Vergangenheit ruhen zu lassen. Sie machte eigentlich einen ganz fröhlichen Eindruck gestern, abgesehen von ihrer Enttäuschung darüber, dass wir nichts für wohltätige Zwecke spenden. Vielleicht habe ich mir all die Jahre umsonst Sorgen gemacht.

Ich will mich gerade von der Bettkante hieven, als Annabel

mit wütender Miene aus Esthers Hütte gestürzt kommt. Dicht gefolgt von Esther im Lauf-Outfit, die sie zu beschwichtigen versucht. Die beiden bräuchten nur den Kopf zu wenden, dann könnten sie sehen, dass ich hier im Bett sitze und zu ihnen hinüberstarre, darum lasse ich mich wieder zurücksinken und spitze die Ohren.

»Und plötzlich, so mir nichts, dir nichts, damit um die Ecke zu kommen! Ach, übrigens, wir waren zusammen in Marokko. Typisch Chloe. Eingebildete Kuh.« Annabel kreischt fast.

»Nicht so laut«, beschwichtigt Esther sie.

Echt jetzt? Darüber kriegen die sich in die Haare? Wegen Marokko? Das ist zwei Jahre her! Außerdem hat doch Chloe damit angefangen. Warum lässt sie das nun an Esther aus?

»Annabel, beruhige dich. Ich konnte ja wohl schlecht Nein sagen. Und ich wollte dich nicht unter Druck setzen.«

»Aber sicher doch. Du warst schon immer die Güte in Person.«

»Und die letzten zwei Jahre? Die zählen wohl nicht.«

Ich runzle die Stirn. Worum geht es hier?

»Willst du mir das bis in alle Ewigkeit unter die Nase reiben? Ich geb mir Mühe, wirklich …«

»Das muss ein Ende haben, Annabel. So kann das nicht weitergehen. Triff endlich eine Entscheidung. Das kann dir keiner abnehmen.«

»Esther!«

Ich spähe über die Fensterbank und sehe, wie Esther Annabel vor der Hütte stehen lässt und davonrennt. Selbst von hier aus kann ich deutlich erkennen, wie jeder Muskel in Annabels Gesicht vor Wut förmlich zu verkrampfen scheint und sich ihre Stirn in tiefe Falten legt. In einer anderen Hütte – vermutlich Chloes – fällt etwas scheppernd zu Boden, und als hätte jemand eine Lampe angeknipst, verändert sich Annabels Gesichtsausdruck. Ihr Zorn ist verflogen, und plötzlich wirkt sie völlig entspannt, als wäre nichts gewesen.

Was sollte denn das? Von dem Lärm aufgeschreckt, eilt Annabel davon, um nicht vor Esthers Hütte erwischt zu werden. Ich setze mich wieder auf, mir schwirrt der Kopf. Eins steht fest: Die beiden haben etwas zu verbergen. Annabel ist doch nicht so sauer, weil wir ohne sie nach Marokko geflogen sind. Nie im Leben.

Ich stehe auf, gehe in das kleine Badezimmer und freue mich darüber, dass die Dusche schon nach fünf Minuten heiß ist.

Ich hülle mich in ein flauschiges pfirsichfarbenes Badetuch und mache mich ans Auspacken. Ich lasse mir reichlich Zeit, verstaue meine sorgsam gefalteten Sachen Stück für Stück in der Eichenkommode unterm Fenster und lege mein Outfit für den Tag auf dem Bett zurecht. Ach, stimmt ja, die blöde Bergwanderung. Ich stelle meine Doc Martens bereit.

Ein Hauch Make-up, und schon bin ich startklar. Ich betrachte mein Gesicht im Spiegel ein wenig länger als nötig, meine Stirnfalten, meinen blassen Teint, meine Tränensäcke. Sehe ich wirklich so schlimm aus, oder bilde ich mir das nur ein? Meine Nase ist und bleibt verstopft, egal wie oft ich einatme, und wenn ich mich länger nicht bewege, fangen meine Hände an zu zittern. Zum Glück haben die anderen es nicht mitgekriegt.

»Klopf, klopf.«

Esther steckt den Kopf zur Tür herein. »Kann ich reinkommen?«

»Klar.«

Sie setzt sich aufs Bett. Das schweißnasse Haar hängt ihr auf die Schultern, und ihr Gesicht ist gerötet.

»Warst du laufen?«, frage ich unschuldig.

»Ja. Einmal den Strand entlang. Es tut ziemlich gut, nach dem Aufwachen nicht als Erstes meine E-Mails zu checken.«

»Wie lange bist du denn schon auf?«

»Seit Stunden. Ich stehe immer früh auf.« Sie streckt die Beine aus, beugt sich vor und fast sich an die Zehen. »Zum Laufen ist der Strand ideal.« Sie richtet sich wieder auf. »Ich hab die Gezeitentümpel entdeckt, von denen Robin erzählt hat.«

»Deine Power möchte ich haben.«

»Es ist wirklich wunderschön hier«, sagt sie. »Ich gehe jetzt jeden Morgen eine Runde Laufen. Endlich mal keine E-Mails. Und auch keine Nachrichten von Brad.«

»Fehlt er dir denn nicht?« Bis wir unsere Handys abgeben mussten, piepte ihr Smartphone ohne Pause, so oft hat er ihr geschrieben. »Er liebt dich offenbar heiß und innig.«

Sie zieht ein komisches Gesicht. »Könnte man sagen. Nein, ich bin einfach froh, mal kein digitaler Sklave zu sein. Heute wollten wir den Berg hoch, oder?«

»So hatte Poppy es geplant.« Ich reibe mir Schultern und Arme mit Sonnencreme ein. »Für eine Hen Party eher ungewöhnlich. Ich dachte, wir liegen den ganzen Tag am Strand und genießen die Sonne.«

»Genießen ist das Stichwort.« Esther zuckt die Achseln. »Schließlich warst du diejenige, die uns zu diesem Trip überredet hat. Schon vergessen?«

Aber auch mich quälen heftige Gewissensbisse, und ich komme auf das Einzige zu sprechen, was mich beunruhigt. »Fandst du die ganze Wohltätigkeitsnummer gestern Abend nicht auch ein bisschen scheinheilig?«

»Doch, klar. Aber ich mache mir keinen Kopf deswegen.« Sie geht zur Tür, dreht sich aber noch einmal zu mir um. »Ach, übrigens, als ich zurückkam, war Poppy schon auf und hat Frühstück gemacht. Ich habe ihr versprochen, euch Bescheid zu geben.«

»Bist du deswegen vorbeigekommen?«, frage ich, bevor sie zur Tür hinaus ist.

»Weswegen?«

»Na, um mir zu sagen, dass Poppy Frühstück macht.« Ich merke, dass sich das irgendwie schräg anhört, und versuche es mit einem fröhlichen Grinsen zu überspielen. »Oder wolltest du mich etwas fragen?«

»Seit wann bist du eigentlich schon auf?«

Ob sie mich am Fenster gesehen hat, als Annabel und sie sich gestritten haben?

Ich zucke mit den Schultern. »Keine Ahnung. Eine Stunde oder so.«

»Aha.«

Klingt so Erleichterung? Schwer zu sagen. Da fällt mir etwas auf. »Hey, deine Halskette ist weg.«

»Was?« Sie fasst sich an den Hals und eilt zum Spiegel. Nichts. »Scheiße. Ich muss sie beim Laufen verloren haben. Gleich nach dem Frühstück gehe ich sie suchen.«

»Trägst du das Teil rund um die Uhr?«, frage ich.

»Das *Teil* ist mehrere tausend Pfund wert«, blafft Esther. »Vielleicht ist sie aber auch heute Nacht im Bett abgegangen. Das kommt schon mal vor. Ich sehe rasch mal nach.« Und dann verschwindet sie ohne ein weiteres Wort.

Der Frühstücksduft steigt mir schon von Weitem in die Nase. Poppy grillt Würstchen und Bacon. An einem schattigen Plätzchen auf dem Rasen steht der gedeckte Esstisch, an jedem Platz warten Besteck und ein Glas Orangensaft. In der Mitte ein Korb mit Croissants und daneben, auf einem Teller, stapelweise frisch getoastetes Brot.

»Ich wusste nicht, dass eine ganze Armee zum Essen kommt.« Ich gebe mir alle Mühe, den richtigen Ton zu treffen. Es ist nach wie vor ein eigenartiges Gefühl, hier bei ihr zu sein. All die unausgesprochenen Dinge der Vergangenheit stehen noch immer zwischen uns.

Zu meiner Erleichterung lächelt sie über meinen mauen Scherz und winkt mich mit dem Pfannenwender heran. »Guten Morgen, Tanya. Wie es scheint, sind Esther und du die einzigen Frühaufsteher auf dieser Insel.«

»Außer dir, natürlich.«

»Ich zähle nicht«, sagt sie. »Ich mache meist kein Auge zu. Schlaflosigkeit.«

»Ach. Trotzdem danke für diese reich gedeckte Tafel. Kann ich dir was helfen?«

Wie auf ein Zauberwort erscheinen die anderen, kaum dass Poppy und ich fertig sind. Poppy nimmt am Kopfende des Tisches Platz und teilt den anderen mit, wie herrlich sie geschlafen habe, das genaue Gegenteil dessen, was sie mir gerade erzählt hat. Trotz ihrer angeblichen Schlaflosigkeit sieht sie nicht nur ziemlich ausgeruht aus, sondern auch erstaunlich jung. Sie ist ungeschminkt, und ihr rundliches Gesicht strahlt eine Frische aus, die mir längst abhandengekommen ist, dabei sind wir gleich alt.

»Hat eine von euch meine Halskette gesehen?«, fragt Esther, als alle sitzen. »Ich glaube, ich habe sie beim Laufen verloren. In meinem Zimmer konnte ich sie nirgends finden.«

»Die goldene mit deinem Namenszug?«, hakt Poppy nach. »Nicht, dass ich wüsste. Aber sie ist wirklich schön.«

Chloe schüttelt den Kopf. »Ich auch nicht.«

»Mist«, stößt Esther halblaut hervor. »Annabel? Hast du sie gesehen?«

Annabel macht ein erschrockenes Gesicht und schüttelt dann ebenfalls den Kopf. »Nein, tut mir leid.«

Es fühlt sich immer noch total befremdlich an. Insbesondere nach allem, was wir durchgemacht haben. Wenn ich mir Poppy heute so ansehe, mit ihrer natürlichen Ausstrahlung, muss ich unwillkürlich daran denken, wie wir als kleine Mädchen im

Garten ihrer Eltern Sandkuchen gebacken und uns eingebildet haben, wir seien Hexen, aber gute, die im Verborgenen lebten, als Beschützerinnen von kleinen Tieren wie Fröschen oder Schnecken.

Die Erinnerung zaubert ein Lächeln auf meine Lippen, und als Poppy das bemerkt, erwidert sie es, als hätte sie meine Gedanken gelesen.

»Kann ich noch einen Schluck O-Saft haben?«, fragt Esther.

»Na klar.« Poppy steht auf und reicht Esther den Krug über mich hinweg, und ich weiß, dass es passieren wird, noch bevor es passiert.

»O mein Gott! Sorry, Tanya!«

Poppy hat ihn losgelassen und mir den gesamten Inhalt über den Schoß geschüttet. Der Krug landet auf dem Rasen, mehr oder weniger geräuschlos und ohne zu zerbrechen. Chloe und Annabel links und rechts von mir springen erschrocken auf, während ich meinen Stuhl ruckartig nach hinten schiebe.

»Oje, ist dir was passiert?« Poppy nimmt meine Hand und zieht mich hoch, doch von dem Orangensaft ist ihre Hand ganz glitschig, und sie lässt in dem Moment los, als ich aufstehen will. Ich plumpse zurück auf den Stuhl. »Ups! Sorry!«

Chloe eilt um den Tisch herum und hilft mir hoch. Mein Top ist ruiniert, riesige Orangenflecken ziehen sich quer über den Bauch, und meine Arme und Beine kleben. Niemand sonst hat auch nur einen Tropfen abbekommen, obwohl Annabel prüfend an sich hinuntersieht.

»Ich bin so ungeschickt«, sagt Poppy. »Ich gebe dir Geld für ein neues Top, versprochen. Es tut mir wahnsinnig leid.«

»Vergiss es«, blaffe ich sie an.

Vielleicht liegt es daran, dass ich innerlich vor Wut schäume, aber das kaufe ich Poppy nicht ab. Sie und ungeschickt? Dass ich nicht lache. Diese Frau, die bisher alles im Alleingang gemanagt hat? Die noch vor einer halben Stunde eine Scheibe Bacon in die Luft geworfen und mit dem Pfannenwender wieder aufgefangen hat? Aber statt so etwas wie Reue oder Bedauern zu zeigen, sieht sie mich ungerührt, beinahe herausfordernd an. Ihr Blick scheint zu sagen: *Wehr dich doch, du Schlampe.*

Meine Zuversicht, all die positiven Gefühle sind mit einem Schlag dahin.

»Dein Frühstück wird kalt.« Chloe sieht mich fragend an. »Sollen wir es in den Kühlschrank stellen, damit du es dir nachher aufwärmen kannst?«

»Nicht nötig. Ich esse es gleich.«

»Weißt du, was? Du siehst aus, als hättest du dich eingenässt«, sagt Poppy und grinst.

Chloe schnappt nach Luft, und plötzlich ist es totenstill.

Das hat sie jetzt nicht wirklich gesagt.

Erst das ganze Gequatsche von wegen die Vergangenheit ruhen lassen, das ganze Geschleime und Beste-Freundinnen- Getue, und dann das?

Alle starren mich entgeistert an. Ich komme mir vor, als hätte mich jemand in ein Fass Orangensaft getaucht, und das halte ich keine Sekunde länger aus.

Ich ziehe mein Top aus – zum Glück trage ich einen Bikini darunter – und nehme mir einen anderen Stuhl. Niemand spricht ein Wort.

Schließlich bricht Poppy das Eis. »Das war ein Joke.«

Esther errötet. »Können wir das nicht einfach vergessen?«, murmelt sie.

»Und stattdessen vertrauensvoll in die Zukunft blicken?«

Alle setzen sich wieder und werfen mir verstohlene Blicke zu. Ich weiß nicht, was ich sagen soll. Hat sie mich absichtlich mit

O-Saft übergossen? Oder war es tatsächlich ein Versehen, und sie hat die Situation nur ausgenutzt? Ich habe keine Ahnung, und wenn ich mir die anderen so ansehe, geht es ihnen ganz genauso.

»Nun ja.« Poppy lacht. »Eigentlich wollte ich sagen: Was für ein wunderschöner Morgen, aber inzwischen habe ich da so meine Zweifel. Na kommt, Ladys, ich will euch lächeln sehen. Wir haben eine Hen Party zu feiern!«

Die anderen lachen mit, und ich sitze da wie der Grinch persönlich und versaue die Stimmung. Aber das ist mir egal. Ich ignoriere die Tatsache, dass meine Oberschenkel am Stuhl festkleben, und stopfe mir den Mund voll, ohne das Essen wirklich genießen zu können, während Esther frischen O-Saft aus der Küche holt. Ich bin gerade beim zweiten Croissant, als ein Fuß den meinen berührt. Als ich aufblicke, bemerke ich, dass Annabel mir ein aufmunterndes Lächeln zuwirft.

»Aber mal im Ernst«, fährt Poppy fort. »Mich würde brennend interessieren, was ihr die letzten Jahre so getrieben habt. Das ist ja eine halbe Ewigkeit.«

»Da gibt's nicht viel zu erzählen«, sagt Annabel. »Was wir beziehungsweise die drei anderen beruflich machen, weißt du ja schon. Ich bin bloß Hausfrau.«

»Dabei warst du eine echte Überfliegerin.« Poppy beugt sich vor, und ihre Gabel hängt in der Luft. »Warum hast du dich dafür entschieden? Doch hoffentlich nicht nur, um deinen Mann glücklich zu machen?«

Annabel wird puterrot. Genau das war der Grund. »Ach, ich weiß auch nicht. Ich wusste nicht so recht, was ich machen sollte.«

»Wie schade.« Poppy schiebt sich die Gabel in den Mund und kaut nachdenklich. »In puncto Intelligenz konntest du es als Einzige mit mir aufnehmen.«

Wie charmant. Esther ist genauso sauer wie ich.

»Vielleicht suche ich mir irgendwann doch noch mal einen Job. Man kann nie wissen«, sagt Annabel. Nicht, dass sie darüber je ein Wort verloren hätte.

»Was stellst du dir denn vor?«, fragt Poppy.

»Psychologie. Das habe ich schließlich studiert.«

Ach ja? Es scheint ihr tatsächlich ernst damit zu sein, auch wenn ich es nach wie vor seltsam finde, dass sie mit uns noch nie darüber gesprochen hat. Ich blicke zu den beiden anderen, aber sie sind genauso perplex wie ich.

»Und was macht ihr hobbymäßig so?«, hakt Poppy nach.

Aus irgendeinem Grund ist Annabel die Frage peinlich, und sie senkt den Kopf, um uns nicht in die Augen sehen zu müssen. »Nicht viel.«

»Ich gehe gern Laufen«, kommt Esther ihr zu Hilfe. »Ich laufe jeden Tag.«

»Ja, ich habe dich heute Morgen gesehen.« Poppy leert ihren O-Saft und zwinkert mir so aufreizend zu, dass ich ihr am liebsten eine verpassen würde. »Bewundernswert. Ich stehe mehr auf Yoga und Pilates.«

»Ich auch«, sagt Chloe. Sie hat ihr Frühstück kaum angerührt und nur zwei Streifen Bacon und eine Scheibe Toast gegessen, und jetzt stochert sie in ihrem Essen herum wie eine Fünfjährige.

»Und du bist solo, Chloe?«, fragt Poppy. »Das wundert mich. In der Schule waren immer alle Jungs hinter dir her.«

Was will sie damit andeuten? Chloes irritierter Miene entnehme ich, dass sie es auch nicht weiß, aber sie lässt sich darauf ein. »Im Augenblick schon. Für Männer fehlt mir die Zeit.«

»Ach was.« Poppy streckt die Hand aus und tätschelt Chloe das Knie. »Du wirst den Richtigen schon noch finden. Du musst nur am richtigen Ort suchen.«

»Das ist nicht gerade Chloes Stärke«, rutscht es mir heraus.

Chloe wirft mir einen finsteren Blick zu, und ich weiß, dass ich zu weit gegangen bin.

Annabel runzelt die Stirn. »Was soll denn das heißen?«

»Lass gut sein«, sagt Esther genervt.

Poppy mustert uns interessiert.

»Vergiss es«, sage ich zu ihrer Enttäuschung. »Das war bloß die Bitch in mir.«

»Ich an deiner Stelle wäre lieber vorsichtig«, blafft Chloe. »Du hast dich heute schon mal zum Affen gemacht.«

»Jetzt ist aber mal gut!«, faucht Esther, während Chloe und ich uns wütend anfunkeln.

»Und du, Poppy?« Annabel kehrt zur Ausgangsfrage zurück. »Was hast du die letzten zehn Jahre getrieben? Wie geht's deiner Familie?«

Komisch, das ist so ziemlich die erste Frage, die man jemandem stellt, den man lange nicht gesehen hat, doch Poppy scheint buchstäblich zu erstarren.

»Alles gut«, erklärt sie mit aufgesetzter Fröhlichkeit. »Ich habe wahnsinnig viel zu tun und bin beruflich sehr stark eingespannt. Gleich nach der Uni bin ich voll eingestiegen. Insofern gibt es von meiner Seite nicht viel zu berichten. Ich finde euch viel interessanter.«

»Aha.« Annabel weiß nicht, was sie darauf erwidern soll, und so verbringen wir den Rest der Mahlzeit in – hoffentlich – freundschaftlichem Schweigen, das sich jedoch als weitaus unangenehmer erweist als vieles andere, denn es stehen noch ungezählte offene Fragen aus der Vergangenheit im Raum.

»Ich finde, wir könnten einen kleinen Verdauungsspaziergang vertragen«, sagt Poppy, nachdem alle aufgegessen haben, und ignoriert Chloe, die noch immer an ihrem Croissant herumkaut.

»Wir geben Tanya zehn Minuten Zeit zum Umziehen, und dann geht es rauf auf den Berg, die Aussicht genießen, von der Robin geschwärmt hat. Einverstanden?«

»Du entscheidest, du bist die Braut«, sagt Esther. »Da du das Frühstück zubereitet hast, können wir in der Zwischenzeit den Tisch abräumen und den Abwasch machen.«

Poppy lächelt. »Ich sonne mich noch ein bisschen, bis ihr so weit seid.«

Chloe will widersprechen, doch Esther schüttelt entschieden den Kopf, wie ich mit diebischem Vergnügen registriere. Gleichgültig sieht sie zu, wie Annabel und Tanya den Tisch abräumen. Schließlich lässt sie sich halbherzig dazu herab, den Korb mit den Croissants in die Küche zu tragen.

»Und du geh dich umziehen, Tanya, du stinkst wie die Pest«, sagt Poppy.

Es soll wohl ein Scherz sein, aber es fühlt sich an wie eine Spitze, die mich unsanft an meine klebrige Haut und den säuerlichen Orangengeruch erinnert, den ich verströme.

Niemand sonst hat die Bemerkung mitbekommen. Poppy geht davon, lässt sich in einen der Liegestühle fallen und beschirmt die Augen mit der Hand gegen die grelle Sonne.

»Ich weiß, dass sie die Braut ist. Trotzdem könnte sie uns ruhig ein wenig helfen«, grummelt Chloe im Vorbeigehen.

»Es ist ihr Wochenende.« Gelassen wie eh und je zuckt Esther mit den Schultern. »Sie ist der Boss.«

Das ist eine interessante Machtdynamik. Und eine ungewöhnliche dazu. Ich beobachte Poppy noch eine Weile, lange nachdem der Tisch abgeräumt ist und die anderen in der Küche verschwunden sind. Und sehe, wie sie sich aufsetzt und umblickt, wie um sich zu versichern, dass sie die Aufgabe zu ihrer Zufriedenheit erledigt haben. Wieder erwidert sie meinen Blick, aber nicht wie vorhin, als ich dachte, wir hätten dieselbe unschuldige Kindheitserinnerung im Sinn. Nein, sie starrt mich regelrecht an, herausfordernd und aggressiv, und dann wedelt sie mit der Hand, als könnte sie meinen Gestank bis auf die Terrasse riechen.

ACHT

Esther

19. Mai 2023

Hier oben auf dem Gipfel fühlt man sich erstaunlich frei, und plötzlich wiegt der Verlust meiner Halskette nur noch halb so schwer. Weder am Strand noch in meinem Zimmer war sie zu finden. Irgendwo muss sie ja sein, aber ohne sie komme ich mir seltsam nackt vor, und meine Hand wandert immer wieder zu meinem Hals, in der Hoffnung, dass die Kette auf wundersame Weise wiederauftaucht.

Der Aufstieg war, wie von Robin vorhergesagt, nicht sonderlich anstrengend, jedenfalls nicht für mich, Annabel und Tanya hingegen japsen nach Luft. Von den Hütten aus nahmen wir den Pfad zwischen den Bäumen hindurch, bis wir den Weg am Fuß des Berges erreichten, der immer steiler anstieg, sodass wir uns regelrecht hinaufkämpfen mussten. Zum Ende hin wurde der Weg so schmal, dass wir im Gänsemarsch gehen mussten, bis wir auf dem nur wenige Meter breiten Gipfel ankamen. Auf dem Gipfelvorsprung ragt ein Kreuz in den Himmel; der dicken Rostschicht nach zu urteilen, muss es schon seit einer halben Ewigkeit hier stehen. Das Gras ist kniehoch, und überall wuchert Unkraut. Der Boden ist nicht flach wie der Rasen hinter der Lodge, sondern holprig und uneben, und ich achte sorgfältig auf meine Schritte. Unter dem einsamen Baum in der Mitte sprießt Löwenzahn. Der Gipfel selbst ist nicht besonders schön, eine kleine, mit Unkraut bedeckte Fläche, übersät mit Felsbrocken, auf denen sich die anderen dankbar niederlassen, während ich näher an die Felskante trete.

Auch wenn man diesen Hügel kaum als Berg bezeichnen kann, ist der Blick in die Tiefe nichts für Zartbesaitete. Ich wette, hier geht es an die zwanzig Meter steil nach unten, wo die wütende Brandung mit Macht gegen die kahlen Felsen schlägt. Das Meer ist hier auch nicht so klar, vermutlich weil die Strömung den Sand aufwirbelt und das Wasser trübt, sodass man unmöglich sagen kann, was sich unter der schäumenden Oberfläche verbirgt.

Aber all das ist bloße Nebensache. Der Gipfel, der Abgrund, das Meer – nicht sie machen den eigentlichen Reiz des Ortes aus. Robin hatte recht. Die Aussicht ist spektakulär.

Von hier aus kann ich die gesamte Insel überblicken. Auf der einen Seite erstreckt sich der weiß schimmernde Hauptstrand, auf der anderen sein etwas kleineres Pendant, ein schmaler Streifen Sand, der bis ans andere Ende der Insel reicht. Dort steht eine weitere, grün gestrichene Hütte, die zwischen den Bäumen nur schwer auszumachen ist.

»Was ist denn das für eine Hütte?«, frage ich und zeige mit dem Finger darauf. Die anderen treten neben mich und blicken nach unten.

»Ich sehe nichts«, sagt Annabel. »Was denn für eine Hütte?«

»Die grüne da.« Wieder zeige ich darauf. »Ganz am Ende des kleinen Strands.«

»Ich sehe sie!«, kreischt Chloe triumphierend. Plötzlich runzelt sie die Stirn. »Das ist ja krass. Von einer fünften hat Robin nichts gesagt. Weißt du, was das für eine Hütte ist, Poppy?«

Poppy kneift die Augen zusammen. »Die muss uralt sein. Ich bezweifle, dass sie noch bewohnbar ist.«

»Vielleicht schaue ich sie mir mal an, wenn ich morgen laufen gehe«, sage ich. »Wer weiß, was sich da alles findet?«

»Blödsinn!« Poppy schlägt sich mit der flachen Hand vor die Stirn. »Logisch hat Robin mir erzählt, was in der Hütte ist: der Generator. Sie hat gesagt, wir sollen uns davon fernhalten – Lebensgefahr. Die Hütte ist also tabu.«

»Wie schade.«

»Aber die Aussicht hier ist echt der Knaller«, haucht Annabel.

Outdoor ist eigentlich nicht Annabels Ding. Sie ist eher der Indoortyp und verbringt ihre Zeit lieber mit Shoppen und Teekränzchen als mit Wandern und dem Kampf gegen die Elemente. Nach unserer Meinungsverschiedenheit heute Morgen hat sie mich keines Blickes mehr gewürdigt, und auch jetzt starrt sie demonstrativ in die Ferne und behandelt mich, als wäre ich Luft. Tanya, die ihren Unmut normalerweise besser zu verbergen weiß, läuft seit dem Orangensaftfiasko mit einer Stinklaune durch die Gegend, in einem komplett neuen Outfit, bestehend aus Jeans-Shorts und Top, mit einer Schnute als Accessoire.

Chloe hingegen, von der ich erwartet hätte, dass sie noch mehr herumnölt als Annabel, hat zwar den ganzen Weg gejammert, weil ihre Schuhe drückten, ist aber so gut drauf wie seit unserer Ankunft nicht mehr. Sie hat Poppys Digitalkamera mitgenommen und Aufstieg und Aussicht aus sämtlichen Perspektiven festgehalten und bettelt förmlich darum, dass eine von uns sie vor dem Inselpanorama fotografiert.

»Bitte, Tanya«, fleht sie und drückt ihr die Kamera in die Hand. »Nur ein paar Aufnahmen, und dann checke ich, wie das mit dem Licht hinhaut.«

»Na schön.« Nur Chloe bringt es fertig, aus Tanya eine Fotografin zu machen. Ich kann mir ein Grinsen nicht verkneifen, als Chloe sich in Pose wirft und Tanya wild drauflosknipst.

»Du bist ziemlich sportlich, was?«

Poppys Stimme lässt mich zusammenfahren. Ich hatte sie gar nicht kommen hören.

»Könnte man sagen«, antworte ich. »Ich laufe jedes Jahr einen Marathon.«

»Wahnsinn. Du solltest beim Laufen trotzdem vorsichtiger sein.«

»Was meinst du?«

Sie zeigt auf mein Handgelenk, die drei Blutergüsse sind jetzt deutlich zu erkennen. »Du musst dich irgendwo gestoßen haben, als du heute Morgen Laufen warst.«

Ich zucke die Achseln. »Kann schon sein. Ich weiß nicht. Ich kriege schnell blaue Flecken.«

Zumindest das ist nicht gelogen. Selbst ein leichter Schlag genügt, und die Spuren sind noch Tage später sichtbar. Ich schließe die Finger um mein Handgelenk. Ich hatte gar nicht bemerkt, dass mir der Ärmel hochgerutscht war und mein Arm zu sehen ist. Bei dieser Hitze auch egal.

»Ich bewundere dein Engagement.«

»Wirklich?« Chloes krasse Bemerkungen von gestern Abend klingen mir noch immer in den Ohren. Ich hätte nicht mitlachen dürfen; das war eine schwache Vorstellung von mir. »Hey, das mit Chloe gestern Abend tut mir leid«, sage ich leise.

Poppy zieht verwundert die Augenbrauen hoch. »Ich habe schon Schlimmeres gehört. Außerdem kamen die Sprüche ja nicht von dir.«

»Nein, aber auf eine Entschuldigung von Chloe kannst du vermutlich lange warten.«

Das scheint sie zu amüsieren. »Damit hatte ich auch nicht gerechnet.«

»Sie kann manchmal echt schwierig sein«, sage ich in versöhnlichem Ton.

»Ich hoffe, du findest deine Halskette bald wieder«, erwidert sie, als hätten wir die ganze Zeit über nichts anderes gesprochen.

»Kommt, wir machen ein Gruppenfoto!«, kreischt Chloe aufgeregt und versammelt uns für ein Selfie. Unsicher, ob das auch für sie gilt, hält Poppy sich erst ein wenig abseits, bis ich sie am Arm fasse und zwischen mich und Tanya stelle. Chloe hält die Kamera in die Höhe, rückt uns ins Bild, und wir setzen ein breites Grienen auf.

»Und jetzt alle zusammen: ›Hen Party‹!«, quiekt sie.

»Hen Party«, rufen wir im Chor, zum ersten Mal wirklich vereint. Wir strahlen uns an, und selbst Tanya ringt sich ein Lächeln ab.

»Superidee, dieser Ausflug«, sagt Chloe, als das Foto im Kasten ist.

»Lass mal sehen, wie es geworden ist.« Ich nehme Chloe die Kamera aus der Hand und betrachte das Bild. Wir alle lächeln, Chloe buchstäblich von einem Ohr zum anderen, aber irgendetwas daran stimmt nicht. Chloe hat die Hand auf Tanyas Schulter gelegt, als könnte sie jeden Moment das Gleichgewicht verlieren. Annabel steht ein wenig einsam und verlassen am Rand und blickt nicht in die Kamera. Und Poppy steht zwischen mir und Tanya, als hätte sie immer schon dorthin gehört, und wirkt doch irgendwie fehl am Platz. Zum Glück ist mein blauer Fleck nicht zu sehen.

»Ist doch prima geworden«, sage ich, als ich merke, dass die anderen eine Reaktion von mir erwarten. Ich gebe Chloe die Kamera zurück. »Toll, so haben wir endlich ein Foto von uns allen.«

»Und das ganz ohne Handys«, setzt Poppy triumphierend hinzu.

Tanya lässt sich auf einem großen Stein nieder, und wir genießen noch einmal die Aussicht. Selbst Annabel fasst sich ein Herz und tritt etwas näher an die Felskante.

»Und? Entzugserscheinungen?«, frage ich Chloe.

»Geht so.« Chloe steckt die Kamera ein und betrachtet das Panorama ausnahmsweise live.

Poppy tritt zu Annabel. »Weißt du noch, als wir das letzte Mal so zusammen waren?«

»In der Schule?«, fragt Annabel stirnrunzelnd zurück.

»Geht's auch etwas genauer?«, sagt Poppy.

Und dann begreife ich, worauf sie hinauswill.

»Die Kunstprüfung?«, werfe ich ein.

Poppy nickt. »Richtig. Erinnert sich auch noch jemand an das genaue Datum?«

»Zweiundzwanzigster Mai«, antwortet Tanya zu unser aller Erstaunen.

»Das ist fast auf den Tag zehn Jahre her«, sagt Poppy. »Zehn lange Jahre. Hättet ihr damals geglaubt, dass wir nach zehn Jahren noch einmal so zusammenkommen?«

Warum fängt sie jetzt davon an? Wir wechseln beklommene Blicke, wohl wissend, was damals vorgefallen ist.

Plötzlich streckt Poppy den Arm aus und legt Annabel die Hand auf den Rücken. Alles geht so schnell, dass keine von uns eingreifen kann. Erschrocken fährt Annabel halb herum, öffnet den Mund und hebt abwehrend die Hände.

Im selben Augenblick versetzt Poppy ihr einen Stoß.

Annabel taumelt vorwärts, steht aber nicht dicht genug am Abgrund, als dass ihr etwas hätte passieren können. Sie fängt sich wieder und richtet sich auf.

Es war nur ein sanfter Stoß. Ein kleiner Scherz, nicht böse gemeint.

Wir allen starren Poppy entsetzt an, während sie in schallendes Gelächter ausbricht.

»Hast du sie noch alle?«, schreit Annabel und sucht hinter meinem Rücken Schutz. Tanya und Chloe flankieren uns, sodass wir Poppy geschlossen gegenüberstehen, die sich eine Lachträne aus dem Augenwinkel wischt.

»Das war nicht witzig«, sage ich. »Annabel könnte tot sein.«

»Reg dich ab, Esther.« Poppy grinst, als würden wir uns ganz normal unterhalten. »Der kleine Schubser? Da konnte doch überhaupt nichts passieren.«

»Bist du okay?«, fragt Chloe, als Annabel die Tränen kommen. »Alles gut, es bestand wirklich keinerlei Gefahr.«

»Wie konntest du so etwas tun?«

Poppy ringt die Hände. »Das war ein *Joke*. Ihr wisst doch, was das ist. Ihr vier. Jokes waren doch immer eure Spezialität.«

Sie hat es nicht vergessen. Wusste ich's doch.

»Mir ist klar, dass das nicht ernst gemeint war, aber mach das ja nicht noch mal.« Ich bekräftige das mit einem Nicken, doch Poppy sieht geradewegs durch mich hindurch.

»Wenn hier jemand Angst haben müsste, dann doch wohl ich«, gibt sie zurück. »Ich weiß, wozu ihr fähig seid.«

NEUN

Poppy

4. September 2006

Liebes Tagebuch,

o Gott. Der erste Tag am Gymnasium! Und er ist genauso groß und gruselig, wie alle sagen. Obwohl ich jetzt praktisch erwachsen bin, immerhin schon elf, und Mum und Dad mir tausendmal gesagt haben, dass alles gut gehen würde, habe ich mich total zum Affen gemacht.

Tut mir leid, Tagebücher fangen normalerweise anders an, nicht wahr? Tja. Es ist mein Tagebuch, und damit kann ich machen, was ich will. Aber vielleicht stelle ich mich erst mal vor, weil meine Mum sagt immer, das ist höflich, wenn man jemanden kennenlernt. Du bist zwar kein Mensch, aber du weißt schon, was ich meine. Würde irgendwann in ferner Zukunft, in hundert Jahren oder so, jemand dieses Tagebuch ausgraben, würde er wahrscheinlich sagen: »Wahnsinn, wenn ich doch bloß wüsste, wer dieses Mädchen war, dann könnte ich es nach Jahrzehnten und Jahrhunderten endlich berühmt machen.« Also gehe ich auf Nummer sicher! Obwohl ich eines Tages sowieso berühmt werde. Ich werde eine berühmte Künstlerin, wart's nur ab. Und dann ist dieses Tagebuch sogar noch viel interessanter, weil es eben das Tagebuch einer Berühmtheit ist. So ähnlich, wie wenn jemand das Tagebuch von Picasso, Vincent van Gogh oder Leonardo da Vinci finden würde. So was in der Art.

Jetzt aber noch mal ganz von vorn. Ich heiße Poppy Greer, ich bin elf Jahre alt, und ich wohne in Bristol. Und heute war der erste Tag am Gymnasium, und es war die TOTALE KATASTROPHE.

Eine Katastrophe der Marke superpeinlich, puterrot und megaschäm. Ich würde ja gern einen auf cool machen und das Ganze einfach vergessen, aber was, wenn's das jetzt schon war? Und ich für immer und ewig als die Loserin dastehe, die sich gleich am ersten Tag blamiert hat.

Zum Glück habe ich Tanya. Sie ist meine beste Freundin, und das schon seit dem ersten Tag in der Vorschule, als wir noch ganz klein waren. Ich saß in der Ecke und las ein Buch, da kam sie an und fragte mich, wovon es handelt, und seitdem sind wir unzertrennlich.

Jetzt sind wir beide in der siebten Klasse, und es ist irre, wie erwachsen wir schon sind. Wir haben jetzt viel mehr neue Fächer als in der Grundschule, und ich freue mich riesig (aber am meisten natürlich auf Kunst!). Zur Einführung in der Aula mit über zweihundert anderen Siebtklässlern erklärte die Rektorin uns den Lehrplan und was wir alles für Sachen machen werden. Das wird bestimmt superspannend, und ich saß direkt neben Tanya, die zum Glück in meiner Klasse ist. Als es um die Theater-AG ging, drückte ich ihre Hand. Tanya schauspielert für ihr Leben gern und will eine berühmte Schauspielerin werden. Ich weiß, dass für die meisten Leute ihre Träume nicht in Erfüllung gehen, aber bei Tanya bin ich mir da ganz sicher.

Dann kann Tanya in Hollywoodfilmen mitspielen, und ich werde in allen berühmten Galerien der Welt ausgestellt. Meine Grundschullehrerin hat gesagt, so schöne Bilder wie meine hätte sie noch nie gesehen, dabei konnte sie manchmal auch eine echte Ziege sein. Sie lobte einen nie nur einfach so, daher weiß ich, dass sie die Wahrheit gesagt hat und ich Talent habe.

Aber egal. Kommen wir zu diesem ABSOLUTEN SUPER-GAU, denn der ist jetzt das Wichtigste.

Nach der Einführung hat die ganze Klasse mit unserem Klassenlehrer einen Rundgang durch die Schule macht. (O mein Gott, unser Klassenlehrer! Ich schweife schon wieder ab, aber er ist der wahrscheinlich süßeste Typ aller Zeiten. Und ich bin garantiert nicht die Einzige, die das findet!) Die meisten Mädchen liefen ganz vorne und hingen an seinen Lippen, und die Jungs latschten hinterher. Dann kamen Tanya und ich und schauten uns alles ganz genau an und versuchten, es uns einzuprägen, damit wir uns hinterher nicht verlaufen. Noch weiter hinten lief eine zweite Gruppe von Mädchen, die so taten, als ob sie das alles gar nicht interessieren würde. Obwohl Mr Edwards uns gebeten hatte, ruhig zu sein, tuschelten sie die ganze Zeit.

Eine von ihnen prustete laut los. Ich sah zu Mr Edwards – nicht, dass er noch dachte, es wären Tanya und ich –, aber er hatte es gar nicht gehört, sondern setzte die Führung fort und erzählte etwas über das Fach Geschichte, während wir einen Gang mit Bildern von den Weltkriegen und den Suffragetten entlangliefen.

Ich hätte mich nicht nach ihnen umdrehen sollen, ich weiß, ich weiß! Aber sie hatten es gesehen und schlossen zu uns auf.

»Ich bin Annabel«, sagte die Mittlere. »Und das sind Chloe und Esther.«

Chloe war diejenige, die so laut gelacht hatte, und sie kicherte immer noch. Eigentlich hätte ich merken müssen, dass sie etwas hinter ihrem Rücken versteckt hielt, aber ich war eben mit Annabel beschäftigt, okay?

»Und wie heißt ihr?«, fragte Esther, und ja, auch sie hielt etwas hinter dem Rücken versteckt.

Ich sagte ihnen meinen Namen, aber ich war total nervös, während Tanya sich ganz cool vorstellte. Sie ist viel selbstbewusster als ich.

»Ihr habt wohl Angst vor Geschichte?«, fragte Annabel. Sie zeigte auf eins der Bilder. »Zugegeben, sieht echt gruselig aus, aber man muss darüber Bescheid wissen. Ihr braucht keine Angst zu haben.«

»Wir haben keine Angst«, sagte ich. Ich hatte keinen blassen Schimmer, was die überhaupt von uns wollten. Geschichte war eins meiner Lieblingsfächer, ich hatte doch keine Angst vor einem blöden Plakat.

In der Grundschule habe ich für mein Projekt über Frauen im alten Rom den ersten Preis gewonnen.

Tanya sah es gerade noch rechtzeitig und wich einen Schritt zurück. Ich hingegen war in Gedanken immer noch bei den Plakaten und Bildern und fragte mich, wovor ich denn nun Angst haben sollte, als Chloe und Esther je eine Capri-Sonne hinter dem Rücken hervorzogen und mir den Saft zielsicher zwischen die Beine spritzten. Meine Hose war klatschnass, aber schlimmer noch, es sah aus, als hätte ich mich eingenässt. Esther und Chloe warfen die Capri-Sonnen in einen Papierkorb und lachten sich fast kaputt.

Ja. Ich sah wirklich aus, als hätte ich mir in die Hose gemacht, und das mitten auf dem Gang.

Aber keine Angst, es kommt noch schlimmer.

»Oje! Sir!«, rief Annabel. »Das Mädchen da hat sich in die Hose gemacht! Poppy hat sich in die Hose gemacht!« Und dann fing auch sie an, laut zu lachen.

Zu meinem Entsetzen drehte sich die ganze Klasse schlagartig zu mir um, während Mr Edwards schon angelaufen kam, um zu sehen, was passiert war. Ungläubig starrte er mich an. Mich, meine nasse Hose und mein puterrotes Gesicht. Die Pfütze auf dem Boden zwischen meinen Füßen. Die drei Mädchen, die mit dem Finger auf mich zeigten, und jetzt lachten auch die anderen und überzogen mich mit Spott und Hohn. Vor Scham wäre ich am liebsten im Boden versunken.

»Alles okay mit dir, Poppy?«, fragte Mr Edwards. Er drehte sich zu den anderen um und erhob die Stimme. »Schluss jetzt! Und zwar ein für alle Mal. Ihr wartet am Ende des Flurs auf mich, und wenn sich nur ein Einziger von euch danebenbenimmt, sitzt die ganze Klasse nach, auch wenn heute der erste Tag ist! Haben wir uns verstanden?«

Ich erinnere mich an jedes einzelne Wort, weil ich dachte: Oje, Mr Edwards denkt, ich hätte mich eingenässt. Er will mich beschützen. Und macht alles nur noch schlimmer.

»Ich habe mir nicht in die Hose gemacht«, sagte ich leise, aber es war zu spät. »Chloe und Esther haben mich …«

Annabel schüttelte den Kopf.

»Chloe und Esther?«, fragte Mr Edwards. »Was haben sie getan?«

Ich konnte sie doch nicht gleich am ersten Tag verpetzen. Auf keinen Fall.

»Nichts«, sagte ich.

Mr Edwards musterte mich stirnrunzelnd und ließ die Sache auf sich beruhen. »Mach dich erst mal sauber, in der Turnhalle lässt sich bestimmt eine frische Hose für dich finden. Und dann gehst du ins Sekretariat, die kümmern sich um alles Weitere. Und falls du ein ärztliches Attest wegen deiner Blase brauchst ...«

»Nein, Sir.« Ich war nur noch ein Häufchen Elend. »Ich habe mich nicht eingenässt. Glauben Sie's mir, und erzählen Sie es bitte nicht herum.«

»Nun gut.« Er rief eine Schülerin zu sich, die zufällig vorbeikam. »Könntest du eine meiner Siebtklässlerinnen zum Sekretariat begleiten?«

»Ja, Sir«, sagte die Schülerin und musterte mich neugierig von Kopf bis Fuß.

Mr Edwards lächelte mich an. »Bis später. Und keine Angst. Ich werde dafür sorgen, dass niemand mehr ein Wort darüber verliert.«

Er ging wieder zu den anderen, und ich fragte mich, wie er das wohl anstellen wollte. Selbst ich hätte Tanya von dem Mädchen erzählt, das sich gleich am ersten Schultag in die Hose pinkelte. Und hätte das Mädchen das Gegenteil behauptet, hätte ich ihr nicht geglaubt.

Die Geschichte wird mir ewig nachhängen. Da kann ich machen, was ich will.

Und als wäre all das nicht schrecklich genug, tauchte jetzt auch noch eine Putzfrau mit Mopp und Eimer auf. Bis auf mich und die ältere Schülerin war zwar niemand mehr da, aber es war immer noch megapeinlich, und ich hatte furchtbare Angst, dass jeden Moment die nächste siebte Klasse um die Ecke kommen könnte.

Das Mädchen, das mich begleiten sollte, war eine Zehntklässlerin, die zum Glück nicht fragte, warum ich mit nasser Hose dastand, und mich schnurstracks ins Sekretariat brachte. Dort bekam ich eine frische Hose und eine Plastiktüte für die nasse. Als ich endlich fertig war, hatte der Unterricht schon angefangen, und Mr Edwards begleitete mich zu meinem Mathekurs. Ich ignorierte die Blicke und das Geflüster, als ich hereinkam, und versuchte, die Plastiktüte hinter meinen Beinen zu verstecken.

Glücklicherweise hatte Tanya mir einen Platz freigehalten. Als ich mich setzte, drückte sie meine Hand.

»Und?«, flüsterte sie.

»Sie haben mir eine frische Hose gegeben. Das ist alles.«

»Du hast Mr Edwards nicht gesagt, dass es Chloe und Esther waren?«

Ich sah mich nach den beiden um. Chloe, Esther und Annabel besetzten einen Vierertisch. Auf dem vierten Stuhl saß ein Junge, der sich im Tiefschlaf zu befinden schien.

Als sie meinen Blick bemerkten, grinsten sie und hielten sich die Nase zu.

»Nein«, raunte ich Tanya zu. »Ich wollte nicht als Petze dastehen. Hätte ich's nur gemacht. Und warum hast du mir nicht geholfen?«

»Tut mir leid.« Wieder drückte sie meine Hand. »Und zwar sehr, Poppy. Das kommt nicht wieder vor. Von jetzt an halten wir zusammen wie Pech und Schwefel.«

So hatte ich mir den ersten Schultag nicht vorgestellt. Tanya hielt Wort und ließ die drei Mädchen einfach stehen, als sie mit ihr reden wollten, und Esther sagte sie sogar, sie soll die Klappe halten, als die sie noch einmal auf den Vorfall ansprach. Als ich endlich zu Hause war, mit der blöden Plastiktüte in der Hand, war ich fix und fertig.

Am liebsten wäre ich sofort nach oben gegangen, um alles aufzuschreiben, aber so leicht kam ich an Mum und Dad nicht vorbei.

Tja, Eltern. Ich weiß ja, sie meinen es nur gut, aber manchmal will man einfach nur in Ruhe gelassen werden. Stattdessen zwingen sie einen, sich zu ihnen zu setzen. Sämtliche Mahlzeiten mit ihnen gemeinsam einzunehmen und auch den Teller leer zu essen! Und wenn es einem noch so scheiße geht. Was man ihnen aber auf keinen Fall verraten darf, sonst gibt es den ganzen Abend kein anderes Thema mehr.

Glaub mir, ich habe Mum und Dad wirklich lieb. Aber manchmal nerven sie einfach.

Sie waren gerade am Kochen, als ich hereinkam, meine Tasche neben der Kücheninsel abstellte und auf einen Hocker kletterte. Es hatte keinen Sinn, gleich nach oben zu gehen, denn dann wäre einer von beiden hinterhergekommen und hätte mich ausgefragt, was denn los ist, warum ich nicht Hallo gesagt habe, und das am ersten Schultag. Mum schälte gerade Kartoffeln, und mein Dad stand am Herd und wachte über einen Kochtopf. Aber als sie mich sahen, ließen sie alles stehen und liegen, nahmen mich in den Arm und drückten mich ganz fest. Selbst meine jüngere Schwester Wendy, die normalerweise in ihrer eigenen kleinen Fantasiewelt lebt, hievte sich vom Sofa und gesellte sich zu uns. Als ich sie so in der Uniform meiner alten Grundschule sah, wurde mir fast ein bisschen wehmütig zumute.

Ich wünschte, ich könnte wieder zurück.

Nein! Kommt nicht infrage! Ich werde das jetzt nicht durchstreichen, weil dann die ganze Seite hässlich aussieht. Aber darum geht es nicht. Ich weiß noch nicht mal, warum ich das überhaupt alles aufgeschrieben habe. Vielleicht sollte ich die Sache einfach ein bisschen tiefer hängen.

»Na, wie war dein erster Schultag, Schätzchen?«, fragte Mum und widmete sich wieder ihren Kartoffeln. »Zur Feier des Tages gibt es dein Lieblingsessen, selbst gemachte Pommes und dazu Dads Käse-Makkaroni.«

»Lecker«, sagte ich automatisch. »Das ist nett von euch.«

So leicht lassen meine Eltern sich nicht überlisten.

Dad zeigte mit dem Kochlöffel auf mich. »Du hast die Frage nicht beantwortet. Wie war es in der Schule? Hast du neue Freunde gefunden? Hast du dir den Kunstsaal ansehen können?«

Peinlicher Moment Nummer zwei.

»Was ist denn das?« Wendy hob die Plastiktüte hoch und sah hinein. »Warum schleppst du eine stinkende Hose durch die Gegend?«

»Wie bitte?« Mum warf einen Blick in die Tüte, und ich wollte, der Hocker hätte mich mit Haut und Haaren verschlungen. »Was ist das, Poppy?« Sie blickte mich prüfend an und begriff, was los war. »Du hast eine andere Hose an. Was war los?«

»Ich habe mich mit Capri-Sonne bekleckert, das ist alles«, erklärte ich. »Also haben sie mir im Sekretariat eine saubere Hose gegeben.«

»Ich riech's!« Mum holte die Hose hervor, ließ die Tüte zu Boden fallen und schnupperte an dem Kleidungsstück. »Sie ist noch feucht. Hast du dir etwa die ganze Packung darüber geschüttet?«

Wendy zog die Augenbrauen hoch. Das beherrscht sie inzwischen ziemlich gut. Sie ist furchtbar stolz darauf, etwas zu können, das ich nicht kann. »Wie verschüttet man denn eine Capri-Sonne?«

»Genau mein Gedanke.« Mum stopfte die Hose in die Waschmaschine. »Das hat doch jemand mit Absicht gemacht.«

»Nein, Mum!«, blaffte ich sie an, und sie riss erschrocken die Augen auf. »Ich hab doch gesagt, es war ein Versehen. Mehr nicht. Mein erster Tag war total okay. Okay?«

»Poppy …« Mum streckte die Hand nach mir aus, doch ich schob den Hocker nach hinten und stand auf.

»Lass mich einfach in Ruhe.« Ich lief aus der Küche, rannte die Treppe hinauf und rettete mich in mein Zimmer.

Und da sitze ich nun und schreibe, liebes Tagebuch. Ich weiß, dass sie gleich ins Zimmer kommen werden. Ich weiß, dass sie mich trösten und zum Lachen bringen, alles ein bisschen besser machen werden. Aber ich brauche diese paar Minuten nur für mich.

Halb so wild. Das wird schon wieder.

Da, es klopft. Der Trosttrupp ist im Anmarsch.

27. Juni 2007

Liebes Tagebuch,

ich weiß, dass es nun schon fast ein ganzes Jahr her ist, seit ich dir zuletzt geschrieben habe. Bitte entschuldige. Aber das Leben ist … hart.

Und was unternimmt man dagegen? Ich male. Schreiben ist nicht so meins. Das hier war eigentlich als eine Art Notizbuch gedacht, wo ich von all den coolen Sachen berichten wollte, die man auf dem Gymnasium so erlebt. Die ganzen Partys, zu denen ich eingeladen werden würde. Und von all meinen tollen neuen Freunden.

Tja, von wegen.

Also habe ich stattdessen viel gemalt. Und hey, zumindest das läuft super. In Kunst bin ich definitiv die Beste meines Jahrgangs, wenn nicht sogar der ganzen Schule. Und das ist keine Angeberei, sondern das, was meine Kunstlehrer gesagt haben, und meine Bilder sind zusammen mit denen von älteren Schülern ausgestellt worden, aber meine sind besser, so leid es mir tut.

Bin ich deshalb schon eine arrogante Ziege? Finde ich nicht, denn es geht ja nur um diese eine Sache. Kunst ist im Moment das Einzige, was mich glücklich macht, also lass mich ruhig ein bisschen angeben. Sonst wäre ich nämlich längst durchgedreht. Oder bin ich das am Ende schon? Dieser Tagebucheintrag ist bis jetzt doch einfach nur gaga.

Der Kunstsaal ist am Ende eines langen Flurs im Erdge-

schoss der Schule, und wenn man dort nicht gerade Unterricht hat, würde man ihn gar nicht bemerken. Aber wenn man den Gang entlanggeht, sieht man die ganzen tollen Bilder und Skulpturen, die die Schüler im Lauf der Jahre angefertigt haben. Da hängt jetzt auch eins von meinen Bildern, neben denen von irgendwelchen Oberstufenschülern, und darauf bin ich echt stolz. Es ist auf jeden Fall total harmlos, bloß eine Wiese, auf der ein paar Mädchen spielen. Die Lehrer meinten, einige meiner Sachen wären ein bisschen zu experimentell, worauf ich zurückgab, das sei eben meine Art, mich auszudrücken, was für mich sehr bedeutend und erwachsen klingt, als wäre ich eine echte Künstlerin.

Wir haben drei Kunstlehrer, aber meine liebste ist Miss Wersham, weil sie jung und schön und immer schwer beeindruckt von mir ist, auch wenn sie mir manchmal sagt, ich solle es nicht übertreiben. Sie hat mir gezeigt, wie man mit einem ganz normalen Bleistift schattiert, sodass es total realistisch aussieht. Und das übe ich jetzt immer. Vorige Woche habe ich ein Bild gemalt von einem Vogelküken, das aus dem Nest gefallen ist und von seiner Mutter gesucht wird, und Miss Wersham meinte, die Technik hätte ich jetzt raus, aber das Bild wäre etwas zu traurig, um es aufzuhängen. Echt jetzt? Geht es nicht gerade in der Kunst darum, berührt zu werden?

Stattdessen hat sie Ollies blödes Bild von einer startenden Weltraumrakete genommen. Er war dabei, als sie mir die Bleistifttechnik gezeigt hat, und musste es natürlich gleich selber ausprobieren. Ollie Turner ist ein Junge aus meinem Kunstkurs. Er ist in Ordnung, und gut zeichnen kann er auch, aber nicht so gut wie ich. Ich bin die Beste. Und das stinkt ihm, weshalb er so eingebildet gegrinst hat, als Miss Wersham sein

Bild und nicht meins aufhängte. Sofort rieb ich ihm unter die Nase, dass meins »brillant« sei (was Miss Wersham echt gesagt hat, ich schwör's), aber nur zu traurig, um es aufzuhängen. Es würde die Leute deprimieren.

Mir gefällt die Vorstellung, dass ich Menschen durch mein Talent tief berühren kann. Tun das nicht alle großen Künstler? Die Menschen traurig machen?

Außerdem bin ich deprimiert! Ich verarbeite mein Leben zu Kunst! Und genau darum schreibe ich diese Zeilen.

Also. Es gibt Neuigkeiten. Schreckliche Neuigkeiten. Und ich habe nur deshalb so lange nichts geschrieben, weil ich die ganze Zeit darauf gewartet habe, dass Tanya es sich anders überlegt und zu mir zurückkommt. Sieben Jahre Freundschaft müssen ihr doch mehr bedeuten als diese dummen Mädchen, die mich gleich am ersten Tag mit Capri-Sonne bespritzt haben.

Aber jetzt weiß ich es besser. Ich muss der Wahrheit ins Auge sehen.

Tanya ist nicht mehr meine beste Freundin. Sie ist zu Annabel, Chloe und Esther übergelaufen. Und ich stehe jetzt allein da.

Es passierte so schleichend, dass ich es zuerst gar nicht merkte. Tanya wurde in den meisten Fächern neben Annabel gesetzt, weil ihre Nachnamen im Alphabet so nahe beieinanderstehen. Also mussten sie zwangsläufig miteinander sprechen, weil sie dieselben Aufgaben hatten. Aber dann, nach ein paar Wochen, hatte Tanya nach der Schule plötzlich keine Zeit mehr, obwohl wir doch sonst immer etwas zusammen unternommen hatten. Erst sahen wir uns nur noch einmal die Woche, dann nur noch alle vierzehn Tage, und dann gar nicht mehr, angeblich weil ihre Mum gesagt hatte, jetzt wo sie aufs Gymnasium gehe, müsse sie mehr für die Schule tun.

Ich bin nicht blöd. Ich wusste gleich, dass das gelogen war. Ich dachte, vielleicht war sie zu einer Geburtstagsparty oder so eingeladen worden und hatte ein schlechtes Gewissen deswegen. Die Pausen und das Mittagessen verbrachten wir nach wie vor zusammen, bis ich mir nach Weihnachten eine fiese Erkältung holte und drei Tage zu Hause bleiben musste. Eigentlich hatte ich erwartet, dass Tanya sich ohne mich zu Tode langweilen würde, aber als ich zurückkam, musste ich feststellen, dass sie mit Annabel, Chloe und Esther tratschte und lachte und nicht sonderlich erfreut schien, mich zu sehen.

So ging das zwei Wochen weiter, und dann war ich völlig abgemeldet. Schlimmer, nun machte sie auch noch mit, wenn die anderen mich piesackten.

Ja. Daran hat sich nichts geändert. Das war nicht bloß ein Streich am ersten Tag. Sie machen sich jeden Tag über mich lustig. Manchmal stelle ich mich krank, nur damit ich nicht zur Schule muss, aber allmählich wird Mum misstrauisch.

Die Mittagspause verbrachte ich immer öfter in Miss Wershams Sprechzimmer, und zuerst hatte sie nichts dagegen, aber als ich dann jeden Tag vor ihrer Tür stand, wurde es selbst ihr zu viel. Dazu kam, dass Ollie und ein paar andere aus dem Kunstkurs dachten, Miss Wersham würde mir Privatnachhilfe geben, wie so eine Art Künstlerinnenstammtisch, und ab da war es damit endgültig vorbei.

Egal. Kommen wir endlich zur Sache. Meinem Katastrophengeburtstag.

Als Ende Juni mein Geburtstag näher rückte, sprachen Tanya und ich kein Wort mehr miteinander. Das Problem war nur, dass meine Eltern nichts davon wussten. Man erzählt seinen Eltern schließlich nicht, dass man von heute auf morgen zur totalen Loserin geworden ist, oder? Und das war auch besser so. Dummerweise bestanden sie darauf, dass ich Tanya zu meiner Party einlud, da half kein Betteln und kein Flehen.

»Du musst Tanya einladen, sie ist deine beste Freundin«, sagte Mum und griff zum Telefon, um Tanyas Mum anzurufen.

»Bitte«, beschwor ich sie. »Ich möchte lieber mit euch feiern. Nur Wendy, du, Dad und ich. Das fände ich schön.«

»Unsinn«, erwiderte sie, und damit hatte es sich.

Aber als wir an meinem Geburtstag dann um den festlich gedeckten Küchentisch saßen und auf Tanya warteten, bin ich fast gestorben. Die Zeit verging, und bald hatte Tanya nicht mehr nur zehn Minuten Verspätung, sondern eine halbe Stunde.

Es ist mir peinlich, das zu schreiben, aber insgeheim hoffte ich, dass sie vielleicht doch kommen würde. Schließlich hatte ich Geburtstag. Sie hätte es ja niemandem sagen müssen. Hätte ich an ihrer Stelle auch nicht getan. Und es hätte alles so sein können wie früher.

Letztes Jahr waren wir zusammen im Badeparadies, und danach hat sie bei mir übernachtet, und wir haben Pizza gegessen. Wir haben Freundschaftsarmbänder gebastelt und uns ewige Freundschaft geschworen.

Aber sie ist nicht gekommen.

»Das sieht Tanya gar nicht ähnlich«, stellte Mum stirnrunzelnd fest und sah zum dritten Mal auf ihre Armbanduhr. »Es wird ihr doch wohl nichts passiert sein.«

»Tanya ist schon ewig nicht mehr hier gewesen«, sagte Wendy.

Ich habe Wendy nicht erzählt, was los ist, aber sie ist ziemlich aufgeweckt. Ich weiß, Mum und Dad halten sie für so eine Art Wunderkind und betonen ständig, dass sie viel zu wenig für sie tun, dabei kriegt sie Geigenunterricht und Privatstunden in Mandarin und höherer Mathematik. Als Mum nicht hinsah, klaute sie sich ein Sandwich und stopfte es sich schulterzuckend in den Mund.

Aber sie hatte ja recht. Das letzte Mal hatte Tanya in den Osterferien bei uns übernachtet, und das auch nur, weil ihre Mutter geschäftlich in Manchester war. Es war die ganze Zeit irgendwie komisch, aber richtig fies wurde es erst, als Annabel, Chloe und Esther sich über unsere Einrichtung lustig machten. Von der Tanya ihnen erzählt hatte.

»Lasst uns anfangen«, sagte ich. »Es wäre doch schade um das schöne Essen.«

Mum und Dad hatten weder Kosten noch Mühen gescheut, um meinen zwölften Geburtstag gebührend zu feiern. Mit all den Köstlichkeiten hätte man eine ganze Armee satt machen können.

Dumm nur, dass Mum nicht lockerließ.

»Wartet noch einen Moment. Ich rufe mal eben bei Jane an.«

Tanyas Mum.

Ich flehte sie regelrecht an. »Nein, Mum. Bitte nicht!«

Sie schenkte mir keine Beachtung, griff zum Telefon und wählte Tanyas Nummer. Sie kannte sie auswendig, so eng waren wir miteinander gewesen. Tausendmal hatte sie angerufen und gefragt, ob ich zum Abendbrot zu Hause sein würde.

»Hallo, Jane, bist du's? Hier ist Sue, Poppys Mum.« Wild gestikulierend versuchte ich, sie zum Auflegen zu bewegen, doch sie drehte mir den Rücken zu. »Wir feiern gerade Poppys Geburtstag und haben uns gefragt, ob Tanya schon unterwegs ist. Wir warten seit einer Weile auf sie und … wie bitte?«

Ich schloss die Augen.

»Wann soll das gewesen sein? Hier hat niemand angerufen.« Mum sah mich an. »Aha. Verstehe. Danke, Jane. Nein, danke dir, ich richte es aus. Bis bald.« Sie legte auf und seufzte.

»Und?«, fragte Dad. »Kommt Tanya noch?«

»Nein.« Mum stellte das Telefon in die Ladestation zurück und setzte sich. »Da ist wohl etwas durcheinandergeraten. Sie kann heute doch nicht. Aber von Jane soll ich dir liebe Geburtstagsgrüße ausrichten. Und ein Kärtchen ist auch unterwegs. Na gut, dann lasst uns anfangen.«

Ich weiß nicht, was Jane ihr erzählt hatte, aber später, auf Facebook, starrte mir die bittere Wahrheit entgegen:

Ein supertoller Tag mit meinen besten Freundinnen!

Tanya hatte ein Foto von sich mit Annabel, Chloe und Esther gepostet, auf dem sie im Park Eis aßen. Sie hielten sich in den Armen und strahlten mit der Sonne um die Wette.

Es war ein ganz normaler Tag. Nichts Besonderes. Nur ein Eis im Park. Und darauf konnte Tanya selbst für meinen Geburtstag nicht verzichten, und das nach sieben Jahren Freundschaft.

Ich zog mir die Decke über den Kopf und weinte. Nichts

würde je wieder gut werden. Ich weinte und weinte und wäre am liebsten gestorben.

Sorry wegen der Flecken. Ich wollte nicht schon wieder heulen. Ich dachte immer, aufschreiben hilft. Schön wär's.

Trotzdem. Wenigstens kann ich so tun, als wärst du meine Freundin, liebes Tagebuch. Das erinnert mich an das Tagebuch der Anne Frank, an all ihre so viel klügeren und eleganteren Zeilen an »Kitty«. Trotzdem werde ich dir, glaube ich, keinen Namen geben.

Dann würde ich mich nur noch alleiner fühlen.

ZEHN

Annabel

19. Mai 2023

Ich kann kaum glauben, dass sie mir diesen Stoß verpasst hat, so dicht an der Felskante.

Auf dem Rückweg ist die Stimmung eher angespannt, auch wenn Poppy so tut, als wäre nichts gewesen. Mir egal, dass ich gar nicht abstürzen konnte – sie hat das Schicksal herausgefordert und mir einen Mordsschrecken eingejagt. Den ganzen Weg den Berg hinunter quatschte sie uns in nervtötender Lautstärke die Ohren voll, als hätte sie nicht den blassesten Schimmer, was sie mir angetan hatte, und jetzt sind wir am Strand, und es ist, als wäre der ganze Vormittag vergessen.

»Was haltet ihr von einem Sonnenbad?«, fragt Poppy, als wir bei den Sonnenliegen ankommen. »Ich mixe uns ein paar Margaritas, und dann relaxen wir erst mal ein Stündchen vor dem Mittagessen.«

Ich ringe mir ein gequältes Lächeln ab. »Superidee.« Ich werde hier nicht den Partymuffel geben. Ich mache gute Miene zum bösen Spiel und schiebe das Ganze auf ihren schrägen Humor. »Ich muss erst mal unter die Dusche. Ich bin total verschwitzt.«

»Ich komme mit«, sagt Poppy. »Ich muss sowieso die Drinks mixen.«

Na toll. Während die anderen sich auf ihren Liegen aalen (und Chloe ihre aus dem Schatten einer Palme in die pralle Sonne befördert), machen wir uns auf den Weg zur Main Lodge. Es ist viel wärmer als heute Morgen. Wie ich mich nach einer Dusche sehne. Der Schweiß strömt mir übers Gesicht, und die Haare kleben an meinen Schläfen.

Ich bin eigentlich nicht zum Reden aufgelegt, aber schon nach wenigen Schritten fasst Poppy mich am Arm.

»Wie fühlst du dich?«, fragt sie.

»Alles gut. Wie gesagt, ich bin völlig verschwitzt.« Ich will ihre Hand abschütteln, aber sie hält meinen Arm fest umklammert.

»Du bist immer noch sauer auf mich, stimmt's?« Sie fährt sich mit der freien Hand durchs Haar und lässt mich endlich los. »War nicht böse gemeint. Tut mir leid.«

Weil wir nebeneinander hergehen, kann ich ihr nicht in die Augen sehen, weiß also nicht, ob sie es tatsächlich ernst meint. Aber ihre Stimme klingt ehrlich, und so werde ich weich. »Nein, mir tut es leid. Ich habe mich total dämlich benommen. Woher solltest du denn wissen, dass ich so ausrasten würde?«

»Ich hätte es ahnen müssen. Wir können nicht mehr so unbeschwert herumalbern wie noch vor zehn Jahren.«

Mir bleibt fast die Luft weg. Jetzt fängt sie schon wieder von damals an, obwohl sie die Vergangenheit doch angeblich hinter sich lassen will.

»Du hast recht«, sage ich. »Das ist eine lange Zeit. Wir müssen uns erst mal wieder richtig kennenlernen.«

Bei der Main Lodge angekommen, bleibt sie stehen. »Mach nicht so lange, Annabel«, sagt sie. »Sonst verpasst du noch was.« Und schon verschwindet sie im Haus, um die Cocktails zu mixen. Es scheint niemanden zu stören, dass es kaum Mittag ist, aber so läuft das wohl bei einer echten Hen Party.

Ich winke ihr noch hinterher. Zum Glück liegt der Weg zu meiner Hütte komplett im Schatten. Am liebsten würde ich umkehren und Poppy um mein Handy bitten, vielleicht hat Andrew mir ja etwas geschrieben, aber mein Gefühl sagt mir, dass ich damit auf taube Ohren stoßen würde.

Als ich die Stufen zu der kleinen Veranda meiner Hütte hinaufsteige, bemerke ich, dass die Tür offen steht. Nur einen winzigen Spalt, sodass es auf den ersten Blick gar nicht auffällt.

Dabei habe ich sie heute Morgen definitiv zugemacht.

Oder doch nicht?

Ich stoße die Tür auf und ziehe sie wieder zu, um zu sehen, ob sie auch richtig schließt. Sie fällt mit einem deutlich vernehmbaren Klicken ins Schloss, ein Geräusch, das mir bekannt vorkommt. Als ich eintrete, fällt mir nichts Ungewöhnliches auf, nichts deutet darauf hin, dass jemand die Hütte betreten haben könnte. Alles sieht genauso aus, wie ich es zurückgelassen habe, Shampoo und Schminksachen stehen auf der Kommode, und meine Kleider liegen nach wie vor fein säuberlich gestapelt in meinem aufgeklappten Koffer, der darauf wartet, endlich ausgepackt zu werden. Das Gemälde hängt noch immer bedrohlich an der Wand, wobei mir einfällt, dass ich Poppy fragen wollte, ob es von ihr ist.

Die Dusche spotzt, als ich sie aufdrehe, hat aber nicht mehr den Druck von heute Morgen. Nachdem sie einen heftigen Schwall Wasser ausgehustet hat, tröpfelt sie nur noch. Außerdem wird sie gerade einmal lauwarm.

»Verdammt«, fluche ich. Ich bin mir durchaus bewusst, dass wir uns auf einer Insel mitten in der Karibik befinden, aber in einem Fünf-Sterne-Luxusresort kann man doch wohl erwarten, dass wenigstens die Basics funktionieren. Aber vielleicht wird die Wasserversorgung ja per Timer gesteuert. Woher soll ich das wissen? Ich versuche, das Beste daraus zu machen, und fröstele trotz der tropischen Hitze, als ich wieder ins Zimmer trete.

Das Duschen hat so lange gedauert, dass ich mich frage, warum

Poppy noch nicht nach mir gesehen hat. Aber diese kleine Auszeit hatte ich dringend nötig. Da ich sonst meist allein bin, tue ich mich schwer damit, von morgens bis abends von vier Frauen umgeben zu sein. Und auch Andrew fehlt mir, obwohl er nur selten zu Hause ist.

Ich habe sogar das grässliche dunkelblaue Paillettentop eingepackt, das Andrew mir letztes Jahr zu Weihnachten geschenkt hat. Keine Ahnung, warum ich es mitgenommen habe. Ich habe es nur einmal getragen, nämlich an besagtem Weihnachtsabend. Es passt überhaupt nicht zu mir. Aber es erinnert mich an ihn. Wenn ich es anziehe, verfliegt vielleicht mein Heimweh.

Ich steige wieder in meine weißen Shorts, schlüpfe in passende Sandalen und krame in meinem Koffer nach dem Top, aber es ist nirgends zu finden. Ich packe meine Sachen aus und verstaue sie in den Schubladen der Kommode. Irgendwo muss es doch sein. Aber im Koffer liegen schließlich nur noch eine Strumpfhose und ein altes Nachthemd.

Das Top ist nicht da.

Ich gehe die Sachen in der Kommode noch einmal durch, sehe überall nach, werfe sogar einen Blick unter das Bett, falls das Top auf wundersame Weise dort gelandet sein sollte. Nichts, nicht einmal der vergessene Socken eines früheren Gastes. Das Zimmer ist blitzblank, und mein Koffer ist leer.

Da fällt mir die offene Tür wieder ein. War jemand in meiner Hütte? Aber warum sollte jemand – und das müsste eine von uns vieren sein – hier einbrechen und dann nur ein blaues, noch dazu potthässliches Paillettentop mitgehen lassen? Die Diebin hätte meine ganzen Klamotten durchwühlen müssen, um es zu finden. Das macht einfach keinen Sinn.

Und Esther würde so etwas ganz bestimmt nicht tun, und wenn wir uns noch so heftig in die Haare geraten wären. Solche Kindereien sind nicht ihr Ding. Wenn ihr etwas nicht passt, redet sie nicht lange drum herum. Deswegen haben wir uns ja überhaupt gestritten.

Nein, dann habe ich es vielleicht doch nicht eingepackt. Obwohl ich noch genau weiß, wie ich es zu Hause aufs Bett gelegt habe. Womöglich ist es herausgefallen, bevor ich den Koffer zugemacht habe. Wahrscheinlich liegt es im Schlafzimmer auf dem Fußboden, und Andrew geht morgens und abends achtlos daran vorbei, ohne auch nur auf die Idee zu kommen, es aufzuheben.

Trotzdem. Stirnrunzelnd greife ich zu einem anderen Top.

Als ich an der Main Lodge vorbeikomme, sehe ich Chloe und Tanya mit ihren Handtüchern auf der Wiese stehen.

Ich dachte, alle sind am Strand. Sie stecken mit ernster Miene die Köpfe zusammen.

Sie sind so sehr ins Gespräch vertieft, dass sie mich gar nicht bemerken. Und so bekomme ich ein paar Wortfetzen mit – und erstarre, als ich meinen Namen höre.

»Annabel weiß es noch immer nicht, also hör auf, sie ständig mit der Nase …«

»Du musst es ihr sagen.«

»Ich könnte ihr auch das eine oder andere über dich erzählen.«

»Das ist nicht fair.« Da hat Tanya mich entdeckt. Die Röte steigt ihr in die Wangen. »Annabel!«

Chloe lacht schrill auf, aber mich kann sie nicht täuschen. Ihr Mundwinkel zuckt, und sie kann mir nicht in die Augen sehen. »Was schleichst du denn hier herum?«

Ängstlich blicken sie mich an. Sie wissen nicht, wie viel ich mitbekommen habe. Oder wie lange ich schon hier stehe.

»Worüber redet ihr?«, frage ich, als hätte ich keinen blassen Schimmer. »Ihr habt mich ja noch nicht mal kommen hören.«

»Nichts Besonderes«, sagt Chloe ein bisschen zu schnell.

»Wir reden über Poppy, wenn du's unbedingt wissen willst«, sagt Tanya, und Chloe nickt. »Wir fragen uns, was für ein Spiel sie spielt.«

Sie lügen, aber ich gehe zum Schein darauf ein. Eine Antwort werde ich von ihnen sowieso nicht kriegen. »Was meint ihr?«

»Der ganze Trip«, sagt Tanya achselzuckend. »Ich weiß auch nicht. Die Nummer auf dem Berg, als sie dich geschubst hat. Und dann die Sache mit dem O-Saft heute Morgen. Woher wollen wir wissen, ob sie das nicht absichtlich macht?«

»Wir müssen zusammenhalten«, sagt Chloe. »Vier gegen eine. Selbst wenn sie irgendwas im Schilde führt, kann sie uns nichts anhaben.«

Ich frage mich, ob Poppy mein Top gestohlen hat. Aber warum? Und wozu?

»Vier gegen eine«, wiederholt Tanya verschwörerisch.

»Ich weiß nicht«, sage ich. »Sie hat sich vorhin bei mir entschuldigt. Vielleicht hat sie einfach keine Erfahrung im Umgang mit Freundinnen.«

»Sind wir denn ihre Freundinnen?« Chloe lächelt maliziös. »Hätten wir die Einladung auch angenommen, wenn sie ihre Hen Party in Brighton feiern würde?«

»Es reicht, Chloe.« Die beiden gehen mir auf die Nerven, und ich halte es in ihrer Gegenwart keine Sekunde länger aus. »Poppy fragt sich bestimmt schon, wo ich stecke.«

»Ich komme gleich nach«, sagt Chloe.

Poppy und Esther liegen in der Sonne, als wir an den Strand zurückkehren; es interessiert offensichtlich niemanden, wo ich abgeblieben bin. Im Schatten stehen zwei Pitcher mit Margarita und zwei Schalen mit Früchten. Die beiden setzen sich auf, als sie Tanya und mich erblicken. Die gleißende Sonne verbrennt mir den Nacken, und ich wünschte, ich hätte mich besser eingecremt.

»Geht's dir wieder besser?«, fragt Esther, und ich nicke.

Es tut gut, hier in der Sonne zu liegen und eine Zeit lang alles zu vergessen. Aber ich werde das komische Gefühl im Bauch nicht los, ohne genau zu wissen, was die Ursache ist. Poppys seltsames Verhalten auf dem Gipfel? Das verschwundene Top? Chloes und Tanyas Tuscheleien über mich? Ich lege mir die Hand auf den Bauch, um mich ein wenig zu beruhigen, ohne Erfolg.

Da plötzlich hören wir Chloe gellend schreien.

ELF

Chloe

19. Mai 2023

Meine Schminksachen sind ruiniert. Total im Eimer. Sämtliche Foundation-Fläschchen liegen in Scherben auf dem Boden. Selbst meine Augenbrauenstifte sind entzweigebrochen. Meine teure Lidschattenpalette kann ich wegwerfen, die ist zu nichts mehr zu gebrauchen. Das Fenster steht sperrangelweit offen, und die Vorhänge bauschen sich in der Brise.

Ich fasse es nicht. Wie kann man nur so blöd sein? Make-up im Wert von mehreren hundert Pfund, komplett hinüber, nur weil ich es auf dem Beistelltisch unter dem Fenster deponiert habe. Eine heftige Windböe hat alles zerstört.

»Chloe?« Esther kommt zur Tür hereingestürzt.

Obwohl ich genau weiß, wie das passiert ist, schreie ich sie an. »Wer von euch war das? Alles ist dahin.«

»Ich verstehe kein Wort.« Sie sieht an mir vorbei und entdeckt das Desaster auf dem Fußboden. »O mein Gott.«

»Was soll ich denn jetzt machen? Ich habe doch keinen Ersatz dafür! Nur noch ein bisschen Mascara und Puder. Mist, verdammter!«

»Du kannst dir etwas von uns leihen.« Esther bückt sich, um die Scherben aufzusammeln. »Vielleicht lässt sich noch etwas retten.«

»Lass gut sein«, schnauze ich sie an, obwohl ich weiß, dass sie nichts dafürkann. »Das hat keinen Zweck. Da hätte ich die Kohle auch gleich durchs Klo spülen können.«

»Wie konnte das nur passieren?«

»Entweder will eine von euch mein Leben ruinieren, oder es war das Scheißfenster.« Ich lasse mich aufs Bett fallen, Tränen strömen über meine Wangen. »Wahrscheinlich hat der Wind alles vom Tisch gefegt. Gott, bin ich blöd!«

»Der Wind?« Esther legt die Scherben auf den Tisch und betrachtet das Fenster. »Aber heute war es doch gar nicht so windig.«

Jetzt, wo sie's sagt, fällt es mir auch auf. Heute Morgen, nachdem ich mich geschminkt hatte, stand alles noch an seinem Platz. Und draußen hat sich den ganzen Tag kein Lüftchen geregt.

»Vielleicht gibt es hier irgendwelche Fallwinde«, murmelt Esther. »Und die haben deine Sachen vom Tisch gefegt.«

»Möglich.« Wenn auch eher unwahrscheinlich. Aber warum sollte eine der anderen meine Schminksachen zerstören?

Sofort muss ich an Poppy denken. Mein Bi-Spruch gestern kam bei ihr gar nicht gut an. Sie ist zu empfindlich, aber das sind heute ja fast alle. Und was kann ich dafür, dass sie so ist, wie sie ist?

Esther verschwindet und kommt zwei Minuten später mit einem nassen Schwamm und Papierhandtüchern zurück. »So«, sagt sie und fängt an zu schrubben. »Das muss fürs Erste reichen, aber ich an deiner Stelle würde künftig das Fenster zumachen.«

»Ja, danke.« Ich schließe das Fenster und lasse mich wieder auf der Bettkante nieder, während Esther den Boden wischt. »Das ist aber nicht nötig.«

»Ich wollte sowieso mit dir reden«, sagt sie, und sofort werde ich nervös. Als sie fertig ist, setzt sie sich mit feierlicher Miene zu mir aufs Bett.

»Was gibt's denn?«

»Du würdest es mir doch sagen, wenn was wäre, oder?«

Was weiß sie? Ich versuche, mir nichts anmerken zu lassen, aber ich war noch nie eine gute Schauspielerin. Mir klopft das Herz.

»Wovon redest du?«, sage ich mit aufgesetzter Naivität.

»Mit Tanya. Ich habe das Gefühl, mit ihr stimmt etwas nicht.«

Tanya. Sie redet von Tanya. Ich muss mich zusammennehmen, um nicht erleichtert aufzuatmen. Gott sei Dank.

»Mir ist nichts aufgefallen«, lüge ich ihr ins Gesicht.

»Ihr hängt in letzter Zeit ständig zusammen.« Sie mustert mich nervös. Weiß *sie* vielleicht etwas über Tanya und will jetzt herausfinden, ob ich es auch weiß? Denken wir beide an das Gleiche? »Hat sie dir nichts gesagt?«

»Sie ist momentan ein bisschen neben der Spur, aber ich bin mir nicht sicher, ob ich darüber sprechen darf.«

»Sie hat viel durchgemacht. Inzwischen sieht sie richtig krank aus, als würde ihr das alles furchtbar an die Nieren gehen.« Esther schüttelt den Kopf. »Vergiss es.«

Mist.

»Ich glaube, du weißt etwas«, sage ich vorsichtig. »Vielleicht weiß ich ja auch etwas. Was ihren Zustand angeht.«

Esther zieht die Stirn in Falten. »Du meinst, was vor einem halben Jahr passiert ist?«

Vor einem halben Jahr? Meint sie etwa die Party?

Sie seufzt. »Mach dir keine Sorgen.« Bilde ich mir das ein, oder klingt sie, als wäre ihr ein Stein vom Herzen gefallen?

»Wir können ruhig darüber sprechen, wenn du willst«, versuche ich, sie zu ermuntern.

Aber sie bleibt standhaft. »Nein. Belassen wir's dabei.«

Es ist frustrierend. Mir ist klar, dass ich nicht mehr aus ihr herausbekommen werde. »Du wirkst aber auch ein bisschen gestresst.«

Erschrocken blickt sie auf. »Mir geht es bestens.«

Es war nur so dahingesagt, aber wenn ich sie mir so anschaue … Es stimmt: Sie war die ganze Zeit seltsam distanziert, so gar nicht die Esther, die wir kennen. Nicht dass sie sonst immer nett und freundlich wäre, aber sie ist diejenige von uns vieren, die den Laden zusammenhält. Die Geheimnisträgerin. Es muss sie ohne Ende wurmen, dass ich etwas über Tanya weiß, das sie nicht weiß.

Aber von mir erfährt sie kein Wort. Tanya kennt auch meine Geheimnisse, und ich kann auf keinen Fall riskieren, dass sie aus Rache etwas über mich ausplaudert.

»Aber wenn etwas wäre, würdest du es mir doch sagen, oder?« Ich ziehe ein hoffentlich mitfühlendes Gesicht.

»Na klar.« Sie zuckt die Achseln und wechselt kurzerhand das Thema. »Willst du den anderen erzählen, was mit deinem Schminkzeug passiert ist?«

»Wozu?« Sie haben ja nichts damit zu tun. Und wenn doch, werden sie es mir bestimmt nicht sagen.

»Es könnte auch Poppy gewesen sein«, flüstert Esther und wirft einen Blick über die Schulter, um sich zu vergewissern, dass uns niemand zuhört. »Vielleicht hat sie dein Make-up vom Tisch geschmissen. Für die Margaritas hat sie eine halbe Ewigkeit gebraucht.«

»Sei nicht albern«, sage ich, obwohl ich auch schon daran gedacht habe. Ich beuge mich zu ihr und senke ebenfalls die Stimme. »Sie ist echt strange, oder?«

»Sie hat für heute Nachmittag irgendwas geplant. Was genau, hat sie uns nicht verraten, aber ich hatte den Eindruck, sie kann es kaum erwarten.«

»Anscheinend macht es ihr Spaß, uns zu verunsichern.«

»Das glaube ich auch. Und jetzt komm, sonst fangen sie noch an, uns zu suchen. Ich habe gesagt, ich würde nach dir sehen, nachdem du so laut geschrien hast. Wahrscheinlich fragen sie sich mittlerweile, ob wir beide ermordet worden sind.«

»Aber außer uns ist niemand auf der Insel«, rufe ich ihr ins Gedächtnis. »Es müsste dann eine von ihnen gewesen sein.«

»Stimmt.« Esther lacht. »Zuzutrauen wär's ihnen. Gehen wir.«

Kichernd marschieren wir zur Tür hinaus und stoßen um ein Haar mit Poppy zusammen, die auf der Veranda steht. Sie wirkt nicht ertappt, dabei hat sie eindeutig gehorcht. Stattdessen verschränkt sie die Arme und grinst uns frech an.

»Himmel, du hast mich zu Tode erschreckt«, sage ich. »Hast du uns etwa belauscht?«

»Ich wollte nur rasch nach euch sehen«, erwidert sie. »Warum hast du denn so geschrien?«

»Meine Schminksachen lagen auf dem Boden, alles im Eimer«, erkläre ich und achte auf ihre Reaktion.

Sie zieht die Augenbrauen hoch, aber ihr Entsetzen scheint gespielt. »Oje. Wie ist denn das passiert?«

»Es war vermutlich der Wind. Ich glaube nicht, dass Absicht dahintersteckt.«

»Vermutlich.«

»Dann machen wir jetzt Lunch?«, fragt Esther. Sie massiert sich den Nacken, und ich sehe ein paar schreckliche Blutergüsse an ihrem Handgelenk, als hätte sie jemand zu hart angefasst. Als sie meinen Blick bemerkt, lässt sie den Arm jäh wieder sinken.

Poppy steht da, als könne sie nichts auf der Welt aus der Ruhe bringen. Nicht zu fassen, wie selbstsicher sie ist. Wir haben sie beim Herumschnüffeln erwischt, aber das scheint ihr vollkommen egal zu sein. Wenn überhaupt, fordert sie uns heraus, wartet nur darauf, dass wir sie uns vorknöpfen, aber aus irgendeinem Grund trauen wir uns das nicht. Seltsam. Schließlich ist sie Poppy Greer, die wir uns früher ständig vorgeknöpft haben. Komisch, wie sich die Dinge ändern.

Sie grinst. »Ich kann es gar nicht erwarten, euch zu verraten, was ich für den Nachmittag geplant habe. Den heutigen Tag werdet ihr so schnell nicht vergessen.«

ZWÖLF

Tanya

19. Mai 2023

Das Mittagessen nimmt kein Ende. Wir sitzen am selben Tisch wie beim Frühstück, und ich habe mich so weit wie irgend möglich von Poppy weggesetzt, damit sich der O-Saft-GAU von heute Morgen nicht wiederholt. Seit dem Ausflug auf den Hügel ist Annabel stinkig, und selbst Chloe hat miese Laune. Poppy tut weiter so, als würden wir uns prächtig amüsieren, erzählt pausenlos lustige Anekdoten aus ihrem Job, die bei uns auf mäßiges Interesse stoßen.

Schließlich verschwindet Poppy in der Main Lodge und kommt mit einer riesigen, vermutlich sündteuren Flasche Gin und zwei Briefumschlägen zurück. Ihre Augen flackern vor Erregung. Das muss das Bespaßungsprogramm sein, von dem sie die ganze Zeit gesprochen hat.

»Diesmal Shots, bis wir ins Koma fallen?«, witzelt Chloe. »Ich bin dabei.«

Poppy lacht. »Nicht direkt. Obwohl dieser Gin echt mega ist. Ich habe ihn bisher nur einmal getrunken, weil er so teuer ist, aber glaubt mir, Ladys, er ist jeden Penny wert.«

»Und wie geht's jetzt weiter?« Annabel beugt sich vor und wirft einen Blick auf die beiden Umschläge. Der eine ist pfirsichfarben, der andere babyblau, aber es steht nichts darauf.

Poppy klatscht in die Hände. »Was haltet ihr von einer Schnitzeljagd?«

»Schnitzeljagd?« Esther wirkt nicht sonderlich begeistert. »Machen wir jetzt einen auf Pfadfinder, oder was?«

Auch ich habe Zweifel. Das ist das Letzte, was ich von Poppy erwartet hätte. Im Ernst – sollen wir jetzt wirklich kreuz und quer über die Insel tigern und irgendwelchen Krempel suchen?

»Die Regeln muss ich euch ja wohl nicht erklären.« Poppy setzt ein Megawattlächeln auf und ignoriert unseren mangelnden Enthusiasmus. »Aber wer mit den meisten Sachen wiederkommt, gewinnt erstens diese fabulöse Flasche Gin und darf zweitens bestimmen, wie wir den heutigen Abend gestalten.«

»Können wir auch unsere Handys zurückgewinnen?«, fragt Chloe.

»Sei nicht albern!« Wieder lacht Poppy, ein kurzes Bellen, das Chloe zum Verstummen bringt. »Es sind insgesamt fünf Gegenstände, darum dachte ich, ihr bildet zwei konkurrierende Teams. Das wird bestimmt ein Riesenspaß!«

»Wie?«, sage ich. »Du kommst nicht mit?«

»Natürlich nicht. Ich habe die Sachen ja versteckt.«

Da ist was dran. Ich blicke in die Runde. Es würde am meisten Sinn machen, sich mit Chloe zusammentun, auch wenn sie mich tierisch nervt. Nach allem, was sie weiß, wäre es keine gute Idee, sie mit einer der anderen allein zu lassen.

»Also, ich würde dann mit Chloe …«

»Nee, nee, ich habe euch schon eingeteilt.« Poppy reicht mir den pfirsichfarbenen und Annabel den babyblauen Umschlag. »Esther und Chloe, ihr seid ein Team. Und Annabel und Tanya.«

O. Mein. Gott.

Chloe lässt sich ihr Entsetzen nicht einen Sekundenbruchteil anmerken, als Esther sich achselzuckend zu mir dreht. Annabel wirft mir einen irritierten Blick zu. Mir ist bewusst, dass ich mich ihr gegenüber komisch verhalte, aber ich kann einfach nicht anders. Wirklich, jede andere wäre mir lieber gewesen, nach allem, was ich ihr verheimliche. Ich tackere mir ein Grinsen ins Gesicht, als würde ich mich freuen.

»In den Umschlägen findet ihr den Hinweis auf den ersten Gegenstand«, erklärt Poppy. »Ich habe euch unterschiedliche Anhaltspunkte gegeben, damit das eine Team dem anderen nicht hinterherrennt. Den nächsten Fingerzeig findet ihr dann beim ersten Gegenstand. Viel Freude beim Suchen, und vor allem: Viel Spaß!«

Sie betrachtet unsere unwilligen Mienen und schüttelt belustigt den Kopf. »Das kann nicht euer Ernst sein. Ihr seid auf einer privaten Insel, es ist ein herrlicher Tag, und ihr dürft auf Schatzsuche gehen. Was könnte es Schöneres geben?«

»Noch ein paar Stunden in der Sonne liegen, zum Beispiel«, murmelt Chloe. Sie wirft mir einen Blick zu, aber ich beachte sie nicht weiter, sondern öffne stattdessen den Umschlag.

Darin steckt eine Karte; die ordentliche Handschrift ist dieselbe wie auf der Einladung.

Bei des toten Mannes Klippen
Jn eines Busches krummen Zweigen
Bin ich, Bonbon für deine Lippen
Komm und mach mich dir zu eigen.

»Hübsch«, sage ich.

Das klingt sarkastischer als beabsichtigt, und ein Schatten huscht über Poppys Gesicht. Verärgerung? Zorn?

»Ich bereite in der Zwischenzeit alles für heute Abend vor«, sagt sie. »Und jetzt ab mit euch. Wehe, ihr tauscht euch aus.«

»Ja, ja.« Wir winken Chloe und Esther zu, die sich in Richtung Strand aufmachen. Annabel und ich nehmen den Weg, der zu der

Klippe führt. Wir drehen uns nicht noch einmal um, aber Poppy sieht uns garantiert hinterher.

»Bei des toten Mannes Klippen«, sage ich, als wir an der Main Lodge vorbei und aus Poppys Blickfeld verschwunden sind. »Ist ja total einfach. Robin hat den Hügel Deadman's Peak genannt. Es muss da irgendwo im Gebüsch versteckt sein.«

Annabel nickt. »Klingt logisch. Also los.«

Sie ist nicht annähernd so begeistert wie noch heute Morgen. Erst jetzt, wo wir so nebeneinander hergehen, wird mir bewusst, wie wenig Zeit wir zu zweit verbracht haben. Für ihre Instagram-Karriere war Chloe häufig allein bei meinen Events (wohl oder übel, nach allem, was wir mittlerweile übereinander wissen), und selbst Esther macht es einem leicht, sich mit ihr zu unterhalten. Mit Annabel hingegen verbindet mich am wenigsten, und jetzt, wo wir im selben Team sind, zeigt sich, dass wir uns nicht besonders viel zu sagen haben. In der Schule hatte ich immer Angst vor Annabel. Sie war ein totales Alphaweibchen, jede Menge Selbstbewusstsein, Style und Verstand, verpackt in einen superhübschen Body, um den wir sie alle beneideten. Egal, was wir unternahmen oder planten, immer musste es nach Annabels Nase gehen.

Und wenn es mal nicht nach ihrer Nase ging, gab sie uns das deutlich zu verstehen. So etwas vergisst man nicht so leicht. Unser Aufenthalt auf dieser Insel hat Erinnerungen wachgerufen, die ich mir lieber ersparen würde, aber jetzt kommt alles wieder hoch. Ich kann mir lebhaft vorstellen, wie Annabel ausflippen wird, wenn sie erfährt, was ich ihr verheimlicht habe. Was Chloe getan hat.

Vielleicht sind Chloe und ich nicht die Einzigen, die ihren Zorn zu spüren bekommen werden. Ich weiß immer noch nicht, worüber sie und Esther vorhin gestritten haben. Schon komisch. Esther ist normalerweise die Ruhe selbst. Was hat Annabel getan, dass selbst sie so aus der Haut fährt? Was tut Esther schon seit zwei Jahren? Ich kapier's einfach nicht.

Im Schatten der Bäume nähern wir uns der Klippe. Der ausgetretene Trampelpfad ist hier und da ziemlich holprig, und einmal gerät Annabel fast ins Straucheln und muss sich an einer Palme festhalten.

»Scheißinsel«, sagt sie, »So hatte ich mir das nicht vorgestellt.«

Ich kann nachvollziehen, was sie meint. Aber die weißen Sandstrände, das klare blaue Meer, all das ist atemberaubend. Wir konnten ja nicht ahnen, dass wir uns hier durchs Unterholz schlagen müssen, nur wegen eines blöden Spiels.

»Machen wir das Beste daraus«, sage ich.

Annabel sieht mich zweifelnd an. »Bist wohl Poppys größter Fan?«

»Wir haben uns lange nicht mehr gesehen«, versuche ich, das Eis zu brechen. »Wir sollten uns öfter treffen, nur wir zwei.«

»Du wirkst in letzter Zeit so abwesend.«

Weil ich es nicht ertrage, dass du die Wahrheit nicht kennst. »Ich habe so viel um die Ohren.« Das zumindest ist nicht gelogen. Wenn Annabel wüsste, was ich im letzten halben Jahr alles durchgemacht habe, würden wir sicher über etwas anderes sprechen.

»Wie geht's Harry? Was macht London?« Die befürchteten Fragen.

»Alles gut. Und bei dir?«

»Alles prima.«

Alles Lüge. Unsere Antworten sind nur so dahingesagt, nichts als billige Phrasen. Ich dachte ja, Poppys Einladung würde uns vier wieder enger zusammenschweißen. Aber das war wohl ein Irrtum.

Der Weg zum Gipfel wird immer steiler, doch dann bleibe ich abrupt stehen, als mir ein großer Busch am Wegesrand ins Auge fällt.

»Das muss er sein!«

Merkwürdig, aber plötzlich bin ich mit Leib und Seele bei der Sache. Mit klopfendem Herzen strecke ich die Hand hinein, ohne auf die Dornen zu achten, die mir den Arm zerkratzen.

»Und? Ist da was?«

»Ja! Eine Schachtel. Hier!«

Sie ist etwa so groß wie eine Schuhschachtel, aber mit einer Schleife versehen. Auf dem Deckel klebt ein Sticker mit der Aufschrift »Öffne mich« und einem Kussmund, also setzen wir uns auf einen Felsen, lösen die Schleife und machen die Schachtel auf.

Ich glaub, ich spinne.

Auf einem Bett aus rosa Seidenpapier liegen ein weiterer, diesmal goldbrauner Umschlag – und ein Lippenstift. Ein sehr teurer Lippenstift.

Wir müssen ihn nicht erst öffnen oder auf das Etikett sehen, um zu wissen, um welche Farbe es sich handelt. Wir tun es trotzdem.

Knallrot.

»Was soll der Scheiß?«, sagt Annabel, steht auf und fährt sich mit den Fingern durchs Haar, wie immer, wenn sie nervös ist. »Was fällt Poppy ein, uns ausgerechnet nach einem roten Lippenstift suchen zu lassen? Sie weiß doch genau, woran uns das erinnert!«

Plötzlich sehe ich alles vor mir, als wäre es gestern gewesen. Der Lippenstift. Unser Gelächter. Die Gemeinheiten. Die Demütigung.

»Sie ist pervers.« Annabels Stimme klingt, als hätte ihr jemand die Kehle zugeschnürt. »Sie will uns provozieren. Aber da hat sie sich geschnitten.«

»Allerdings.« Mit zitternden Fingern öffne ich den Umschlag mit dem nächsten Hinweis.

»Was machst du da?«

Ich blicke auf. Annabel ist blass vor Wut. »Was meinst du?«

»Du willst ihr blödes Spielchen doch nicht etwa weiterspielen?«

»Was bleibt uns denn anderes übrig?« Ich ziehe das Kärtchen heraus. »Wir sind noch drei Tage auf dieser Insel, ob es uns passt oder nicht. Komm, fügen wir uns in unser Schicksal.«

»Wenn sie jetzt die ganzen alten Geschichten wieder aufwärmen will, obwohl sie damit doch angeblich längst abgeschlossen hat …« Annabel seufzt, ihr Kampfgeist ist erloschen. »Na schön. Was steht drauf? Und mach die Schachtel endlich wieder zu. Ich kann den blöden Lippenstift nicht mehr sehen.«

Ich auch nicht. Ich tue wie geheißen, froh, dass das Ding aus unseren Augen ist. Ich ahne nichts Gutes, als ich die Zeilen überfliege.

Folgt weiter dem gesäumten Pfade
Der zum geheimen Strande führt
Zum malerischen Meergestade
Bleibt ruhig, wenn ihr mich kreischen hört.

»Sie sollte vielleicht doch lieber weitermalen und Kinder verarzten«, sagt Annabel. Ich muss unwillkürlich grinsen, und die Anspannung zwischen uns lässt ein wenig nach. »Okay. Sie meint wohl den anderen Strand, den wir heute Morgen vom Hügel aus gesehen haben. Wahrscheinlich führt der Pfad gar nicht nach oben, sondern zum Meer hinunter. Komm. Die Schachtel mit dem Lippenstift trägst du.«

Nach ein paar Minuten Fußweg sind wir am Ziel. Robin hat nicht übertrieben: Die Insel ist wirklich winzig. Da hier kaum jemand entlanggeht, ist der Pfad halb von Pflanzen überwuchert, und es wimmelt nur so von Insekten. Schließlich verbreitert sich der Weg, und statt uns im Gänsemarsch zwischen den Bäumen hindurchschlängeln zu müssen, können wir nun nebeneinander hergehen, während der kleine zweite Strand in Sicht kommt. Er ist nicht annähernd so groß wie der, an dem wir uns gesonnt haben. Man kann von einem Ende zum anderen sehen, höchstens hundert Meter. Und vor unseren Füßen, halb im Sand begraben, liegt eine weitere Geschenkschachtel.

Annabel hebt sie auf, zögert aber, sie zu öffnen.

Wir wissen beide: Der Lippenstift war erst der Anfang.

»Was, glaubst du, haben die anderen gefunden?«, frage ich. Ihr geht vermutlich dasselbe durch den Kopf.

»Ich muss die ganze Zeit an die Kunstprüfung denken.«

Mir stockt der Atem. Als Poppy heute Morgen davon anfing, wäre ich um ein Haar in Ohnmacht gefallen. Sie hat uns den Floh absichtlich ins Ohr gesetzt, und diese Schnitzeljagd ist eine Art perverse Hommage an alles, was vor der Kunstprüfung geschah.

»Okay, vielleicht will sie ja nur, dass wir uns entschuldigen«, sage ich. »Weiter nichts.«

»Aber sie hat doch gesagt …«

»Ich weiß, was sie gesagt hat. Aber die Nummer mit dem Lippenstift – wenn das kein Wink mit dem Zaunpfahl ist, weiß ich es auch nicht.«

»Und wenn sie etwas von uns haben will? Zum Beispiel Geld?« Annabel wird fast hysterisch.

Ich schüttele den Kopf. »Sie ist Ärztin und verdient viel mehr als wir.«

»Ich habe nämlich keins.« Sie beißt sich auf die Unterlippe. »Bei uns ist Andrew für alles Finanzielle zuständig. Ich habe kein eigenes Einkommen.«

»Annabel, hier geht es nicht um Geld.« Warum macht ihr das solche Sorgen? Dafür gibt es doch eigentlich nicht den geringsten

Grund. »Jetzt mach schon auf. Poppy will uns etwas mitteilen. Nachher entschuldigen wir uns bei ihr, und damit hat sich's.«

Sie nickt. »Sorry. Ich bin komplett durch den Wind. Der Stoß heute Morgen, dabei war ich sowieso schon wütend, weil …«

Ich warte, aber sie bleibt stumm. »Weil du dich mit Esther gestritten hattest?«, sage ich schließlich.

Sie blinzelt erschrocken, aber dann verhärtet sich ihr Blick. »Hat Esther dir das erzählt?«

»Ich habe euch von meinem Fenster aus gesehen«, gestehe ich verlegen. »Ihr wart ziemlich laut.«

Annabel nestelt an der Schleife und zieht sie auf. »Was hast du gehört?«

Ich würde gern so tun, als hätte ich tatsächlich mehr mitbekommen, aber Bluffen ist nicht meine Stärke. Stattdessen zucke ich mit den Schultern und gehe auf Nummer sicher. »Nicht viel. Du warst sauer wegen Marokko. Esther sagte, sie hätte dir zwei Jahre geholfen.«

Sie sieht mich lange an; tiefe Besorgnis steht ihr ins Gesicht geschrieben. »Es stimmt, ich war sauer wegen Marokko. Ich hatte Esther x-mal erzählt, wie gern ich einmal eine Reise dorthin machen würde. Und dann fahrt ihr einfach ohne mich!«

Sie lügt. Ich höre es an ihrer Stimme, die ein bisschen schriller klingt als sonst, Coolness simuliert, obwohl sie innerlich kocht. Ich bin nicht besonders gut im Lesen von Menschen, aber Annabel ist ein offenes Buch. Ratlos presst sie die Lippen aufeinander und starrt auf die Schachtel in ihren Händen.

»Aber das kann nicht alles gewesen sein«, sage ich vorsichtig. »Warum war Esther auch sauer auf dich?«

»Vergiss es, Tanya.«

Die glühend heiße Sonne treibt uns den Schweiß aus den Poren. Wir müssen dringend in den Schatten. Ich gebe nach.

»Okay, lassen wir das. Nun pack endlich aus.«

Was da wohl drin ist? Annabel lässt das Geschenkband zu Boden fallen und öffnet die Schachtel. Erst sehe ich nur ihre Reaktion. Blanke Verwirrung.

»Das Miststück spielt mit uns«, sagt Annabel und schleudert die Schachtel in den Sand.

Der Gegenstand fliegt heraus. Ein grüner Umschlag wartet darauf, gelesen zu werden.

Annabel hat recht. Poppy spielt mit uns Katz und Maus.

Denn diese Botschaft richtet sich an mich persönlich. Da gibt es keinen Zweifel. Sie hat nicht vergessen, was ich ihr angetan habe, als ich sie an ihrem zwölften Geburtstag versetzt habe, um mit den anderen um die Häuser zu ziehen.

»Ein Partyhütchen, wie beim Kindergeburtstag«, sagt Annabel. »Was bezweckt Poppy damit?«

Das frage ich mich langsam auch.

Sie hat uns nicht ohne Grund auf diese Insel eingeladen. Wir werden hier nicht einfach ein paar schöne Tage verbringen und dann zurück nach Hause fliegen. Aber letztlich wussten wir das von Anfang an.

Die Frage ist nur: Wie weit wird Poppy gehen?

DREIZEHN

Esther

19. Mai 2023

Schnitzeljagd. Als wären wir wieder acht Jahre alt.

Am Ende des Strandes, hinter den Gezeitentümpeln, befindet sich der Eingang zu einer Höhle. Es ist nicht ganz leicht, dorthin zu gelangen – wir müssen über mit Moos und Seegras bewachsene Felsen klettern, und einmal wäre Chloe beinahe ausgerutscht und ins Wasser gefallen –, aber dann haben wir es geschafft. Die Höhle scheint nicht besonders groß zu sein, nur die hintersten Winkel liegen im Dunkel, und ohne unsere Handys können wir nichts sehen. Schon nach wenigen Metern befällt uns regelrechte Platzangst. Zum Glück habe ich die Schuhe ausgezogen, denn der Sand ist nass und schwer – ein eindeutiges Indiz dafür, dass die Höhle bei Einbruch der Dunkelheit vom Meer geflutet wird.

Wir brauchen nicht lange zu suchen. Nach ein paar weiteren Schritten stoßen wir auf einen großen Stein, auf dem unser gesuchter Schatz liegt. Wieder befindet er sich in einer Geschenkschachtel, ein seltsamer Anblick inmitten der kargen Felsen.

Die Akustik hier drin ist seltsam. Jeder Schritt, besonders die von Chloe, die noch immer ihre Boots trägt, hallt von den kahlen Wänden wider, als würden wir verfolgt. Es ist kalt, und hier und da tropft Wasser von der Decke. Es liegen Welten zwischen dieser Höhle und unserem tropischen Inselparadies, und auch wenn ich für die kleine Sonnenpause dankbar bin, habe ich Angst, dass wir von der Flut überrascht und eingeschlossen werden könnten.

Wir fühlen uns ohnehin alles andere als wohl. Der erste Gegenstand, der hinter den Sonnenliegen am Strand versteckt lag, war eine leere Capri-Sonne. Jeder andere hätte sie vermutlich für ein Stück Abfall gehalten, das mit dem Spiel überhaupt nichts zu tun hat.

Aber wir wussten es besser.

»Was glaubst du, was hier drin ist – ein roter Lippenstift?«, sagt Chloe. Sie fackelt nicht lange, reißt die Schachtel auf und schmeißt sie achtlos in den Sand; es scheint ihr egal zu sein, dass die Flut sie ins Meer spülen wird.

Also hebe ich die Schachtel auf, damit ich sie nachher mit zurücknehmen kann. Chloe hält den Gegenstand in der Hand und starrt ihn ratlos an.

»Keine Ahnung, was das bedeuten soll. Du?«

Die Höhle wirft das Echo ihrer Worte zu mir zurück: *Du? Du?*

Es ist ein Handspiegel, aber das Glas ist zersplittert, nur ein paar Scherben sind noch übrig. Kann nicht ganz billig gewesen sein. Der Griff ist mit Diamanten besetzt, und er ist aus echtem, weiß lackierten Holz.

»Ist das eine Anspielung auf das eine Mal, als wir …«

»Totaler Bullshit!«, fällt mir Chloe ins Wort, gibt mir den Spiegel, und ich lege ihn in die Schachtel zurück. »Wenn sie unbedingt solche Spielchen spielen will, drehen wir den Spieß einfach um.«

»Was?«

»Wir gehen zurück und tun so, als hätten wir mega Fun gehabt. Als hätten wir keinen Plan, was der Scheiß soll.«

»Also, ich weiß nicht.« Ich bin hin- und hergerissen. Wäre es nicht einfacher, wenn wir uns doch entschuldigen, auch wenn es in unseren Augen nur ein Streich war, der ein wenig aus dem Ruder gelaufen ist?

Wir machen uns auf den Weg zum letzten Gegenstand, der in der Main Lodge versteckt ist, wo Poppy wohnt. Als wir wieder ins Freie treten, blendet mich einen Moment lang die grelle Sonne. Unfassbar, wie dunkel und feucht es in der Höhle war.

»Ein bisschen plump, dass sie uns nach Deadman's Bay geschickt hat«, sagt Chloe, als wir am Strand entlanggehen. »Glaubst du, das war Absicht?«

»Sie wird uns schon nicht umbringen wollen.«

Chloe lacht. »Entspann dich, Esther. Hab ein bisschen Spaß. Und wenn Poppy unbedingt mit uns spielen will, zeigen wir ihr, dass sie sich mit den falschen Weibern eingelassen hat.«

Ich denke an Poppy. Wie sehr sie sich verändert hat. Stark und selbstbewusst, Wörter, die ich früher nie mit ihr in Verbindung gebracht hätte. Ich glaube, keine von uns hat begriffen, wie mutig es von ihr ist, uns die Stirn zu bieten, so ganz allein an diesem abgelegenen Ort – nach allem, was wir ihr angetan haben. Kein Wunder, dass sie so seltsam ist; alles andere wäre nicht normal.

»Ich habe keinen Bock mehr auf Spielchen«, sage ich, und das ist ausnahmsweise nicht gelogen.

Chloe merkt, dass es mir ernst ist, und zieht eine Augenbraue hoch. »Was ist eigentlich los mit dir? Vorhin wolltest du ja nicht damit rausrücken.«

Offenbar bin ich doch keine so gute Schauspielerin. Jedenfalls nicht so gut wie Tanya. »Nichts Besonderes.«

»Verarschen kann ich mich allein.« Chloe nimmt wie immer kein Blatt vor den Mund. »Du legst ein merkwürdiges Verhalten an den Tag, seit wir hier sind. Nein, eigentlich sogar schon vorher. Du sprichst kaum ein Wort mit uns, und schieb bloß nicht wieder deine Arbeit vor – denn wie man sieht, kommst du sehr gut ohne dein Handy zurecht.«

Einen Augenblick lang bleibt mir die Luft weg. »Es ist nichts.«

Chloe stellt sich mir in den Weg. Sie wirkt aufrichtig besorgt. »Du kannst es mir ruhig erzählen. Ich sag's nicht weiter.«

Ich bin drauf und dran, es zu tun. Nur um es mir endlich von der Seele zu reden. Doch dann sehe ich den Funken der Neugier, der in ihren Augen flackert, die Hoffnung, etwas zu erfahren, von dem die anderen nichts wissen.

Für sie ist das alles weiter nichts als Tratsch.

Ich mache erneut dicht. »Lass gut sein, Chloe. Wir müssen das letzte Teil finden.«

Der jähe Temperaturanstieg fordert seinen Tribut. Kaum habe ich mir über den Mund gewischt, steht schon wieder Schweiß auf meiner Oberlippe. Poppy ist nirgends zu sehen, als wir den Rasen überqueren, aber sie hat bereits alles für heute Abend geschmückt. Überall hängen Girlanden, liegen Luftballons, und auf dem Tisch stehen Getränke und Kanapees bereit. Der Preis für die Sieger der Schnitzeljagd, die Flasche Gin, nimmt den Ehrenplatz in der Tischmitte ein. Und der CD-Player läuft, alte Hits aus den Neunzigerjahren, die der abgelegenen Insel etwas Vertrautes verleihen.

Die Tür zur Lodge ist nur angelehnt. Also haben wir wohl verloren, doch als wir eintreten, steht der letzte Gegenstand noch auf dem Küchentisch.

Er ist riesig. So groß, dass mir ganz flau im Magen wird und mir das Herz bis zum Hals schlägt.

»O Gott, das ist doch nicht etwa …«, beginnt Chloe.

»Bringen wir's hinter uns.«

Erschrocken fahren wir herum, als wir Tanyas Stimme hören. Sie und Annabel kommen herein und machen die Tür hinter sich zu. Mir fällt auf, dass Poppys Zimmertür geschlossen ist, und ich frage mich, ob sie wohl da drin ist und lauscht.

»Poppy ist draußen bei der Klippe«, sagt Annabel, als hätte sie meine Gedanken gelesen. »Wir sind ihr auf dem Rückweg begegnet.«

»Was treibt sie da draußen?«, fragt Chloe nachdenklich.

»Ist doch egal. Schaut auch das an.« Tanya verschränkt die Arme. »Was habt ihr beiden denn für Schätze gefunden? Wir ein Partyhütchen und einen Lippenstift.«

Scheiße. Also doch Lippenstift. Chloe sieht mich mit weit aufgerissenen Augen an.

»Eine leere Capri-Sonne und einen zerbrochenen Handspiegel.«

Annabel seufzt. »Ich wusste es. Es geht darum, was wir ihr angetan haben.«

Wir starren die Schachtel auf dem Tisch an.

»Dann kann das ja eigentlich nur …« Ich löse die Schleife und merke, dass mir die Hände zittern. »Ich glaube, wir alle wissen, was das ist.«

Tanya stöhnt. »Jetzt mach schon.«

Ich öffne die Schachtel, und unsere schlimmsten Befürchtungen werden wahr.

Es ist eine Leinwand. Ein Gemälde, aber was es darstellt, ist schwer zu sagen. Vielleicht uns vier – jedenfalls handelt es sich eindeutig um vier verschiedene Figuren mit ähnlicher Frisur.

Aber jemand hat es zerstört, mit schwarzer Farbe übergossen und Löcher hineingestochen.

Mir wird speiübel.

»Immer wieder dieselben alten Geschichten.« Annabel macht eine wegwerfende Handbewegung. »Sie hält sich für wahnsinnig clever, dabei ist es einfach nur erbärmlich.«

Sie klingt selbstbewusst, aber das leichte Zittern in ihrer Stimme verrät sie.

Ich packe das Bild wieder ein. Verlegen stehen wir da und fragen uns, was wir jetzt tun sollen.

»Ich schlage vor, wir gehen sie suchen«, sage ich.

Chloe zuckt mit den Schultern. »Wir können aber auch einfach ›Fuck it‹ sagen und uns an den Strand hauen. Vorher greifen wir ein bisschen Alk und was zu essen ab und feiern dann ohne sie.«

»Schon ein bisschen strange, was hier abgeht.« Tanya massiert sich den Nacken, eine Stressreaktion. »Vielleicht sollten wir doch darüber sprechen. Sie will es ja offenbar.«

»Sie will sich mit uns anlegen«, sagt Chloe. »So beginnt man keinen Dialog. So beginnt man einen Krieg.«

Typisch Chloe. Immer gleich den Finger nach dem roten Knopf ausstrecken. Sie ist seit jeher die Unbesonnenste von uns, hat noch nie weiter als bis zu ihrer Nasenspitze gedacht. In der Schule war sie diejenige, die Poppy stets aus heiterem Himmel piesackte, ihr auf dem Gang ein Bein stellte oder Poppys Heft zerknüllte oder verschwinden ließ, wenn sie für den Lehrer die Klassenarbeiten austeilte. Sie hatte weder den Grips noch die Energie, sich etwas Raffinierteres auszudenken. Und trifft noch heute, als Erwachsene, eine dumme Entscheidung nach der anderen.

Die anderen allerdings erstaunen mich. Tanya grinst, als sähe sie das ganz genauso, und selbst Annabel spitzt die Ohren. Ich bin offenbar die Einzige, die begreift, worum es sich hier wirklich handelt: eine Provokation, aber nichts, was man überbewerten sollte. Wir kriegen nur eine Kostprobe unserer eigenen Medizin – eine Erinnerung an die Schuld, die wir auf uns geladen haben.

»Jetzt kommt mal wieder runter«, sage ich. »Letztlich ist es doch nur ein Spiel.«

»Wie geht noch gleich das Sprichwort?«, bemerkt Annabel. »Wer mit dem Feuer spielt, verbrennt sich die Finger.«

»Was auch passiert, wir halten zusammen«, sagt Chloe. »Wir sind vier gegen eine. Genau wie damals.«

Annabel nickt. »Stimmt. Wir sind ein Team.«

Ach ja? Diesen Eindruck habe ich nicht. Annabel hat Geheimnisse vor Chloe und Tanya. Tanya hat Geheimnisse vor Annabel und Chloe. Ich habe Geheimnisse vor ihnen allen. Und es gibt garantiert noch jede Menge anderer Geheimnisse, von denen ich keine Ahnung habe. Wir tun so, als wären wir beste Freundinnen, dabei sind wir das schon lange nicht mehr. Wenn wir es denn jemals waren.

In Wirklichkeit halten wir nur zusammen, weil außer uns niemand verstehen würde, was wir damals getan haben. Das Problem ist: Wir haben uns unser damaliges Verhalten so schöngeredet, dass wir sogar eine Einladung unseres Opfers angenommen haben.

»Esther?«, drängt Chloe. »Du bist doch dabei, oder?«

»Na klar«, sage ich.

Ich mag keine gute Schauspielerin sein, aber ich bin eine versierte Lügnerin. Ich traue diesen Frauen keinen Zentimeter über den Weg, und ich bezweifle, dass ich mich auf sie verlassen kann, wenn hier alles den Bach runtergeht.

»Mann, seid ihr gut!«

Poppys warme Stimme lässt uns zusammenfahren. Sie steht in der Tür; keine von uns hat sie hereinkommen hören.

»Ihr habt alle Gegenstände gefunden!« Sie klatscht in die Hände. »Und wer von euch als Erster hier war, ist doch egal. Ich finde, ihr habt alle gewonnen.«

»Poppy«, sage ich. »Du weißt, was diese Gegenstände bedeuten. Was soll das alles?«

Sie lächelt unbeirrt. »Das werdet ihr noch früh genug erfahren. Lasst uns feiern. Aber vorher brezeln wir uns so richtig auf!«

»Aber das Bild …«

»Wie gesagt, wartet's ab.« Poppy bringt mich mit erhobener Hand zum Schweigen. »Nach zehn langen Jahren spielen ein paar Minuten mehr oder weniger doch wohl keine Rolle.«

Annabel beißt sich auf die Unterlippe. »Dann hat das alles tatsächlich etwas zu bedeuten?«

»Na logisch.« Poppy sieht sie an, als hätte sie nicht alle Tassen im Schrank. »Meint ihr, sonst hätte ich mir die ganze Mühe gemacht?«

»Warum kannst du es uns nicht gleich verraten?«, fragt Chloe. »Allmählich wird es unangenehm. Ich dachte, wir wären hier, um Spaß zu haben.« Von ihrer Großkotzigkeit ist nicht mehr viel übrig. Ich weiß nicht, woran es liegt, aber Poppy übt eine seltsame Macht über uns aus. So, als würden wir trotz allem in Ehrfurcht vor ihr erstarren. Wir können es nicht fassen, dass sie sich hinstellt und uns Vorschriften macht – und genau deshalb gehorchen wir.

»Den sollen wir auch haben! Genau deswegen ist heute Abend Party angesagt. Wir müssen meinen Junggesellinnenabschied doch gebührend feiern. Die Bar ist bestens bestückt. Und es gibt Berge von Partyfood.«

»Wenn wir alle gewonnen haben, wer darf dann entscheiden, was wir heute Abend machen?«, fragt Tanya.

»Das habe ich bereits entschieden. Ich bin die Braut, und Nein sagen gilt nicht.«

»Das haben wir uns schon gedacht«, murmelt Chloe.

Poppy nickt. »Das wurde auch langsam Zeit. Und jetzt möchte ich euch bitten, euch richtig schick zu machen. Ihr sollt eure schärfsten Outfits anziehen.«

Einen Moment lang bin ich versucht, Nein zu sagen, mich in

meine Hütte zu verziehen und einfach ins Bett zu legen. Aber das Funkeln in ihrem Blick gefällt mir nicht.

Es ist zehn Jahre her, dass wir Poppy Greer zuletzt gesehen haben. Wir wissen nicht, was in dieser Zeit aus ihr geworden ist,

Auch die anderen spüren, dass etwas ins Kippen geraten ist.

Wir sind den Launen der Braut hilflos ausgeliefert.

Und haben das vielleicht sogar verdient.

VIERZEHN

Poppy

20. Februar 2010

Liebes Tagebuch,

JULIAN DAVIS WILL MIT MIR GEHEN!!!

Nein, im Ernst. Er hat sich mit mir verabredet.

Ich habe ein Date!

Ich weiß, was du jetzt denkst. Ich und ein Date? Poppy Greer, die größte Loserin der ganzen Jahrgangsstufe 10? Die Spaßbremse ohne einen einzigen Freund, die sich in den Pausen auf den Gängen herumtreibt und so tut, als wäre sie irgendwohin unterwegs, nur um der Viererbande nicht in die Arme zu laufen?

Glaub's mir. Das ist kein Witz.

Ich habe mich immer schon nach einem Boyfriend gesehnt. Es ist so ungerecht, all die vielen Pärchen, die so glücklich aussehen. Neulich, auf dem Nachhauseweg, bin ich versehentlich mit einem älteren Jungen zusammengestoßen. Er war groß, hatte einen süßen blonden Sidesweep und strahlend blaue Augen, und einen Moment lang hatte ich das Gefühl, dass er insgeheim auf mich steht. Aber dann ging er einfach weiter und sah sich nicht mehr um, selbst als ich an der nächs-

ten Ecke stehen blieb, um ihm Gelegenheit zu geben, kehrtzumachen und mich anzusprechen.

Die vier hatten alle schon mal einen Freund. Ja, sogar Tanya. Ist irgendwie auch logisch. Sie sehen gut aus. Annabel trägt das blonde Haar zu komplizierten Zöpfen geflochten, mit verschiedenen Glitzerclips, die sie zu einem echten Hingucker machen, und trägt am liebsten Miniröcke, um ihre gebräunten Beine zur Schau zu stellen. Wenn sie den Korridor entlanggeht, sehen ihr alle Jungs hinterher. Und Chloe ist so lebhaft, so schwungvoll, so offenherzig – sie knöpft ihre Bluse immer so weit auf, dass jeder die pinken und schwarzen BHs sehen kann, die sie darunter trägt, keine Ahnung, wie sie damit durchkommt. Und sie benutzt jede Menge Make-up, obwohl das verboten ist, lügt den Lehrern dreist ins Gesicht, das sei ihr natürlicher Teint, und verdreht die Augen, sobald sie ihr den Rücken zukehren. Allein dieses Jahr hat sie drei Typen verschlissen! Jede Woche hört man neue Geschichten, mit wem Chloe gerade wieder rumgemacht hat, und ich bin so eifersüchtig, dass ich am liebsten laut schreien möchte.

Sie sind alle so dünn, so wunderschön. Sie sind immer perfekt frisiert, haben nie fettige Haare, und sie wissen einfach, wie man sich Jungs gegenüber verhält. Während ich von einem Fettnäpfchen ins andere trete.

Tanya behandelt mich inzwischen wie Luft, wenn sie mich nicht gerade zusammen mit den anderen dreien mobbt. Auch sie trägt jetzt Miniröcke, die kaum ihren Hintern bedecken, und ihre Beine sind perfekt, da sie mittlerweile Tanzunterricht nimmt. Früher waren sie praktisch genauso dick wie meine.

Ich bin so fett. Einmal habe ich meinen Rock gekürzt, aber das brachte meine schlaffen Schenkel erst recht zur Geltung, und die vier lachten so laut, dass ich mir meinen Pulli um die Hüften binden musste, um nicht von allen angestarrt zu werden. Und an ihrer Stelle hätte ich auch geglotzt, so viel steht fest.

Der einzige Junge, der überhaupt mit mir spricht, ist Ollie aus meinem Kunstkurs, und das auch nur, wenn er Hilfe braucht. Jetzt, wo wir in der Mittelstufe sind, nimmt er meine Ideen viel öfter an, weil er weiß, dass ich gute Noten kriege. Aber er interessiert sich nicht für mich, jedenfalls nicht so. Ich glaube, er würde lieber tot umfallen, als andere auf die Idee zu bringen, wir wären ein Paar. Wie die meisten Jungs.

Ich dachte, ich finde nie einen Boyfriend. Aber falsch gedacht. Und wie!

Ich kann es gar nicht erwarten, es den anderen am Montag zu stecken! Ihnen werden die Augen aus dem Kopf fallen, wenn Julian und ich nach unserem fantastischen Date Hand in Hand in die Schule kommen. Und was, wenn er schwitzige Hände hat? Oder ich? Alle werden Augen machen, und ich werde garantiert puterrot. Aber wir halten bestimmt schon vorher Händchen. Vielleicht sogar schon heute Abend.

Und wenn er mich KÜSSEN will?

Ich weiß nicht, ob ich das hinkriege. Klar habe ich das schon oft in Filmen gesehen, und es schaut irgendwie immer eklig aus, irgendwie feucht und so, als würde man dabei keine Luft kriegen, und natürlich habe ich gelesen, was man machen muss. Aber ich habe es noch nie getan. Im Gegensatz zu Julian, der hat es bestimmt schon zigmal getan. Ach was, hundertmal. Tausendmal.

Wir sitzen in Mathe nebeneinander. Ein Hoch auf Mr Holmes. Er hat uns zusammengesetzt, weil wir die zwei

Klassenbesten sind und wir uns gegenseitig helfen sollen, damit wir die Prüfung nächstes Jahr mit Bravour absolvieren. Ich dachte, nur ich hätte unsere kleinen Plaudereien im Unterricht genossen, und war fest davon überzeugt, dass er mich genauso fett und blöd fand wie alle anderen.

Aber ich habe mir auch echt Mühe gegeben. Keine Miniröcke mehr! Das bin nicht ich! Aber ich habe neue Pumps, über die sich die vier noch nicht lustig gemacht haben, und auch wenn sie meinten, dass ich mit meiner neuen Frisur wie eine weggeworfene Barbiepuppe aussehe, denke ich, dass sie eigentlich ganz hübsch ist. Ich habe mir die Haare bleichen und stufig schneiden lassen, sodass sie meinem Gesicht Kontur geben, meine Pausbacken und mein Doppelkinn kaschieren. Außerdem habe ich eine neue Brille, eine große schwarze statt der roten mit den rechteckigen Gläsern, die ich vorher hatte und die mein Gesicht breiter machte. Seit Neuestem benutze ich sogar Make-up, obwohl ich die richtige Farbe vielleicht noch nicht gefunden habe, weil Chloe meinte, ich sähe wie ein Oompa Loompa aus.

Esther und Annabel sind auch in meinem Mathekurs; Esther sitzt sogar am selben Tisch wie Julian und ich. Vor vier Wochen hat sie mit ihrem Freund Aaron Schluss gemacht, und seitdem versucht sie ständig, mit Julian anzubändeln. Sie gackert schrill über alle seine Witze, selbst wenn sie gar nicht witzig gemeint sind, und weil sie ihm gegenübersitzt, beugt sie sich dauernd vor, stützt die Ellbogen auf und quetscht ihre Möpse zusammen, damit er ihr in den Ausschnitt sieht. Voll peinlich, aber offensichtlich gefällt es Julian, weil er jedes Mal alles stehen und liegen lässt, egal womit er gerade beschäftigt ist.

Immerhin ist er ihr einmal über den Mund gefahren, als Esther mich eine Klugscheißerin nannte. Ziemlich deutlich sogar, und es war ihm anzusehen, wie enttäuscht er von ihr war.

Er war immer nett zu mir, trotz allem. Er ist nicht wie die anderen Jungs, die mich komplett ignorieren und mich nie zu Partys einladen. Wenn sie montags davon erzählen, was am Wochenende alles abgegangen ist, von den wilden Aktionen und Besäufnissen, werde ich innerlich grün vor Neid. Ich denke jedes Mal: Wann bin ich endlich mal dran? Ich will auch Spaß haben.

Tja. Und jetzt ist es so weit!

Er hat mir eine SMS geschickt. Mr Holmes meinte, wir sollten unsere Nummern austauschen, damit wir zusammen lernen können, aber ich hätte nie erwartet, dass Julian mich nach meiner fragen würde, als Mr Holmes zum nächsten Tisch ging.

»Echt? Du willst meine Nummer?« Ich war völlig perplex.

»Klar«, sagte er so locker und lässig, als wäre es nichts. Wenn er lächelt, kriegt er ganz entzückende Grübchen, und als er mich diesmal anlächelte, wäre ich fast in Ohnmacht gefallen, wie die Heldin in einem Jane-Austen-Roman. »Wieso nicht? In Algebra bist du tausendmal besser als ich. Gut möglich, dass ich mal deine Hilfe brauche.«

Esther fiel vor Schreck die Kinnlade herunter. Sie steht auf ihn. Aber das tun sowieso fast alle, ich eingeschlossen! Wer könnte diesen grünen Augen auch widerstehen?

Es war mir eine echte Genugtuung. »Das wäre total geil. Äh, cool.« Ich diktierte sie ihm gleich zweimal, damit er sich auch nicht verschrieb.

»Ich tipp dir mal meine Nummer ein«, sagte er und streckte die Hand nach meinem Handy aus.

Dabei streiften seine Finger einen Sekundenbruchteil meine Hand, und o mein Gott, ich kann dir sagen, mein Herz ging ab wie eine Rakete.

»Nein, nein!«, rief ich. Wahrscheinlich habe ich sogar ein bisschen gekreischt, weil ich so unfassbar nervös war. »Ich mach das schon. Sag sie mir einfach, wie ich dir meine gesagt habe.«

Es durfte niemand sehen, dass meine Kontaktliste aus gerade einmal fünf Leuten bestand: Mum, Dad, Wendy, Nan und Tanya, deren Nummer aber nur auf die Liste geraten war, weil sie sich ein neues Handy zugelegt und das all ihren Kontakten mitgeteilt hatte, versehentlich auch mir. Es war einfach demütigend: Selbst in meinem Kunstkurs hatte mich nie jemand um meine Nummer gebeten, obwohl ich genau wusste, dass die anderen jedes Wochenende zusammen abhingen.

Er zog die Augenbrauen hoch (habe ich dir schon erzählt, dass er eine kleine Narbe an der rechten Braue hat, es sieht so cool aus), zuckte mit den Schultern und nickte. »Klar. Kein Problem.«

Und jetzt habe ich sechs Kontakte, und einer von ihnen ist der bestaussehendste Junge der ganzen Schule.

Als also gestern die SMS kam und der Name Julian auf meinem Display erschien, machte mein Herz einen Satz und wollte mir fast aus der Brust springen, als ich die Nachricht las. Hier ist sie, Wort für Wort, ich kann es noch immer nicht fassen:

Hey Poppy,
neulich in Mathe fand ich dich superschön. Ich muss dauernd an dich denken. Hättest du Lust, dich mit mir zu treffen? Morgen Abend um sechs, im Greville Smyth Park am Pavillon.

Wahnsinn! Julian Davis findet mich schön. Und was für eine SMS! Die ist ja wie ein Liebesbrief. Irre!

Und er will sich am Pavillon mit mir treffen!

Der Pavillon gehört zum Spielplatz im Park, liegt aber ein Stück abseits. Normalerweise treffen sich dort Teenager, die in Ruhe knutschen wollen, weil dort sonst niemand hinkommt. Innen ist der Pavillon mit blauen und weißen Kacheln geschmückt, wie man sie aus dem Schwimmbad kennt.

Ich war bis jetzt nur einmal am Pavillon, tagsüber, wenn dort kleine Kinder spielen, einfach nur, um ihn mir anzusehen. Außer mir war niemand dort, und ich fand ihn eigentlich nicht besonders. Auf dem Boden lag eine leere Wodkaflasche, die ich aufhob und in den Abfalleimer warf, womit ich mir den abfälligen Blick einer Mutter mit Kinderwagen einhandelte, die wohl dachte, ich hätte die Flasche ausgetrunken.

Schön wär's. Trotzdem nett, dass mir jemand so etwas zutraute. Mich für jemanden hielt, der Freunde hatte und sich am helllichten Tag volllaufen ließ.

Ja, gern, *schrieb ich ihm sofort zurück; ich versuchte gar nicht erst, einen auf cool zu machen, das hatte ich sowieso nicht drauf. Postwendend kam die Antwort! Schau mal!*

Wir haben ein Date. Bis morgen. Schreib erst mal nicht zurück.

Ich mag diesen Schwebezustand zwischen uns beiden.

Ein Date? Schwebezustand? Du ahnst gar nicht, wie rot ich geworden bin. Am liebsten hätte ich sofort zurückgeschrieben und ihn gefragt, ob wir jetzt miteinander gehen. Keine Angst, ich weiß, das ist total verrückt! Wir wissen ja noch nicht mal, ob wir uns überhaupt leiden können.

Ich hoffe, er mag mich. Ich mag ihn jedenfalls.

Beim Abendessen erzählte ich es Mum, Dad und Wendy.

»Ein Date?«, knurrte Dad mit gespielt strenger Vaterstimme und grinste dann. Er hält sich für wahnsinnig witzig! »Meine Tochter hat ihr erstes Date! Obwohl mir die Vorstellung gar nicht gefällt, dass ihr zu zweit allein im Park herumhängt. Kann er dich denn nicht ins Kino einladen oder so?«

»Aber da treffen wir uns doch bloß«, sagte ich, obwohl ich das selbst nicht so genau wusste. Aber war das wirklich wichtig? »Wir werden schon irgendwo hingehen.«

»Sei ja vorsichtig«, sagte Mum, obwohl ich genau heraushörte, wie sehr sie sich für mich freute. »Aber spätestens um neun bist du wieder zu Hause. Du bist schließlich erst vierzehn.«

»Neun?! So früh?«

»Na schön, zehn. Aber das ist mein letztes Wort.«

»Und wie ist dieser Julian so?«, fragte Dad. »Meinst du, du hast mit ihm genauso viel Glück wie deine Mum mit mir?«

»Dad«, stöhnte ich. »Er ist toll. Wirklich.«

Wendy beugte sich vor. »Und dumm ist er auch nicht, Dad.

Er ist einer der Jahrgangsbesten. Und supersportlich. Er ist nicht nur der Kapitän der Fußballmannschaft, sondern spielt auch noch im Basketballteam. Er scheint echt nett zu sein.«

»Wie schön«, sagte Mum. »Unserer Poppy kann er natürlich nicht das Wasser reichen, aber es freut mich, dass sich ein so netter Junge für sie interessiert.«

»Fast alle Mädchen stehen auf ihn.« Wendy runzelte die Stirn, und ich wusste, was sie dachte. Und da platzte sie auch schon damit heraus.

»Warum hat er sich ausgerechnet dich ausgesucht, Poppy? Du bist ja nicht gerade besonders …«

»Nicht gerade was?«, blaffte ich sie an.

»Wendy«, sagte Dad in warnendem Tonfall.

»Besonders beliebt, wollte ich sagen«, vollendete Wendy ihren Satz und zog eine Schnute. »Ich finde es nur irgendwie komisch, das ist alles.«

»Er sucht sich seine Freunde nun mal nicht nach Beliebtheit aus«, sagte ich. »Vielleicht solltest du dir daran ein Beispiel nehmen.«

»Am Esstisch wird nicht gezankt«, sagte Mum beschwichtigend. »Zum Nachtisch gibt's Apple Crumble.«

»Schon unterwegs«, sagte Dad und fing an, den Tisch abzuräumen. »Ich bin heute Abend Ihr ergebener Diener, meine Damen.«

Wendy und ich funkelten uns über den Tisch hinweg an. Glaub mir, mit einer Schwester wie Wendy hat man es weiß Gott nicht immer leicht. Sie ist zwar erst zwölf, steckt mich aber in so ziemlich jeder Hinsicht in die Tasche. Wir sehen uns überhaupt nicht ähnlich. Ich habe eher braune und sie eher schwarze Haare. Ich habe zu viele Sommersprossen und sie fast keine. Und was die Größe angeht: Ich habe Mums kurze Beine geerbt, Wendy hingegen ist wie Dad, groß und grazil, und das Allerschlimmste ist, dass sie ganz schlank ist, obwohl sie genau das Gleiche isst wie ich. Ich könnte damit leben, dass sie so viel besser aussieht mit ihren perfekten weißen Zähnen, während ich mich immer noch mit einer Zahnspange herumschlagen muss. Aber dass sie auch noch intelligenter ist als ich, ist schlicht und einfach ungerecht. Sie hat jede Menge Freundinnen, mit denen sie ständig in ihrem Zimmer abhängt, wo sie zusammen in voller Lautstärke Karaoke singen und Spaß haben.

Vielleicht ist sie ja nur ein bisschen neidisch, dass ich ihr ausnahmsweise etwas voraushabe. Der netteste Junge der Schule interessiert sich für mich und hat mich zu einem Date eingeladen. Was man von ihr nicht behaupten kann, trotz ihrer schönen dunklen Haare und ihrer Popularität.

Aber nach dem Abendessen verstellte sie mir den Weg.

»Pass auf dich auf«, sagte sie. »Und mach keine Dummheiten.«

»Keine Angst, ich bin doch kein Kind mehr.« Seufzend wandte ich mich ab, doch sie hielt mich am Arm fest und zwang mich, sie anzusehen.

»Ich mein's ernst«, sagte sie. »Mach nichts, nur weil er es will, okay?«

»Wer von uns ist hier eigentlich die ältere Schwester?« Ich lachte. »Keine Sorge. Ich werde sowieso dauernd verarscht, und falls er irgendwas Komisches vorhat, merke ich das garantiert sofort.«

Wendy schien nicht überzeugt. Ich weiß, dass sie das Meiste mitkriegt; schließlich gehen wir auf dieselbe Schule. Sie weiß, dass ich Mum und Dad vieles verheimliche. Sie wissen, dass ich keine Freunde habe, logisch, das geht ja nun schon seit Jahren so. Aber sie wissen nicht, wie übel ich wirklich gemobbt werde. Es ist ein Wunder, dass ich mich nicht jeden Abend in den Schlaf weine. Wendy bekommt alles mit: wie ich geschnitten, ausgelacht, gedemütigt werde. Aber Mum und Dad erzählt sie nichts, als hätten wir uns stillschweigend darauf geeinigt.

Und so eifersüchtig ich auch manchmal auf sie bin, sie ist immer noch meine kleine Schwester, und ich liebe sie über alles.

Aber jetzt muss ich los. Ich habe ein Date, und was für eins! Alles Weitere später.

Später

Liebes Tagebuch,

am liebsten würde ich alles durchstreichen, was ich vorhin geschrieben habe.

Nein, am liebsten würde ich es in tausend Stücke reißen und in den Müll werfen.

Wie kann man nur so blöd sein!

Natürlich wird mich nie jemand lieben. Natürlich werde ich nie einen Boyfriend haben. Wer will schon ein Mädchen, das so hässlich, so erbärmlich ist?

Ich hasse mich. Und ich hasse sie.

ICH HASSE SIE. Ich wünschte, sie wären tot.

Am Ende war ich zu früh da – verzweifelt, wie ich bin. Da

macht man eben keinen auf cool und kommt absichtlich zu spät. Mein Handy zeigte Viertel vor sechs, darum ging ich bewusst ein wenig langsamer. Als ich beim Pavillon ankam, war weit und breit niemand zu sehen, aber vielleicht war er ja schon drin. Also ging ich hinein.

Dort lag eine kleine Schachtel mit einem Zettel darauf. Die Schachtel war mit einer roten Seidenschleife versehen. Nichts deutete auf den Inhalt hin, aber auf dem Zettel stand mein Name.

Poppy, *stand da in einer fein säuberlichen Handschrift, die ich nicht kannte.* Damit siehst du bestimmt noch viel schöner aus als ohnehin schon. Jch lade dich von meinem Ersparten in ein Restaurant ein. Love, Julian x

Love! Julian hat »Love« geschrieben! Schwer atmend zog ich die Schleife auf und öffnete die Schachtel, in der Hoffnung, darin eine Halskette oder ein Armband vorzufinden. Und er hatte mich »schön« genannt. Für ihn hätte ich alles getragen.

Gott. Ich muss endlich aufhören zu weinen und mich aufs Schreiben konzentrieren. Zumindest kann ich mit dem Stift das unschuldige Papier malträtieren und so meine Wut auf sie rauslassen.

Es war kein Schmuck. Es war ein Lippenstift.

Ein echter Lippenstift, wie ihn erwachsene Frauen benutzen, wie Chloe ihn immer in die Schule schmuggelt, obwohl sie eher Nude- und Pinktöne bevorzugt.

Ich drehte ihn auf, und er war knallrot. Cremig und matt. So ähnlich wie eine Chilischote oder ein Londoner Doppeldeckerbus.

Schon in diesem Augenblick hätte ich es wissen müssen. Das bin nicht ich. Ich habe noch nie Lippenstift getragen, schon gar nicht so ein leuchtendes Rot wie die ganzen Filmstars. Wie ein sexy Pin-up-Model. Und ich bin alles andere als sexy.

Aber Julian hatte geschrieben, er würde mich noch schöner machen. Ganz in der Nähe gab es eine öffentliche Toilette mit einem Spiegel. Ich würde die Lippen schürzen wie im Film, Kusshände werfen und mich mit einem Schlag verwandeln: vom Aschenputtel zum Supermodel.

Ich machte die Schachtel wieder zu und schob mir den Zettel in die Hosentasche. Wieder im Freien, schaute ich mich noch einmal um, sah aber nur eine Gruppe von Mädchen, die im Halbdunkel auf einer Bank hockten und quatschten. Ich lief zu der Toilette. Als ich die Tür aufstieß, blendete mich das grelle Licht.

Toiletten sind nun wahrlich nicht die angenehmsten Orte und öffentliche schon gleich gar nicht, trotzdem stellte ich die Schachtel aufs Waschbecken und holte den Lippenstift heraus. Ich wusste nicht genau, wie man ihn auflegte, aber es konnte nicht schwieriger sein als Malen oder Zeichnen , und darin war ich ein Ass. Nicht zu viel Druck, aber auch nicht zu wenig, und ich würde einfach fantastisch aussehen.

Tja. Aber Schminken ist eben nicht Malen, das hätte ich mir auch denken können.

Es ging ganz leicht – viel leichter als gedacht. Mit einem Mal waren meine Lippen knallrot. Und nicht nur meine Lippen. Trotz meiner ruhigen Hand trug ich oben einen Millimeter zu viel auf, sodass meine Oberlippe viel größer wirkte als die Unterlippe. Ich versuchte, das auszugleichen, indem ich unten etwas mehr auftrug, aber so sah ich aus, als hätte ich mir die Lippen aufspritzen lassen. Wenn ich einen Kussmund machte, waren sie in der Mitte immer noch rosa, sodass ich mehr und mehr nachlegen musste.

Als ich breit lächelte, wie ein Hollywoodstar, stellte ich fest, dass selbst meine Vorderzähne verschmiert waren.

Sah ich tatsächlich mondän und erwachsen aus oder doch eher wie eine Fünfjährige, die die Schminksachen ihrer Mutter ausprobiert hatte?

Da plötzlich blitzte es.

»Bitte lächeln!«

Annabel, Esther, Chloe und Tanya standen in der Tür. Annabel hielt ihr Handy in die Höhe, und wieder blitzte es. Sie fotografierten mich.

»Hört auf damit!«, schrie ich.

Und dann hatten sie mich auch schon eingekreist.

»O mein Gott!«, prustete Chloe und krümmte sich buchstäblich vor Lachen. »Glaubst du wirklich, so trägt man Lippenstift? Ich wusste ja schon immer, dass du eine Lusche bist, aber das toppt alles. Dabei wollten wir doch nur ein paar lustige Fotos machen, wie du vor dem Spiegel posierst. Einfach köstlich!«

»Woher wusstet ihr überhaupt, dass ich hier bin? Was wollt ihr hier?«

Ich versuchte, mir den Lippenstift mit dem Handrücken abzuwischen. Aber damit erreichte ich nur, dass meine Hand auf einmal aussah, als hätte ich sie mir angemalt, und als ich in den Spiegel blickte, stellte ich fest, dass ich mir auch noch Kinn und Wangen beschmiert hatte.

Annabel fotografierte weiter. »Du siehst echt abartig aus.«

»Bitte, hört auf!«

»Du hast doch wohl nicht im Ernst geglaubt, dass Julian mit dir ausgehen wollte?«, sagte Esther.

Es tut weh, sich daran zu erinnern. Das alles aufzuschreiben. Aber ich muss. Ich muss es loswerden, bevor es mich innerlich zerfrisst.

»Freitags nach der Schule spielt Julian Fußball und muss sein Handy in der Umkleide lassen«, erklärte Tanya. Selbst jetzt, nach all den Jahren, erschreckt es mich, wie sie es genießt, mich zu quälen, genau wie die anderen drei. Erinnert sie sich nicht daran, dass wir einmal Freundinnen waren, hat sie kein schlechtes Gewissen? Oder ist sie bloß froh, dass es mich trifft und nicht sie? »Wir haben uns da reingeschlichen und dir die SMS geschickt. Es war Esthers Idee. Wir haben uns bepisst vor Lachen.«

»Warum sollte er sich auch für dich interessieren, du Schwachkopf?« Esther grinste höhnisch.

»O Gott, wie du ausschaust!«, sagte Annabel und machte noch ein Foto. »Wie aus einem Horrorfilm.«

Der Lippenstift ging einfach nicht ab, egal was ich versuchte. Ich drehte sogar die Wasserhähne auf, um ihn abzuwaschen, aber das machte alles nur noch schlimmer. Ein rotes Rinnsal lief mir das Kinn hinab.

Ich konnte nicht mehr. Ich versuchte, ihr spöttisches Gelächter zu ignorieren, drängte mich an ihnen vorbei und lief weinend nach Hause, wo ich die Eingangstür hinter mir zuschlug.

»Poppy?« Mum und Dad kamen mit angsterfüllten Mienen aus dem Wohnzimmer. »Was ist denn los? Alles in Ordnung?«

»Lasst mich in Ruhe!«, kreischte ich.

Da bemerkten sie den verschmierten Lippenstift – er war ja auch nicht zu übersehen. Mein Gesicht bot einen grauenhaften Anblick.

»Was ist denn mit deinem Gesicht passiert? Hat dir jemand etwas getan?« Dad klang regelrecht hysterisch. Er legte mir die Hand auf die Schulter und blickte mich eindringlich an. »Hat dieser Junge dich geschlagen?«

Ich war völlig durcheinander, da fiel es mir wie Schuppen von den Augen. Bei dem Versuch, ihn abzuwischen, hatte ich den Lippenstift sosehr verschmiert, dass es aussah wie eine klaffende Wunde, eine Verletzung, wie geronnenes Blut.

Es tat so weh, als sei ich wirklich geschlagen worden.

»Es ist Lippenstift!«, schrie ich. »Er hat mich nicht angerührt! Er ist ja gar nicht gekommen! Er wusste überhaupt nichts von unserem Date!«

»Ach, Poppy.« Er nahm mich in die Arme, aber ich riss mich los und lief nach oben.

»Lasst mich einfach in Ruhe!« Ich knallte die Zimmertür hinter mir zu.

»Bitte, mach doch auf.« Nicht lange und die ganze Familie stand vor meiner Tür.

»Poppy«, sagte Dad. »Komm doch runter, dann machen wir Popcorn und schauen uns einen Film an. Du musst nicht darüber reden, wenn du nicht willst.«

»Es tut mir so leid«, sagte Wendy. »Ich bring das Schwein um, verlass dich drauf.«

»Lasst mich in Ruhe«, sagte ich. »Ich will einfach nur eine Weile allein sein.«

Ich musste es noch dreimal sagen, bis sie endlich abzogen und ich in mein Kissen schluchzen konnte. Als ich schließlich den Kopf hob, war das ganze Kissen rot. Das würde nie wieder rausgehen.

»Scheiße!«, schrie ich. Dabei fluche ich sonst nie. Selbst jetzt

fühlt es sich komisch an, das Wort hinzuschreiben, als könnte ich deswegen Ärger bekommen. Aber etwas Besseres fiel mir in dem Moment nicht ein.

Der Lippenstift war nach wie vor in meiner Tasche; ich nahm ihn heraus und feuerte ihn quer durchs Zimmer, sah, wie sich die Kappe löste und unter meinen Schreibtisch rollte. Was vorher so teuer und verlockend ausgeschaut hatte und mich in jemanden hatte verwandeln sollen, der ich nicht war, erschien mir jetzt nur noch billig und geschmacklos. Ich klaubte den Lippenstift vom Boden, knallte ihn auf den Schreibtisch und zermalmte ihn mit dem Handballen. Noch ein Fleck. Ein Fleck, der mich auf ewig daran erinnern würde, was passiert war.

»Poppy.« Wendy klopfte an die Tür.

»Was ist an ›Lass mich in Ruhe‹ so schwer zu verstehen?«, blaffte ich.

»Tut mir leid, aber das musst du dir ansehen.«

Als ich die Tür öffnete, stand Wendy mit versteinerter Miene vor mir, ihren Laptop an die Brust gedrückt.

»Was ist denn?«, fragte ich.

»Du bist, äh, auf Facebook.«

Ich wusste es. Schon als sie die Fotos machten, wusste ich, dass sie etwas damit vorhatten. Ich wusste nur nicht, was, oder wie schnell sie handeln würden. Aber mir hätte klar sein müssen, dass sie nicht die Absicht hatten, mich in Frieden zu lassen.

Wendy kam in mein Zimmer, hockte sich aufs Bett und bedeutete mir, mich neben sie zu setzen. Sorgenvoll schweifte ihr Blick zu meinem Schreibtisch und dem verschmierten Kissen, aber sie schwieg. Dann schob sie mir den Laptop hin.

Sie war auf Facebook angemeldet. Es war Wendys Account, nicht meiner, aber auch dort war ich die Hauptattraktion, der Post ganz oben. Eine ganze Fotoserie: ich in der Toilette, ich, wie ich in den Spiegel starrte, dann, wie ich verzweifelt versuchte, mir den Lippenstift abzuwischen, und mich schließlich zu ihnen umdrehte.

Ich weine auf den Fotos, aber das Schlimmste ist der Lippenstift. Er sieht noch schrecklicher aus als in echt. Auch jetzt habe ich jedes Bild deutlich vor Augen, als hätte mein Gehirn auf Slideshow geschaltet.

Unter einem der Fotos stand: Poppy Greers neues Kunstprojekt. *Und das schmerzte mich am meisten.*

Ich sah aus wie ein Clown. Mein ganzes Gesicht, sogar meine Zähne waren voller Lippenstift.

»Alles halb so schlimm«, sagte Wendy.

Das war glatt gelogen. Aber ich hörte ihr sowieso nicht richtig zu, sondern scrollte die Kommentare durch.

Sie hat das Wort »Make-up« wohl noch nie gehört.

LOL! Offensichtlich. In der Schule trägt sie ja nie welches.

Das würde auch nichts helfen, so hässlich, wie sie ist.

Was hat sie sich nur dabei gedacht? Eine arme Sau war sie ja schon immer, aber das hier ist echt tragisch.

Sie tut mir leid. Sie hat keine Freunde und muss so tun, als hätte sie einen Boyfriend.

Was für eine Loserin!

OMG, sie sieht aus wie ein Clown. Ich leg mich weg!

Schaut aus wie ihr wahres Kunstprojekt. Es nervt einfach immer nur, wie sie mit ihren Bildern angibt. Dabei ist sie gar nicht so gut. Eingebildete Kuh.

Vielleicht zeige ich ihr morgen mal, wie man Lippenstift richtig auflegt. Jedenfalls nicht auf die Zähne! Hallo???

Sie dachte wohl, das ist was zum Essen!

Kein Wunder, sie stopft ja auch sonst alles in sich hinein! HAHA!

Ein neues Fenster öffnete sich. Ein Beziehungsstatus-Update.

Julian Davis ist jetzt in einer Beziehung mit Esther Driscoll.

Logisch. Warum sollte er sich auch für mich interessieren, wenn er sie haben kann?

Wendy nahm mir den Laptop weg und klappte ihn zu. »Sieh dir das nicht weiter an.«

»Wie soll ich mich am Montag in der Schule blicken lassen?«, flüsterte ich, und heiße Tränen rannen mir über die Wangen.

»Du schaffst das schon«, sagte Wendy. »Lass dich von denen nicht fertigmachen. Du bist der beste Mensch, den ich kenne.«

Der beste Mensch, den sie kannte – und dumm genug zu glauben, dass Julian etwas von mir wollen könnte.

Als sie gegangen war, betrachtete ich mich ein letztes Mal im Spiegel. Ich sah verheerend aus. Auf meinem Nachttisch liegt immer eine Packung Gesichtstücher, und ich brauchte drei Stück, um das restliche Rot endgültig abzurubbeln. Danach war mein Gesicht rot und wund. Als ich die Tücher in den Papierkorb warf, erschrak ich darüber, wie sie aussahen. Einfach gruselig.

Ohne zu überlegen, hämmerte ich meine Faust gegen den Spiegel. Da ich nicht besonders stark bin, blieb mir der Mund offen stehen, als er splitterte und eine Scherbe zu Boden fiel, an der Blut von meinem Knöchel klebte. Ich hob sie auf und starrte sie lange an, ehe ich mir den Arm damit ritzte.

Der scharfe Schmerz ließ mich nach Luft schnappen. Dann geschah einen Moment lang nichts, und dann quoll heißes Blut aus der Wunde, das genauso aussah wie der Lippenstift, dessen Reste ich mir gerade vom Mund gewischt hatte. Meine Haut war warm und prickelte; die Tränen liefen mir nur so aus den Augen, aber ich verspürte ein seltsames Gefühl. Einen Schmerz, der mich erregte.

Mit zitternden Fingern machte ich es gleich noch mal. Nicht ganz so tief, direkt neben dem ersten Schnitt. Wieder der stechende Schmerz, der mir das Herz bis zum Hals schlagen ließ.

Dann war es genug. Ich wickelte die Scherbe in ein Papiertuch und verstaute sie in meiner Nachttischschublade. Ich saugte an meinem Arm, bis kein Blut mehr kam, und geriet in Panik, als ich die scheußlich tiefen Schnitte sah.

Was hatte ich nur getan? Es war der pure Horror. Und trotzdem ging es mir jetzt besser.

Später, als Mum kam, um mir Gute Nacht zu sagen, und mir eine heiße Schokolade mit Schlagsahne und Mini-Marshmallows brachte, entschuldigte ich mich dafür, dass ich in meiner Wut den Spiegel zertrümmert hatte. Ich hatte ein langärmliges Pyjamaoberteil angezogen, damit sie die Wunden an meinem Unterarm nicht sah.

»Schon gut, mach dir keine Gedanken«, sagte sie. »Wir hängen ihn morgen ab. Pass auf, dass du nicht in eine Scherbe trittst.«

Ich verriet ihr nicht, dass ich eine in meiner Nachttischschublade versteckt hatte, für den Fall, dass ich es noch einmal tun wollte.

Ich hasse sie alle. Sie haben den Tod verdient. Wenn sie morgen von einem Bus überfahren würden, wäre die Welt eine bessere.

Vielleicht gebe ich dir ja doch noch einen Namen, Tagebuch. Weil du die einzige Freundin bist, die ich jemals haben werde. Alles andere wäre Selbstbetrug.

Ich werde mein Leben lang allein bleiben.

FÜNFZEHN

Annabel

19. Mai 2023

Ich bin gerade dabei, mich für die Party fertigzumachen, als Chloe in mein Zimmer kommt. In Sachen Make-up und Klamotten haben wir sämtliche Register gezogen. Ich trage ein hautenges, knappes Kleid und habe mich in meine schwarzen, vorne offenen Lieblingspumps gezwängt, und sie trägt eine lila Latzhose zu ihrer schwarzen Weste. Wir beide haben uns falsche Wimpern angeklebt und dick Lidschatten aufgetragen und fühlen uns wieder wie achtzehn, als wir in den Spiegel schauen.

»Kriegsbemalung«, sagt Chloe, was mich schmunzeln lässt. »Poppy hat sich mit den falschen Bitches angelegt. Auch wenn ich mir Esthers Schminke borgen musste, um mich schön zu machen.«

»Du sagst es.« Ich verpasse meinen Haaren den letzten Schliff und binde sie zu einem Pferdeschwanz. Komisch, dass sich Chloe nicht einfach meine Schminksachen geliehen hat. Ich habe das Gefühl, sie ist irgendwie stinkig auf mich. Aus den Augenwinkeln sehe ich, dass sie mich im Spiegel anstarrt und sich auf die Unterlippe beißt. Sie ballt die Hände ein paarmal zur Faust. Sie will mir offenbar etwas sagen. »Was ist los?«

»Nur so ein Gedanke«, sagt sie. »Ist es nicht seltsam, dass Poppy jetzt eine angesehene Ärztin ist? Das hätte ich ihr vor zehn Jahren gar nicht zugetraut.«

»Allerdings.« Ich rufe mir die Poppy ins Gedächtnis, die wir kannten.

»Ich frage mich, was sie von uns denkt«, sagt Chloe. »Sie glaubt vermutlich, wir hätten uns kein bisschen verändert.«

»Ich hoffe, doch«, sage ich. »Wir waren nicht immer nett zu Poppy. Und daran erinnert sie uns auch ständig. Aber das war einmal.«

»Sie ist bloß sauer, weil keine von uns sich dafür interessiert hat, was aus ihr geworden ist.«

Warum auch? Wir absolvierten unsere Prüfungen, feierten unseren Abschluss, und damit hatte es sich. Wen juckte es, was die ehemaligen Klassenkameraden nach der Schule machten? Die anderen habe ich ja auch aus den Augen verloren.

Die Worte meiner Mutter fallen mir ein. »Vielleicht hat es ja auch sein Gutes, dass wir wieder in Kontakt stehen.«

Chloe scheint völlig in Gedanken verloren.

»Chloe?«

»Sorry.« Sie schüttelt den Kopf. »Pass auf, Annabel, ich muss dir etwas sagen.«

Eigenartig, ihre Stimme klingt ernster als sonst.

»Worum geht's denn?«, frage ich.

Sie bügelt ihr Stirnrunzeln mit dem Handrücken glatt.

»Ich weiß nicht, wo ich anfangen soll.«

Es klopft an der Tür, und Esther steckt den Kopf ins Zimmer, in der Hand ein Bündel rosa Schärpen mit der Aufschrift »Brautjungfer«. »Für euch beide, mit einem schönen Gruß von unserem Brautmonster! Ihr seht fantastisch aus.«

»Du aber auch!« Chloe reißt ihr eine Schärpe aus der Hand und streift sie sich über. Der Moment ist vorbei. Sie scheint dankbar für die Unterbrechung und hat es plötzlich furchtbar eilig. »Komm, Annabel!«

Ich tue wie befohlen und lege meine Schärpe an, während ich Esthers Outfit in Augenschein nehme. Sie hat sich ebenfalls mächtig aufgestylt, auch wenn sich die pinkfarbene Schärpe mit ihrem babyrosa Overall und den weißen Sandalen beißt. Das Haar hat sie zu einem Dutt geschlungen, und ein paar Strähnen umrahmen ihr schmales Gesicht. Sie sieht umwerfend aus. Das weiß sie auch und quittiert Chloes Kompliment mit einem koketten Augenaufschlag. Wir folgen ihr nach draußen und hinunter an den Strand, wo Poppy und Tanya uns bereits erwarten. Als wir Poppys Outfit sehen, müssen wir unwillkürlich lachen. Mehr Braut geht nicht: ein luftiges weißes Kleid, das Haar fällt ihr in mattbraunen Locken bis auf die Hüften. Sie hat sich einen langen Schleier ins Haar gesteckt, den sie nach hinten geschlagen hat, und als krönenden Abschluss trägt sie weiße Handschuhe, die ihr bis zu den Ellbogen reichen.

Die Unannehmlichkeiten des vergangenen Tages sind rasch vergessen, als wir einen Tequila kippen und in eine Limettenscheibe beißen. Dann schenkt Esther jeder ein Glas Wodka Cola ein, und wir sitzen im Kreis auf Stühlen im Sand. Die Luft scheint geradezu zu knistern.

»›Nie in meinem Leben …‹ gestern Abend war erst der Anfang«, verkündet Poppy und erhebt ihr Glas.

»O Gott!«, sagt Esther.

»Lasst uns anstoßen und den heutigen Tag vergessen.«

Wir wechseln unsichere Blicke.

»Wirklich, Ladys«, sagt Poppy. »Ich wollte euch nur einen kleinen Schrecken einjagen. Und das scheint mir ja auch gelungen zu sein. Die Hen Party ist noch lange nicht vorbei, und ich gedenke, den Rest der Zeit entweder betrunken oder am Strand zu verbringen. Oder beides. Von den fabulösen Einzelheiten der Hochzeit, die ihr morgen früh erfahren werdet, ganz zu schweigen. Seid ihr dabei?«

Es scheint ihr ernst damit zu sein, und so lenken wir schulterzuckend ein und stoßen an.

»Auf einen schönen Abend und eine tolle Hen Party!«

»Auf einen schönen Abend und eine tolle Hen Party!«, rufen wir im Chor.

Poppy klatscht in die Hände. »Und jetzt zum Höhepunkt des Abends. Heute spielen wir ›Wahrheit oder Pflicht‹.«

Ich trinke einen großen Schluck Wodka Cola, während sich mein Magen vor Schreck zusammenkrampft. Schon wieder Spielchen.

»Und damit es auch gerecht zugeht, lassen wir die Flasche darüber entscheiden, wer an der Reihe ist«, sagt Poppy. Sie schnappt sich eine Flasche Cider und leert sie in einem Zug. Sie legt die Flasche in die Mitte des Kreises und prüft, ob sie sich auf dem holprigen Sand und der Decke überhaupt richtig dreht. »Perfekt. Seid ihr so weit?«

»Allzeit bereit«, murmelt Tanya.

Poppy ignoriert die Bemerkung und dreht die Flasche. Aber mit viel zu viel Kraft, und so dauert es fast zehn Sekunden, bis sie schließlich auf Esther zeigt.

Ich seufze erleichtert auf. »Ich nehme ›Pflicht‹«, verkündet Esther. So kennen wir sie gar nicht, sonst ist sie immer die Vernünftige. Vielleicht liegt es an der lockeren Stimmung. Oder am Alkohol.

»Du warst die Einzige von euch vieren, die noch nie nackt gebadet hat«, sagt Poppy. Das Funkeln in ihrem Blick verrät, was sie vorhat, noch bevor sie es ausspricht. »Zieh dich nackt aus und lauf ins Meer.«

»Mist, verdammter.« Esther schüttelt den Kopf. »Hätte ich doch Wahrheit genommen.«

»Zu spät.« Poppy strahlt in freudiger Erwartung, und wir feuern Esther lautstark an. »Ausziehen, ausziehen!«

»Okay, ich gehe ins Wasser, aber nur angezogen«, sagt sie. »Hm. Aber dann sitze ich ja den ganzen Abend in nassen Sachen da.«

»Nix da.« Chloe grinst von einem Ohr zum anderen. »Mogeln gilt nicht. Los, runter mit den Klamotten.«

Esther steht auf, macht aber keinen besonders begeisterten Eindruck. Sie schlingt die Arme um den Körper, und einen Moment lang wirkt sie ganz verängstigt.

»Nun mach schon!«, sagt Poppy. »Wir haben nicht die ganze Nacht Zeit.«

»Na gut. Meinetwegen.«

Sie zieht sich aus und wirft sich sogar in eine sexy Pose, eine Hand hinter dem Kopf, die andere in die Hüfte gestemmt. Sie hat etwas am Bauch. Einen Bluterguss oder so etwas. Als sie meinen Blick bemerkt, bedeckt sie ihn mit einer Hand.

»Ich bin vorgestern Abend in der Dusche ausgerutscht«, erklärt sie. »Einen Tag vor der Abreise. Ich bin ein echter Tollpatsch.«

Sie lässt mir keine Zeit, daran zu zweifeln. Kreischend stürzt sie sich ins Wasser.

»Meine Güte! Ist das kalt! So viel zum Thema Tropeninsel!«

»Je länger du drinbleibst, desto wärmer wird es!«, ruft Chloe. Sie grinst in die Runde. »Nehme ich jedenfalls an.«

Esther kommt zurück, hüllt sich in ein Strandtuch und lässt sich, noch immer nackt, auf ihr Kissen plumpsen. »Himmel«, sagt sie zähneklappernd. »Jetzt darf ich die Flasche drehen.«

Sie setzt sie fachmännisch in Bewegung, und sie dreht sich ein paarmal und bleibt dann stehen. Diesmal zeigt der Hals auf Tanya.

»Was soll's denn sein, Tanya?«, fragt Chloe.

»›Wahrheit‹«, sagt sie.

Esther zieht sich wieder an und wringt das Meerwasser aus ihrem Pferdeschwanz. »Hmm, mir fällt gar keine Frage ein.«

Poppy räuspert sich. »Mir schon.«

»Lass hören«, lenkt Esther ein.

»Warum habt Harry und du euch getrennt?«

Einen Moment lang herrscht entsetztes Schweigen. Tanya schnappt erschrocken nach Luft. Die anderen sind schlicht verwirrt, Tanya und Harry haben sich nicht getrennt. Sie haben sich doch voriges Jahr erst eine Wohnung in London gekauft. Sie hat uns vor vier Wochen noch von ihrer neuen Küche vorgeschwärmt. Sie sind seit Ewigkeiten zusammen.

»Ich glaube, da irrst du dich«, sagt Esther. »Tanya und Harry haben sich nicht getrennt.«

Chloes Blick wandert von Tanya zu Poppy. »Woher kennst du Harry überhaupt?«

»Wir haben uns wegen der Arbeit getrennt.« Tanya leert ihr Glas und schenkt sich nach. »So, zufrieden?«

»Was?« Ich kann nicht länger an mich halten. »Warum hast du uns nichts davon gesagt? Und wann soll das überhaupt gewesen sein?«

»Vor ein paar Monaten.« Tanya trinkt noch einen Schluck. »Lass gut sein, Annabel.«

»Vor ein paar Monaten?«, wiederhole ich. »Aber warum? Ich verstehe das nicht.«

»Ich wollte es euch bloß nicht sagen. Das ist alles.«

Sie beugt sich vor und dreht die Flasche. Sie schert nach links aus und knallt Chloe mit voller Wucht gegen das Knie.

Wieder herrscht einen Moment lang Schweigen, dann rettet Chloe die Situation und greift lachend nach der Flasche. »Das soll wohl heißen, dass ich an der Reihe bin. Ich nehme ›Wahrheit‹.«

Doch statt ihr eine Frage zu stellen, leert Tanya auch ihren zweiten Drink und schenkt sich einen dritten ein. »Gott, ich habe Kopfschmerzen.«

Noch bevor wir etwas sagen können, springt Poppy in die Bresche. »Wovor hast du am meisten Angst?«

Komische Frage.

»Wisst ihr was?«, sagt Chloe. »Ich wollte spontan sagen ›Fliegen‹, denn ich hasse Fliegen. Aber eigentlich hatte ich noch nie so große Angst wie letzten Sommer, als bei mir eingebrochen wurde. Als ich morgens aufwachte, war mein Laptop verschwunden. Die Polizei schob es auf einen durchgeknallten Fan, also ließ ich das Schloss auswechseln, denn es gab keinerlei Anzeichen für ein gewaltsames Eindringen. Trotzdem konnte ich danach wochenlang nicht schlafen.«

Ich erinnere mich noch gut daran. Sie zog für eine Weile zu Andrew und mir, weil sie davon überzeugt war, dass ein Stalker sie verfolgte und ermorden wollte. Am Ende blieb sie sehr viel länger als eine Nacht, wie ursprünglich vereinbart, aber auch Andrew hatte nichts dagegen. Er meinte, sie habe eine traumatische Erfahrung gemacht und brauche unseren Beistand und unser Mitgefühl.

»Der Täter war in der Wohnung, während ich fest schlief«, fährt Chloe fort. »Er hätte alles Mögliche mit mir anstellen können.«

Poppy zieht die Augenbrauen hoch. »Was für ein schrecklicher Gedanke, dass sich jemand an dir vergreift, wenn du vollkommen wehrlos bist.«

Darauf weiß Chloe offensichtlich nichts zu sagen.

»Egal!« Sie dreht die Flasche, und sie zeigt auf Poppy.

»›Pflicht‹«, sagt sie.

Chloe leert ihr Glas und schenkt sich Wodka nach. »Wusste ich's doch. Dann rasiere dir die Augenbrauen ab.«

Esther verschluckt sich fast. »Das kannst du ihr nicht antun! Das geht eindeutig zu weit.«

»Chloe ging doch schon immer gern etwas zu weit.« Poppy

steht auf und wischt sich den Sand von den Beinen. »Aber meinetwegen.«

»Ist das dein Ernst?«, frage ich, als Poppy davongeht.

»Die blufft doch nur«, sagt Esther. »Chloe, das war selbst für deine Verhältnisse echt krass.«

»Das ist die Strafe für ihre Scheißschnitzeljagd«, erklärt Chloe. »Es heißt nicht umsonst ›Pflicht‹. Sie muss es tun.«

Poppy kommt mit einem Rasierer zurück und rasiert sich erst die eine, dann die andere Augenbraue fast zur Hälfte ab.

»Bitte sehr.« Sie wirft den Rasierer in den Sand und sieht uns an. »Du hast nicht gesagt, wie viel ich abrasieren soll.«

Ihr neuer Look hat etwas. Sie wirkt wilder, gefährlicher. Und das passt zu ihr.

Chloe schmollt; sie hat nicht damit gerechnet, dass Poppy sie austricksen und am Ende auch noch besser aussehen würde. Aber sie kann sich nicht beklagen. Poppy hat ihre Pflicht erfüllt.

Langsam steigt mir der Alkohol zu Kopf. Die anderen sind auch schon angetrunken. Tanya hat glasige Augen, und Chloe schenkt sich abermals nach. Selbst Esther trinkt ein Glas nach dem anderen und kichert über Poppys Cleverness. Nur Poppy ist noch einigermaßen nüchtern.

Poppy dreht die Flasche, aber es ist ein schwacher Versuch. Sie vollführt noch nicht einmal eine ganze Drehung und zeigt schließlich auf Esther, die laut aufstöhnt, weil sie jetzt schon zum zweiten Mal an der Reihe ist.

»Diesmal ›Wahrheit‹«, sagt sie. »Ich bin ja noch nicht mal richtig trocken!«

»Stimmt es, dass du deinen Job nur bekommen hast, weil deine Mutter deinen Chef kennt?«, will Poppy wissen.

Treffer, versenkt. Das ist ihr wundester Punkt. Und ich muss es wissen, schließlich ziehe ich sie gern damit auf, obwohl ich weiß, dass es sie nervt. Warum reite ich so gern auf anderer Leute Schwächen herum? Weil es mir Spaß macht. Es hat etwas, zu sehen, wie anderen die Gesichtszüge entgleisen, und zu wissen, dass ich der Grund dafür, dass ich die Stärkere bin.

So war das schon damals in der Schule – und Poppy das geborene Opfer.

»Meine Mutter hat mir den Vorstellungstermin vermittelt«, sagt Esther spitz. »Trotzdem musste ich mich darauf vorbereiten. Und beweisen, dass ich gut genug war für den Job. Und das bin ich. Verdammt gut sogar, so viel steht fest. Eigentlich müsste ich jetzt tausend E-Mails beantworten, aber das kann ich nicht, weil ich hier auf dieser Insel festsitze und du uns die Handys abgenommen hast, also erzähl mir nicht, ich wär nicht gut genug für meinen Job.«

»Das habe ich nicht gesagt«, erwidert Poppy. »Sondern du selbst.«

»Jetzt ist es aber genug«, sagt Chloe nervös.

»Aber es stimmt doch, Esther, und das weißt du ganz genau.« Tanya blickt von ihrem Glas auf und funkelt sie an. »Denk nur an die vielen Bewerbungen, die sie sich deinetwegen gar nicht erst angesehen haben. Das hast du einfach mal unter den Tisch fallen lassen. Hältst du dich etwa für was Besseres?«

O Gott.

Tanya kann ziemlich unangenehm werden, wenn sie betrunken ist. Sie wird dann sehr schnell gehässig und gemein, nimmt ihr Ziel ins Visier, geht ohne Vorwarnung zum Angriff über und kennt keine Freunde mehr. Wie viel hat sie überhaupt getrunken? Mit unsicherer Hand greift sie nach der nächsten Flasche, schenkt sich nach und verfehlt um ein Haar ihren Mund.

»Klar, deine Mitarbeiter bringen es natürlich hundertmal mehr«, blafft Esther. »Wie viel muss man eigentlich hinlegen, wenn du eine Party organisierst?«

»Das ist der springende Punkt. Ich weiß, was ich wert bin.«

»Und was ist mit Harry?«, fragt Esther. »Hat er dich betrogen? Hast du deshalb nichts davon gesagt? Das hätte ich Harry zwar nicht zugetraut, aber warum hättest du sonst so ein Geheimnis daraus machen sollen?«

»Esther.« Ich lege ihr eine Hand auf die Schulter. Tanya ist rot vor Wut. »Lass das.«

»Warum denn? Sie hat angefangen. Sie ist weiß Gott die Letzte, die mir etwas von Kompetenz erzählen muss.«

»Niemand hat angefangen!«, schreit Chloe. »Es war bloß ein blödes Spiel. Schluss jetzt!«

Ihr Ausbruch lässt uns verstummen. Esther und Tanya können sich nicht einmal mehr in die Augen sehen, und Chloe schüttelt missbilligend den Kopf. Während Poppy das Schauspiel gebannt verfolgt, mit großen Augen und einem belustigten Ausdruck im Gesicht.

»Und jetzt ich!«, verkünde ich hastig, nehme die Flasche und richte sie auf mich. »Stellt mir eine Frage. Ich nehme ›Wahrheit‹.«

Esther holt tief Luft und schließt einen Moment lang die Augen. Als sie sie wieder öffnet, scheint sich ihr ganzer Körper zu entspannen, und ich sehe ihr an, dass sie beschlossen hat, die Sache auf sich beruhen zu lassen. Gott sei Dank. Tanya ist zwar immer noch verärgert, konzentriert sich aber wieder auf ihren Drink und umfasst das Glas mit beiden Händen.

Poppy nutzt die Gelegenheit und stellt ihrerseits eine Frage. »Wann willst du eigentlich eine Familie gründen?«

Nicht diese Frage. Warum vergehen keine fünf Sekunden, ohne dass einer Frau Ende zwanzig diese bescheuerte Frage gestellt wird?

»Ich weiß gar nicht, ob ich das will.«

Poppy gibt einen Laut des Erstaunens von sich, und plötzlich ruhen unser aller Augen auf ihr. »Sorry«, sagt sie. »Ich dachte immer, du wärst mit Leib und Seele Hausfrau.«

»Ich weiß nicht, was ich bin«, sage ich.

»Aber du liebst Andrew«, sagt Poppy. »Stimmt doch, oder?«

»Stimmt.« Wenigstens das weiß ich genau.

Ich beuge mich vor und drehe die Flasche.

Sie zeigt auf Chloe.

»›Pflicht‹.« Sie grinst. »Aber wenn ich mir jetzt zur Strafe die Haare abrasieren soll, könnt ihr das vergessen. Zweimal dasselbe gilt nicht!«

»Ich möchte, dass du den Rest der Flasche austrinkst.«

Und in der sind noch mindestens vier Shots. Das schafft sie nie.

»Das ist zu viel«, sagt Esther. »Poppy, du als Ärztin müsstest das doch wissen.«

Poppy hebt beschwichtigend die Hände. »Na schön. Die *Hälfte* dessen, was noch in der Flasche ist. Ist das ein fairer Kompromiss?«

»Ich mache keine Kompromisse«, sagt Chloe. »Halt die Klappe, Esther. Du warst schon immer megaspießig.« Mit sichtlichem Unbehagen schnappt sie sich die Flasche und setzt sie an. Es geht etwas daneben, tropft ihr vom Kinn, doch sie schafft es, und dann ist die Wodkaflasche leer. Sie will sie auf den Tisch zurückstellen, aber sie rutscht ihr aus der Hand und fällt in den Sand, geht aber zum Glück nicht kaputt. »Himmel.« Sie lallt, der Wodka wirkt sofort. »Yesss!«, ruft sie.

»Ich finde, wir sollten alle noch etwas trinken.« Poppy schenkt uns Wein ein und sich selbst ein Glas Cider. »Prost!«

Das ist nicht ganz leicht. Ich muss mir die Hand vor den Mund halten, damit ich nicht wieder ausspucke.

Zittert meine Hand? Ich kann nicht mehr klarsehen.

»Was ich über Harry gesagt habe, tut mir leid«, platzt es aus Esther heraus. »Das war gemein. Sind wir wieder gut?«

Tanya seufzt. »Nein, was ich über deinen Job gesagt habe, tut mir leid.«

In diesem Moment drängt Chloe sich zwischen die beiden und legt jeder von ihnen einen Arm um die Schulter. »Sind wir wieder Freundinnen? Hurra!«

»Verpiss dich, Chloe«, sagt Esther, doch sie lächelt.

»Ganz schön schwer, ein Geheimnis zu bewahren, was?«, sagt Poppy.

»Wir haben keine Geheimnisse voreinander«, erwidert Chloe.

»Du weißt genauso gut wie ich, dass das nicht stimmt.«

»Hey.« Chloe rappelt sich mühsam hoch und zeigt mit dem Finger. »Lass mich in Ruhe. Was ist mit Tanya, sie …«

»Chloe!«, schnauzt Tanya.

Poppy nickt. »Nein, nein, du hast ja recht. Du bist nicht die Einzige. Das gilt für uns alle.«

»Uns alle?«

Das ist das Letzte, woran ich mich deutlich erinnere. Der Rest des Abends bleibt verschwommen, undeutliche Wort- und Bilderfetzen von uns fünfen, wie wir aufstehen und tanzen, aus vollem Hals singen und mit immer neuen Drinks versorgt werden. So scheint es stundenlang zu gehen, und zwischendurch stopfen wir uns mit Partyfood voll. Zum ersten Mal wachsen wir zu einer Einheit zusammen, feiern und reden, auch wenn ich mich an die Gespräche nicht entsinnen kann.

Irgendwann gab es Streit. Ich erinnere mich an lautes Gezeter und Geschrei. Tanya? Ich glaube, Tanya war auf irgendjemanden sauer. War es Poppy?

Ich weiß nicht mehr, wie ich ins Bett gekommen bin, aber irgendwie muss ich es geschafft haben, denn mitten in der Nacht schreckt mich ein lauter Schlag jäh aus dem Schlaf. Mir brummt der Schädel, und ich habe einen trockenen Mund.

»Hallo?«, murmele ich, doch als ich mich umdrehe, um nachzusehen, ist da nichts, nur Stille und das leere Zimmer.

Es kostet so viel Anstrengung, sich umzudrehen, dass ich laut stöhne und sich das Zimmer zu drehen beginnt.

Ich horche, aber es ist nichts mehr zu hören.

Es muss etwas heruntergefallen sein, weiter nichts. Ich überlege noch, ob ich das Licht anmachen und nachsehen soll, als mich der schwere Schlaf von Neuem übermannt.

SECHZEHN

Chloe

20. Mai 2023

Schweißgebadet wache ich auf. Die Aircondition über dem Bett funktioniert nicht mehr, eine orangefarbene Leuchte blinkt beharrlich.

»Mist, verfluchter.« Ich will nach meinem Handy auf dem Nachttisch greifen, als mir einfällt, dass Poppy es konfisziert hat. Ein Blick aus dem Fenster verrät mir, dass der Himmel blau ist – und ich mit ziemlicher Sicherheit verschlafen habe.

Egal. Ich dusche ausgiebig, lasse den Conditioner extra lange einwirken und kreische, als ich das Handtuch vom Halter ziehe und an der Wand daneben eine Spinne entdecke.

»Scheißinsel!« Ich schüttele das Handtuch zur Sicherheit noch einmal aus, bevor ich mich vorsichtig abtrockne, und sehe alle fünf Sekunden nach, ob die Spinne noch an der Wand sitzt oder nicht vielleicht doch noch auf das Handtuch gesprungen ist. Jetzt höre ich die anderen quatschen und essen, also verzichte ich aufs Föhnen und steige in ein Strandkleid und Sandalen. Schminken kann ich mich ja sowieso nicht.

Sie sitzen auf der Terrasse und frühstücken. Jemand hat weder Kosten noch Mühen gescheut und ein komplettes Büfett hergerichtet: eine Mischung aus Croissants und Toasts und warmen Speisen für den kräftigeren Magen und Joghurt und Müsli und Obst für Leute wie mich, die nach gestern Abend beim besten

Willen keine vollständige Mahlzeit herunterbringen. Esther wirkt am frischesten und fittesten, während Tanya müde vor sich hinstarrt. Annabel ist nirgends zu sehen, und Poppy sitzt am Kopfende des Tisches. Sie trägt eine Sonnenbrille, weshalb sich nur schwer einschätzen lässt, wie sie den gestrigen Abend verkraftet hat, aber es könnte da einen Zusammenhang geben. Außerdem ist sie overdressed, mit ihrem langärmligen Glitzertop, das eher für eine durchtanzte Nacht geeignet scheint als für den Morgen danach.

Poppy nickt mir zu, als ich mich setze. »Guten Morgen, Chloe.«

»Wie spät ist es?«, frage ich und nehme mir etwas Joghurt.

»Ziemlich spät.« Poppy schenkt mir, diesmal unfallfrei, ein Glas O-Saft ein, trotzdem halte ich unwillkürlich die Luft an. »Fast elf. Ich war kurz davor, dich zu wecken.«

»Sorry.« Ich trinke einen Schluck. »Wie lange seid ihr denn schon auf?«

Esther nutzt die Gelegenheit und brüstet sich damit, wie aktiv und ausgeruht sie als Frühaufsteherin um diese Zeit schon ist. »Ich bin seit sieben auf, was für meine Verhältnisse relativ spät ist. Ich bin erst mal eine Runde gelaufen und habe dann zur Abkühlung ein kleines Bad im Meer genommen. Ein wunderschöner Morgen. Und herrlich friedlich, so ganz allein.«

Tanya verdreht die Augen, was Esther jedoch nicht mitbekommt, weil sie mir gegenübersitzt. Ich verkneife mir ein Grinsen, obwohl mir bei Tanyas Anblick das Lachen sofort vergeht. Sie sieht noch schlimmer aus als gestern, blass und verschwitzt, als wäre nicht Esther, sondern sie Laufen gewesen. Und sie zieht in einer Tour die Nase hoch, auch wenn ihr das wohl nicht bewusst ist.

»Entschuldigt die Verspätung!«

Annabel kommt über die Terrasse auf uns zu, ihre Flipflops

klatschen auf den hölzernen Dielen. Sie trägt ein luftiges Strandkleid mit bezauberndem Blümchenmuster. Ein Kleid, für das man fast zwei Tausender hinlegen muss; das weiß ich, weil ich es vor ein paar Monaten bei einer Kampagne getragen habe.

Wie, zum Teufel, kann sie sich das leisten? Andrew gibt ihr ja kaum genug Geld für Lebensmittel, von Luxusklamotten ganz zu schweigen.

Ich bin beeindruckt. Vielleicht glimmt in ihr ja doch noch ein Fünkchen der alten Annabel, und sie hat mehr zu bieten, als die Hausmütterchenfassade vermuten lässt.

Ich will gerade danach fragen, da sagt Annabel: »War das nicht ein geiler Abend? Wie wir zu Britney abgetanzt haben …«

»Die geilste Partymucke ever.« Esther lacht. »Trotzdem sollten wir es heute Abend vielleicht etwas ruhiger angehen lassen.«

»Wir müssen aber noch den wunderbaren Gin verkosten«, sagt Poppy. »Glaubt nicht, ich hätte das vergessen.«

»O Gott«, stöhnt Annabel. »Noch so einen Abend halte ich nicht durch. Wir sind schließlich keine achtzehn mehr.«

Eine harmlose Bemerkung, und doch zucke ich innerlich zusammen. Stimmt, wir sind wirklich keine achtzehn mehr, aber solange Poppy mit am Tisch sitzt, möchte ich nur ungern daran erinnert werden, was wir ihr damals angetan haben.

»Was hast du für heute geplant, Poppy?«, wechsele ich eilig das Thema.

Sie schiebt sich die Sonnenbrille auf die Nasenspitze. »Wartet's ab. Aber lasst euch erst mal euer Frühstück schmecken.«

Die nächste Stunde vergeht wie im Flug. Obwohl ich mich heute Morgen ziemlich fertig fühlte, geht es mir schon sehr viel besser, und ich genehmige mir ein Croissant. Die Atmosphäre ist wesentlich angenehmer und entspannter als gestern. Vielleicht wird es ja doch noch eine Hen Party nach Maß.

Ich bin so sehr in Gedanken versunken, dass ich es gar nicht richtig mitbekomme, als Poppy mit den Worten »Bin gleich zurück« vom Tisch aufsteht und kurz darauf mit der Holzkiste zurückkehrt, in der sich unsere Handys befinden.

»Oh, super«, sage ich. »Ich habe bestimmt tausend Nachrichten. Und muss noch jede Menge Fotos machen. Warum hast du es dir anders überlegt?«

»Tja, mal sehen, wie viel E-Mails ich hier ohne WLAN runtergeladen bekomme«, sagt Esther und beißt sich auf die Unterlippe. »Aber vielleicht reicht es ja für eine Antwort an Brad.«

Poppy schüttelt den Kopf. »Nein, darum habe ich eure Handys nicht geholt.«

»Weshalb denn dann? Stimmt irgendwas nicht?«

»Es wird Zeit, dass die Wahrheit ans Licht kommt«, sagt Poppy. »Ich habe euch jetzt zwei Tage erlebt, und ihr habt euch kein bisschen geändert.«

Ich verspüre ein leises Kribbeln im Genick. »Was willst du damit sagen?«

»Ich war bereit, euch eine faire Chance zu geben.« Poppy schließt die Kiste auf und öffnet den Deckel. »Aber ihr habt sie nicht verdient. Ihr seid genauso spießig, egoistisch und materialistisch, wie ihr es immer schon gewesen seid.«

Tanya seufzt. »Ich wusste es. Ich wusste, dass die Sache einen Haken hat.«

Annabel ist die Verwirrung deutlich anzusehen. »Aber ich dachte, es geht um eine Hen Party. Was hast du von uns erwartet?«

»Wenn du so über uns denkst, warum hast du uns dann überhaupt eingeladen?«, empöre ich mich. »Wozu der ganz Aufriss mit diesem Trip – auf eine Privatinsel, no less –, wenn du bloß checken wolltest, ob wir noch genauso drauf sind wie früher? Was soll das alles?«

»Das ist genau die richtige Frage, Chloe.« Lächelnd setzt Poppy die Sonnenbrille ab. In ihrem Blick liegt ein wildes Flackern, das sie bis jetzt gut verborgen hat. »Meine vier liebsten Freundinnen, die Frauen, die mich zu dem gemacht haben, was ich heute bin. Warum habe ich euch in dieses Tropenparadies eingeladen, wo es ein nettes Wochenende irgendwo in England auch getan hätte?«

»Das müssen wir uns nicht anhören«, sagt Tanya.

»Ich fürchte, doch. Wo wollt ihr denn sonst hin?«, sagt Poppy. »Und ihr werdet mir sehr wohl zuhören, denn ihr wisst genau, warum ihr hier seid.«

»Ich glaub, ich spinne.« Ich stampfe mit dem Fuß auf. »Es geht dir gar nicht um das, was vor *zehn* Jahren war, oder? Kein Mensch kann so nachtragend sein. Die blöde Schnitzeljagd war schon schlimm genug. Aber jetzt auch noch in unseren Handys herumzuschnüffeln, ist echt das Letzte. Von wegen Technik ist tabu. Du bist ja wahnsinnig.«

Ihre Miene verfinstert sich, und einen Augenblick lang scheint es, als wolle sie sich auf mich stürzen. Zorn verzerrt ihre Züge, aber schon in der nächsten Sekunde wirkt sie wieder völlig relaxed.

»Annabel«, sagt sie und ignoriert mich einfach. »Weißt du noch, wie du zu mir gesagt hast, ich würde als einsamer Trauerkloß enden?«

»Hör dir den Scheiß nicht weiter an«, sagt Tanya.

»Damals waren wir noch Kids«, verteidigt sich Annabel. Kopfschüttelnd verschränkt sie die Arme vor der Brust. »Das ist dir doch hoffentlich bewusst.«

»Kids!« Poppy stößt ein höhnisches Lachen hervor. »Ihr wart achtzehn und ich siebzehn, um genau zu sein. Sprich, ihr wart volljährig und ich nicht. Du hast gesagt, ich würde als einsamer Trauerkloß enden, und niemand würde zu meiner Beerdigung kommen, außer meinen Eltern und …« Ihr versagt die Stimme, verrät einen Augenblick lang ihre wahren Gefühle, und sie muss sich räuspern. »Und meiner Schwester. Dass mich nie jemand lieben würde. Erzähl mir nicht, du hättest das vergessen.«

Annabel starrt beschämt zu Boden. »Also dachte ich, wie kann ich es Annabel Hannigan heimzahlen?«, führt Poppy fort. »Aber du bist ja gar nicht mehr Annabel Hannigan. Sondern Annabel Dixon. Und da kam mir eine kleine Idee. Andrew ist ein echter Traumtyp, stimmt's?«

Jäh hebt Annabel den Kopf. Selbst Tanya hat es die Sprache verschlagen.

Das kann nicht Poppys Ernst sein, oder?

Mit sichtlichem Vergnügen schaltet sie Annabels Display immer wieder ein und aus. Annabels Hintergrundbild, ein Hochzeitsfoto von Andrew und ihr, was die Qual noch unerträglicher macht. »Es war so einfach. Jeden Abend nach der Arbeit geht er in dieselbe Bar. Wusstest du eigentlich, dass er schon um fünf Schluss macht – und nicht erst um sieben?«

»Was soll das Gelaber? Komm endlich zum Punkt«, sagt Annabel.

»Schon dabei«, erwidert Poppy. »Ich will ganz offen sein. Ich wollte mit deinem Mann ins Bett gehen, Annabel. Oder dich wenigstens glauben lassen, ich hätte es getan. Ich wollte ihn abschleppen, im Hotel ein Foto von uns machen und es dir schicken. Aber als ich in die Bar kam, saß er da schon mit einer anderen. Und das nicht nur dieses eine Mal, sondern *jeden* verdammten Abend.«

Zu meinem Erstaunen wirkt Annabel ganz und gar unbeeindruckt. Sie verzieht keine Miene und sieht Poppy an, als hätte sie über das Wetter geredet.

Ich würde Poppy ja gern widersprechen, aber das kann ich

nicht. Genauso wenig wie ich Annabel davon erzählen kann, wie Andrew es einmal bei mir versucht hat, auf einer von Tanyas Partys ein Jahr nach ihrer Hochzeit. Als ich in einem Club, der nach einer Drogenrazzia schließen musste, von der Damentoilette kam, lehnte er an der Wand und wartete auf mich. Als ich an ihm vorbeiging, packte er mich am Handgelenk und zog mich an sich. Ich erinnere mich bis heute an seinen heißen, klebrigen Atem an meinem Hals, wie er sagte, wir würden schon ein stilles Plätzchen finden, ich wolle es doch auch.

Poppy wirft mir einen Blick zu, und es überläuft mich siedend heiß. Der Anflug eines Lächelns spielt um ihre Lippen, dann widmet sie sich wieder Annabel, und ich atme erleichtert auf.

»Ja und?«, sagt Annabel.

Poppy macht ein verwundertes Gesicht. »Wie meinst du das?«

Tanya schaut nervös um sich, versucht ein paarmal, meinen Blick zu erhaschen, und es gelingt mir nur mit Mühe, sie zu ignorieren.

»Mehr hast du nicht zu bieten?«, sagt Annabel. »Einen Beweis dafür, dass er mich betrügt?«

»Dann wusstest du davon?«, fragt Esther. »Annabel … warst du deswegen so …?«

»Halt die Klappe, Esther«, wütet Annabel.

Was geht denn hier ab?

Höhnisch grinsend wendet sie sich wieder Poppy zu. »Das war ja wohl ein Schuss in den Ofen. Natürlich wusste ich, was Andrew treibt. Typisch Mann. Na und, was soll's? Er ist reich. Er war mein Ticket in ein besseres Leben. Und am Ende des Tages kommt er immer noch zu mir nach Hause. Er hat *mich* geheiratet – und keine andere.«

Sie kann unmöglich alles wissen. Mir ist kotzübel. Trotzdem, Hut ab. In ihr steckt noch immer etwas von der alten Annabel

Hannigan, dem Alphaweibchen unserer Schule, vor dem alle kuschten.

Poppy ist verunsichert und mustert Annabel eingehend. Poppy hält nach wie vor das Handy in der Hand. Wer weiß, was sich noch alles darauf befindet?

»Mag ja sein, dass du Bescheid wusstest«, sagt Poppy schließlich. »Aber was ist mit den anderen. Wie würde es dir gefallen, wenn der Rest der Welt von Andrews schmutzigem kleinen Geheimnis erfährt?«

Sie wirft Annabel das Handy zu, so abrupt, dass ihr kaum Zeit zum Reagieren bleibt.

»Zum Glück habt ihr alle einen großzügigen Datentarif, insofern war das auch ohne WLAN kein Problem«, sagt Poppy. »Das Netz ist zwar nicht sonderlich stabil, deshalb dauerte es ewig, das alles hochzuladen, aber es hat geklappt. Leider ist euer Datenvolumen jetzt erschöpft. Aber keine Sorge, ich habe alles per Screenshot gesichert.«

»Was hast du getan?«, fragt Annabel und starrt auf ihr Handy.

»Schau dir doch mal die Screenshots deines Instagram-, Twitter- und Facebook-Accounts an«, sagt Poppy. »Deine ganzen Freunde und Verwandten folgen dir auf Facebook, oder? Und vor denen willst du doch sicher nicht deine schmutzige Wäsche ausbreiten. Und Andrews schon gar nicht.«

Annabel lacht schallend. »Du hast nicht mehr alle Tassen im Schrank.«

»Was hat sie getan?« Esther reißt ihr das Handy aus der Hand, schnappt entsetzt nach Luft und schlägt sich die Hand vor den Mund. Hasserfüllt starrt sie Poppy an, und plötzlich ist ihre Stimme pures Gift. »Du verdammte Psychopathin.«

Erschrocken wirft Tanya einen Blick auf das Display, und ich spähe ihr über die Schulter, um zu sehen, was Poppy getan hat.

Annabels Profilseite. Ein neues Fotoalbum mit dem Titel: Mein geliebter Ehemann.

Ach du Scheiße.

Die Bildunterschrift ist noch viel schlimmer.

Andrew und ich sind seit drei Jahren verheiratet. Und in diesen drei wunderbaren Jahren wurde mir die erfreuliche Erkenntnis zuteil, dass er neben mir mindestens fünfzig andere Frauen beglückt hat. Hier die schönsten Schnappschüsse aus dem ereignisreichen Leben meines Göttergatten.

Mir dreht sich der Magen um. Wo hat sie die ganzen Fotos her? Andrew in Bars, stets in Begleitung einer Frau, der er mit verführerischem Lächeln die Hand auf den Oberschenkel legt. An deren Hals er das Gesicht vergräbt. Die er in einer Hotellobby küsst. Und, mit der Hand auf ihrem Hintern, zum Zimmer eskortiert. Mit einem dicken Kloß im Hals betrachte ich Bild um Bild, doch auf allen Fotos sehe ich nur fremde, lächelnde, wohlgeformte Blondinen oder Brünette. Das wusste ich nicht. Ich hatte keine Ahnung, dass er sich mit so vielen Frauen trifft.

»Und?«, fragt Annabel. »Hast du die ganzen Fotos etwa selbst geschossen? Dir ist hoffentlich klar, dass du mich damit zum unschuldigen Opfer machst? Andrew ist das Schwein, nicht ich.« Sie scrollt sich weiter durch die schier endlose Reihe von Screenshots.

Poppy lächelt. »Ich an deiner Stelle würde mir erst mal alles genau ansehen, bevor ich die Klappe aufreiße«, sagt sie.

Fuck. Wieso sieht sie mich an?

Annabel lässt sich nicht beirren, doch dann lässt sie plötzlich entsetzt das Handy fallen. Es knallt auf den Boden.

»Annabel?« Esther bückt sich und hebt es auf, und dann starrt auch sie ungläubig auf das gesplitterte Display.

»Du miese Schlampe!« Ohne Vorwarnung schlägt Annabel mir mit der flachen Hand ins Gesicht. »Ich hätte es mir denken können! Elendes Miststück!«

Ich weiche zurück, und ein brennender Schmerz breitet sich auf meiner Wange aus.

»Annabel, nicht!«, schreit Esther. Sie und Tanya versuchen, Annabel zurückzuhalten.

»Annabel!« Tanya verstellt ihr den Weg, als sie erneut auf mich losgehen will. Der Frühstückstisch ist jetzt verwaist, alle sind aufgesprungen, stehen halb auf der Terrasse, halb auf dem Rasen.

»Immer auf die Zwölf, Annabel!« Poppy grinst.

»Du hast mit ihm geschlafen! Du hast mit Andrew geschlafen!«, kreischt Annabel.

Esther drückt mir das Smartphone in die Hand, und jetzt sehe ich, was sie gesehen haben. Scheiße. Schlimmer kann es nicht kommen. Andrew und ich im Restaurant. In einer Bar. Im Hotel. Und dann, zum krönenden Abschluss, wir beide vor ihrer Haustür, wie wir uns küssen, seine Hände in meinem Haar, seine Arme um meine Hüften.

O Gott.

»Sie hat deinen Mann gefickt, Annabel«, sagt Poppy. »Erinnerst du dich noch, wie bei Chloe eingebrochen wurde und sie zu euch gezogen ist? Sie hat doch neulich erst davon gesprochen? Tja, und seit diesem Tag fickt Chloe deinen Mann.«

»Woher weißt du das?«, flüstere ich. Hat sie uns *nachspioniert*? Was hat sie sonst noch alles über uns in Erfahrung gebracht?

»Das ist also deine größte Sorge!«, brüllt Annabel mich an. »Und nicht etwa die Tatsache, dass du so tust, als wärst du meine beste Freundin, während du hinter meinem Rücken mit meinem Mann rumvögelst?«

Alle starren mich entsetzt an.

Ich suche nach Ausflüchten. »Es war ein Fehler. Ich wollte es eigentlich gar nicht. Eines Abends waren wir allein im Haus, und da ist es einfach … Wir …«

»Auch das noch.« Annabel schüttelt den Kopf. »Unter meinem *Dach?* Wo du immer *willkommen* warst? Und zum Dank dafür springst du mit meinem Mann ins Bett!«

Esther reißt die Augen auf. »Chloe, das kann doch wohl nicht wahr sein, oder?«

Annabel läuft hektisch auf und ab, und einen Moment lang sieht es so aus, als wolle sie sich von Neuem auf mich stürzen. »Wie oft?«

Hundertmal? Was weiß denn ich? Andrew ist eine Granate im Bett.

»Keine Ahnung«, sage ich stattdessen.

»Fick dich.« Schmerz verzerrt ihr Gesicht, und einen Augenblick lang habe ich tatsächlich ein schlechtes Gewissen.

»Es tut mir leid. Wirklich.« Ich kann doch nichts dafür, wenn er ständig schreibt, anruft und mir erzählt, dass er keine Woche durchsteht, ohne mich in den Armen zu halten. Wer kann da schon Nein sagen?

»Was dich aber nicht davon abgehalten hat, auch weiterhin mit ihm in die Kiste zu steigen, nicht wahr?«, sagt Annabel. »Wann war das letzte Mal?«

Warum nicht zur Abwechslung mal ehrlich sein? Sie erfährt es sowieso von Andrew. »Vor der Hen Party. Letztes Wochenende.«

»Himmel. Mit *mir* macht er es nicht halb so oft.« Annabel wirft den Kopf in den Nacken und lacht. »Meine Güte.«

»Ich mache Schluss. Sobald wir wieder zu Hause sind, mache

ich Schluss.« Wirklich? Aber was soll frau in so einer Situation anderes sagen?

»Das kannst du dir sparen. Du warst immer schon ein egoistisches Miststück, aber das ist ein neuer Tiefpunkt«, faucht sie mich an. »Du konntest mir mein Glück einfach nie gönnen. Du warst immer schon erbärmlich. Musstest ständig im Mittelpunkt stehen. Du konntest es nicht ertragen, dass ich ihn zuerst hatte. Konntest es nicht ertragen, dass mich jemand attraktiver findet als dich.«

Los geht's. »Das ist nicht wahr.«

»Dass er alles vögelt, was nicht bei drei auf den Bäumen ist, hat dich vermutlich härter getroffen als mich«, sagt sie. »Du dachtest wahrscheinlich, du wärst die Einzige. Sein Ein und Alles.«

Stimmt. Ich wusste nichts davon. Aber ich werde den Teufel tun und ihr das auf die Nase binden.

Aber sie hat es mir wohl angesehen, denn sie grinst triumphierend. »Dachte ich's mir doch«, sagt Annabel. »Aber soll ich mich damit trösten? Dass du, was Andrew angeht, noch dümmer bist als ich? Nein. Du bist meine Freundin, Chloe. Jedenfalls dem Namen nach. Und dann behandelst du mich so?«

»Wo du uns doch stets tadellos behandelt hast!«, blaffe ich zurück. Höchste Zeit, dass ihr das jemand sagt. »Fürsorge und Nächstenliebe, dafür bist du ja weltberühmt, stimmt's?«

»Nicht mit mir, du miese kleine …«

»Es reicht!«, sagt Esther. Sie tritt vor uns beide hin, streckt die Arme aus und kehrt die Handflächen nach oben. »Das können wir auch zu Hause klären. Hört auf. Und du …« Sie fixiert Poppy mit starrem Blick. »Du gibst uns jetzt unsere Handys, und dann rufen wir Robin an und machen, dass wir hier wegkommen.«

»Ja, gib mir mein Handy zurück«, sage ich.

Wieder öffnet Poppy die Kiste und holt ein weiteres Smartphone heraus.

Meins. Ich erkenne es sofort, die weiße Hülle mit meinem Instagram-Handle auf der Rückseite. Ich strecke die Hand danach aus, aber Poppy zieht es zurück.

»Mich wundert, dass ihr noch nicht von selbst darauf gekommen seid«, sagt Poppy

»Worauf?«, fragt Tanya.

»Die Frage aller Fragen: Wenn ich Annabel das angetan habe, was habe ich dann wohl für euch in petto?« Grinsend wedelt sie mit meinem Handy. »Und Chloe, da du ohnehin schon die Hauptrolle spielst, können wir auch gleich mit dir weitermachen. Du bist die Nächste.«

SIEBZEHN

Tanya

20. Mai 2023

Man muss Chloe zugutehalten, dass sie versucht, die Situation zu entschärfen, statt auszuflippen und auf Poppy loszugehen, wozu ich nicht übel Lust hätte. Mir tun sämtliche Knochen weh, sonst würde ich ihr die Kiste auf der Stelle entreißen. Außerdem brummt mir der Schädel, ein unablässiges Pochen, seit wir auf dieser Insel sind. Annabel ist immer noch außer sich vor Wut, nicht nur auf Chloe, sondern auch auf Poppy, weil sie vorsätzlich ihren Stolz verletzt hat. Esther und ich wechseln einen Blick und fragen uns, was wir tun sollen.

Vielleicht haben wir sie ja verdient. Die Strafen, die Poppy für uns vorgesehen hat. Wir haben es darauf angelegt.

»Ich finde, bei Annabel bist du schon weit genug gegangen«, sagt Chloe. »Da brauchst du den anderen nicht auch noch wehzutun.«

»Wer ist hier zu weit gegangen?«, faucht Annabel. »Nur zu, Poppy. Mach auch ihr Leben kaputt!«

Poppy grinst. »Es wäre nicht fair, nur Annabel wehzutun. Und sie für euch den Sündenbock spielen zu lassen.«

»Du hast uns noch immer nicht verraten, was das alles soll.« Esther blickt hilfesuchend zu mir, und ich nicke, halte vorerst aber den Mund. »Also raus mit der Sprache. Vielleicht können wir es ja wiedergutmachen. Deswegen hast du uns doch wohl hierher eingeladen? Denn wozu dieses ganze Theater, wenn es dir egal wäre, wie wir darüber denken?«

»Ihr vier habt mir das Leben zur Hölle gemacht«, sagt Poppy. »Und das Schlimmste ist, nicht eine von euch schämt sich dafür. Nicht eine von euch hat sich auch nur eine Sekunde dafür interessiert, was nach der Schule aus mir geworden ist.«

»Es tut uns leid!«, sagt Chloe. »So, jetzt ist es raus. Es tut mir leid, wie ich dich behandelt habe, Poppy. Und das geht den anderen genauso, oder?«

»Mir nicht«, sagt Annabel, die als Einzige sitzt. »Es besteht ein Unterschied zwischen einem Teenager, der Dummheiten macht, und einem Erwachsenen, der das Leben eines anderen zerstört. Das steht in keinem Verhältnis zu dem, was wir damals getan haben!«

»Annabel«, schnauzt Chloe sie an. »Sag es einfach.«

»Ich finde, du hast den Mund voll genug genommen, meinst du nicht auch?«, faucht sie.

»Ich glaube, das wird dir gefallen, Annabel«, sagt Poppy. Sie drückt eine Taste an Chloes Handy und hält es hoch, damit wir alle es sehen können.

»Ich habe weder einen Freund noch einen Mann, in der Beziehung kannst du mir gar nichts«, sagt Chloe. »Mich würde allerdings interessieren, wie du in mein Handy gekommen bist.«

»Ich weiß, wie ich dir schaden kann«, sagt Poppy. »Und es freut mich sehr, dass du deiner Familie von Followern, wie du sie nennst, endlich dein wahres Gesicht zeigst.«

Die Farbe weicht aus Chloes Wangen, ihre Selbstgewissheit ist mit einem Schlag dahin. »Was soll das heißen?«

Poppy stellt Chloes Handy laut, sodass wir mithören können. »Das ist deine aktuelle Instagram-Story«, sagt sie. »Ich dachte, ich lade das Video auch auf dein Handy, damit du es dir bei Bedarf ansehen kannst.«

Es ist unser erster Abend auf der Insel. Wir sitzen zusammen im Whirlpool; die Kamera zeigt alle außer Poppy.

»Noch nie in meinem Leben …« Die Scheinwerfer auf dem Dach der Lodge erhellen Chloes Gesicht. »Noch nie in meinem Leben war ich mit einer Frau im Bett.«

Im Off hört man jemanden trinken.

»Ich glaub, ich spinne«, sagt Chloe. »Mit welcher Kamera ist das gedreht? Keine von uns hatte ein Handy.«

»Da muss ich dich leider korrigieren«, sagt Poppy. »Ich hatte ein Handy. Ich hatte lediglich dafür gesorgt, dass ihr keins habt. Sehr hübsche Perspektive, übrigens. An beiden Abenden.«

Chloe klappt die Kinnlade herunter.

Ich bin ebenso entsetzt. Was hat sie sonst noch alles ans Licht geholt?

»Wann?«, fragt Chloe in dem Video. »Weiß dein Bräutigam davon, Poppy?«

Poppy kichert im Off. »Das will ich doch hoffen, genau das wollte ich euch nämlich erzählen. Mein Bräutigam ist gar kein Bräutigam. Sondern eine zweite Braut. Sie ist eine Frau.«

Ich zucke innerlich zusammen, als die Kamera uns Chloes angewidertes Gesicht zeigt. »Eine *Frau*?« Und dann lacht sie, dieses schreckliche, peinliche Lachen, als sie begreift, dass sie sich beherrschen müsste, es aber nicht fertigbringt.

»Alles okay, Chloe?«, fragt Poppy. »Du hast doch nicht etwa ein Problem damit, oder? Jeder, wie er mag.«

Chloes Miene verfinstert sich noch mehr, als könnte sie es nicht ertragen, auch nur dieselbe Luft zu atmen wie Poppy.

»Gratuliere«, fährt Annabel dazwischen, um die Situation zu entschärfen. »Ich bin ja so froh, dass du jemanden gefunden hast.«

»Chloe?«

Und dann kommt das Schlimmste. Und das weiß auch Chloe,

denn ihr ganzer Körper spannt sich an, und ihre Hände ballen sich zu Fäusten, vermutlich in der Hoffnung, dass das Video vorher abbricht.

»Ich verkehre normalerweise nicht mit Leuten wie dir«, faucht Chloe. »Aber das wird dich ja wohl kaum wundern.«

Ich schüttele den Kopf.

»Was soll das heißen?«, fragt Poppy.

»Du lässt wirklich nichts aus«, sagt Chloe. »Du warst eben schon immer Poppy Gierig.«

Und dann lacht sie schallend über ihren eigenen Witz, und ihr Gesicht leuchtet vor Freude und Überheblichkeit. Damit ist die Instagram-Story zu Ende.

»Oje«, sagt Poppy. »Ich glaube kaum, dass deinen Followern dein wahres Ich sympathisch ist, Chloe. Ihre Zahl ist den letzten achtundvierzig Stunden auf sechshunderttausend geschrumpft.«

»Ich glaub, es … Das …« Chloe bringt kaum ein Wort heraus. Sie ist blass geworden, und an ihren Schläfen bilden sich Schweißperlen. »Das ist mein Beruf, Poppy. O mein Gott.«

»In sämtlichen Kommentaren unter deinen letzten Posts wirst du als homophob beschimpft, und es wird dazu aufgerufen, dir nicht länger zu folgen«, fährt Poppy ungerührt fort. »Deine Agentin hat mindestens zehnmal angerufen, sie war außer sich vor Wut. Wie es aussieht, ist dein Influencer-Deal mit PrettyLittleThings geplatzt. Und auch deine anderen Sponsoren ziehen sich einer nach dem anderen zurück.«

Chloe fällt gleich in Ohnmacht. Sie wankt leicht hin und her, und schon ist Esther bei ihr, um sie zu stützen. Annabel fängt an zu gackern.

Poppy gibt Chloe ihr Handy zurück. »Du hast all diese Sachen gesagt, nicht ich. Ich habe der Welt lediglich gezeigt, wie du wirklich bist.«

Mit offenem Mund sehe ich zu, wie Chloe ihr Handy wortlos entgegennimmt. Sie versucht, ihre Agentin anzurufen, und als das nicht funktioniert, hackt sie verzweifelt Nachrichten in ihr Smartphone, die ihre Adressaten vermutlich nie erreichen werden. Und dann kommen die Tränen. In dicken Rinnsalen strömen sie ihr über die geröteten Wangen.

»Mein Leben ist ruiniert«, murmelt sie. »Ich bin erledigt. Und das alles nur wegen eines blöden Witzes.«

»Das war kein Witz«, zischt Poppy.

»Das ist alles nicht wahr, oder?« Chloe schlägt sich die Hand vor den Mund. »Ich träume. Wenn ich morgen früh aufwache, liege ich zu Hause im Bett.«

Poppy tritt auf sie zu und kneift sie unsanft in den Arm.

»Lass den Scheiß!«, kreischt Chloe.

»Das ist kein Traum, und es ist noch lange nicht vorbei.« Und schon holt sie das nächste Handy aus der Kiste.

Ich bin bestimmt die Nächste. Schließlich waren wir jahrelang beste Freundinnen. Wenn Poppy eine von uns wirklich hasst, dann mich. Ob sie weiß, was diese Schuld aus mir gemacht hat? Noch heute brauche ich mindestens einen Drink, um diesen schrecklichen Schmerz zu betäuben.

Stattdessen fördert sie Esthers Smartphone zutage, und mir wird klar, dass ich den krönenden Abschluss bilden soll. Ihre Pièce de Résistance.

Wie soll ich das aushalten, hier herumzustehen und darauf zu warten, dass sie mir verrät, was sie getan hat?

Ein eisiger Schauder fährt mir durch Arme und Beine, und trotz der brütenden Hitze bekomme ich eine Gänsehaut am ganzen Körper, die Terrasse brennt förmlich unter meinen Sohlen.

Chloe starrt noch immer wie gebannt auf ihr Handy und versucht, ihre Agentin zu erreichen.

Esther ist anders als die beiden, sie ist eher wie ich. Sie kann rational denken und eine Situation einschätzen. Sie sieht Poppy stirnrunzelnd an, nicht gewillt, nach dem Köder zu schnappen. Aber an ihrem Hals pocht eine Ader, was mir verrät, dass auch sie tausend Ängste aussteht.

»Was ist das Schlimmste, was du mir je angetan hast?«, fragt Poppy.

»Du meinst die Prüfung?«, sagt Esther. »Das hatten wir so nicht geplant.«

Poppy bringt sie mit erhobener Hand zum Schweigen. »Nicht *wir*, Plural. Sondern *du*, Singular. Esther, was ist das Schlimmste, was du mir je angetan hast?«

Esther ist sichtlich ratlos. »Ich verstehe nicht, was du meinst.«

Ich schon. Ich weiß, worauf Poppy hinauswill, und als sie mir zunickt, bestätigt das Funkeln in ihrem Blick meine Vermutung.

»Esther«, sage ich tonlos. »Sie spricht von Julian Davis.«

»Julian Davis?« Esther reißt die Augen auf. »Aber das war doch nicht ich allein. Sondern wir alle.«

»Es war *deine* Idee«, sagt Poppy. »Er war *dein* Freund.«

Esther lacht nervös. »Nein, das kann nicht sein. So etwas würdest du mir niemals antun.« Sie gerät in Panik, als ihr, wie mir, dämmert, was Poppy getan haben könnte. »Ach du Scheiße. Die Aufgabe von gestern Abend. Poppy, *nein.*«

»Also, ich fand die Idee genial.«

Esther reißt Poppy das Smartphone aus der Hand.

Zu spät, denn erst jetzt wird mir klar, dass sie alles längst in die Tat umgesetzt hat. Nichts davon lässt sich rückgängig machen. All die Posts, all die Storys sind seit mindestens vierundzwanzig Stunden online, und während wir uns hier auf der Insel verlustiert haben, konnte sie in England jeder in Echtzeit mitverfolgen.

Esther schnappt nach Luft. »Du *Miststück*«, zischt sie. So habe ich sie noch nie gesehen. Sie strafft die Schultern, ballt die Fäuste und fixiert Poppy mit finsterem Blick. Sie schleudert ihr Handy zu Boden und verzieht keine Miene, als das Display splittert.

Poppy lässt sich nicht beirren und lächelt Esther herausfordernd an.

Ich bücke mich und hebe Esthers Handy auf. Es zeigt den Screenshot einer Firmen-E-Mail, einer Nachricht ihres Chefs, der ihr mitteilt, dass sie wegen unangemessenen Verhaltens am Arbeitsplatz und sexueller Belästigung fristlos entlassen sei. Ich scrolle mich durch die Screenshots weiterer E-Mails ihrer Kollegen. Einige sind irritiert, andere entsetzt über das, was Poppy ihnen geschickt hat, wieder andere haben es gleich der Personalabteilung gemeldet. Dutzende und Aberdutzende von E-Mails mit Fotos von Esther, auf denen sie nackt posiert, ins Meer läuft oder mit wippenden Brüsten den Fluten entsteigt. Jede E-Mail enthält obendrein ein unzweideutiges Angebot an ihre Kollegen. Eine ist sogar an den CEO der Firma gerichtet.

Das ist der Super-GAU. Chloe verliert vielleicht ihre Instagram-Follower. Annabel womöglich ihren Mann, aber das ist kalkulierte Grausamkeit. Meine Angst steigert sich zu nackter Panik.

Poppy darf den anderen unter keinen Umständen verraten, was sie mir angetan hat.

Doch bevor ich etwas unternehmen kann, verpasst Esther ihr eine schallende Ohrfeige, deren Echo vermutlich bis auf den Deadman's Peak zu hören ist.

»Du bist tot«, kreischt sie. »Hast du verstanden, du Miststück. Ich bring dich um. Ich rufe die Polizei, ich zeige dich an, und dann bist du deinen geliebten Klinikjob los und kannst meinetwegen putzen gehen.«

»Esther!« Chloe fasst sie am Arm. »Das ist doch nur Wasser auf ihre Mühlen!«

Ich rühre mich nicht vom Fleck. Es ist erstaunlich – die sonst so impulsive Chloe versucht, die sonst so besonnene Esther zu beruhigen. Ich lerne ganz neue Seiten an ihnen kennen, vielleicht tritt ihr wahres Ich ja tatsächlich erst zutage, wenn es hart auf hart kommt.

»Wie konntest du nur?«, schreit Esther. »Wie konntest du das nur tun?«

»Was seid ihr doch für elende Heuchlerinnen«, sagt Poppy mit einem leichten Zittern in der Stimme. Sie ist einen Schritt zurückgewichen und hält sich die gerötete Wange. Esther hat Kraft. Das hat bestimmt wehgetan. Hat sie etwa Tränen in den Augen? »Das weißt du genau. Denk mal darüber nach, was ihr mir angetan habt. Oder, besser, was du mir angetan hast, Esther.«

»Du bist geisteskrank«, sagt Esther. »Und ich hab die Schnauze voll.«

»Wie wär's mit ein bisschen Empathie?«, gibt Poppy zurück. »Als es um mich ging, hat sich keine von euch so aufgeregt.«

»Das wird mir die Schlampe bitter büßen«, faucht Esther. »Das lasse ich mir nicht bieten. Sobald wir wieder auf dem Festland sind, rufe ich meinen Anwalt an. Ich werde beweisen, dass Poppy hinter der ganzen Sache steckt, und dann kriege ich auch meinen Job zurück. Die können mich nicht einfach so vor die Tür setzen.«

Sie macht auf dem Absatz kehrt und marschiert schnurstracks Richtung Main Lodge.

»Vergiss es, Esther«, ruft Poppy ihr fröhlich hinterher. »Auf einer so kleinen Insel kannst du dich nicht verstecken.«

»Fick dich!«, ruft sie über die Schulter zurück, ohne stehen zu bleiben. Einer der Luftballons von gestern Abend liegt noch auf dem Rasen, und sie zertritt ihn im Vorübergehen. In diesem Moment wird mir klar, was ihr Ziel ist: das Notfalltelefon. Ich laufe ihr kurz entschlossen hinterher, und als ich sie endlich eingeholt habe, steht sie bereits davor. Sie weicht einen Schritt zurück und starrt mich mit entsetzter Miene an.

»Esther?«

Das Notfalltelefon hängt in einem altmodischen Holzkasten. Ich schaue hinein – und schlage mir entsetzt die Hand vor den Mund.

Jemand hat das Kabel durchgeschnitten.

Und vom Telefon selbst ist so gut wie nichts mehr übrig. Der Hörer ist verschwunden, und jemand hat sich sogar die Mühe gemacht, die Wähltastatur mit dem Hammer zu zertrümmern, für alle Fälle – und das anscheinend schon vor Stunden. Wenn nicht Tagen.

Das war's mit dem Anruf auf dem Festland.

»Scheiße!« Ich bin so außer mir vor Wut, dass es mich buchstäblich heiß und kalt überläuft. Wir kehren zu den anderen zurück.

»Warum hast du das Notfalltelefon zerstört?«, brülle ich Poppy an. Ich bin so sauer, dass ich ihr am liebsten auch eine verpassen würde. Aber da macht mein Körper nicht mit. Der Schweiß quillt mir aus allen Poren, und Übelkeit steigt in mir auf. Also muss ich mir wohl mit Worten helfen. »Was, wenn es wirklich einen Notfall gibt und eine von uns einen Herzinfarkt bekommt? Oder von der Klippe stürzt? Du hast sie wohl nicht mehr alle. Ist dir eigentlich klar, dass Robin erst in zwei Tagen wiederkommt?«

Auch Esther ist stocksauer. »Du dumme Kuh. Was hast du mit dem Telefon gemacht?«

Poppy zuckt mit den Achseln. »Das soll ich gewesen sein? Ich kann mich nicht entsinnen.«

»Ist es dir etwa egal, ob einer von uns etwas passiert?«, sage ich. »Es könnte schließlich auch dich treffen.«

»Hübsche Vorstellung«, sagt Esther.

Chloe und Annabel scheint es ebenso zu gehen: Mit funkelnden Augen starren wir Poppy an, und wir alle haben den gleichen Gedanken.

»Immer mit der Ruhe, Tanya«, sagt Poppy. »Das könnte man auch als Drohung auffassen. Und keine Panik. Wir haben immer noch die Leuchtraketen, falls tatsächlich etwas passiert. Reg dich ab.«

»Aber damit würden wir nicht nur Robin alarmieren«, herrsche ich sie an, »sondern gleich die Küstenwache. Das weißt du genau. Dass wir jetzt hier festsitzen, ist einzig und allein deine Schuld.«

»Du hast uns mutwillig in Gefahr gebracht!«, kreischt Chloe. »Deinetwegen steht meine Existenz auf dem Spiel. Ach, was sag ich: mein ganzes Leben.«

»Dafür hast du selbst gesorgt«, sagt Poppy. »Mit deinem homophoben Gerede. Ursprünglich wollte ich eigentlich nur ein paar Nacktfotos von dir hochladen, wie bei Esther.«

»Ich will hier weg!«, jammert Annabel. »Ich will runter von dieser Scheißinsel und mir mein Leben zurückholen. Und eins kann ich dir garantieren: Damit kommst du nicht davon. Dafür wirst du büßen.«

»Und was ist mit Tanya?«, fragt Chloe, worauf wir allesamt verstummen.

Diese Kuh. Ich könnte sie erwürgen. »Lass gut sein. Ich will es lieber gar nicht wissen.«

Annabel macht ein verwundertes Gesicht. »Aber interessiert es dich denn nicht, was sie dir angetan hat? Vielleicht bist du ihretwegen deinen Job los.«

»Schluss jetzt, Annabel«, schimpfe ich.

»Nein, sie hat recht«, sagt Poppy. »Fast hätte ich's vergessen.« Hämisch grinsend wedelt sie mit meinem Handy. »Last but not least.«

»Nein, nicht«, sage ich leise, und erst jetzt fällt mir auf, wie bedrohlich meine Stimme klingt.

Aber das scheint Poppy nicht zu stören. Sie wirft mir mein Handy zu, und nachdem ich es aufgefangen habe, beginnt sie zu sprechen.

»Tanya hat ihren Job längst verloren.«

»Was?« Annabel stutzt.

»Du hast richtig gehört«, sagt Poppy. »Tanya ist schon seit Monaten arbeitslos. Ist euch denn nicht aufgefallen, dass sie schon seit einem halben Jahr kein Event mehr organisiert hat? Dann ist euch vermutlich auch nicht aufgefallen, dass Harry sie etwa um dieselbe Zeit verlassen hat.«

Ich öffne den Mund, um ihr zu widersprechen, aber es geht nicht. Sie hat recht. Ich bin schon seit Monaten ohne Beschäftigung. Den anderen habe ich vorgespielt, ich gäbe nur noch Privatpartys, keine großen öffentlichen Events mehr.

Sie starren mich verblüfft an, und ich merke, dass ich ganz still geworden bin. Meine Fingerknöchel sind weiß, so fest umklammere ich mein Handy.

»Aber warum?«, fragt Annabel. »Wie konntest du deinen Job verlieren? Ich verstehe das nicht. Hat Harry dich deswegen verlassen?«

»Was tut man jemandem an, dessen Leben bereits in Trümmern liegt?«, fragt Poppy genüsslich. Wie gern würde ich ihr dieses süffisante Grinsen aus dem Gesicht wischen. »Aber dann habe ich erfahren, *wie* du deinen Job verloren hast. Und ich muss gestehen, das hat mich dann doch ein wenig überrascht.«

Esther schnappt nach Luft. Ich starre beharrlich zu Boden.

»Ich habe auf der Arbeit Mist gebaut«, sage ich. »Die Geburtstagsparty der reichen Erbin vor einem halben Jahr. Die gesamte Veranstaltung war ein Desaster.«

Es war ein Riesenevent gewesen, eine Kreuzfahrt auf der Themse für die sechzehnjährige Tochter eines russischen Milliardärs. Sie war selbst so etwas wie ein Promi, wenn auch eher der Kategorie B. Alles sollte bis ins letzte Detail geplant sein, aber ich war abgelenkt. Ich hatte mit meinem Privatleben schon genug zu tun. Einer ihrer Freundinnen gelang es, Drogen an Bord zu schmuggeln, weil ich zu wenig Sicherheitsleute engagiert hatte, und das Geburtstagskind landete im Krankenhaus, wo man ihm den Magen auspumpte.

»Und warum war es ein Desaster, Tanya? Warum musste das arme Mädchen drei volle Tage im Krankenhaus verbringen, während seine Eltern vor Wut schäumten?«, drängt Poppy. Es macht ihr sichtlich Spaß. »Tja, Drogen können furchtbaren Schaden anrichten, nicht wahr?«

»Herrgott, Tanya«, sagt Annabel. »Sie hat eine Überdosis genommen? Wie konnte das passieren?«

»Ich war nicht bei der Sache. Es hätte nicht passieren dürfen.«

»Und mit Drogen kennt Tanya sich ja bestens aus«, sagt Poppy. »Es würde mich nicht wundern, wenn du sie ihr selbst besorgt hättest. Zum Glück hast du wenigstens in dieser Hinsicht einen Hauch von Verstand bewiesen.«

»Was?« Annabel ist fassungslos.

Chloe beißt sich so fest auf die Unterlippe, dass sie zu bluten anfängt. Sie weiß, was jetzt kommt.

Mir bleibt nichts anderes übrig, als mich gegen den Treffer zu wappnen.

Poppy fährt fort. »Wusstet ihr eigentlich, dass Tanya seit zwei Jahren kokainabhängig ist? Der Rest der Welt weiß nämlich inzwischen Bescheid. Ich habe deine Beichte auf deinen sämtlichen Social-Media-Accounts gepostet.«

O Gott. Jetzt wissen es alle.

Die ganzen Qualen und Schmerzen, die ständige Verstopfung,

Erkältung und Übelkeit, all das kehrt auf einen Schlag mit Macht zurück. Es kommt mir vor, als wären wir unter Wasser, rings um uns herum nichts als wabernde Farben und Formen. Ich habe mir solche Mühe gegeben, es geheim zu halten. Ich weiß, wie unleidlich und distanziert ich war. Ich weiß, dass ich aussehe wie ausgekotzt. Aber solange niemand blöde Fragen stellte oder dumme Bemerkungen machte, war alles okay. Halb so schlimm. Jetzt habe ich das Gefühl, dass ein Neonschild über mir blinkt: Junkie, Junkie, Junkie.

Außer Harry, der mich deshalb verlassen hat, war Chloe die Einzige, die davon wusste, weil sie mich auf besagter Party beim Sniefen erwischt hatte.

Sie hat mich gedeckt. Und ich sie.

Das war der Deal.

»In London kriegt man das Zeug ja auch an jeder Ecke«, seufzt Poppy, als würde ihr das ernste Sorgen machen. »Ihr würdet euch wundern, wie viele Kinder mit Drogenproblemen bei uns landen. Was für eine schreckliche Welt. Aber Tanya hat ihr Geheimnis ja bestens gehütet.«

»Deswegen bin ich nicht rausgeflogen«, sage ich, als ich meine Stimme wiedergefunden habe. »Damit hatte das nichts zu tun. Sondern wegen Inkompetenz. Niemand wusste, dass ich … auch Drogen nahm. Davon habe ich mir nichts anmerken lassen.«

»Ach, Tanya.« Poppy schüttelt mitleidig den Kopf. »Willst du uns auf den Arm nehmen? Was glaubst du wohl, warum dich seitdem niemand mehr engagiert hat? Ein Fehlschlag, und das soll's gewesen sein, ein für alle Mal? Sehr unwahrscheinlich.«

Allmählich kommen mir leise Zweifel. »Aber sie wussten doch nichts davon. Sie hatten keine Ahnung, dass ich high war.«

»Es sei denn, es hat ihnen jemand gesteckt. Jemand, der seine Klienten schützen wollte.«

»Nein.« Ich funkele Chloe wütend an. »*Du* warst das?«

Sie starrt mich entsetzt an. »Nein, Tanya. Ich habe damit nichts zu tun!«

»Nach allem, was ich für dich getan habe!«

»Ich war es nicht. Ich schwör's.«

»Ich war's.«

Plötzlich ist es totenstill. Esther ist schamrot und beginnt zu stottern.

»Du musst das verstehen«, sagt sie. »Viele der Partygäste waren Klienten von mir, und ich hatte dich gebucht. Es war eine Blamage sondergleichen. Inkompetenz als Grund war ihnen zu wenig. Also habe ich ihnen die Wahrheit gesagt. Ich habe versucht, dich als Opfer zu verkaufen, du hättest private Problem etc. pp. Aber das ging nach hinten los.«

»Na prima«, sagt Poppy. »Damit kann ich mir ja alles Weitere sparen. Bei Esther muss eben immer alles seine Ordnung haben.«

Mir schwirrt der Kopf. »Aber woher wusstest du überhaupt davon?«

»Ich war auch auf der Party«, antwortet sie leise. »Ich habe alles gesehen.«

»O mein Gott.« Ich fasse es nicht. »Und das hast du die ganze Zeit für dich behalten? Und dann auch noch dafür gesorgt, dass ich nie wieder einen anderen Job bekomme? Wie konntest du mir das antun?«

»Bitte.« Sie streckt die Hand nach mir aus, doch ich weiche angewidert zurück.

»Fass mich nicht an.«

»So, jetzt wisst ihr, warum ihr hier seid«, sagt Poppy. »Ich wollte herausfinden, ob ihr euch geändert habt und bessere Menschen geworden seid. Oder ob ihr immer noch dieselben oberflächlichen, egoistischen kleinen Mädchen seid, die mich in der Schule zum menschlichen Wrack gemacht haben, ohne auch nur einen weiteren Gedanken daran zu verschwenden. Und was muss ich feststellen? Ihr seid genau wie damals. Wenn nicht schlimmer. Und dafür solltet ihr büßen. Ihr habt es einfach nicht besser verdient.«

»Du bist pervers«, zischt Annabel. »Damit kommst du nicht ungestraft davon.«

Chloe hält ihr Handy hoch. »Sobald ich ein Netz habe, rufen wir Robin oder wie sie hieß an und sehen zu, dass wir hier wegkommen. Und du wirst das noch bereuen.«

»Mit dem Netz würde ich mich an deiner Stelle ein bisschen beeilen«, sagt Poppy. »Eure Akkus sind nämlich fast leer, und eure Ladekabel habe ich ins Meer geworfen.«

Damit ist das Maß voll. Wutentbrannt trete ich auf Poppy zu und stoße sie mit beiden Händen vor die Brust. Sie taumelt rückwärts, findet aber sofort ins Gleichgewicht zurück. Als ich mich von Neuem auf sie stürzen will, geht Esther dazwischen.

»Nicht, Tanya«, sagt sie. Und setzt leise hinzu: »Noch nicht.«

»Lass mich sofort los!«, herrsche ich sie an. »Du hast schon genug Unheil angerichtet. Du bist keinen Deut besser als sie.«

Poppy grinst höhnisch, und ich muss mich sehr zusammenreißen, um nicht schon wieder auf sie loszugehen.

»Was gibt's denn da zu grinsen?«, frage ich. »Das Lachen wird dir noch vergehen, wenn ich erst mit dir fertig bin.«

Mit gespieltem Entsetzen schlägt sie sich die Hand vor den Mund. »Ich mach mir gleich in die Hose.«

Wir stehen ihr in einer Reihe gegenüber, vier gegen eine, auch wenn uns die endlosen Enthüllungen heftig zugesetzt haben. Was Poppy anscheinend nicht entgangen ist, denn sie gibt ihre Abwehrhaltung auf und verschränkt lässig die Arme.

»Ich gehe ein Stück spazieren«, sagt sie. »Damit ihr in Ruhe in euch gehen könnt. Das war nämlich noch längst nicht alles. Wir sprechen uns.«

»Noch nicht alles?«, sage ich. »Was glaubst du eigentlich, wer du bist?«

Chloe zittern die Hände. »Kriegst du den Hals denn nie voll?«

Annabel beißt sich auf die Unterlippe, und Esther schüttelt den Kopf.

»Poppy!«, rufe ich. »Sag schon!«

Doch sie beachtet mich gar nicht, macht auf dem Absatz kehrt und geht davon.

Esther zieht eine düstere Miene. »Und was machen wir jetzt?«

Ich hasse sie. Aber nicht halb so sehr, wie ich Poppy hasse. Ich drehe mich zu Annabel und Chloe um, die sich gegenseitig mit Nichtachtung strafen.

Poppy ist nicht mehr zu sehen.

»Sie spielt mit uns«, sage ich. »Sie will Streit säen. Sie will uns gegeneinander aufbringen.«

Chloe nickt. »Sollen wir sie verfolgen? Und was meinte sie mit ›noch längst nicht alles‹?«

»Ich habe keine Ahnung, was sie damit meinte. Aber das spielt im Moment auch keine Rolle. Wir müssen so schnell wie möglich weg von hier.« Esther scheint noch immer unter Schock zu stehen.

»Hat eine von euch ein Netz?«, frage ich.

Alle schütteln den Kopf.

»Ihr müsst es einfach nur oft genug probieren. Wir kommen schon noch runter von dieser Insel.« Aber der Akkustand meines Handys liegt bei zehn Prozent, und meine Hoffnung hält sich in Grenzen.

»Ich gebe mir jetzt die Kante«, sagt Annabel, nimmt die Flasche vom Tisch und öffnet sie. »Macht ihr mit? Kommt, wir trinken den Gin, den wir bei der Schnitzeljagd gewonnen haben.«

»Ich bin dabei«, stimme ich zu.

»Im Ernst? Ein Saufgelage?«, fragt Esther. »Nach allem, was gerade passiert ist?«

»Ich kann mir keinen besseren Anlass vorstellen«, sagt Annabel. »Unser Leben liegt in Trümmern. Darauf einen Doppelten.«

Sie genehmigt sich zwei Fingerbreit und reicht die Flasche an mich weiter. Ich schenke den anderen ein, auch Esther, und wir leeren unsere Gläser auf ex. Nach allem, was wir erlebt haben, brauchen wir den Alkohol, um uns zu betäuben. Der Gin ist erstaunlich bitter und buchstäblich schwer zu schlucken, was mich in meinem Entschluss, ihn zu brauchen, noch bestärkt.

»Schmeckt ja beschissen, das Zeug«, meint Annabel. »Toller Preis.«

»Schicken wir die Fotze ins Nirwana«, sagt Chloe. »Kommt, wir hauen alles kurz und klein.«

»Aber erst schießen wir uns ins Nirwana«, setze ich hinzu.

Meine ganze Wut richtet sich gegen Poppy Greer. Den anderen scheint es ebenso zu gehen.

»Sie ist tot«, sagt Annabel. »Ich mach sie alle.«

»Nein, ich mach sie alle.« Chloe erhebt ihr Glas. »Wir schicken die miese Bitch zur Hölle. Prost.«

Wir stoßen an, mit feierlicher Miene. Ich sehe mein Spiegelbild in der Fensterscheibe. Ich bin leichenblass, weiß vor Zorn.

»Und wie geht es jetzt weiter?«, fragt Esther. »Sollten wir nicht erst mal über alles reden?«

»Ich finde, du hast genug geredet«, sage ich.

»Tut mir leid. Ich wusste ja nicht, dass du deswegen gleich auf der schwarzen Liste landest.«

»Ihr wusstet alle Bescheid?«, fragt Annabel. »Ihr alle wusstet von Tanyas Kokainsucht und habt mir nichts davon gesagt? Genau wie bei der Marokkoreise?«

»Ich wusste nicht, dass Esther davon wusste. Sie hat kein Wort darüber verloren.« Auf dem Tisch steht eine noch ungeöffnete Flasche Tonic, und ich gieße mir etwas davon in den Gin. »Das lässt sich ja wohl kaum mit einer beschissenen Urlaubsreise vergleichen, Annabel.«

»Nein.« Immerhin besitzt sie genügend Anstand, um ein klein wenig Scham zu heucheln. »Das weiß ich. Ich weiß nur nicht, warum du dir keine Hilfe gesucht hast.«

Vielleicht weil ich das Gefühl hatte, sie nicht zu verdienen.

»Ich dachte, ich schaffe das allein«, sage ich stattdessen.

»Meine Karriere ist im Arsch«, sagt Chloe. »Und das nur wegen eines blöden Witzes.«

»Meine auch.« Esther seufzt.

»Selbst schuld«, sagt Annabel zu Chloe. »Denn – wer hätte das gedacht? – Taten haben Konsequenzen.«

»Annabel«, sagt Esther in mahnendem Ton. »Lass gut sein. Wir haben wichtigere Probleme. Wir müssen uns mit Poppy auseinandersetzen.«

»Waren wir wirklich so fies?«, fragt Chloe. »In der Schule, meine ich. Zu Poppy. Haben wir diese Strafe verdient?«

Esther zögert nicht den Bruchteil einer Sekunde. »Nein. Wir waren Kids. Ja, wir konnten manchmal ziemlich grausam sein, aber das ist nichts verglichen mit dem, was Poppy jetzt getan hat.«

»Was sie getan hat, ist unverzeihlich«, bemerkt Chloe und ignoriert Annabels finstere Miene.

Endlich lindert der Alkohol meine Entzugserscheinungen. »Und was machen wir jetzt mit ihr?«

»Sie kann sich jedenfalls warm anziehen«, murmelt Esther.

Wir wechseln fragende Blicke. Trauen wir uns das zu?

»Sie ist ganz allein mit uns auf dieser Insel«, sagt Chloe. »Ich habe das Gefühl, sie hat etwas zu kurz gedacht.«

»Sie sollte sich besser vorsehen«, bekräftigt Annabel.

»Bringen wir das?«, frage ich. »Würde sie überhaupt jemand vermissen, wenn sie … nie wieder zurückkäme.«

Einen Augenblick lang herrscht angespanntes Schweigen, dann trinken wir noch ein Glas. Wir sind zwar ziemlich durch den Wind, aber der Gedanke hat sich in unser Gehirn eingebrannt, eine gloriose Vorstellung: Rache. Es ist schließlich nicht das erste Mal, dass wir vier uns gegen sie verbünden. Es ist, als würde man in ein bequemes, ausgelatschtes Paar Schuhe schlüpfen oder nach einer langen Reise endlich heimkehren; keine Frage, es wird sein, als wären wir nie weg gewesen.

Während wir so vor uns hin trinken und uns im Rest des Tages und der Nacht verlieren, geht unseren Handys der Saft aus.

Esthers Smartphone macht als Letztes schlapp. Das Erlöschen des Displays gibt uns endgültig den Rest und befördert uns schnurstracks in den Vollrausch.

Jetzt sitzen wir auf dieser Insel fest, aber das hat ja vielleicht auch sein Gutes.

Denn diese Bitch wird bitter büßen.

Ich weiß nur noch nicht genau, welche von uns sie schließlich zur Strecke bringen wird.

ACHTZEHN

Esther

21. Mai 2023

Als ich mich aufsetze, merke ich, dass ich einen schweren Kater habe. Stöhnend lasse ich mich zurücksinken und mache die Augen wieder zu. Der bohrende Kopfschmerz lässt nicht nach, sondern sprengt mir fast den Schädel. Haben wir wirklich so viel getrunken? Es wird auch nicht besser, als ich die Handflächen gegen die Schläfen presse. Alles verschwimmt mir vor den Augen, und ich muss ein paarmal blinzeln, bis ich halbwegs klar sehen kann.

Das sind vermutlich die Nachwirkungen des gestrigen Tages, die ich erst jetzt richtig zu spüren bekomme. Ich wollte, es wäre alles nur ein schrecklicher Fiebertraum, aber der trockene Mund und die schmerzenden Nieren sprechen eine andere Sprache. Ich bin tatsächlich meinen Job los. Alle meine Kollegen haben mich nackt gesehen.

Einen Moment lang habe ich das Gefühl, mich auf der Stelle übergeben zu müssen, darum drehe ich mich auf die Seite und atme mehrmals tief durch. Ich habe keinen blassen Schimmer, was zu Hause vor sich geht. Vielleicht haben sie mein Büro längst geräumt, meine Sachen in einem Pappkarton verstaut und in einem dreckigen Abstellraum deponiert. O Gott, wenn ich nur daran denke, ihn abholen zu müssen – ein echter Spießrutenlauf. Alle werden mich entsetzt anstarren. Wobei, würden sie mich überhaupt noch ins Gebäude lassen? Ich weiß nicht, was demütigender ist. Ihnen allen ins Gesicht zu sehen oder im Foyer darauf warten zu müssen, dass mir jemand meine Sachen bringt.

Aber so weit wird es nicht kommen. Es muss sich doch irgendwie beweisen lassen, dass Poppy die Fotos geschickt hat und nicht ich. So schnell werden die mich nicht los.

Ob meine Eltern es schon wissen? Meine Mutter, wegen der ich den Vorstellungstermin überhaupt erst bekommen habe. Himmel!

Im Zimmer ist es heiß und stickig. Ich muss hier raus.

Ich schlage die Bettdecke zurück – und schnappe nach Luft.

Mein Bauch ist rot. Im ersten Moment denke ich, ich hätte mich verletzt, aber dann wird mir klar, es ist nur roter Lippenstift. Ein Wort. Nein, eine Beleidigung. *BITCH.* Wer war das? Tanya? Poppy?

Ich versuche, den vergangenen Abend Revue passieren zu lassen, doch mehr als ein paar bruchstückhafte Erinnerungen wollen sich nicht einstellen. Kurz frage ich mich, ob ich den ganzen Tag verschlafen habe – das wäre das erste Mal –, bis mir klar wird, dass es nicht etwa schon dämmert, sondern die Sonne gerade erst aufgeht.

Hastig greife ich nach meinem Handy, das jetzt auf dem Nachttisch liegt. Der dunkle Bildschirm erinnert mich daran, dass der Akku leer ist, der Riss daran, dass unser Leben in Trümmern liegt. Wieder muss ich an die E-Mails denken, und auch wenn es nichts bringt, lege ich das Handy zurück, mit dem Display nach unten, damit ich es nicht länger sehen muss.

Es ist totenstill. Trotz meines Zustands beschließe ich, eine Runde Joggen zu gehen. Laufen ist für mich wie atmen, ein Lebenselixier wie für andere Leute die morgendliche Dosis Koffein. Als ich aufstehe, scheint die Welt sich um die eigene Achse zu drehen, und ich muss mich am Bettpfosten festhalten. Zum

Glück kommt sie wieder ins Lot, und ich mache ein paar vorsichtige Schritte. Der Lippenstift liegt, ohne Kappe, auf dem Boden. Um ihn nicht anschauen zu müssen, lasse ich ihn in einer Schublade verschwinden. Ich rubble mir die furchtbare Lippenstiftfarbe ab und schlüpfe in mein Jogging-Outfit. Nicht einmal das Meer hört man heute rauschen. Totale Windstille, anders lässt sich das nicht erklären.

Ein Blick in den Spiegel verrät mir alles über letzte Nacht. Ich habe dunkle Ringe unter den geröteten Augen, meine Lippen sind trocken und rissig, und schon der Anblick verursacht mir Kopfschmerzen. Ich schlinge mir das Haar zu einem unordentlichen Dutt und trete hinaus. Ich ächze unter der grellen Sonne.

Erst mal: Wasser. Ich gehe an den anderen Hütten vorbei, nirgends brennt Licht. Es kommt mir vor, als könnte ich Annabel schnarchen hören. Tanyas Tür steht halb offen, und ich spiele mit dem Gedanken, sie zuzumachen, aber ich will Tanya nicht erschrecken. Unter einem der Boots, die vor Chloes Hütte stehen, klemmt die leere Capri-Sonne von unserer Schnitzeljagd. Woher hat sie denn die?

Als ich zur Main Lodge komme, sehe ich, dass sich auf der Terrasse jemand übergeben hat. Na super. Heute Nacht hat es nicht geregnet, und in der Hitze wird der Gestank von Minute zu Minute schlimmer. Ich fahre mir mit der Zunge durch den Mund, vielleicht war ich die Übeltäterin, aber ich bin sauber. Von morgendlichem Mundgeruch und ungeputzten Zähnen einmal abgesehen. Jedenfalls habe ich mich nicht übergeben.

Als ich die Tür öffne, stelle ich fest, dass die Klinke feucht ist.

»Igitt.« Das kann je eigentlich nur Erbrochenes sein. Ich laufe zur Spüle und halte die Hand unter den Wasserhahn.

Da sehe ich, dass etwas Rotes an meiner Hand hinunterrinnt und im Abfluss verschwindet.

Blut?

Ich ziehe die Hand zurück, aber es ist nichts mehr zu sehen, und als ich den Türrahmen in Augenschein nehme, entdecke ich undeutliche, dunkle Flecken. Als hätte sich jemand daran festgehalten.

Ich beuge mich vor und rieche daran, aber die frische Morgenluft lässt keinen eindeutigen Schluss zu.

Hat eine von uns vielleicht Nasenbluten gehabt?

Ich hole ein Glas aus dem Küchenschrank und fülle es gleich mehrmals mit Leitungswasser. Meine Kehle brennt wie Feuer, und mir zittern immer noch die Hände. Wir sind eben nicht mehr die Jüngsten. Da steckt man das nicht mehr so locker weg.

Die Tür geht auf, und Chloe kommt herein. Sie sieht noch mitgenommener aus als ich und hält sich mit beiden Händen den Kopf.

»Wann sind wir gestern Nacht ins Bett gekommen?«, fragt sie und trinkt einen großen Schluck Leitungswasser. »Ich fühl mich beschissen. So beschissen, wie man sich nur fühlen kann.«

»Keine Ahnung. Ist dir beim Aufwachen irgendetwas Merkwürdiges aufgefallen?«

»Nein. Was sollte mir denn aufgefallen sein?« Wir setzen uns an den Küchentisch. Da Poppy gleich nebenan schläft, sprechen wir so leise wie möglich. »Wie fühlst du dich?«

»Wie aus dem Arsch gezogen«, sage ich. Dass mir nachts jemand mit rotem Lippenstift das Wort *BITCH* auf den Bauch gemalt hat, behalte ich wohlweislich für mich. »Warum bist du so früh schon auf?«

»Ich konnte nicht schlafen. Ich kann das alles immer noch nicht glauben.«

»Wir hätten es ahnen müssen.« Dieser Gedanke geht mir nicht mehr aus dem Kopf. Wir wussten, dass etwas nicht stimmte, und das spätestens seit der verfluchten Schnitzeljagd. Und haben trotzdem mitgemacht. Warum? Weil wir beweisen wollten, dass wir damals doch nicht so schlimm waren? Weil unsere Egos zu groß waren, um uns einzugestehen, dass Poppy vielleicht doch noch ein Problem mit uns hatte?

Wir waren einfach dumm.

Chloe weist mit einem Nicken zur Tür. »Ist sie schon auf?«

»Ich hab nichts gehört.«

»Wir können sie ja wecken. Zum Beispiel mit einem Glas Wasser ins Gesicht.«

Das bringt mich nun doch zum Lächeln. »Führe mich nicht in Versuchung.«

Chloe starrt nachdenklich auf ihr Glas. »Das war kein Witz.« Als sie sich vorbeugt, fällt Licht auf ihr Gesicht, und ich sehe die Kratzspuren an ihrem Hals.

»Was ist das denn?«

»Was?«

»Das da an deinem Hals. Hat dich etwas gekratzt?«

Irritiert sieht sie mich an. »Gekratzt?« Sie fährt sich mit den Fingern über den Hals. »Hm, das ist aber komisch. Keine Ahnung. Vielleicht die Dornenbüsche bei der Scheißschnitzeljagd.«

»Na, plant ihr den Aufstand?« Annabel kommt mit Tanya im Schlepptau zur Tür herein.

Bei Tanyas Anblick stockt mir der Atem, doch fürs Erste begnügt sie sich damit, mich zu ignorieren und schenkt sich einen Kaffee ein, ohne mich eines Blickes zu würdigen.

»Tanya«, sage ich, aber sie tut so, als hätte sie mich nicht gehört.

Wir sitzen zu viert am Küchentisch, aber ein lockeres Gespräch ist schlicht nicht mehr möglich. Wir wissen jetzt Dinge voneinander, die wir vorher nicht wussten. Annabels Mann betrügt sie nicht nur mit wildfremden Frauen, sondern auch mit Chloe.

Tanyas Drogenprobleme. Chloe und ich sind unseren Job los. All das ist zu privat, um offen darüber zu sprechen. In der Gruppe, jedenfalls. Und Poppy hat nicht einmal alles über uns in Erfahrung gebracht, wie ich nur zu gut weiß.

»Hat sonst noch jemand das Gefühl, vom Bus überfahren worden zu sein?«, fragt Annabel und massiert sich die Stirn. »So einen Kater hatte ich noch nie.«

Chloe nickt. »Mir geht's genauso. Da kann ich noch so viel Wasser in mich hineinkippen.«

»Dich habe ich nicht gefragt«, sagt Annabel. Tanya bleibt stumm, doch ihre geschlossenen Augen und ihr gequälter Gesichtsausdruck sprechen Bände.

Ich muss mich unbedingt mit Tanya aussprechen, aber jetzt ist nicht der richtige Zeitpunkt. Gleiches gilt für Annabel und Chloe. Wenn wir alle an einem Strang ziehen wollen, müssen wir uns wieder vertragen. Im Augenblick reicht schon der kleinste Funke, um das Pulverfass zur Explosion zu bringen. Lustlos knabbern wir an unseren Toasts und behalten Poppys geschlossene Zimmertür im Auge.

Nach einer halben Stunde hält Chloe es nicht mehr aus und springt auf. »Warum gehen wir nicht einfach rein? Sie kann sich nicht den ganzen Tag in ihrem Zimmer verstecken. Sie muss den Konsequenzen ins Auge sehen.«

»Chloe hat recht«, sagt Tanya. »Sie ist eine feige Kuh.«

Zögernd treten wir vor ihre Zimmertür.

»Wollen wir sie nicht doch lieber schlafen lassen?«, fragt Annabel. »Ich ertrage ihre Gegenwart keine Minute länger.«

»Poppy muss die Leuchtraketen zünden, damit wir endlich von dieser Insel runterkommen«, sagt Tanya. »Ich werde mir damit jedenfalls keinen Ärger einhandeln. Dafür muss sie selbst geradestehen. Schließlich hat sie das Telefonkabel gekappt.«

Die geschlossene Tür und die Stille haben etwas Unheimliches. Wieso ist Poppy noch nicht aus ihrem Zimmer gekommen, sie muss uns doch gehört haben? Sie war jeden Tag genauso früh auf den Beinen wie ich, was mich immer wieder aufs Neue verblüffte. Jeden Morgen, wenn ich Laufen ging, war sie schon da, entweder auf der Terrasse oder am Strand, und beobachtete mich.

»Was ist denn das?«, entfährt es Annabel. Sie starrt zu Boden.

Wir folgen ihrem Blick, und erst weiß ich nicht, was sie meint. Aber da sehe ich sie auch, die rostfarbenen Spuren unter der Tür.

»Ist das …« Ich bringe das Wort nicht über die Lippen.

»O Gott.« Tanya weicht jäh zurück. »Das ist doch Blut, oder?«

Annabel geht in die Hocke und fährt mit dem Finger darüber. »Jemand hat versucht, es wegzuwischen«, sagt sie. »Der Fleck ist eingetrocknet.«

»Also ist er vielleicht gar nicht frisch«, überlegt Chloe und sucht die Küche nach weiteren Blutspuren ab. »Sondern schon älter?«

Annabel richtet sich auf und klopft sich den Staub von der Jeans. »Sehe ich aus, als wäre ich von der Spurensicherung? Keine Ahnung. Aber bis heute ist mir der Fleck nicht aufgefallen.«

»An der Terrassentür war Blut«, sage ich.

»Was?« Die anderen starren mich entgeistert an.

»Ich dachte, eine von euch hätte vielleicht Nasenbluten bekommen und sich am Türrahmen festgehalten.« Ich zeige ihnen die Stelle, aber die Flecken sind kaum noch zu erkennen.

Alle blicken auf ihre Hände, doch kein Blut. Nirgends.

»Wie gut erinnert ihr euch an gestern Abend?«, frage ich.

Die anderen überlegen und schütteln ratlos den Kopf.

»Also könnte wer weiß was passiert sein«, stelle ich fest.

»Und … das Blut?« Annabel tritt wieder vor Poppys Tür, zu der verdächtigen roten Spur, die sich womöglich bis ins Zimmer zieht. »Woher kommt das Blut?«

»Vielleicht ist Poppy tot«, sagt Chloe, und wir alle lachen.

»Das wäre zu schön, um wahr zu sein«, sagt Tanya.

Wieder starren wir auf das Blut.

»Warum kommt sie nicht raus?«, fragt Chloe unsicher.

Tanya scheint das Gleiche zu denken, denn ein Anflug von Panik huscht über ihr Gesicht. »Wir müssen reingehen.«

Ich nicke. Im Nu stehen wir vor der Tür und klopfen an. »Poppy!«, ruft Annabel. »Poppy, bist du da drin? Wir kommen jetzt rein.«

Ohne eine Antwort abzuwarten, stößt Annabel die Tür so heftig auf, dass sie krachend gegen die Wand knallt.

Es brennt kein Licht, aber das spielt keine Rolle. Die Sonne fällt durch die Kastenfenster und erhellt das Zimmer. Alles fügt sich mit entsetzlicher Klarheit zusammen.

Poppys Bett ist zerwühlt. Die Decke hängt halb über die Kante. Ein Glas Milch, das sie sich vor dem Zubettgehen geholt hat, liegt in Scherben auf dem Boden, wo Milch und Blut ineinanderfließen. Alles ist rot: das Bettzeug, die Tagesdecke, der Fußboden, selbst die Wand ist mit Blut bespritzt. Sämtliche Schubladen sind aufgezogen worden, als hätte jemand nach etwas gesucht, der Inhalt liegt wahllos auf den Dielen verstreut.

Das Bett ist leer. Von Poppy keine Spur.

An der Wand hängt ein weiteres Horrorbild. Die Szene kommt mir irgendwie bekannt vor, als hätte ich sie schon einmal gesehen, auch wenn ich sie nicht recht einordnen kann. Eine Frau steht halb nackt in einer kargen, ausgedörrten Landschaft. Der Himmel ist dunkel. Sie trägt einen wallenden weißen Rock, doch ihr Oberkörper ist entblößt, nur schmale weiße Bänder schlingen sich um ihre Hüften und Schultern, fast wie eine Zwangsjacke. In ihrer Brust klafft ein Riss, der den Blick freigibt auf ein gebrochenes Herz. Ihr Körper ist mit Narben übersät, Handgelenke, Arme, selbst der Bauch. Tränen strömen ihr über die Wangen.

Es ist ein Selbstporträt. Ihre Augen starren anklagend von der Leinwand, doch ihre Pose hat zugleich etwas Herausforderndes. Seht her, das bin ich, scheint sie uns zu sagen, ob es euch gefällt oder nicht. Trotz ihrer Verletzungen ist auf dem Bild nirgends Blut zu sehen.

Dafür zieht sich ein breiter roter Streifen von der Wand bis zu der Stelle, wo wir stehen. Eingetrocknetes Blut. Schleifspuren.

»Was …?« Annabel schlägt sich die Hand vor den Mund und beginnt zu schwanken. »Mir ist speiübel.«

Tanya macht einen Schritt vorwärts, aber ich halte sie zurück. Mit finsterer Miene starrt sie mich an. »Was soll der Scheiß?«

»Bloß nichts anrühren«, sage ich. »Das hier ist … ein Tatort.«

»Ein Tatort?«, wiederholt Tanya. »Das soll wohl ein Witz sein.«

Die Fenster sind geschlossen, und der Gestank ist überwältigend. Ein fauliger Geruch steigt mir in die Nase, und plötzlich wird mir klar, dass es kein Entkommen gibt. Das ist kein Traum.

»Wo ist Poppy?«, flüstert Chloe.

Jemand muss die Sache in die Hand nehmen. Annabel ist noch immer totenbleich, Chloe steht wie angewurzelt da, und Tanya macht ein ratloses Gesicht.

Ich hole tief Luft. »Wir müssen sie finden. Die Insel nach ihr absuchen. Vielleicht ist ihr etwas zugestoßen.«

Chloe nickt bekräftigend. »Ja, irgendwo muss sie ja sein. Die Insel ist winzig. Und sie wird sich wohl kaum in Luft aufgelöst haben.«

»Es sei denn, jemand hat sie im Meer ertränkt«, sagt Tanya.

»Herrgott, Tanya!«, fahre ich sie an. »So kommen wir nicht weiter. Niemand hat sie ertränkt. Wie kannst so etwas sagen?«

Annabel macht ein langes Gesicht. »Dabei wäre es so einfach. Und die Gezeiten erledigen den Rest.«

»Außer uns ist niemand auf dieser Insel«, sage ich. »Es kann also nicht so gewesen sein. Kapiert?«

Ihr Schweigen ist alles andere als beruhigend.

»Wir müssen herausfinden, wo sie steckt.« Meine Stimme klingt sehr viel selbstbewusster, als ich mich fühle. Ich glaube, ich falle gleich in Ohnmacht. Ein Kopfschmerz bohrt sich in meine Schläfen. »Annabel, du übernimmst die Hütten. Chloe, du checkst das umliegende Gelände. Tanya, du die Klippe. Und ich sehe mich am Strand um.« »Sie kann nicht …« Mir versagt die Stimme. »Wenn wahr ist, worauf sämtliche Indizien hindeuten, kann sie nicht weit sein, aber wir müssen sie suchen.«

Vor dem Haus trennen wir uns. Ich bin froh, allein zu sein und endlich frei durchatmen zu können. Ich gehe direkt zum Strand und schicke ein Stoßgebet gen Himmel: Bitte, lieber Gott, lass mich nichts Schlimmes finden.

Der Strand ist über eine Meile lang, aber Poppy liegt weder in der Sonne noch macht sie einen Spaziergang. Das würde zwar meine Befürchtungen zerstreuen, aber damit habe ich ehrlich gesagt nicht gerechnet. Wenn überhaupt, bin ich erleichtert, dass ihre Leiche nicht angespült worden ist und die Flut ihrem Mörder einen Strich durch die Rechnung gemacht hat.

Beruhige dich, Esther.

Mit pochendem Herzen stapfe ich durch den Sand und behalte sowohl das Meer als auch die Gräben, die zu den Bäumen auf der anderen Seite führen, im Blick.

Als ich bei den Gezeitentümpeln ankomme, bin ich davon überzeugt, dass ich hier nichts finden werde. Ich hebe den Blick und erspähe Tanya oben auf der Klippe. Sie sieht mich nicht. Sie hat das Gesicht in den Händen vergraben.

Sie weint doch nicht etwa? Hat sie vielleicht etwas gefunden?

Aber nein. Sie wischt sich die Tränen aus den Augen und tritt den Rückweg an. Da oben ist wohl auch nichts.

Ich bin fast wieder an meinem Ausgangspunkt, da sehe ich es.

Es hat sich an einem spitzen Felsen verfangen, der aus dem Wasser ragt, und treibt auf den Wellen.

Das Top, das Poppy gestern getragen hat. Die Pailletten, die beim Frühstück so schön funkelten, glitzern in der Sonne heller als das Meer. Ich ziehe die Schuhe aus, wate ins Wasser und bringe es in Sicherheit.

Der Kragen ist blutverschmiert.

»O mein Gott«, sage ich laut.

Im ersten Augenblick würde ich das Top am liebsten ins Meer zurückwerfen. Was bringt es schon, es den anderen zu zeigen?

Zu spät.

»Das ist ja Poppys Top!«, kreischt Annabel. »Und es ist voller Blut, o mein Gott!«

Chloe und Tanya kommen angerannt, als sie Annabel hören. Und bleiben schlagartig stehen, als sie sehen, was ich in der Hand halte.

»Habt ihr etwas gefunden?«, erkundige ich mich. »Irgendwelche Spuren von Poppy?«

Ich sehe ihnen die Antwort an, trotzdem bin ich enttäuscht, als sie schließlich den Kopf schütteln.

»Wo hast du es gefunden?«, fragt Chloe.

»Es hatte sich an einem Felsen verfangen.« Ich zeige mit dem Finger darauf. »Reiner Zufall, dass es noch da ist. Alles andere ist wahrscheinlich …«

»Dann war sie also tatsächlich im Meer«, sagt Tanya.

Ich nehme das Kleidungsstück in Augenschein. »Hier, an der Seite, ist ein Riss. Aber der könnte auch von dem Felsen stammen. Ich weiß es nicht.«

»Oder jemand hat es ihr vom Leib gerissen«, flüstert Tanya.

»Poppy ist tot«, sagt Annabel. »Sie muss tot sein. Dieses Blutbad kann sie unmöglich überlebt haben.«

»Wir müssen die Polizei verständigen«, sage ich.

»Wie denn?«, sagt Tanya. »Poppy hat das Telefonkabel gekappt, schon vergessen? Und unsere Handy-Akkus sind leer, und ein Netz gibt es hier auch nicht.«

»Ob das so eine gute Idee ist?« Chloe fährt sich mit den Fingern durchs Haar. »Das Ganze könnte ja auch bloß ein Joke sein. Oder?«

»Wir alle haben ihr den Tod gewünscht«, sagt Annabel.

»Herrje, Annabel«, sage ich. »Das war doch nur so dahingesagt.«

»Ach ja?« Sie läuft nervös auf und ab. »Da bin ich mir nicht so sicher. Wir waren so wütend. Und so betrunken. Ich habe einen totalen Filmriss.«

»Du spinnst wohl«, sagt Tanya. »Du glaubst doch nicht im Ernst, eine von uns …«

»Was für eine kranke Nummer«, sage ich. »Sie spielt mit uns. Sie will uns kirre machen.«

Chloe nickt. »Poppy hat uns ja klipp und klar gesagt, dass sie mit uns noch nicht fertig ist. Vielleicht ist das ihre endgültige Rache.«

Annabel starrt immer noch auf das blutbefleckte Top in meinen Händen. »Aber wenn das nur ein Spiel ist, wie erklärst du dir dann das ganze Blut? Und wie ist das Top ins Meer gekommen?«

Hastig knülle ich das Top zusammen, damit man das Blut nicht mehr sieht. »Keine Ahnung. Vielleicht hat sie sich geschnitten.«

»Geschnitten?« Tanya massiert sich die Schläfen. »Unmöglich. Das Zimmer sah wie ein Schlachthaus aus. Wenn du dich so schneidest, verblutest du. Und wir haben die ganze Insel nach ihr abgesucht! Wenn sie so schwer verletzt ist, kann sie nicht weit gekommen sein.«

»Dann ist es das Blut von jemand anderem?« In Chloes Stimme schwingt fast so etwas wie Hoffnung mit.

»Wir sind alle noch da. Und keine von uns ist verletzt. Wie könnte es also das Blut von jemand anderem sein? Außer uns ist niemand auf dieser Insel.«

»Woher willst du das wissen?«, flüstert Annabel.

Uns schaudert bei dem Gedanken. Mit bleichen Mienen sehen wir uns an.

»Das ist unmöglich«, sagt Tanya streng. »Der Pier ist nur einen Steinwurf entfernt. Ein Boot hätten wir garantiert gehört. Wir hören ja auch das Meer rauschen, wenn wir in unseren Betten liegen.«

Chloe ist davon nicht überzeugt. »Und wenn es ein Ruderboot war? Das hätten wir niemals gehört.«

»Die ganze Strecke mit einem Ruderboot?« Tanya schüttelt den Kopf. »Ausgeschlossen. Das da draußen ist das Meer und nicht die Themse.«

»So blau, wie wir waren, hätten wir auch ein Motorboot überhört«, beharrt Chloe.

Wäre das wirklich möglich? Wir sehen aus wie lebende Leichen, total gestresst und völlig durch den Wind. Die Atmosphäre ist geladen, und zu allem Übel sieht Chloe sich ständig panisch um.

Dabei kann außer uns niemand hier sein.

»Das macht doch keinen Sinn«, sage ich. »Warum sollte jemand extra auf die Insel kommen, um Poppy etwas anzutun? Und wie passen wir da rein?«

Betretenes Schweigen.

»Esther hat recht«, lenkt Annabel schließlich ein. »Es gibt keinen Grund, warum hier plötzlich ein Fremder auftauchen und Poppy etwas antun sollte.«

Chloe runzelt die Stirn. »Aber wenn hier keine Fremden sind, warum ist Poppy dann verschwunden …?«

»Die Leuchtraketen!«, platze ich heraus. »Wir können die Leuchtraketen abschießen. Sie sind unter der Spüle. Das ist ein Notfall. Wir brauchen Hilfe.«

»Na klar!« Tanya ist schon zur Main Lodge unterwegs.

»Wartet …«, beginnt Chloe, aber ich höre gar nicht hin, sondern hefte mich an Tanyas Fersen, und merke, dass die anderen uns folgen.

Die Leuchtraketen sind buchstäblich unsere letzte Hoffnung. Wenn wir sie in den Nachthimmel schießen, wird uns jemand zu Hilfe kommen.

Aber als ich den Küchenschrank öffne, steht da nur ein leerer Pappkarton.

Sie sind weg.

»Scheiße, verfluchte!«, rufe ich. »Wo sind sie?«

»Sie waren da drin!«, sagt Annabel. »Genau, wie Robin gesagt hat.«

»Ich wette, Poppy hat sie verschwinden lassen, als sie das Telefonkabel gekappt hat«, murmelt Tanya. »Dieses Miststück.«

»Nein.« Chloe sieht aus, als wollte sie jeden Moment in Tränen ausbrechen. »Sie hat doch neulich erst gesagt, sie hätte die Dinger nicht angerührt. Damit wir im Notfall auf die zurückgreifen können.«

»Aber wieso sind sie dann nicht mehr da?«, sagt Annabel und schüttelt ungläubig den Kopf. »Willst du damit andeuten, eine von *uns* hätte sie genommen? Wir waren uns doch einig, dass außer uns niemand auf dieser Insel ist.«

Ich weiß nicht mehr, was ich denken soll. Mir schwirrt der Kopf. »Wenn eine von euch das war, dann raus mit der Sprache.«

»Also, ich war's jedenfalls nicht«

»Wie kannst du so etwas *sagen*, Esther?«

»Wie kannst du uns nur so misstrauen?«

»Schluss jetzt!«, brülle ich. »Haltet endlich die Klappe. Was sollen wir denn jetzt machen?«

»Keine Ahnung«, sagt Tanya. »Unsere Akkus sind leer. Das Notfalltelefon ist tot. Die Raketen sind verschwunden. Robin kommt erst morgen früh. Da bleibt wohl nur Abwarten und Tee trinken.«

»Aber Poppy ist verschwunden«, sagt Annabel. »Da können wir doch nicht einfach tatenlos herumsitzen.«

Verschwunden ist leicht untertrieben. So viel Blut. Ich bin sicher, dass sie nicht mehr lebt.

»Es sei denn, du möchtest zum Festland hinüberschwimmen«, sagt Tanya. »Aber davon würde ich dir dringend abraten.«

»Das heißt, wir sitzen bis morgen hier fest?«, fragt Annabel. »Ohne Hilfe, ohne alles?«

Tanya nickt. »So sieht's aus.«

»Aber die Leuchtraketen.« Annabel schüttelt den Kopf. »Da steckt doch Absicht dahinter. Jemand hat sie weggenommen, damit wir keine Hilfe holen können. Und nicht von dieser Insel herunterkommen. Was hat das zu bedeuten?«

Schweigend blicken wir uns an.

Es bedeutet, dass uns jemand daran hindern will, die Insel zu verlassen.

Jemand auf dieser Insel ist eine Mörderin.

Die Frage ist nur: Welche von uns?

Es ist totenstill hier drin. Dunkel. Noch vor Sonnenaufgang. Der Mond, der durchs Fenster fällt, erhellt die grausige Szenerie. Mein Herz pocht, mein Mund ist knochentrocken. Am liebsten würde ich alles ausblenden, das Blut, den leblosen Körper auf dem Bett, aber ich weiß, dass das nicht möglich ist. Es war klar, dass es früher oder später so weit kommen würde.

Poppy ist tot. Ihr Gesicht ist noch immer voller Leben, der Mund ist wie zum Schrei geöffnet, und die Augen sind weit aufgerissen, die Wangen tränenfeucht. Ihr Haar liegt auf dem Kissen aufgefächert wie der Glorienschein der Schneeengel, die wir als Kinder gemacht haben.

Meine Finger schließen sich noch fester um den Messergriff, als wollten sie damit verschmelzen. An der Klinge klebt Poppys Blut, und auch meine Kleidung ist übersät mit großen roten Flecken, die die Wahrheit in die Welt hinausschreien.

Ich zittere vor Scham und Wut, als mir selbst die Tränen kommen. Hier geht es nicht um mich. Sondern um sie.

Ich möchte schreien.

Was habe ich nur getan?

Es ist alles meine Schuld. Ich habe sie umgebracht, und das habe ich nun davon.

Und jetzt? Ein Blick zum Fenster verrät mir, dass der Morgen unaufhaltsam näher rückt. Ich muss mich beeilen. Ich muss sie verstecken, damit niemand sie so zu Gesicht bekommt.

Erst sie und dann das Messer.

NEUNZEHN

Poppy

22. November 2012

Liebes Tagebuch,

ich habe mich gerade um meinen absoluten Traum beworben. Einen Studienplatz an der Slade School of Fine Art in London.

Vor ein paar Tagen haben wir in Kunst über Universitäten gesprochen. Montag- und mittwochnachmittags haben wir den Kunstsaal ganz für uns allein und arbeiten an unseren Mappen. Die Oberstufengruppe ist relativ klein, wir sind nur zu elft, deswegen können wir uns ungestört unterhalten, solange wir unsere Arbeit erledigen.

»Ich werde Biologie studieren«, sagte Sally, die ganz besessen ist von dem lebhaften Zeichenstil der Mangas, die sie ständig liest.

»Biologie!«, sagte ein anderes Mädchen (unser Kunstkurs ist fest in Mädchenhand – es sind nur drei Jungs darin) namens Jayla angewidert. Sie ist ziemlich gut; sie macht kleine Skulpturen aus Draht, die je nach Perspektive wie völlig verschiedene Dinge aussehen. »Kommt nicht infrage. Ich studiere Kunst und sonst nichts. Ich habe mich für Oxford, Slade, Goldsmiths und Newcastle beworben.«

Ollie seufzte. »Ein Platz an der Slade. Das ist mein totaler Traum.« Er sah mich an. »Wo bewirbst du dich, Poppy? Du willst doch auch weiter Kunst machen, oder? Ich habe mich schon an der Slade beworben.«

Ich hätte das Gefühl gehabt, ihn zu kopieren, wenn ich ihm verraten hätte, dass die Slade auch mein Traum war.

»Ach, ich weiß noch nicht, ich glaube schon«, sagte ich stattdessen.

»Wenn du nicht wieder so was Abgefahrenes machst wie bei der Kunstabschlussprüfung«, warf Sally ein. »Auch wenn du trotzdem eine Eins dafür gekriegt hast, was ich total unfair fand.«

Da schaltete sich Miss Wersham ein. »Poppy und ich haben uns lange über ihre Kunstprüfung unterhalten und konnten zum Glück sämtliche Unstimmigkeiten aus der Welt schaffen. Aber Poppy, du solltest dich unbedingt für ein Kunststudium bewerben. Du bist unglaublich talentiert.« Und dann, wohl weil sie sich dazu verpflichtet fühlte, setzte sie hinzu: »Wie ihr alle.«

Um ein Haar hätte ich die Kunstprüfung vergeigt. Unsere Mappen mussten mindestens zwei verschiedene Kunstmedien enthalten, und anfangs wehrte ich mich dagegen. Ich malte und zeichnete schon, seit ich denken konnte – und war inzwischen wirklich gut darin. Ich hatte die Idee zu einer Reihe von Selbstporträts, die nach und nach immer abstrakter werden sollten. Sie hätten super als Bilderserie funktioniert, aber Miss Wersham sagte Nein, ich solle machen, was der Lehrplan verlangte.

»Ist das etwa nicht gut genug?«, hatte ich sie damals gefragt, als sie mich beiseitenahm, um mit mir darüber zu sprechen.

»Und wenn es gut ist, warum kann ich es dann nicht einfach machen?«

»Es geht darum, was der Prüfungsausschuss möchte«, erwiderte sie, als ob das irgendetwas zu bedeuten hätte.

Ich will ja nicht so tun, als ob ich allwissend wäre. Ganz bestimmt nicht. Aber wenn es um Kunst geht, weiß ich, was gut ist und was nicht. Außerdem fand ich es albern, meiner Mappe Skulpturen hinzuzufügen (ich füge ihr schließlich auch keine Fotos hinzu, Herrgott noch mal), wenn es auch so funktioniert.

Ich wehrte mich mit Händen und Füßen dagegen. Aber erst als Miss Wersham nicht nur mich, sondern auch meine Eltern zum Gespräch bat und mir klarmachte, dass ich mit meiner Mappe durchfallen würde, wenn ich mich nicht am Riemen riss, gab ich schließlich nach.

Kurz vor der Prüfung nahm Miss Wersham mich noch einmal beiseite.

»Du tust exakt das, was der Prüfungsausschuss will, verstanden?«, sagte sie.

»Ja, ja«, antwortete ich und verdrehte die Augen.

»Ich meine es ernst, Poppy.« Sie runzelte die Stirn. »Du bist unglaublich begabt, aber du brauchst entsprechende Noten als Beleg. An der Uni kannst du experimentieren so viel du möchtest. Aber hier geht es darum, unter Beweis zu stellen, dass du die Grundlagen verstanden hast und in der Lage bist, sie anzuwenden. Trotzdem wird deine Mappe bestimmt sensationell.«

»Aber nicht so gut, wie sie sein könnte«, murmelte ich.

Und so kam es denn auch. Die Prüfungsmappe war okay – aber lange nicht so gut wie ursprünglich geplant. Und selbst

Miss Wersham war damit nicht besonders glücklich, auch wenn sie ihr die bestmögliche Note gab.

»Es sieht alles furchtbar traurig aus«, sagte sie, als sie sich die Mappe das letzte Mal anschaute. »Findest du nicht auch?«

Sie hatte vermutlich recht. Aber ich war ja auch traurig. Wie hätten meine Bilder nach der Sache mit Julian anders aussehen können? Die fröhlichen Farben waren düsteren Rot-, Blau- und Schwarztönen gewichen, abstrakten Hintergründen mit einem Porträt meiner selbst in der Bildmitte. Denn genau so fühlte ich mich.

»Geht es dir gut, Poppy?«, fragte sie mich mit sorgenvollem Blick. »Wenn du mit jemandem reden möchtest – du weißt, dass ich immer für dich da bin.«

»Alles bestens«, log ich. »Ich male solche Sachen einfach gern. Das hat nichts zu bedeuten.«

Und es geht mir gut. Meistens, jedenfalls.

Ich brachte es nicht über mich, Miss Wersham zu sagen, dass die Lehrer selten für mich da gewesen waren, als ich sie dringend brauchte, aber seit ich in die elfte Klasse ging, hatte sich die Lage ein wenig beruhigt.

Annabel, Chloe, Esther und Tanya hackten nicht mehr auf mir herum. So gut wie nicht mehr. Schließlich wurde es jetzt ernst, denn es ging aufs Abi zu. Klar ließen sie im Vorbeigehen hin und wieder eine Bemerkung fallen oder lachten oder so, aber das war nicht auf mich beschränkt, das machten sie mit den meisten anderen auch. Seit ein paar Jahren konnte ich wieder freier atmen, denn es war nicht mehr jeder Tag eine Tortur. Und ich hatte die Kunst-AG. Ich versuchte, mich nicht daran zu stören, wenn die anderen nach der Schule zusammen nach Hause gingen oder etwas unternahmen und mich links liegen ließen. Ich glaube, sie waren sowieso nur neidisch auf mein Talent.

Es ist viel angenehmer. Zur selben Zeit am selben Ort zu existieren wie die vier, ohne ständig Todesängste auszustehen, weil sie mich ständig kontrollierten und alles kommentierten, was ich tat. Stattdessen bin ich jetzt zwar allein, aber glücklicher.

Und ich habe eine Möglichkeit gefunden, mir die Einsamkeit erträglicher zu machen. Mag sein, dass ich deshalb ständig lange Ärmel tragen muss, aber das ist es mir wert.

Als ich abends nach Hause kam, nachdem in der Schule alle mit ihren Bewerbungen angegeben hatten, setzte ich mich direkt an den Computer und informierte mich über sämtliche Kunstakademien im ganzen Land. Es gab jede Menge gute, aber insgeheim hatte ich mich längst für die Slade entschieden.

Stell dir vor! Ich in London! In der Hauptstadt. Ich war erst einmal in London, zum Geburtstags-Sightseeing mit meinen Eltern, aber da war ich noch ganz klein, darum kann ich mich kaum daran erinnern. Ich könnte sein wie die ganzen Geschäftsfrauen mit ihren teuren Designerklamotten und -handtaschen in der U-Bahn. Und abends würde ich mit meinen Kommilitonen durch die Clubs und Kneipen ziehen und erst im Morgengrauen nach Hause kommen.

Trotzdem schwebte mein Zeigefinger eine Zeit lang unschlüssig über der Maus, weil ich schreckliche Angst hatte, den Bewerbungsvorgang zu starten.

Was, wenn es an der Uni genauso war wie in der Schule? Was, wenn mich niemand leiden konnte? Oder, schlimmer: Was, wenn in Kunst alle viel besser waren als ich und mich auslachten und mir nicht einmal mehr das blieb?

Was, wenn ich gar nicht erst angenommen wurde?

Das war so stressig, dass ich unwillkürlich nach der Spiegelscherbe in meinem Nachttisch griff, doch in dem Moment, als ich mich damit ritzen und mir so Erleichterung verschaffen wollte, klopfte es an meiner Zimmertür.

»Poppy, bist du beschäftigt? Mum sagt, das Essen ist gleich fertig.«

Wendy.

Ich sprang auf, knallte die Nachttischschublade zu und riss die Tür auf. »Ich komm gleich runter.«

»Was machst du?«, fragte sie und spähte an mir vorbei ins Zimmer. Als ihr Blick auf meinen Monitor fiel, schrie sie begeistert auf. »O mein Gott, du bewirbst dich um einen Studienplatz! Welche Uni hast du dir ausgesucht?«

Ohne auf meine Erlaubnis zu warten, zwängte sie sich an mir vorbei ins Zimmer, setzte sich an meinen Schreibtisch und klickte die geöffneten Tabs einen nach dem anderen durch.

»Slade School of Fine Art?«, sagte sie. »Wow, die ist ja in London. Wahnsinn!«

Ich trat nervös hinter sie. »Eine der besten Kunstakademien im ganzen Land.«

»Die nehmen dich, hundertprozentig«, sagte sie. »Warum hast du die Bewerbung noch nicht gestartet?«

»Ich wollte mir das erst mal ansehen. Ich weiß ja noch gar nicht, ob ich mich überhaupt bewerbe. Die nehmen mich wahrscheinlich sowieso nicht. Ich bin einfach nicht gut genug.«

Sie sah mich an, als wäre mir ein zweiter Kopf gewachsen. »Was redest du denn da? Natürlich nehmen die dich. Du bist die Beste der ganzen Schule!«

Ich wünschte, ich hätte Wendys Zuversicht. Sie ist sich ihrer selbst immer so sicher. Sie ist so intelligent, dass ihr im Leben alle Türen offen stehen werden. Ich wusste nicht, wie ich ihr beibringen sollte, dass ich nicht halb so klug und mutig war wie sie. Kunst war meine einzige Chance, und die Vorstellung, mich öffentlich präsentieren und von aller Welt kritisieren lassen zu müssen, war mir unerträglich, zumal ich jetzt schon ständig kritisiert wurde. Der Gedanke, dass meine Bewerbung abgelehnt werden könnte und die vier irgendwie dahinterkamen …

Als sie meine zweifelnde Miene bemerkte, nahm Wendy meine Hände und sah mich zärtlich an. »Hey, man braucht sich doch nur mal in diesem Zimmer umzuschauen, um zu sehen, wie talentiert du bist.«

Bilder, die ich zu Hause zum Spaß gemalt hatte, schmückten die Wände. Sie waren heiterer gehalten als die in der Bewerbungsmappe, und doch war ein deutlicher Unterschied zu erkennen zwischen den Sachen, die ich mit elf oder zwölf gemalt hatte und einem erst vor wenigen Monaten entstandenen Gemälde. Die Gemälde waren besser – ich wurde von Jahr zu Jahr besser –, aber auch düsterer.

»Ich weiß, dass du es in letzter Zeit nicht leicht hattest«, sagte Wendy zu meinem Erstaunen. »Aber die Sache mit … Julian und diesen blöden Schnepfen ist doch ewig her. Du hast die Zwischenprüfungen mit Bravour bestanden. Und wirst auch das Abi mit Bravour bestehen. Du hast es verdient, an deiner Traumuni zu studieren und die berühmte Künstlerin zu werden, die du schon immer werden wolltest.«

Sie klickte auf »Bewerbungsvorgang starten« und begann meine Daten einzugeben.

»Wendy!«, sagte ich, versuchte aber nicht, sie daran zu hindern. Sie hielt noch immer meine Hand.

»Jetzt gibt es kein Zurück mehr«, sagte sie grinsend. Sie drückte meine Hand. »Du hast es verdient, Poppy. Geh nach London, und finde dein Glück!«

»Aber wehe, du kommst in zwei Jahren nach.« Ich lachte. Es tat gut zu lachen.

»Hey, London ist riesig!«, widersprach Wendy lächelnd. »Außerdem wirst du mit deinen neuen Londoner Freunden so beschäftigt sein, dass du für deine blöde kleine Schwester sowieso keine Zeit mehr hast.«

Als ich sie so dort sitzen und mein Bewerbungsformular ausfüllen sah, kamen mir plötzlich die Tränen. Ich wischte sie verstohlen fort und umarmte Wendy von hinten.

»Womit hab ich denn das verdient?«, sagte sie. »Noch bist du nicht auf der Uni! Du hast praktisch noch ein ganzes Jahr vor dir.«

»Ich werde immer Zeit für meine blöde kleine Schwester haben. Danke, Wendy. Schön, dass du an mich glaubst.«

»Da nicht für«, sagte sie. »Wozu hat man denn Schwestern?«

Sie stand auf und nickte zufrieden, als ich ihren Platz einnahm, um die Bewerbung abzuschließen.

»Soll ich Mum sagen, dass es noch ein paar Minuten dauert?«

»Ja, bitte.«

Nachdem sie gegangen war, erledigte ich den Rest. Wieder zögerte mein Finger, auf den »Absenden«-Button zu klicken.

Jetzt oder nie.

Mag sein, dass ich keine Freunde hatte. Und eilig das Weite suchte, wenn mir Annabel, Chloe, Esther und Tanya auf dem Gang entgegenkamen. Mag sein, dass ich jeden Abend traurige Musik hörte und etwas zu oft auf eine alte Spiegelscherbe zurückgriff, um überhaupt etwas spüren und meine Einsamkeit vergessen zu können.

Aber ich bin definitiv gut in Kunst. Und habe es definitiv verdient, an der Slade zu studieren.

Ich werde von hier weggehen und meine Träume wahr machen.

Und so klickte ich auf »Absenden«.

Jetzt heißt es warten. Ich muss eine Mappe zusammenstellen und sie denen schicken, aber das ist kein Problem. Ich habe Unmengen von Bildern zur Auswahl. Ich muss nur an mich glauben.

Ein paar Tage später, genauer gesagt, am Mittwoch, erzählte ich allen, dass ich mich an der Slade beworben hatte.

»Du hast dich auch an der Slade beworben?«, sagte Ollie und machte ein bedröppeltes Gesicht.

»Es ist auch mein Traum«, sagte ich. Und es tat so gut, das laut auszusprechen.

Es spielte keine Rolle, dass auf dem Heimweg ein Bus durch eine Pfütze fuhr und meinen Rock und meine Strumpfhose von oben bis unten mit Matsch bespritzte. Oder dass in dem Moment Annabel und Chloe vorbeikamen und sich vor Lachen gar nicht mehr einkriegten.

Es spielte keine Rolle.

Ich grinste trotzdem wie ein Honigkuchenpferd, wenn ich an meine Zukunft dachte.

20. März 2013

Liebes Tagebuch,

ICH HAB'S GESCHAFFT!!!! SIE HABEN MICH ANGENOMMEN!!!

Nicht zu fassen. Nicht zu fassen, dass ich das tatsächlich schreibe.

Gestern wurde mir per E-Mail mitgeteilt, mein Bewerbungsstatus sei aktualisiert worden, aber ich hatte keine Ahnung, was das bedeuten sollte. Da sah ich es.

Ein Angebot der Slade School of Fine Art. Ich brauche einen Abidurchschnitt von 1,5 und in Kunst die volle Punktzahl, dann kann ich im September mit dem Studium beginnen.

Ich! Der nackte Wahnsinn!

Ich habe mich erst nicht getraut, dir davon zu schreiben, aber ich hatte es tatsächlich auf die Auswahlliste geschafft und war zu einem Vorgespräch eingeladen worden. Es war schrecklich. Mum begleitete mich, und ich musste mit diesen ganzen supergebildeten Leuten über meine Bilder sprechen und darüber, wie ich mir das Studium vorstellte und welche berühmten Künstler ich bewunderte. Ich war so nervös, dass ich glaubte, ich hätte es vergeigt, deshalb wollte ich lieber nicht darüber schreiben. Aber von wegen! Ich hab's geschafft!

Wendy und meine Eltern sind schier ausgerastet, als ich nach unten lief und ihnen davon erzählte.

»Ich wusste es!«, brüstete sich Wendy und klopfte mir auf

den Rücken. »Ich wusste, dass sie dich nehmen. Was hab ich dir gesagt? Du bist einfach spitze!«

»Wir sind ja so stolz auf dich!«, sagte Dad. Er hatte tatsächlich Tränen in den Augen! »Das muss gefeiert werden!«

Und das taten wir denn auch. Wir gingen in dieses megateure Restaurant in der Stadt, das ich noch nie von innen gesehen hatte, obwohl wir am nächsten Morgen zur Schule mussten, und Wendy und ich durften sogar ein klitzekleines Glas Sekt trinken, als wir auf meine Zukunft anstießen. Ich aß ein riesiges Steak, und es war extrem lecker, aber das Beste war das extragroße Stück Käsekuchen zum Nachtisch, von dem ich niemandem etwas abgab, nicht mal Wendy, die plötzlich keine Lust mehr auf ihre Schokotorte hatte und mit mir tauschen wollte.

Es war ein irres Gefühl, als ich am nächsten Morgen in die Schule kam. Ich konnte es kaum erwarten, es Miss Wersham und dem Rest der Klasse zu erzählen, behielt es dann aber bis nachmittags für mich, bis zur Kunst-AG. Als alle saßen, meldete ich mich und sagte, ich hätte etwas bekannt zu geben.

»Was denn, Poppy?«, fragte Miss Wersham erwartungsvoll.

Ich hielt es keine Sekunde länger aus. »Die Slade School hat mich angenommen. Ich gehe nach London und studiere Kunst und werde eine berühmte Malerin!«

»Ach, Poppy, das ist ja fantastisch!« Miss Wersham schnappte nach Luft.

Auch der Rest der Klasse war ziemlich beeindruckt und freute sich für mich.

»Das ist ja toll, Poppy!«

»Wow, du hast es echt geschafft!«

»London! Du Glückspilz!«

Nur Ollie machte ein langes Gesicht. Ich wusste, dass auch er zum Vorgespräch eingeladen worden war. Er stand sogar schon vor mir auf der Liste, und ich musste daran denken, wie neidisch ich gewesen war, als er damit angegeben hatte. Ich war fest davon überzeugt, dass die Sache für mich gelaufen war, umso größer war die Freude, als ich ein paar Tage später ebenfalls eine Einladung erhielt.

Als sich meine Aufregung gelegt hatte und die anderen nicht mehr durcheinanderplapperten, wollte ich ihn am Arm fassen, um ihn zu trösten. »Keine Angst, dich nehmen sie bestimmt auch.«

Aber er warf mir einen finsteren Blick zu und zog den Arm weg. »Vorgestern habe ich die Absage bekommen. Sie wollten mich nicht haben.«

Ich wurde knallrot, und in der Klasse war es plötzlich totenstill.

»Warum hast du uns das nicht erzählt?«, fragte Sally. »Wir hätten dich wieder aufgemuntert!«

»Genau!«, setzte Jayla hinzu. »Mich haben sie noch nicht mal zum Vorgespräch eingeladen, also bleib cool.«

Er zuckte die Achseln, war jedoch genauso rot im Gesicht wie ich. »Geht mir total am Arsch vorbei. Ich hatte da eh keinen Bock drauf.«

Aber ich wusste, dass er log. Er hatte sich genauso sehr darauf gefreut wie ich. Wir hatten sogar überlegt, vielleicht ins selbe Studentenwohnheim zu ziehen, damit wir die ersten paar Wochen nicht so allein waren. Es war wie der Anfang einer wunderbaren Freundschaft.

Aber daraus würde jetzt wohl nichts mehr werden.

»Sie haben mich auf die Reserveliste gesetzt, falls jemand

ausfällt oder abspringt«, sagte er. »Aber wer macht das schon?«

Ich jedenfalls nicht, so viel stand fest. Ich kenne niemanden, der freiwillig auf einen Studienplatz an der Slade verzichten würde.

»Nun, es gibt ja noch jede Menge andere Universitäten, die dich bestimmt nehmen würden«, sagte Miss Wersham. »Gut gemacht, Poppy, und Ollie, du findest bestimmt bald eine andere Uni, wo es dir genauso gut gefallen wird wie an der Slade. Die erste Wahl ist nicht immer auch die beste. Manchmal passieren die verrücktesten Dinge.«

Aber mir war klar, dass ihm das kein großer Trost war. Ich wusste, dass er am Boden zerstört war.

Nach der Stunde lief ich Ollie hinterher.

»Hey, Ollie!«, rief ich. »Das von vorhin tut mir echt leid. Hätte ich gewusst, dass du abgelehnt worden bist, hätte ich lieber den Mund gehalten.«

Aber das kam gar nicht gut an. Er drehte sich um, musterte mich mit unheilvollem Blick und fauchte: »Verpiss dich, Poppy! Du machst alles nur noch schlimmer. Ich will mit niemandem reden, schon gar nicht mit dir. Und jetzt hau ab.«

Das tat weh, aber mir war klar, dass er das nur gesagt hatte, weil er zutiefst verletzt war. Und ich wusste aus Erfahrung, dass es in solchen Momenten half, allein zu sein.

Trotzdem lasse ich mich davon nicht runterziehen. Ich darf an der Slade studieren! Mein großer Traum ist wahr geworden.

Und weißt du, was ich getan habe, als ich von der Schule nach Hause kam?

Es war niemand da. Mum und Dad waren auf Arbeit, und

Wendy hatte noch Unterricht. Ich ging an meinen Nachttisch, holte die Spiegelscherbe hervor, wickelte sie in ein Stück Papier und warf sie in den Müll.

Ich brauche sie nämlich nicht mehr.

Ich habe mir vorgenommen, aus den letzten Monaten vor dem Studium das Beste zu machen. Ich weiß, ich war in letzter Zeit schwierig und launisch, und selbst wenn das nicht allein meine Schuld war, muss ich endlich nach vorne schauen. Annabel, Chloe, Esther und Tanya werden mich nicht mehr lange mobben können. Dann bin ich sie für immer los.

Meine Abikunstmappe nimmt langsam Formen an. Ich halte mich strikt an die Vorgaben. Miss Wersham hat alles abgesegnet. Bleibt nur noch die Abschlussprüfung im Mai, bei der man acht Stunden Zeit hat, um ein fertiges Bild zu malen. Und das war's. Ich kriege meine Eins, und dann bin ich weg. Auch wenn es mir schwerfällt, aber ich gehe kein Risiko mehr ein. Alles muss exakt nach Plan laufen, danach bin ich endlich frei.

Ich kann es selbst kaum glauben. Ich schreibe diesen Eintrag mit einem breiten Grinsen im Gesicht.

Mein neues Leben ist zum Greifen nahe.

ZWANZIG

Annabel

21. Mai 2023

Es muss eine von uns gewesen sein«, sagt Esther. »Eine von uns.«

Tanya will widersprechen, hält aber doch den Mund. Wir denken alle das Gleiche. Es kann gar nicht anders sein. Wir sind auf einer Privatinsel mitten im Ozean, vom Festland meilenweit entfernt. Außer uns ist niemand hier, und wir kommen nicht runter von dieser Insel, bis Robin uns morgen mit dem Boot abholt.

Ich zermartere mir den Kopf, aber der gestrige Abend bleibt eine Abfolge verschwommener Bilder. Warum haben wir nur so viel getrunken? Was haben wir uns dabei gedacht? Um unseren Frust zu ertränken, vermutlich. Keine gute Idee.

Andererseits haben wir natürlich auch darüber gesprochen, was wir mit Poppy …

»Wenn es eine von euch war, würde ich ihr raten, zu gestehen. Dann können die anderen ihr vielleicht helfen, die Sache zu vertuschen.«

Wir alle starren Tanya an.

»Was meinst du?«, fragt Chloe. »Einen Mord vertuschen?«

Tanya begegnet unseren anklagenden Blicken mit trotzig gerecktem Kinn. »Ihr könnt mich anglotzen, solange ihr wollt. Aber das liegt doch auf der Hand.«

»*Was* liegt auf der Hand?«, zischt Esther. »Du willst vertuschen, dass eine von uns einen Mord begangen hat?«

»Da spricht die Expertin, nicht wahr, Esther?«, blafft Tanya. »Deine Lieblingsbeschäftigung ist es ja, die Geheimnisse anderer Leute auszuplaudern, selbst wenn sie deswegen ihren Job verlieren.«

Esthers Miene verfinstert sich. Sie sieht mich an, und ich schüttele kaum merklich den Kopf, bedeute ihr auf diese Weise inständig, zu schweigen.

Chloe grätscht dazwischen. »Schluss jetzt. Die Idee ist doch vielleicht gar nicht so schlecht.«

»Hast du etwas zu beichten, Chloe?«, frage ich. Es klingt vorwurfsvoller als beabsichtigt, und sie hebt abwehrend die Hände.

»No way! Ich war es nicht. Aber wir sind auf einer Insel. Wir haben genug Zeit, die Spuren zu beseitigen. Wir sagen Robin, Poppy wäre Schwimmen gegangen und nicht mehr zurückgekommen.«

Esther schüttelt den Kopf. »Blut lässt sich nicht so einfach entfernen. Von wegen wisch und weg. Das Zeug ist hartnäckig. Und was, wenn die Polizei hier mit der Spurensicherung anrückt? Als Erstes würden sie sich die Main Lodge vornehmen, und siehe da, Poppys Blut ist überall. Dann sähen wir alle verdammt alt aus.«

»Und wie erklären wir das kaputte Telefon und die verschwundenen Leuchtraketen?«, sage ich. »Das ist doch eine völlig hirnrissige Idee. Mal ganz abgesehen davon, dass zu Hause alle Poppys Rache quasi in Echtzeit verfolgen können.«

Tanya holt tief Luft. »Also, was schlägt du vor, Annabel? Na los, bei unseren kleinen Intrigen in der Schule hast du doch auch immer den Ton angegeben. Vielleicht hast du ja die Gnade, uns zu erklären, was wir jetzt machen sollen.«

»Vielleicht ist Poppy ja noch auf der Insel«, sage ich aus purer Verzweiflung. »Vielleicht ziehen wir nur voreilige Schlüsse.«

»Na klar, nachdem sie einen Hektoliter Blut verloren hat, ist sie einfach aufgestanden und ein Stündchen spazieren gegangen.«

»Lass den Quatsch, Tanya.« Chloe läuft hektisch auf und ab. »Was machen wir, wenn Robin zurückkommt? Was sollen wir ihr sagen?«

»Wer immer Poppy umgebracht hat, muss gestehen.« Ich mustere eine nach der anderen. »Wir waren alle sauer auf Poppy. Wir alle hatten Gründe, ihr etwas anzutun. Im Affekt kann so etwas schon mal passieren. Aber die Wahrheit muss ans Licht.«

»Du hast ja recht«, sagt Esther. »Wir alle waren sauer. Jede von uns könnte es gewesen sein. Und deshalb wird sich die Täterin auch keine Blöße geben.«

Ich traue meinen Ohren nicht. Esther sieht mich an und zuckt ungerührt die Achseln.

»Ich sag ja nur. Ich war's jedenfalls nicht.«

Ich gebe es nur ungern zu, aber ich weiß nicht, ob ich ihr glaube. Aber auch Tanya und Chloe glaube ich nicht – nicht, nachdem sie ernsthaft darüber diskutiert haben, wie man das Ganze vertuschen könnte. Meine drei ältesten Freundinnen, und keiner von ihnen traue ich mehr über den Weg.

»Ist eure Erinnerung an letzte Nacht inzwischen zurückgekehrt?«, frage ich. »Wann haben wir Poppy das letzte Mal gesehen?«

Kaum habe ich es ausgesprochen, fällt es mir wieder ein. Wie wir vier um das Feuer saßen und Poppy von ihrem Spaziergang zurückkam. Sie war ewig fortgeblieben. Sie hatte gesagt, sie sei am Strand gewesen, aber wir hatten ihr keine Beachtung geschenkt und sie wie Luft behandelt. Worauf sie in der Lodge verschwunden war, ohne Gute Nacht zu sagen. Eine von uns (Tanya?) hatte ihr noch ein paar wüste Beschimpfungen hinterhergerufen. Und wir hatten alle gelacht.

Als ich den anderen von meiner Erinnerung erzähle, ernte ich Stirnrunzeln.

»Nein, das war nicht das letzte Mal«, sagt Chloe. »Sie kam noch einmal heraus, wisst ihr das nicht mehr? Sie stand auf der Terrasse und hat uns wortlos angestarrt.«

Wirklich? Ich erinnere mich an nichts dergleichen.

Aber die anderen nicken.

»Ja, das war merkwürdig«, sagt Esther. »Nach allem, was vorgefallen war.«

»Und was war dann?«, frage ich. »Wann sind wir überhaupt ins Bett gegangen? Hat niemand etwas gehört?«

Alle schütteln den Kopf.

»Keine Ahnung«, sagt Esther. »Aber ich bin zwischendurch mal aufgewacht. Aber dann habe ich …«

»Du hast was?«, entfährt es mir, als sie jäh innehält.

»Vergiss es.« Sie winkt ab. »Ich weiß nicht mehr, was ich sagen wollte.«

»Kann sich wirklich keine von uns erinnern?« Mein Misstrauen ist geweckt. »Haben wir wirklich so viel getrunken, dass wir alle einen Filmriss hatten?«

»Es ist schon komisch«, räumt Tanya ein.

»Der Gin«, sagt Chloe. »Und wenn etwas im Gin war?«

Esther runzelt die Stirn. »Du meinst, K.-o.-Tropfen oder so?«

»Poppy hat nichts davon getrunken. Nur wir. Es war ja auch unser Preis.«

Scheiße. Uns schwant Böses.

»Aber warum?«, fragt Tanya.

O Gott. Plötzlich erinnere ich mich wieder an den leicht bitteren Geschmack und unser einstimmiges Urteil: Das Zeug hatte die Bezeichnung »Preis« nicht verdient. Trotzdem kippten wir einen Shot nach dem anderen, bis die Flasche leer war. Was, wenn der Gin nur so bitter schmeckte, weil Poppy etwas hineingetan hatte?

»Poppy hat ja gesagt, sie hätte noch was in petto«, sagt Esther. »Vielleicht war es für heute geplant, wo wir alle schwer verkatert sind, oder sie hat es schon die vergangene Nacht ausgenutzt, dass wir alle so weggetreten waren.«

»Möglich wär's«, sagt Chloe. »Vielleicht hatte sie etwas vor, kam zu einer von uns ins Zimmer, und diejenige wachte auf und – hat sie umgebracht.«

Wir brauchen einen Moment, um das zu verdauen.

»Nein.« Tanya schüttelt den Kopf. »Poppy war in ihrem eigenen Zimmer. Jemand muss vorsätzlich dort eingedrungen sein.«

»Wäre das denn so schlimm?«

Wir starren Chloe fragend an.

Sie zuckt die Achseln. »Ich sag ja bloß. Wir haben ihr doch alle den Tod gewünscht, oder? Wir alle wollten uns an ihr rächen.«

»Vielleicht waren wir es ja alle zusammen und können uns nur nicht mehr daran erinnern?«, gibt Tanya zu bedenken.

»Weint eine von euch ihr auch nur eine Träne nach?«, fragt Chloe.

Du lieber Himmel. Ich kann Chloes Anblick ohnehin nicht mehr ertragen und stelle meine Abscheu deshalb umso bewusster zur Schau. »Reden und handeln sind zweierlei.«

»Ich trauere ihr jedenfalls nicht hinterher«, sagt Esther. »Wenn überhaupt, müssten wir auf ihren Tod anstoßen. Wer auch immer sie umgebracht hat, verdient einen Orden.«

Himmel. Es wäre so viel einfacher, wenn ich ihnen trauen würde. Aber damit ist es vorbei.

»Was haltet ihr davon, wenn …?« Ich blicke nervös um mich und fasse einen Entschluss. »Was haltet ihr davon, wenn wir eine Auszeit nehmen, uns erst mal beruhigen und alles Weitere danach besprechen.«

Eigentlich habe ich mit Ablehnung gerechnet, deshalb erstaunt es mich umso mehr, als alle meinen Vorschlag mit einem Nicken quittieren.

In Zweiergruppen verlassen wir die Main Lodge: ich mit Esther, Tanya mit Chloe. Esthers Atem geht unregelmäßig, das kann ich deutlich hören.

»Alles in Ordnung?«, frage ich leise und ziehe eine Grimasse. »Blöde Frage, ich weiß.«

Ohne mich anzusehen, fasst sie mich am Arm und drückt zu. »Das kann doch alles nicht wahr sein, oder?«

»Meinst du wirklich, wir sollten uns einfach freuen, dass sie tot ist?«

Esther weist mit einer Kopfbewegung hinter sich. Tanya und Chloe haben sich ein Stück zurückfallen lassen und stecken tuschelnd die Köpfe zusammen. »Nicht zu fassen, dass die beiden das Ganze vertuschen wollten. Findest du das nicht auch verdächtig?«

Die Fronten scheinen klar verteilt: wir gegen sie.

»Vielleicht wollten sie ja nur … die Stimmung testen?«

Esther schnaubt. »Vielleicht sollten wir zum Schein auf ihren Vorschlag eingehen. Und dann weitersehen.«

Wir betreten den Rasen, die Main Lodge ragt hinter uns auf. Die Szenerie hat nichts Malerisches, nichts Postkartenhaftes mehr. Überall Überreste der vergangenen Nächte, geschrumpfte Luftballons und sogar eine Pfütze Erbrochenes auf der Terrasse. Ein Ende von Poppys Hochzeitsbanner hat sich gelöst und hängt schlaff herab. Nichts deutet mehr darauf hin, dass hier eine Feier stattgefunden hat. Wenn überhaupt, scheint die Landschaft zu wissen, dass hier, trotz des paradiesischen Wetters, Schreckliches geschehen ist. Alles scheint zu grell, zu bunt, eine widerliche Maskerade des Vergnügens.

Esther schlingt mir einen Arm um die Hüfte und flüstert mir ins Ohr: »Vergiss nicht, du bist mir noch was schuldig, Annabel. Komm nicht auf dumme Gedanken.«

Mich packt die Angst. »Das hat hiermit nichts zu tun.«

»Trotzdem.« Esther lässt mich los und versucht ein Lächeln, doch das Zucken ihrer Mundwinkel verrät ihre Nervosität. »Wir zwei müssen zusammenhalten, falls etwas schiefgeht.«

»Es läuft doch jetzt schon alles schief.« Da Tanya und Chloe uns wieder eingeholt haben, lässt Esther von mir ab.

»Ich gehe eine Runde laufen«, sagt sie. »Ich kann so nicht klar denken.«

»Und ich muss dringend unter die Dusche«, sage ich, fahre mir mit dem Handrücken über die Stirn und spüre nichts als Schweiß. »Dauert höchstens zehn Minuten.«

Tanya und Chloe gehen in Richtung Terrasse, mit unsicheren Schritten. Die Main Lodge hat etwas Bedrohliches bekommen. Diese verschlossene Tür und das Furchtbare, was sich dahinter verbirgt, werden wir so schnell wohl nicht vergessen.

Ich steige rasch unter die Dusche und kehre dann zurück. Tanya und Chloe haben den Esstisch draußen gedeckt, sitzen jedoch nicht, wie sonst, gegenüber, sondern nebeneinander und sind ins Gespräch vertieft.

Ich weiß, ich sollte das lieber lassen. Es hat genug Geheimnisse gegeben, und ich bin daran nicht unschuldig. Trotzdem bleibe ich, wo ich bin, im Schatten der Bäume links und rechts des Weges, und belausche die beiden.

»Gut möglich«, sagt Tanya. Sie scheint sich ein wenig beruhigt zu haben.

Es schockiert mich immer noch, dass sie seit zwei Jahren drogensüchtig ist. So viele Enthüllungen, so vieles, wovon ich nichts wusste.

Aber es beweist, dass sie ein Geheimnis verdammt gut für sich behalten kann.

Chloe hingegen wirkt fast panisch. Sie blickt hinter sich, und einen Moment lang scheint es, als hätte sie mich gesehen, doch dann dreht sie sich wieder um und redet weiter. »Es ist die einzige Möglichkeit.«

»Keine Sorge, wir halten zusammen.«

Dasselbe hat Esther zu mir gesagt.

Wir ziehen Linien in den Sand, schließen Allianzen.

»Na, ihr?«, rufe ich und mache mich so bemerkbar.

Sie heben den Blick, und das schlechte Gewissen steht ihnen ins Gesicht geschrieben.

Hätte Poppy die gute Chloe nicht als das hinterhältige Miststück entlarvt, das sie tatsächlich ist, würde vermutlich ich die Feierlichkeiten leiten. Wir würden auf ihren Tod anstoßen, die Schuldige würde sich zu erkennen geben, und dann würden wir ihr Ableben wie einen Unfall aussehen lassen, ein mysteriöses Verschwinden. Eine würde die andere decken, und wir würden glücklich leben bis an unser Ende.

Aber das kann ich nicht.

Es spielt keine Rolle, möchte ich ihnen sagen. Schließt eure Allianzen.

Ich traue keiner von euch.

EINUNDZWANZIG

Chloe

21. Mai 2023

Seien wir ehrlich. Letzten Endes hat Poppy es verdient.

Eines so blutigen, brutalen Todes zu sterben? Nein, das denn vielleicht doch nicht. Ich bin kein Monster, um Himmels willen. Aber nach allem, was sie sich geleistet hat, hätte sie sich das eigentlich ausrechnen können. Wer sich in Gefahr begibt, kommt darin um. Und nun ist die liebe Poppy tot. Jede von uns kommt als Täterin infrage. Schließlich hatten wir alle unsere Gründe.

Nicht zu fassen, dass wir uns nicht darauf einigen konnten, die Sache zu vertuschen. Wäre das denn wirklich so schlimm? Im Grunde könnte Poppy uns gestohlen bleiben, nach allem, was sie uns angetan hat. Aber nein, sie musste unbedingt verraten, dass Andrew mit mir fremdgeht. Und dann musste Esther ausplaudern, dass sie Tanya angeschwärzt hat, woraufhin Tanya monatelang arbeitslos war. Und jetzt hasst Annabel mich, und Tanya hasst Esther. Wie sollen wir da an einem Strang ziehen?

Das heißt, ich muss mich um mich selbst kümmern, um meinen eigenen Kram, und wenn Tanya sich dreimal mit mir verbünden will. Sorry, Babes, ich bin mir noch immer selbst die Nächste. Und wenn wir diesen Mord nicht vertuschen, muss ich dafür sorgen, dass ich am Ende nicht als die Dumme dastehe. Mit ihrem kleinen Video hat Poppy mich schon tief genug reingeritten, obwohl sich der Sturm vermutlich längst gelegt hat, wenn ich zurückkomme. (Echt, die Leute sind so was von empfindlich heutzutage, es ist zum Kotzen.) Da lasse ich mir das nicht auch noch anhängen, no way.

Ich schiebe Kopfschmerzen vor, verabschiede mich und lasse Tanya und Annabel am Esstisch allein zurück.

Ich gehe aber nicht ins Bett, sondern auf eine kleine Schnitzeljagd, diesmal auf eigene Faust. Mal sehen, was ihr so im Schilde führt, Ladys, vielleicht finde ich ja etwas, das mich mit heiler Haut aus der Sache herauskommen lässt. Annabels Hütte ist zuerst dran.

Was für ein Saustall: Das passt so gar nicht zu Annabel. Überall liegen Klamotten verstreut, sämtliche Schubladen stehen offen. Komisch, als hätte sich bereits vor mir jemand hier umgesehen. Annabel wollte vorhin unter die Dusche – vielleicht hat sie da etwas gesucht? Oder könnte es sein, dass sie etwas verstecken wollte? Ich sehe in den Schubladen nach, aber abgesehen von Unterwäsche und Socken stoße ich auf nichts von Interesse. Wo hat sie nur die ganzen teuren Klamotten her? Alles von den edelsten Designern, ziemlich kostspielig für eine einfache Hausfrau, egal wie viel Taschengeld Andrew ihr gibt. Hier ist doch was faul, aber das hat mit Poppy nichts zu tun, also setze ich meine Suche fort. Ich fahre sogar mit der Hand unter jedes Kissen – nada.

Gerade will ich wieder gehen, als mir eine innere Stimme rät, auch das Bad zu checken. Darin ist es heiß und stickig, und auf dem Boden liegt ein einsames Handtuch. Als ich drauftrete, spüre ich etwas unter meiner Sohle.

Der zerbrochene Spiegel von der Schnitzeljagd.

Wie kommt der denn hierher?

Schlimmer noch. Die Scherben sind verschwunden. Hat jemand damit Poppy erstochen?

Ich lasse den Spiegel wieder unter dem Handtuch verschwinden und mache mich vom Acker.

Mist. Ich habe nichts Konkretes gefunden. Vielleicht ist Annabel genau wie ich versehentlich draufgetreten und hat die Scherben in den Müll geworfen. Was weiß denn ich?

Als ich vor Esthers Hütte stehe, klopfe ich erst einmal an, nur für den Fall, dass sie inzwischen vom Joggen zurück ist.

»Esther?« Ich öffne die Tür. Aber sie ist nicht da, und anders als bei Annabel ist bei ihr alles picobello. Selbst ihr Outfit für morgen, das sie sich offenbar schon herausgelegt hatte, bevor wir von Poppys Ableben erfuhren, liegt säuberlich gefaltet auf dem Bett. Die Fenster stehen weit offen und erinnern mich an meine zerstörten Schminksachen.

Doch noch während ich mich umsehe, kommen mir Zweifel. Was mache ich hier eigentlich? Wonach suche ich – nach der Mordwaffe? Poppys Leiche unter dem Bett? Und was, wenn ich sie tatsächlich finde? Was dann?

In Esthers unterster Schublade entdecke ich den abgebrochenen Lippenstift von der Schnitzeljagd, die Kappe fehlt, und rote Stückchen liegen überall verstreut.

Was, zum Henker, ist hier los?

»Was machst du denn in meiner Hütte?«

Vor Schreck verliere ich fast das Gleichgewicht, als ich Esthers Stimme höre. Ich finde in die Senkrechte zurück, und sie starrt mich vorwurfsvoll an.

»Das Gleiche könnte ich dich fragen.« Ich recke das Kinn, um ihr zu zeigen, dass ich keine Angst habe. »Wie kommt der Lippenstift von der Schnitzeljagd in deine Schublade? Was hast du vor?«

»Du schleichst dich in mein Zimmer und erdreistest dich, mir Fragen zu stellen?« Sie tritt auf mich zu, und ich hebe abwehrend die Hände.

Entgeistert sieht sie mich an. »Gott, Chloe. Du hast doch nicht etwa Angst vor mir?« Sie setzt sich aufs Bett und zieht ihre Laufschuhe aus. »Bist du deswegen hier? Weil du glaubst, ich hätte Poppy umgebracht?«

»Nein! Ich weiß es doch auch nicht.« Ich nehme den Lippenstift und werfe ihn aufs Bett. Er hat etwas Obszönes und erinnert mich daran, wie wir Poppy damals weisgemacht haben, Julian würde auf sie stehen. So auf dem Bett sieht er noch perverser aus, nackt und zerbrochen. Ekelhaft. »Was hat der in deiner Schublade zu suchen?«

Esther macht ein gequältes Gesicht. Sie löst ihren Pferdeschwanz und kratzt sich am Kopf. »Ich traue mich kaum, es dir zu sagen.«

»Was soll das heißen?« Jetzt bin ich noch nervöser. Klappere ich mit den Zähnen? Ich beiße sie fest zusammen und versuche, mir nichts anmerken zu lassen.

»Als ich heute Morgen aufgewacht bin, hatte mir jemand das Wort ›Bitch‹ auf den Bauch geschrieben, und der Lippenstift lag neben dem Bett auf dem Boden.«

Mir klappt vor Schreck die Kinnlade herunter. »Was? Warum?«

»Ich weiß es nicht.« Da trifft sie die Erkenntnis. »O mein Gott. Jetzt fällt's mir wieder ein. Gestern Abend, als wir sturzbetrunken waren, haben wir die Gegenstände von der Schnitzeljagd hervorgeholt und damit herumgespielt.«

Und jetzt kehrt auch meine Erinnerung zurück. Ich hatte die Capri-Sonne in der Hand und tat so, als würde ich Tanya damit bespritzen. Hat Annabel den Spiegel mitgenommen? Lag er deswegen in ihrem Bad? Hatte Tanya das Partyhütchen auf? Ich entsinne mich dunkel, wie sie es mir aufsetzte und mir den Gummi unters Kinn zog. Stammen daher vielleicht die Kratzer an meinem Hals? Und schließlich Esther – wir haben mit dem Lippenstift herumgealbert und uns Schmollmünder geschminkt. Hat eine von uns Esther verunstaltet?

Ich frage mich, was aus der grotesken Leinwand geworden ist, dem Sinnbild für das Schlimmste, was wir Poppy jemals angetan haben.

»So langsam dämmert's mir«, sage ich vorsichtig. »Aber warum hast du uns nichts davon erzählt?«

»Ich dachte, das wäre im Suff passiert. Ein alberner Spaß. Aber dann wurde es kompliziert.«

Natürlich. Langsam beruhigen sich meine Nerven. Ich ziehe schon wieder voreilige Schlüsse.

Esthers Augen verengen sich zu Schlitzen. »Und du?«

»Was, und ich?«

»Du schleichst dich einfach so in mein Zimmer.« Sie schnalzt tadelnd mit der Zunge. »Du enttäuschst mich, Chloe. Wie kannst du nur an mir zweifeln?«

»Tu ich doch gar nicht.« Ich muss sie unbedingt auf meine Seite ziehen. Die treue Esther, auf die man sich jederzeit verlassen kann. Sie wird mir helfen. Annabel verabscheut mich, und Tanya ist ein Fähnchen im Wind. Die Polizei wird einer drogenabhängigen Loserin kein Wort glauben. Ich muss mir meine Verbündeten besser aussuchen. »Ich war auch in Annabels Hütte. Tanyas ist als Nächstes dran. Komm mit.«

»Ich dachte, Tanya und du wärt ganz dicke«, sagt sie.

Scheiße. Weiß sie etwa, worüber Tanya und ich gesprochen haben?

Ich lache, aber es klingt gezwungen, selbst in meinen Ohren. »Aber wir sind doch alle Freundinnen, oder?«

Sie ignoriert meine Bemerkung. »Glaubst du, das ist alles echt?«

»Was meinst du?«

»Na, das alles hier. Das Blut, Poppys Verschwinden.« Sie schlingt die Arme um sich. »Ich rede mir die ganze Zeit ein, dass Poppy jeden Augenblick zur Tür hereinkommt und uns sagt, dass alles nur ein Spiel war, aber das erscheint mir immer unwahrscheinlicher.«

»Dafür war es zu viel Blut«, gebe ich zu bedenken.

Und wir alle wollten sie umbringen. Wir alle hatten ein Motiv.

Sie seufzt. »Ich ziehe mich rasch um. Wir treffen uns in Tanyas Hütte.«

Meine Bemerkung, wir seien doch alle Freundinnen, hat sie ignoriert, aber ich kann sie schlecht zu einer Antwort zwingen. Ich hetze zu Tanyas Hütte, und wieder klopfe ich an, bevor ich eintrete.

Die Vorhänge sind zugezogen, darum knipse ich das Licht an, aber die Birne flackert nur einmal auf und brennt dann durch. Seufzend ziehe ich die Vorhänge auf – und kriege den Schock meines Lebens.

An Tanyas Fenster, vor dem die Bäume so dicht stehen, dass keine von uns je dort entlanggehen würde, sind Blutspritzer.

Sofort reiße ich es auf, lehne mich hinaus und schaue hinunter.

Aber da ist nichts. Keine Leiche, wie ich zuerst dachte, aber auch kein weiteres Blut.

Mit pochendem Herzen und zitternden Händen durchsuche ich Tanyas Zimmer. Aber es ist ums Verrecken nichts zu finden.

Ich will gerade gehen, als Esther hereinkommt.

»Himmel! Chloe, du siehst aus, als hättest du ein Gespenst gesehen. Was ist los?«

»An Tanyas Fenster klebt Blut.«

»Was?« Esther eilt zum Fenster, schlägt die Hände über dem Kopf zusammen und taumelt rückwärts. »O mein Gott.«

»Was machen wir denn jetzt?« Ist es schlimm, dass ich den Nervenkitzel insgeheim genieße, einen echten Kick in meinem Körper verspüre? Weil ich gerade vielleicht doch noch über etwas gestolpert bin?

»Setz dich.« Esther denkt, ich zittere vor Angst. »Sonst wirst du womöglich ohnmächtig.«

Ich stürze mich mit Freuden in die Rolle der verängstigten Jungfrau und plumpse aufs Bett, aber die Landung fühlt sich irgendwie merkwürdig an.

Es liegt etwas unter der Matratze. Das Gewicht ist falsch verteilt – was eine ebene Fläche bilden sollte, wölbt sich nach oben, und ich sitze leicht erhöht. Esther hat es sofort bemerkt.

»Scheiße.« Ich stehe wieder auf, und wir hieven die Matratze vom Bett.

Zum Vorschein kommt ein Bündel von Bettlaken.

Ich denke zurück an das Gespräch, das ich vor höchstens einer Stunde mit Tanya geführt habe, auf dem Rückweg vom Strand, während Esther und Annabel uns vorauseilten und ihrerseits die Köpfe zusammensteckten.

»Du und ich, wir sind einander etwas schuldig«, hatte Tanya gesagt, mit leiser, fast schon bedrohlicher Stimme. »Vergiss das nicht.«

»Wir sind unschuldig«, hatte ich erwidert. »Du brauchst dir also keine Sorgen zu machen, so oder so. Stimmt's?«

»Stimmt«, bestätigte sie und hakte sich bei mir unter. »Wir stehen uns zudem näher als Esther und Annabel. Wir decken uns gegenseitig, wenn die Polizei morgen kommt.«

»Na klar.«

»Wir sind die Hauptverdächtigen. Wir müssen so bald wie möglich unsere Aussagen abstimmen. Ich schlage vor, wir sagen, wir hätten einander ins Bett gehen sehen. Zu den beiden anderen könnten wir leider keine Angaben machen. Was hältst du davon?«

»Ich bin dabei.«

Ach, Tanya, Tanya. Netter Versuch.

Schweigend falten Esther und ich eines der Laken auseinander. Wir sehen uns nicht an, aber ich kann ihren keuchenden Atem hören. Ein Zeichen von Nervosität? Oder von Erregung? Unmöglich zu sagen.

Es sind zwei Bettlaken. Wir schlagen das erste wieder zusammen und sehen, dass das zweite mit Blut befleckt ist.

Einen Moment lang gerate ich in Panik, habe mich jedoch sofort wieder im Griff.

»Vielleicht sollten wir einfach so tun, als hätten wir das noch nie gesehen«, sage ich. »Ich weiß nicht, was ich mir dabei gedacht habe, in euren Zimmern herumzuschnüffeln. Das war keine gute Idee.«

Esther starrt mich verblüfft an. »Dazu ist es jetzt zu spät. Du hast mich mit in diese Sache reingezogen. Wir können nicht einfach alles so lassen. Dann weiß Tanya sofort, dass wir hier waren. Und was ist mit dem Blut am Fenster?«

Ich weiß ja, dass sie recht hat, aber langsam wirkt das alles beängstigend real.

»Na gut.« Ich nehme all meinen Mut zusammen und falte das Laken auseinander. Von dem Geruch, der mir entgegenschlägt, wird mir fast übel.

Wie auf dem Präsentierteller liegt in der Mitte des Lakens ein blutiges Messer.

ZWEIUNDZWANZIG

Tanya

21. Mai 2023

Bevor ich überhaupt weiß, was los ist, kommen sie kreischend und wild fuchtelnd über den Strand gelaufen und rufen meinen Namen. In Esthers Hand flattert ein Bettlaken, und was hat Chloe da in der Hand … ein Messer?

Ich fahre von meiner Liege hoch. Was geht denn jetzt ab?

Auch Annabel hebt den Kopf. Die Verwirrung in ihrem Gesicht verwandelt sich in blankes Entsetzen, als sie Esther und Chloe erblickt, die im nächsten Moment auch schon vor uns stehen.

Es *ist* ein Messer. An der Klinge klebt getrocknetes Blut.

Was will Chloe mit einem Messer? Eine endlose Schrecksekunde lang denke ich, die beiden wollen uns umbringen, und springe auf, bereit, um mein Leben zu kämpfen.

»Kein Wunder, dass ihr alles vertuschen wolltet!«, blafft sie.

Ich verstehe nur Bahnhof.

Annabel tritt neben mich. »Wo hast du denn das Messer her?«

Chloe zeigt mit dem Finger auf mich. »Tanya hatte es unter ihrer Matratze versteckt. Es war in dieses Laken gewickelt.«

Esther, die ihr jetzt offensichtlich aus der Hand frisst, breitet das Laken auseinander, auf dem ein großer Blutfleck prangt. Aber hier am Ufer weht ein etwas stärkerer Wind, der ihr das Laken plötzlich aus der Hand reißt. Es fliegt in hohem Bogen durch die Luft und landet im Wasser.

Egal. Wir alle haben das Blut gesehen.

Und Chloe hält immer noch das Messer in der Hand.

»Ich habe keine Ahnung, wovon du redest«, sage ich und versuche, die Ruhe zu bewahren. »Warum sollte ich das unter meinem Bett verstecken? So blöd ist doch kein Mensch. Was hast du überhaupt in meinem Zimmer verloren? Ich dachte, wir hätten eine Abmachung.«

Ich sehe Chloe in die Augen, doch sie stiert geradewegs durch mich hindurch.

»Chloe hatte alle Zimmer durchsucht«, erklärt Esther. »Und ich habe ihr dabei geholfen.«

»Was auch sonst?« Am liebsten würde ich ihr eine schallende Ohrfeige verpassen.

»Moment mal.« Annabel runzelt die Stirn. »Du hast mein Zimmer durchsucht? Warum?«

Chloes Wangen röten sich, aber da sie sich im Recht glaubt, lässt sie nicht locker. »Ich wollte dahinterkommen, was wirklich passiert ist. Ich dachte, ich finde vielleicht etwas.«

»Wie kannst du es wagen, in meinen Sachen herumzuschnüffeln, nach allem, was du mir angetan hast? Du hast vielleicht Nerven.«

»Was stört es dich überhaupt?«, frage ich. »Seit wann bist du Poppy Greers größter Fan?«

»Es geht um Mord, da muss man jemanden nicht mögen!«

»Dir geht es allein um dich selbst«, sage ich. Und ich sehe Chloe an, dass ich den Nagel auf den Kopf getroffen habe. »Ich wusste es. Du warst schon immer ein egoistisches Miststück.«

»Du willst doch nur den Spieß umdrehen! In wessen Zimmer lag das Messer denn?«

»Und dein eigenes Zimmer? Hast du das auch durchsucht?«

»Nein. Natürlich nicht.«

Ich grinse höhnisch. »Natürlich nicht. Besonders objektiv kann ich das aber nicht finden. Wer beweist mir, dass ihr das Messer auch tatsächlich in meinem Zimmer gefunden habt?«

»Ich war dabei«, sagt Esther. »Ich kann es bezeugen. Hör auf, dauernd vom Thema abzulenken.«

»Was ist denn das Thema, Esther?« Ich gebe mir keine Mühe mehr, meine Wut zu verbergen, meine Stimme ist nur noch ein scharfes Fauchen. »Dass ich Poppy heute Nacht heimlich ermordet habe und dann auf die geniale Idee verfallen bin, die Mordwaffe in meinem eigenen Zimmer zu verstecken?«

»Niemand sonst hätte die Zeit gehabt, dir das Messer unterzujubeln«, gibt sie zurück. »Deine Ausflüchte kannst du dir sparen.«

»Dann hatte ich also genug Zeit, Poppys Leiche im Meer zu entsorgen, aber nicht die Mordwaffe?« Über ihre albernen Anschuldigungen muss ich unwillkürlich lachen. »Sehr einleuchtend.«

Zu meiner großen Genugtuung huscht ein Schatten des Zweifels über Annabels Gesicht.

Esther lässt sich nicht so leicht entmutigen. »Vielleicht hast du ihre Leiche ja gar nicht im Meer verschwinden lassen. Vielleicht ist sie ja immer noch hier auf der Insel. An deinem Fenster klebte Blut. Wer weiß, wo du sie versteckt hast?«

Blut an meinem Fenster? Hm.

Annabel ist von mir abgerückt und will allem Anschein nach zu Esther und Chloe überlaufen.

»Ist euch beiden eigentlich klar, was für einen Schwachsinn ihr da redet? Ihr wollt mir den Mord an Poppy in die Schuhe schieben? Im Ernst?«

»Eine von uns muss es gewesen sein«, sagt Chloe. »Darüber sind wir uns ja wohl einig.«

»Vergiss es. Ihr habt euch auf die Falsche eingeschossen.«

»Du hattest das stärkste Motiv.« Esther scheint es regelrecht zu genießen. Seltsam. So habe ich sie noch nie erlebt. »Immerhin warst du Poppys beste Freundin. Ihre älteste Freundin. Schon deshalb hasste sie dich am meisten, und umgekehrt du sie. Sie hat publik gemacht, dass du ein Junkie bist.«

Das scheint Annabel zu überzeugen. Sie nickt zögernd. »Und bei deiner Drogensucht hast du doch bestimmt heftige Entzugserscheinungen. Vielleicht bist du ohne zu überlegen auf sie losgegangen. Ein schreckliches Versehen.«

Ich wusste, dass sie mich mit anderen Augen sehen würden, wenn sie von meinem Drogenproblem erfahren. Die arme Tanya ein Junkie. Die Partyqueen, die an den vielen Partys zugrunde gegangen ist. Kein Job, kein Partner, kaum noch Geld, weil sie alles für Koks, Alk und ein bisschen Spaß auf den Kopf gehauen hat und meine letzten Ersparnisse dahinschmelzen wie Butter an der Sonne. Und ohne die geringste Chance, es mir zurückzuholen, weil alle Welt weiß, was aus mir geworden ist.

Und das nur wegen Poppy.

Ja, ich war sauer. Okay, sauer ist vielleicht ein wenig untertrieben. Wütend. Fuchsteufelswild. Und natürlich bin ich gereizt, so ohne Koks. Wer wäre das nicht, wenn er sich das Zeug zwei Jahre lang fast täglich reingezogen hätte?

Also: Hätte sich gestern Abend eine Gelegenheit ergeben, hätte ich Poppy dann etwas angetan? Nach allem, was sie mir angetan hat?

Vermutlich. Aber das brauchen die anderen nicht zu wissen.

»Schon gut, Tanya«, sagt Chloe. »Ich hab's kapiert. Wir waren alle sauer. Erzähl uns einfach, was passiert ist, dann sehen wir weiter.«

»Ich sage es jetzt einmal, damit es klar und deutlich ist«, sage ich. »Ich. Habe. Poppy. Nicht. Umgebracht. Und damit hat sich's.«

Esther seufzt. »Du wurdest quasi auf frischer Tat ertappt. Gott, wie erbärmlich.«

»Nein, ihr seid erbärmlich. Eine von euch hat Poppy umgebracht, und jetzt wollt ihr mir den Mord anhängen!«

Annabel nimmt Chloe das Messer aus der Hand und bestaunt es von allen Seiten. Es ist ein großes Küchenmesser, wie man es aus Horrorfilmen kennt. Das Ganze hat etwas Absurdes. Wer weiß, vielleicht ruft der Regisseur gleich »Cut!«, und wir lachen uns kaputt, weil wir die Szene so realistisch gestaltet haben.

Es war einmal, in grauer Vorzeit, da wollte ich Schauspielerin werden. Das war mein großer Traum, als ich ein kleines Mädchen war. Ich war eines dieser schrecklichen altklugen Kinder, die von Dramatikern und Dichtern schwärmten und sich für wer weiß was hielten. In sämtlichen Schulaufführungen spielte ich die Hauptrolle. Ich sprach tausendmal für Theaterstücke und Fernsehserien vor.

Und wurde nicht ein einziges Mal zurückgerufen.

»Nicht überzeugend genug«, bekam ich einmal zu hören. »Ich habe dir deinen Schmerz nicht abgenommen.«

Ob sie ihn mir jetzt abnehmen würden?

»Tanya, bitte«, sagt Annabel. »Bringen wir diesen schrecklichen Tag zu einem gnädigen Ende. Raus mit der Sprache.«

»Du glaubst ausgerechnet Chloe und Esther? Im Ernst?«

Auf diese Reaktion hatte ich gehofft. Annabel blickt stirnrunzelnd zu Chloe.

»Hör nicht auf sie«, sagt Chloe.

»Sie hat mit Andrew geschlafen!«, sage ich. »Ich an deiner Stelle würde sie mit dem Arsch nicht mehr angucken.«

Chloe grinst höhnisch. »Komisch, dass dir das erst jetzt einfällt.«

Fuck.

»Was soll das heißen?«, fragt Annabel.

»Sie wusste Bescheid«, sagt Chloe. »Sie wusste von der Affäre. Sie wusste es seit fast einem Jahr und hat dir nichts davon gesagt.«

Ich hatte es durch Zufall mitbekommen. Voriges Jahr im Sommer hatte Annabel sich für irgendein Event eine Jacke von mir geliehen und sie nicht zurückgebracht. Sie gab sich abweisend und tat, als könnte sie sich nicht daran erinnern. Da ich wusste, dass sie übers Wochenende zur Hochzeit von Verwandten fahren würde, beschloss ich, mir die Jacke von Andrew zurückzuholen.

Womit ich nicht gerechnet hatte, war Chloes Wagen in der Auffahrt. Außerdem erwarteten die beiden eindeutig einen Pizzalieferanten, als sie, halb nackt, die Tür aufmachten und stattdessen mich dort stehen sahen.

Und ich habe dichtgehalten, die ganze Zeit.

Annabel, deren Hand immer noch das Messer umklammert, scheint einen Augenblick lang wie erstarrt. Es war vermutlich keine gute Idee, es ihr zu sagen, während sie buchstäblich eine Mordwaffe in Händen hält, und das dämmert jetzt offenbar auch Chloe, denn sie versteckt sich hinter Esther und hebt zum Zeichen der Aufgabe die Hände.

Doch Annabel ignoriert sie und baut sich vor mir auf. Sie scheint die Ruhe selbst. Ich frage mich, wie sehr es in ihr wohl brodelt.

»Sagt Chloe die Wahrheit?«, murmelt sie.

»Das glaubst du doch selbst nicht«, sagt Esther. »Echt jetzt?«

»Dich habe ich aber nicht gefragt«, erwidert Annabel. »Sondern Tanya.«

Chloe wirft mir einen triumphierenden Blick zu. Dieses kleine Miststück. Sie hat das alles geplant.

»Pass auf …« Ich versuche, Zeit zu schinden. »Es ist mir nicht leichtgefallen. Ich wollte es dir sagen. Aber Annabel, ich wollte dich doch nur schützen. Ich hatte mit mir selbst genug zu tun, wie du inzwischen weißt, ich war in meinem eigenen Chaos versunken. Ich habe Chloe hundertmal geraten, endlich Farbe zu bekennen.«

»Ich fass es nicht!«, schreit sie. »Du auch. Als ob es nicht schon schlimm genug wäre, dass Andrew mit jeder Blondine ins Bett springt, die ihm über den Weg läuft, und fröhlich eine meiner sogenannten besten Freundinnen fickt, nein, jetzt muss ich auch noch erfahren, dass meine *andere* beste Freundin die ganze Zeit davon wusste! Es ist unglaublich.«

»Es tut mir leid …« Ich strecke die Hand nach ihr aus, aber sie weicht zurück.

»Ich ertrage auch alle nicht mehr«, sagt Annabel. »Bleibt mir verdammt noch mal vom Leib.«

»Annabel!«

Sie stakst davon, den Strand entlang, und quittiert Esthers Ruf mit dem gereckten Mittelfinger.

»Annabel, wage es nicht, mir das anzutun!«, brüllt Esther. »Sonst plaudere ich vielleicht auch ein wenig aus dem Nähkästchen. Annabel! Komm zurück!«

Trotz Esthers Drohung geht sie weiter. Bald ist sie nur mehr eine Gestalt in der Ferne, die sich nicht einmal zu uns umdreht.

»Was für Geheimnisse hütest du denn so, Esther?«, hakt Chloe nach. »Vielleicht welche der tödlichen Art?«

»Halt die Klappe, Chloe«, sage ich. »Das wird Annabel mir nie verzeihen.«

»Willkommen im Club«, gibt sie leise zurück.

Esther tritt zwischen uns. »Schluss jetzt. Wir haben wirklich wichtigere Sorgen als Chloes dämliche Affäre mit Andrew! Zum Beispiel das Messer! An dem Poppys Blut klebt!«

»Um Gottes willen!«

»Du gehst am besten in deine Hütte und rührst dich nicht vom Fleck«, herrscht Esther sie an.

Auch wenn ihre Stimme ernst ist, klingt es aus irgendeinem Grunde komisch und passt so gar nicht zu der Situation. »Du bist nicht meine Mutter.«

»Dann lass es mich anders formulieren«, sagt Esther in einem Tonfall, den ich von ihr so noch nie gehört habe. »Entweder du tust freiwillig, was ich dir gesagt habe, oder ich helfe ein bisschen nach.«

Ich möchte widersprechen, aber das wilde Funkeln in ihrem Blick hält mich davon ab. Selbst Chloe scheint sich vor dieser neuen Esther zu fürchten, die wie aus dem Nichts aufgetaucht ist.

Oder war sie immer schon da und lauerte nur im Verborgenen?

Schließlich war sie es, die den Julian-Plan ausgeheckt hat. Schon damals fand ich es erstaunlich, wie eiskalt und berechnend sie sein konnte.

Unter ihrem linken Auge bildet sich ein Bluterguss, und auch an ihrem Hals sind blaue Flecke zu erkennen.

Sind das etwa Würgemale?

Und wer sonst sollte sie gewürgt haben, wenn nicht jemand, der sich mit aller Kraft zu befreien versuchte?

Chloe und Esther eskortieren mich zu meiner Hütte wie Bodyguards, eine links und eine rechts von mir. Chloe kocht vor Wut, aber deswegen mache ich mir keine Sorgen. Esther strahlt eine Kälte aus, die körperlich zu spüren ist, und als sie mich allein in meinem Zimmer zurücklassen, seufze ich erleichtert auf. Endlich bin ich sie los.

Sie glauben, sie hätten alles geklärt, dabei haben sie nichts dergleichen getan.

Wenn überhaupt, haben sie alles nur noch schlimmer gemacht.

Denn jetzt heißt es jede gegen jede. Ich wollte, dass wir hierherkommen und uns der Vergangenheit stellen. Ich wollte nicht, dass sich die Dinge so entwickeln. Aber wenn es so sein soll, dann soll es eben so sein. Dann geht eben alles in die Binsen. Sie haben es nicht besser verdient.

Etwa eine Stunde später klopft es an meiner Tür.

»Herein«, rufe ich vom Bett aus. Ich werde den Teufel tun und ihretwegen aufstehen. Wenn sie sich entschuldigen oder mir noch mehr Vorwürfe machen wollen – sollen sie doch. Am Ende landen sie so oder so alle in der Hölle.

Jemand schleicht lautlos ins Zimmer und macht die Tür hinter sich zu.

»Tanya«, sagt sie.

Ich drehe mich um – und sehe das Messer.

DREIUNDZWANZIG

Esther

21. Mai 2023

Poppy setzt sich mit zerzausten Haaren im Bett auf und reibt sich die Augen. »Was willst du denn hier?«

Sie hat keine Angst, aber es wäre besser, wenn sie welche hätte. Sie trägt ein hauchdünnes Nachthemd, die Spaghettiträger rutschen ihr von den Schultern. Die Vorhänge sind zugezogen, durch einen Spalt ist ein Stück Nachthimmel zu erkennen, und der Mond erhellt ihr Bett wie ein Scheinwerfer. Als ich auf sie zutrete, sieht sie das Messer in meiner Hand. Die Klinge blitzt im fahlen Licht.

Sie reißt die Augen auf und hebt abwehrend die Hände. »Bitte, tu mir nichts.«

Aber ich bin nicht in Vergeberlaune. »Das hättest du dir überlegen sollen, bevor du mein Leben ruiniert hast.«

»Ich nehme alles auf mich«, sagt Poppy mit flehender Stimme. Ihre Verzweiflung stachelt mich nur noch mehr an. »Wir können uns doch auch friedlich einigen.«

»Zu spät.« Ich stolpere vorwärts, von dem Gin noch immer leicht benebelt, stürze mich auf sie und ramme ihr das Messer tief in den Leib.

»Esther!«, kreischt sie in heller Panik und versucht, mir zu entkommen.

Ich ziehe das Messer heraus, stoße ein zweites Mal zu und beobachte genüsslich, wie ihr Blut das Laken tränkt.

»Das hast du nun davon«, sage ich.

»Bitte«, bettelt sie, und ihre Stimme ist nur noch ein schrilles Wimmern. Und als sie endlich begreift, dass ich nicht die Absicht habe, ihr zu helfen, schreit sie aus vollem Hals: »Hilfe! Hilf mir doch jemand!«

Da beginne ich zu lachen. Ich lache und lache und lache, während das Licht in ihren Augen erlischt und sie schließlich kalt und leblos daliegt.

Herr im Himmel.

Nach Luft schnappend schrecke ich aus dem Schlaf.

Was, zum Teufel, war denn das? Ein Traum? Ein Albtraum? Eine verschüttete Erinnerung an gestern Nacht?

Im ersten Augenblick scheint alles in weißen Nebel getaucht, und es dauert eine Weile, bis ich wieder klar sehen kann. Ich sitze in meiner Hütte auf dem Bett; die Laken sind schweißgetränkt, ebenso meine Klamotten. Ich habe einen trockenen Mund, und meine Kehle ist wie ausgedörrt. Zum Glück steht auf dem Nachttisch eine Flasche Wasser, und ich trinke gierig, leere sie in einem Zug, bis zum letzten Tropfen.

Jetzt weiß ich's wieder. Ich wollte mich kurz hinlegen. Nachdem wir Tanya in ihr Zimmer gebracht hatten, ging ich in meine Hütte, um meinen Kater auszuschlafen.

Es war nur ein Traum. Ein schrecklicher Traum.

Das versuche ich mir jedenfalls einzureden.

Ich stehe auf, wasche mir das Gesicht und schlüpfe in ein schlichtes Sommerkleid. Die Sonne steht noch immer hoch am Himmel, ist jetzt aber nicht mehr von endlos weitem Blau umgeben. Stattdessen ballen sich Gewitterwolken am Horizont, dunkel und bedrohlich, und verwandeln das Blau in Grau. Bald wird es regnen. Wenn nicht Schlimmeres.

Hat in den vergangenen Stunden jemand nach Tanya gesehen?

Als ich aus meiner Hütte trete, meine ich, in der Ferne Chloe zu erkennen, die sich auf dem Rasen sonnt. Ist Annabel inzwischen zurück? Ist sie vielleicht in ihrer Hütte?

Bei Tanya ist alles still und dunkel. Ich klopfe fest an ihre Tür und rufe ihren Namen.

Nichts.

»Ich komme jetzt rein«, sage ich so laut, dass selbst Annabel in der Nachbarhütte mich hören könnte, so sie denn dort wäre.

Es ist noch schlimmer als in meinem Traum.

Tanya liegt auf dem Bett, die glasigen Augen zur Decke gerichtet. Das Leben ist aus ihnen gewichen. Das Blut ist bis zur Wand über dem Kopfende gespritzt, und sie selbst liegt in einer riesigen roten Lache, die das gesamte Bett durchtränkt. Das Messer – dasselbe Messer, wie mir siedend heiß klar wird, als ich die verräterische Scharte am Griff erspähe – ragt aus ihrer Brust.

Sie ist tot.

Ich stoße einen gellenden Schrei aus.

Ich habe mein Lebtag noch nie so geschrien, Furcht und Schrecken bündeln sich in einem schier endlosen Heulen. Selbst zu Hause, wenn ich vor Angst keinen klaren Gedanken mehr fassen kann und sich mir fast der Magen umdreht, wenn ich die Haustür aufschließe, ja selbst wenn es dann tatsächlich passiert – so schlimm war es noch nie.

Habe ich Tanya umgebracht? Der Gedanke kommt wie aus dem Nichts und trifft mich wie ein Faustschlag ins Gesicht. War mein Traum womöglich Realität und mein Unbewusstes hat Tanya durch Poppy ersetzt, um mit meiner grausamen Tat fertigzuwerden?

Ich schreie noch immer, als Annabel und Chloe ins Zimmer stürzen. Ich weiß nicht, wie lange ich schon so schreie. Eine Minute? Vielleicht länger. Meine Kehle brennt wie Feuer.

Chloe kreischt entsetzt und schlägt sich beide Hände vor den Mund.

Zu meinem Erstaunen ergreift ausgerechnet Annabel die Initiative, schaltet das Licht ein, sodass das ganze Ausmaß der Tragödie sichtbar wird. Sie eilt zu Tanya, presst die Hand auf ihren Hals, obwohl wir wissen, dass es sinnlos ist. Dann zieht sie mit zitternden Händen das Messer aus Tanyas Brust und lässt es zu Boden fallen.

»Sie ist tot«, sagt sie, als hätten wir das nicht längst gemerkt.

»Deck sie zu. *Bitte.*« Chloe dreht sich um und geht zur Tür. »Ich kann diesen Anblick nicht ertragen«, sagt sie und rauft sich die Haare.

Annabel nimmt Tanyas Leiche in Augenschein. »Es sind zwei Stichwunden.«

»Zwei?« Ich nehme meinen ganzen Mut zusammen und nähere mich dem Bett.

Und tatsächlich, es sind zwei Stichwunden. Eine in ihrer Brust, die andere an der Schulter. Das Bett ist zerwühlt, und der Nachttisch ist umgestürzt.

»Hier hat ein Kampf stattgefunden«, sage ich. »Sie hat sich gewehrt. Aber hättest du das drüben in deiner Hütte denn nicht hören müssen?«

Annabel schüttelt den Kopf. »Ich war ja gar nicht da. Ich bin erst vor zehn Minuten vom Strand zurückgekommen. O Gott, ich kann das alles nicht glauben. Sie ist wirklich …«

»Habt ihr sie zugedeckt?«, ruft Chloe. »Sonst komme ich nicht wieder rein.«

Annabel und ich breiten ein Bettlaken über Tanyas leblosen Körper.

»Warum ist Poppys Leiche verschwunden, Tanyas aber nicht?«, frage ich, trete einen Schritt zurück und lasse den Blick durchs Zimmer wandern.

»Poppy wurde in der Nacht ermordet«, sagt Annabel. »Im Dunkeln ist es viel leichter, eine Leiche verschwinden zu lassen.«

»Aber wenn Tanya jetzt auch tot ist …«

Annabel beendet meinen Satz. »Dann haben wir uns geirrt. Und sie hat Poppy nicht umgebracht.«

»Ich verstehe das nicht«, sage ich. »Poppy, okay. Aber Tanya? Warum jetzt auch noch Tanya?«

Chloe und Annabel schütteln den Kopf.

»Bei Poppy hatte jede von uns einen Grund. Nach allem, was sie sich geleistet hat. Keine von uns weint ihr eine Träne nach. Aber mit Tanya waren wir seit Ewigkeiten befreundet. Ich kapier es einfach nicht.«

»Sie hat dir von meiner Affäre mit Andrew nichts gesagt«, wendet Chloe sich an Annabel. »Und deshalb warst du außer dir vor Wut.«

In Annabels Augen blitzt etwas auf. Zorn?

»Aber das ist doch kein Mordmotiv«, sagt sie. »Was ist mit Esther?«

Sie sieht mich an. »Du hast dafür gesorgt, dass sie ihren Job verloren hat. Sie war stinksauer deswegen. Vielleicht seid ihr euch darüber ja noch mal in die Haare geraten, und du bist durchgedreht.«

»Du hast recht«, sage ich hastig. »Das sind doch alles Kinkerlitzchen.«

»Aber es muss eine von uns gewesen sein.« Chloe geht nach draußen, und diesmal folgen wir ihr, damit wir Tanyas Leiche nicht mehr sehen müssen.

»Ja.«

»Bei Poppy war mir das egal«, sagt Chloe. »Aber das hier ist was anderes.«

Während wir uns gegenseitig mustern, schiebt sich eine Wolke vor die Sonne, verdunkelt die Landschaft und wirft einen Schatten auf unsere Gesichter. Der Wind hat aufgefrischt, pfeift durch die Palmen und peitscht die Wellen in der Ferne, die das Unwetter noch vor uns zu spüren bekommen. Ich weiß nicht, was ich von den beiden Frauen halten soll, die vor mir stehen, zwei Frauen, die ich schon seit der Grundschule kenne. Ich bin mit ihnen aufgewachsen, sie haben meinen gesamten Lebensweg bis hierher begleitet.

Und ich traue ihnen keinen Fußbreit mehr über den Weg.

»Was machen wir jetzt?«, fragt Chloe. »Was sollen wir jetzt bloß machen?«

»Wir müssen zusammenbleiben«, sage ich. »Keine Alleingänge mehr. Wir quartieren uns in der Main Lodge ein.«

»In der Main Lodge?«, fragt Annabel ängstlich. »Aber dort ist Poppy ermordet worden. Das kannst du nicht im Ernst von uns verlangen.«

»Sie ist zentral gelegen, außerdem hat sie eine Küche und zwei Bäder«, erkläre ich. »In Poppys Zimmer gehen wir natürlich nicht. Und an Schlaf ist jetzt sowieso nicht zu denken.«

Ein Blitz erhellt den Himmel, gefolgt von einem leisen Donnergrollen. Wie aufs Stichwort fallen die ersten Regentropfen.

»Wir sollten uns beeilen.« Ich ziehe Tanyas Tür ins Schloss, ohne einen weiteren Blick in die Hütte zu werfen. »Es sieht nach einem Gewitter aus.«

Und schon sind wir unterwegs zur Main Lodge und schaffen es gerade noch hinein, bevor der Regen erbarmungslos auf die Erde niederprasselt. Wir können ihn sogar durch die geschlossene Tür hören, als würde draußen ein Trommelorchester spielen. Wir setzen Kaffee auf, blicken immer wieder zu Poppys geschlossener Zimmertür, nehmen schließlich am Küchentisch Platz und wärmen die Hände an unseren Bechern, als würden wir in diesem Tropenklima frieren. Chloe bringt es nicht fertig, uns in die Augen zu sehen. Sie starrt konzentriert auf ihren Becher, als wäre er das Wichtigste auf der Welt, während Annabel unter Schock zu stehen scheint.

Obwohl mir vor Angst ganz flau im Magen ist und mir das Herz bis zum Hals schlägt, versuche ich, die anderen zu beruhigen.

»Wir müssen bis morgen früh durchhalten«, erkläre ich. »Dann holt Robin uns hier ab. Wir müssen nur die Nacht überstehen.«

»Leichter gesagt als getan.« Chloe hebt den Blick von ihrem Becher. Ihre Lippen zittern. »Ich kann einfach nicht glauben, dass Tanya tot ist.«

»Ich weiß nicht mehr, was ich glauben soll.« Annabel trinkt einen Schluck Kaffee. »Innerhalb von vierundzwanzig Stunden hat sich alles verändert. Gestern um diese Zeit haben wir den Gin getrunken, und alle waren noch am Leben. Wir dachten, schlimmer als Poppys Rache kann es nicht mehr kommen. Wir hatten ja keine Ahnung.«

»Ich kriege es einfach nicht in den Kopf«, sagt Chloe. »Sie sind tot. Wir werden sie nie wiedersehen. Never ever.«

Und so sitzen wir eine Weile da und lauschen dem Regen.

Wieder und wieder donnert es, und dann ist klar, dass ein gewaltiger Sturm über unsere Insel hinwegfegen wird.

Alle haben mich immer unterschätzt. Sie sehen in mir keine Bedrohung. Warum auch, wo es doch so viel einfacher ist, mich mit dem Mädchen von damals zu identifizieren? Aber wie ich bewiesen habe, bin ich ziemlich gut darin, Geheimnisse zu bewahren – und nicht nur meine eigenen.

Vor allem Tanya. Besonders Tanya. Speziell in ihrem Fall musste ich dafür sorgen, dass sie diese Insel nicht lebend verlässt. Sie wusste, warum sie durch meine Hand sterben musste, während das Leben aus ihren Augen wich und sie sich in ihr Schicksal fügte.

Mag sein, dass ich mich von meinem Zorn habe hinreißen lassen. Von meinen Gefühlen. Diese Hen Party wird so schnell niemand vergessen, auch wenn die Braut sich verabschiedet hat.

Tut mir leid, dass du hier sterben musstest, Poppy, aber es ging nicht anders. Wir müssen uns der Vergangenheit nun endlich stellen, damit ich nie wieder an diesen Tag zurückdenken muss.

Wer weiß, was ich als Nächstes tun werde? Es gibt jetzt kein Zurück mehr. Und ich will auch nicht mehr zurück.

VIERUNDZWANZIG

Annabel

21. Mai 2023

Wie soll man auch nur einen klaren Gedanken fassen, wenn das Wasser kocht und der Sturm ums Haus fegt. Um mich zu beschäftigen, mache ich uns allen einen Tee, in dem vollen Bewusstsein, dass eine von uns zwei Menschenleben auf dem Gewissen hat. Ich verteile die Becher, und wir sitzen eine kleine Ewigkeit schweigend am Tisch. Da ich die Tassen seit dem Kaffeetrinken nicht gespült habe, schmeckt der Tee ein bisschen merkwürdig. Aber was soll's. Hauptsache, Koffein.

»Es war dasselbe Messer, mit dem auch Poppy ermordet wurde«, sagt Chloe plötzlich. »Ich verstehe das nicht. Hast du es denn nicht zurückgebracht, Esther? Wo hast du es gelassen?«

Esther errötet. »Was willst du damit andeuten?«

»Ich frag ja bloß«, erwidert Chloe. »Deswegen musst du mich nicht gleich so anschnauzen.«

»Wieso ich? Ich hatte es doch gar nicht.«

Sie haben vergessen, dass ich das Messer als Letzte hatte. Und ich werde den beiden bestimmt nicht auf die Sprünge helfen. Nicht, nachdem sie in unseren Zimmern herumgeschnüffelt haben. Ich frage mich, was sie wohl gefunden haben, und werde von Minute zu Minute nervöser. Nachdem die Situation hier derart eskaliert ist, hatte ich noch immer keine Gelegenheit, Chloe endlich zur Rede zu stellen, und bei der Vorstellung, dass sie mein

Zimmer durchsucht hat, um herauszufinden, ob ich zu einem Mord fähig wäre – nach allem, was sie mir angetan hat –, verschlägt es mir glatt die Sprache. Während *ihr* Zimmer unangetastet geblieben ist. Wer weiß, was sie dort versteckt hält? Vielleicht war sie es ja, die das Messer in Tanyas Zimmer deponiert hat, nur um ihr kleines Detektivspiel inszenieren zu können. Seit wann interessiert sich Chloe überhaupt für so etwas?

Ich brenne innerlich vor Wut. Ständig weicht sie meinem Blick aus, schielt immer wieder verstohlen in meine Richtung und denkt, ich merke es nicht. Ich mustere sie heimlich und frage mich, was Andrew an ihr fand, das ich nicht habe. Ist es ihr einladender Blick? Ihr verführerisches Lächeln? Oder dass sie es einem so einfach macht und stets für alles zu haben ist?

Wir sind seit zwanzig Jahren befreundet, und dann tut sie mir so etwas an. Das ist es und nicht die Tatsache, dass sie mit Andrew ins Bett gegangen ist, was mich so fertigmacht. Dass sie mir das antun konnte.

Nicht, weil sie so eine tolle Freundin wäre. Denn das ist sie nicht. Sie ist ein egoistisches, dummes kleines Mädchen.

Sondern weil ich immer noch nicht fassen kann, dass ich das tatsächlich zugelassen habe. Dass ich es nicht fertiggebracht habe, sie dafür zur Rechenschaft zu ziehen.

»Es ist alles Poppys Schuld«, sagt Esther.

Chloe ist genauso verdutzt wie ich. »Wieso Poppys Schuld? Sie ist tot. Tanya ist tot.«

Esther knallt ihren Becher auf den Tisch, dass der Tee nur so spritzt. »Wenn sie uns nicht eingeladen hätte, wäre das alles nicht passiert. Wir hätten von Anfang an wissen müssen, dass es ein Fehler war. Ihr habt mich dazu überredet!«

»Nun komm mal wieder runter, Esther«, wütet Chloe. »Wir waren alle scharf auf den Trip. Privatinsel. Auf den Bahamas. First-

Class-Flug. Und das alles für lau. Wir wären doch behämmert gewesen, darauf zu verzichten.«

»Aber genau das ist der Punkt.« Esther seufzt. »Wir waren behämmert, uns darauf einzulassen. Zehn Jahre, nachdem wir ihr das Leben zur Hölle gemacht haben, lädt Poppy uns zu einem Luxusurlaub ein? Es ging uns doch gar nicht um sie, sondern einzig und allein um diese Traumreise.«

Ich denke an den Tag zurück, an dem wir die Einladungen bekamen.

»Tanya war es, die uns überredet hat«, sage ich. »Sie war es, die ein schlechtes Gewissen hatte. Es ging ihr nicht um einen Gratisurlaub.«

»Und was hat es ihr gebracht?«, sagt Esther. »Sie ist tot.«

Chloe reißt die Augen auf. »Meinst du, das hängt irgendwie zusammen? Sie war schließlich Poppys beste Freundin. Vielleicht hatte es der Täter auf beide abgesehen. Vielleicht war Tanya ja auf Poppys Seite.«

»Ich hätte nicht hierherkommen dürfen«, beharrt Esther.

»Du hättest ja zu Hause bleiben können«, keife ich. »Du hättest nur Nein sagen müssen. Du hättest nicht mitzukommen brauchen.«

»Ich wollte einfach weg«, sagt sie leise, fast zu sich selbst.

»Na, bitte.« Doch sie wirkt abwesend, als hätte sie schon vergessen, wovon wir reden.

»Eine von euch hat das Messer in Tanyas Zimmer deponiert«, murmelt Chloe. »Damit ich es finde.«

»Das macht doch alles keinen Sinn.« Ich runzle die Stirn. »Wenn das Ziel darin bestand, Tanya den Mord an Poppy anzuhängen, warum musste dann auch sie sterben? Damit ist sie als Hauptverdächtige ausgeschieden. Und wir sind wieder genauso schlau wie vorher.« Was den Verdacht nahelegt, dass sie selbst das

Messer in Tanyas Zimmer versteckt hat, aber das behalte ich wohlweislich für mich.

»Es sei denn, wir haben es mit zwei verschiedenen Täterinnen zu tun«, sagt Chloe. »Vielleicht hat Tanya ja doch Poppy umgebracht. Und dann hat jemand Tanya umgebracht.«

»Aus Rache? Weil sie Poppy ermordet hat?« Ich schüttele den Kopf. »Das ist ja noch irrer. Hier stimmt doch irgendetwas nicht.«

»Du meinst, abgesehen davon, dass hier zwei Menschen getötet worden sind?«, wirft Esther ein.

Alles fühlt sich irgendwie unwirklich an, als wäre ich in einem schrecklichen Albtraum gefangen. Ich rechne jeden Augenblick damit, dass Poppy und Tanya zur Tür hereinmarschieren und uns eröffnen, das Ganze sei nur ein diabolischer Streich gewesen.

»Wo ist das Bild abgeblieben?«, fragt Chloe.

Ich habe Mühe, ihren Gedanken zu folgen. »Welches Bild?«

Sie zeigt aus dem Fenster, als würde uns das weiterbringen. Draußen stürmt es immer heftiger. Vor dem Fenster ist es stockdunkel, und wir sehen den prasselnden Regen nur, wenn ein Blitz über die Insel zuckt, gefolgt von rollendem Donner, so laut, wie ich es zu Hause in England noch nie gehört habe.

»Das von der Schnitzeljagd«, erklärt Chloe. »Gestern Abend sind die ganzen Sachen von der Schnitzeljagd wiederaufgetaucht. Die leere Capri-Sonne lag vor meinem Fenster. Du hattest den zerbrochenen Spiegel, Annabel. Esther ist mit Lippenstift auf dem Bauch aufgewacht. Aber das Bild blieb spurlos verschwunden.«

»Vielleicht hat es der Wind davongeweht«, gebe ich zu bedenken.

»Vielleicht.« Sie klingt nicht sehr überzeugt.

Das zerschlitzte Bild war der pure Horror.

Poppys Gemälde, ihr letztes Kunstprojekt von vor zehn Jahren.

Offenbar geht uns allen das Gleiche durch den Kopf, denn

plötzlich sagt Esther: »Vor ihrem Tod hatte Poppy angekündigt, die Schnitzeljagd sei noch nicht vorbei, da käme noch etwas nach. Glaubt ihr, sie wollte uns das alles noch einmal von Neuem durchleben lassen?«

»Sieht ganz so aus«, bemerke ich. »Aber dazu hatte sie ja keine Gelegenheit mehr. Nur darum hat sie uns ja überhaupt hierhergelockt.«

»Um uns zum Sprechen zu bringen. Über die Nummer mit der Kunstprüfung.«

Chloe räuspert sich. »Tanya war von Anfang an dafür, dass wir uns entschuldigen und damit einen Schlussstrich unter die Sache ziehen. Wir haben darauf beharrt, dass es keine große Sache war.«

»Aber nur, weil Poppy gesagt hat, dass sie die Vergangenheit ruhen lassen wollte!« Meine Stimme überschlägt sich fast. »Warum alte Geschichten aufwärmen? So schlimm war es nun auch wieder nicht.«

»Da fällt mir ein«, sagt Chloe. »Ich wollte euch schon vor Tagen davon erzählen, aber ihr habt mir nicht zugehört. Von dem Einbruch.«

»Dem Einbruch?« Esther leert ihren Becher. »Was hat das denn damit zu tun?«

»Wie gesagt, der Einbrecher hat meinen Laptop mitgehen lassen.« Chloe trommelt nervös mit den Fingern auf die Tischplatte. »Mehr wurde nicht gestohlen, weshalb die Polizei annahm, es könnte ein Stalker dahinterstecken.«

»Ja und?«

»Auf dem Laptop war das Video.«

Mir bleibt fast das Herz stehen.

»Das Video?« Esther entgleisen die Gesichtszüge. »Doch nicht etwa *das* Video.«

Chloe nickt.

»Ich dachte, das hättest du schon vor Jahren gelöscht«, zischt Esther. »Und du hattest das Ding immer noch auf deinem Laptop? Wie blöd kann man eigentlich sein?«

»Ich hatte es ja gelöscht! Es ist ja nicht so, dass ich es mir täglich angesehen hätte«, protestiert Chloe. »Ich habe es aus Versehen mit den ganzen alten Dateien von meinem alten auf meinen neuen Laptop überspielt. Es muss irgendwo archiviert gewesen sein. Geschnallt habe ich das aber erst nach dem Diebstahl, als ich es bei einem Back-up-Check gefunden habe.«

Esther steht auf, fasst Chloe an den Schultern und schüttelt sie. »Du blöde Kuh. Warum hast du uns nichts davon gesagt?«

»Ich hab's versucht! Aber ihr wolltet es ja nicht hören. Bloß keine alten Geschichten. Ihr habt alle so getan, als wäre nie etwas gewesen.«

»Ach, spar dir deine faulen Ausreden. Dann hättest du es eben noch mal probieren müssen. Aber du warst vermutlich zu sehr damit beschäftigt, Annabels Mann zu ficken.«

Wütend macht Chloe sich von Esther los und springt auf. »Aber darum geht's doch gar nicht. Was, wenn Poppy der Einbrecher war?«

»Poppy?«, wiederholt Esther. »Wie das?«

»Sie hatte unsere Adressen«, sage ich, als mir schwant, worauf Chloe hinauswill. »Denkt nur an die Einladungen. Woher wusste sie, wo wir wohnen? Aber die Frage habe ich mir natürlich nicht gestellt. Warum auch? Ich dachte mir, irgendwoher wird sie sie schon haben, aber woher? Und wann? Wie lange hat sie uns wohl beobachtet? Und an ihrem Plan herumgetüftelt?«

Esther ist leichenblass geworden. »Wenn Poppy deinen Laptop gestohlen hat, hatte sie auch das Video. Und so wusste sie auch, was genau damals geschehen ist.«

»Sie hat das alles von langer Hand geplant«, flüstere ich entsetzt.

Esther ist nicht ganz so schockiert. »Krieg dich wieder ein, Annabel! Sie ist tot. Sie konnte ihren Plan nicht mehr in die Tat umsetzen. Das ist alles reine Spekulation.«

Die Blutergüsse an Esthers Kehle haben sich dunkelgrün verfärbt. Sie liegen wie ein Ring um ihren Hals.

»Wer weiß, was sie sonst noch alles im Schilde führte?«, sage ich. »Was, wenn sie ihren Plan längst in die Tat umgesetzt hat? Sie hatte doch angekündigt, es käme noch was nach. Was, wenn ihr Tod gar keine Rolle spielt, weil sie bereits alles in die Wege geleitet hat?«

»Nein.« Chloe vergräbt das Gesicht in den Händen. »Nein, nein, nein. Das darf nicht sein.«

»Du dämliche Vollidiotin.« Esther funkelt Chloe wütend an. »Das gilt auch für dich, Annabel. Schluss mit dem hysterischen Getue!«

Da plötzlich wird alles pechschwarz.

Chloe entfährt ein gellender Schrei; mir auch. Wir sitzen im Dunkeln. Es blitzt, und für den Bruchteil einer Sekunde sehe ich Esthers und Chloes erschrockene Gesichter, dann wird es wieder finster. Ohrenbetäubender Donner grollt über unseren Köpfen und lässt die Lodge erbeben, und dann hören wir nur noch das Rauschen des Regens, der in einem unablässigen Schwall auf das Dach niederprasselt.

»Scheiße, was ist denn nun schon wieder los?«

»Ich sehe nichts!«

»Fuck!« Esther läuft gegen einen Stuhl, der krachend umstürzt.

»Was machen wir denn jetzt?«, kreische ich.

»Unter der Spüle sind Taschenlampen!«, ruft Esther. Ich weiß nicht, warum wir schreien; es hängt vermutlich mit der Panik, der jähen Blindheit zusammen. »Ich habe sie gesehen, als wir nach den verfluchten Leuchtraketen gesucht haben. Der vierte Unterschrank rechts vom Kühlschrank aus. Wir müssen sie finden.«

Ich weiß nicht, ob die anderen es auch versuchen, aber ich taste mich mit den Fingerspitzen an den kalten Wänden entlang. Es dauert eine halbe Ewigkeit, denn ich setze vorsichtig einen Fuß vor den anderen, aus Angst zu stolpern oder gar zu stürzen, immer in dem Bewusstsein, dass sich eine Mörderin mit uns im Raum befindet, die wir nicht sehen können.

Meine Hände streifen die Kante des Küchentresens. Ein Schritt noch, dann habe ich den Kühlschrank gefunden, dessen Oberfläche sich anders anfühlt.

»Ich bin am Kühlschrank!«, brülle ich. »Der wievielte Schrank, hast du gesagt? Der fünfte?«

»Der vierte! Ich bin auch gleich da, aus der anderen Richtung.«

»Ich kann mich nicht bewegen!«, kreischt Chloe aus kurzer Entfernung. Sie hat sich offenbar keinen Zentimeter von der Stelle gerührt und steht da wie angewurzelt. Ich kann es ihr nicht verdenken.

Ich orientiere mich an den Ritzen der Schranktüren, damit ich mich auch nicht verzähle, und reiße schließlich die Schranktür auf, die ich für die vierte halte. Prompt kommt mir eine Kaskade von Küchenutensilien entgegen, die mit lautem Krachen auf dem Boden landen.

»Was machst du denn da?«, kreischt Chloe. »Was war das?«

»Ich versuche bloß, die Taschenlampen zu finden!« Von rechts fasst jemand meinen Arm, und wieder schreie ich.

»Ich bin's!«, sagt Esther. »Komm, ich helfe dir.«

Ganz in der Nähe fährt laut krachend ein Blitz vom Himmel. Er muss die Insel getroffen haben, denn einen Augenblick lang scheint die Erde regelrecht zu pulsieren, als Reaktion auf den Einschlag. Glück im Unglück: Das Licht erhellt das Schrankinnere, und ganz hinten, zwischen zwei Pappkartons mit Reinigungsmitteln eingeklemmt, erspähe ich vier Taschenlampen.

Esther und ich greifen gleichzeitig danach, und unsere Hände kollidieren. Sie kratzt mich sogar, aus Versehen, wie ich hoffe. Sie schnappt sich eine der Taschenlampen und schaltet sie ein, just als es von Neuem dunkel wird. Ich nehme zwei und knipse eine an, die andere ist für Chloe.

Ich leuchte quer durch den Raum, und wir sehen, dass Chloe wie festgewachsen dasteht und vor Angst buchstäblich schlottert. Wir steigen über die Gegenstände hinweg, die bei meiner Suche aus dem Schrank gefallen sind, und eilen zu ihr. Ich drücke ihr die dritte Taschenlampe in die Hand, und sie schaltet sie ein, dankbar für jedes bisschen Licht.

»Zum Glück sind Batterien drin«, sage ich. »Ich weiß nicht, was wir sonst getan hätten. Gutes Gedächtnis, Esther.«

Wir stehen im Kreis, und der fahle Schein der Taschenlampen erhellt unsere Gesichter, als würden wir um ein Lagerfeuer sitzen und uns Geistergeschichten erzählen.

»Was war denn das?«, fragt Chloe etwas außer Atem.

»Stromausfall.« Ich richte meine Taschenlampe auf das Fenster, doch wir sehen nichts als Dunkelheit. »Das Gewitter.«

»Es muss doch irgendwo einen Sicherungskasten geben«, sagt Esther. »Hier fällt doch bestimmt ständig der Strom aus.«

»Wenn, dann hängt er wahrscheinlich hinterm Haus, wo das Telefon war«, mutmaße ich. »Das würde Sinn machen.«

Chloe beißt sich auf die Unterlippe. »Bei dem Wetter willst du nicht ernsthaft vor die Tür, oder?«

»Ist doch nur um die Ecke.« Meine Jacke hängt über meiner Stuhllehne, und ich ziehe sie an. »Ich sehe mal nach. Man braucht ja nur einen Schalter umzulegen.«

Esther probiert für alle Fälle ein paarmal den Lichtschalter, aber nichts passiert. »Ich dachte, einen Versuch ist es wert«, sagt sie achselzuckend. »Ich gehe jedenfalls nicht da raus.«

»Ich erledige das.«

Auch Chloe zieht ihre Jacke über. »Ich komm mit.«

»Nein, danke.« Wütend funkele ich sie an. »Auf deine Hilfe kann ich verzichten.«

Sie macht ein enttäuschtes Gesicht, widerspricht aber nicht. Ich öffne die Tür, und der Wind bläst mich fast um, meine Haare fliegen nach allen Seiten, und mein Kleid bauscht sich wie ein Ballon. Der prasselnde Regen hat mich im Nu bis auf die Haut durchnässt, und die Luft ist schwül und eiskalt zugleich.

Es verschlägt mir fast den Atem.

»Herr im Himmel«, stoße ich keuchend hervor.

»Bist du sicher, dass du da wirklich rauswillst?«, fragt Esther.

»Was bleibt mir anderes übrig? Wir können ja schlecht stundenlang im Dunkeln sitzen.«

Ich trete ins Freie, und der Wind lässt die Tür zuknallen. Den Elementen schutzlos ausgeliefert, brauche ich einen Moment, um ins Gleichgewicht zu finden, nachdem eine Bö mich fast von den Füßen gerissen hat. Selbst die Taschenlampe ist mir keine große Hilfe, weil der Regen so dicht ist, dass ich kaum etwas erkennen kann. Doch ich stemme mich mit aller Kraft dagegen und schiebe mich um die Ecke in Richtung Telefon. Ich lasse den Lichtkegel der Taschenlampe umherwandern und versuche, den Sicherungskasten zu finden.

Ah. Da!

Eine Schrecksekunde lang befällt mich die Angst, dass ich womöglich einen Schlüssel brauche, da sich die Sicherungen in einem Kasten an der Außenwand befinden. Ein darüber angebrachtes Sims schützt ihn vor dem Regen, aber da der Wind aus allen Richtungen weht, ist er doch nass geworden. Gott sei Dank ist ein Schlüssel nicht vonnöten. Ich schiebe den Finger in ein kleines Loch und ziehe das Türchen auf, das sofort von einem Windstoß erfasst und gegen die Wand geknallt wird.

Und da ist er auch schon: der Hauptschalter, der sich in der AUS-Position befindet. Gott sei Dank. Ich lege ihn um, in der sicheren Erwartung, dass die Außenbeleuchtung angeht, doch nichts passiert, und nach ein paar Sekunden springt der Schalter wieder auf AUS.

Scheiße.

»Geht's?«

Ich erschrecke mich fast zu Tode.

»Sorry!« Chloe steht hinter mir, ohne ihre Jacke, von Kopf bis Fuß klatschnass. »Ich muss mit dir reden!«

»Kann das nicht warten?«, schreie ich gegen den Wind an. »Du siehst doch, was hier los ist.«

Sie stellt sich unter das Sims, das kaum einer, geschweige denn zwei Personen Schutz bietet, und beugt sich zu mir, damit ich auch jedes Wort verstehe. »Ich wollte dir sagen, wie leid es mir tut.«

Herr im Himmel. »Das ist doch jetzt nicht wichtig.«

»Doch! Es tut mir so furchtbar leid. Esther hat recht, ich hab mich total idiotisch benommen. Ich bin egoistisch. Ich denke immer nur an mich. Und wahrscheinlich war ich schon immer neidisch auf dich.«

Ich stutze. »Soll das ein Witz sein?«

»Nein, im Ernst, ich schwör's. Ich war eifersüchtig – weil du den perfekten Mann hattest, das perfekte Leben.«

»Mein Leben ist alles andere als perfekt, wie du wohl weißt.«

»Trotzdem. Es tut mir leid.«

Es reicht nicht, dass es ihr leidtut. Das weiß sie genauso gut wie ich. Aber wir wissen auch, dass wir wichtigere Probleme zu lösen haben. Alles andere können wir immer noch regeln, wenn wir wieder zu Hause und in Sicherheit sind.

Falls wir je wieder nach Hause kommen.

»Wir haben keinen Strom«, sage ich. »Ich weiß nicht, was ich machen soll.«

»Ich auch nicht.« Wieder beugt sich Chloe zu mir. Es sieht aus, als wollte sie mir etwas zuflüstern, aber wegen des Gewitters muss sie es dann doch laut aussprechen. »Findest du nicht auch, dass Esther sich verdächtig verhält?«

Nicht schon wieder. Sie glaubt doch wohl nicht im Ernst, dass ich mit ihr gemeinsame Sache mache, nach allem, was sie mir angetan hat. Ich zucke die Achseln. »Ich weiß nicht, was du meinst.«

»Sie ist so nonchalant.« Ein Wort, das ich von Chloe nie erwartet hätte. »Und das trotz der ganzen blauen Flecken am Hals und an den Armen. Als hätte sie sich geprügelt. Das ist schon seltsam, oder? Die an ihrem Hals sehen aus, als hätte sie jemand gewürgt.«

Daran habe ich auch schon gedacht. Esthers zahllose Blutergüsse, über die alle schweigend hinwegsehen, ihr merkwürdiges Verhalten. Aber ich bin fast sicher, dass einige der blauen Flecken bereits bei unserer Ankunft da waren, die inzwischen eine halbe Ewigkeit zurückzuliegen scheint.

»Sie hatte das Messer als Letzte«, sagt Chloe. »Sie tut so, als wüsste sie nicht, was sie damit gemacht hat. Aber wie kann sie das vergessen? Es ist die Mordwaffe! Man vergisst doch nicht einfach, wo man die Mordwaffe gelassen hat!«

»Wenn ich's aber doch vergessen habe?«

»Jeezus!«, kreischt Chloe.

Esther steht hinter uns. Sie knipst ihre Taschenlampe an, damit wir sie sehen können. Wer weiß, wie lange sie uns schon belauscht hat.

»Wie lange stehst du schon da?«, will Chloe wissen.

»Lange genug«, sagt sie. »Kommt mit rein, ich erkläre euch alles.«

»Was, alles?«

»Das mit den blauen Flecken. Wird auch langsam Zeit.«

Bibbernd vor Kälte gehen wir ins Haus zurück. Ich hänge meine Jacke wieder über die Stuhllehne und laufe auf der Stelle, um mich ein wenig aufzuwärmen. Chloe und Esther setzen sich und tropfen den Fußboden voll.

Esther seufzt. »Es war Brad.«

»Brad?«, wiederhole ich.

»Er hat mir das angetan. Am Handgelenk, am Hals, im Gesicht. Das war alles er.«

Plötzlich fällt es mir wie Schuppen von den Augen. »Brad *schlägt* dich?«

Esther nickt schweigend.

»O mein Gott.« Ich fasse es nicht. »Warum hast du uns denn nichts davon gesagt?«

Sie verzieht den Mund zu einem schiefen Lächeln. »Wenn wir in den letzten Tagen eins bewiesen haben, dann dass wir alles andere als beste Freundinnen sind. Wir können einander nicht vertrauen.«

Chloe macht ein verblüfftes Gesicht. »Ich hatte ja keine Ahnung. Wenn man euch zusammen sah, wirkte er immer so liebevoll …«

»Nach außen hin ist Brad ein wunderbarer Mensch«, sagt Esther. »Dieser Brad ist mein Seelenpartner. Aber wenn ich mit ihm allein bin, ist er ein völlig anderer Mensch.«

Ich lasse das vergangene Jahr innerlich Revue passieren. Esthers Kälte, ihre Launen, ihre Weigerung, etwas mit uns zu unternehmen. Ihre panische Angst wegen der Hen Party. Ich dachte, es ginge dabei um ihren Job, aber es steckte doch wohl mehr dahinter. Ich muss daran denken, wie Brad ihr ständig schrieb und hinterhertelefonierte, die unentwegten Nachrichten, auf die ich so eifersüchtig war, weil Andrew nichts von sich hören ließ. Wie Esther bei jeder abrupten Bewegung zusammenzuckte. Wie sie ständig Laufen ging, um zu entspannen und dem Stress zu entfliehen, ohne dass ich je auf die Idee gekommen wäre, sie zu fragen, wovor sie eigentlich floh.

»Aber so schlimm war es noch nie«, sagt sie. »Als er von der Hen Party erfuhr, hat er mich gewürgt. Er meinte, er wolle mir etwas hinterlassen, das mich an ihn erinnert, solange ich weg bin. Da konnte ich ihm tausendmal erklären, dass die Hen Party auf einer Privatinsel stattfindet und ausschließlich Frauen eingeladen sind. Es war ihm egal.«

»Ach, Esther.« Ich weiß nicht, was ich sagen soll. »Du musst ihn verlassen.«

»Ich habe ihn verdient«, sagt sie. »Mehr als verdient. Nach allem, was wir Poppy angetan haben.«

Chloe ringt nach Worten. »Ich dachte … als ich deine blauen Flecken gesehen habe …«

»Du dachtest, ich hätte mich geprügelt?«, fragt Esther. »Mit Poppy? Halb richtig. Geprügelt, ja. Aber nicht mit Poppy.«

»Wie lange geht das schon so?«, frage ich.

Esther denkt nach. »Das war von Anfang so. Schon bei unserem ersten Streit.«

Einen Moment lang herrscht betretenes Schweigen. Das müssen wir erst einmal verdauen.

»Dann war es also nicht die Sicherung?«, versucht Esther das Thema zu wechseln.

Ich schüttele den Kopf. »Ich fürchte, wir müssen bis morgen früh durchhalten.«

»Gab es hier nicht einen Generator?«, fragt Esther. »Ich meine, Poppy hätte so etwas gesagt. Als wir auf den Deadman's Peak gestiegen sind. Die kleine grüne Hütte?«

Seit unserem Ausflug auf den Hügel scheint eine Ewigkeit vergangen zu sein. Die Rast auf dem Gipfel, der Blick über die Insel und dann die kleine grüne Hütte in der Ferne. Es war eine andere Zeit, und auch wir waren nicht dieselben. Die fünf Frauen auf dem Selfie. Ich frage mich, wo die Digitalkamera geblieben ist. Sie ist verschwunden. Es ist das letzte Bild, auf dem Poppy und Tanya lebend zu sehen sind.

»Die Hütte ist am anderen Ende der Insel«, sage ich. »Bei dem Unwetter schaffen wir es nie bis dorthin.«

»Es muss doch irgendwo ein Notstromaggregat oder so etwas geben.« Esther steht auf und schnappt sich meine Jacke.

»Was hast du vor?«, frage ich.

Esther hört die Angst in meiner Stimme. »Was ist bloß los mit dir? Du hast den Sicherungskasten gefunden. Da werde ich doch wohl den Generator finden.«

»Wir haben die Taschenlampen.« Ich greife nach meiner Jacke. »Das reicht.«

Aber sie lässt nicht los, sondern zieht in die andere Richtung. »Ich habe gesagt, ich gehe.«

»Nein.« Ich bleibe standhaft.

Chloe setzt sich zwischen uns an den Tisch. »Wir bleiben einfach hier.«

»Da hast du's«, sage ich. »Chloe sieht das genauso wie ich.«

»Annabel, ich möchte endlich auch mal das Gefühl haben, etwas Nützliches zu tun. Bitte.« Sie zerrt ein letztes Mal an meiner Jacke und reißt sie mir aus der Hand.

Dabei fällt etwas aus der Tasche und landet mit lautem Krachen auf dem Boden.

Ich mag gar nicht hinsehen. Obwohl ich genau weiß, was es ist. Es ist zu spät, um es an mich zu reißen. Beide werden es sehen.

»Was war das?« Chloe richtet ihre Taschenlampe in die Richtung, aus der das Geräusch kam, und wir starren auf das, was im Lichtkegel liegt.

Esthers Halskette.

Meine Sinne sind hellwach und messerscharf. Alles ist auf Anschlag – Herz, Atmung, Puls, Motorik. Meine Finger zucken, meine Beine hingegen sind völlig taub. Ich öffne den Mund, suche krampfhaft nach einer Erklärung, finde jedoch keine Worte, die das wiedergutmachen könnten.

Chloe steht auf, schiebt ihren Stuhl so heftig nach hinten, dass er gegen die Wand kracht. »Das ist Esthers Kette. Hast du nicht gesagt, du hättest sie verloren?«

»Gleich am ersten Abend«, bemerkt Esther erstaunlich ruhig, was mich noch nervöser macht. »Ich trage sie Tag und Nacht. Ich konnte es kaum glauben, dass sie weg war.«

»Aber …« Chloe dreht sich um und richtet ihre Taschenlampe auf mich. Mir bricht der Schweiß aus allen Poren. »Ich verstehe das nicht. Wie kommt sie in deine Tasche, Annabel?«

»Das«, sagt Esther, »wollte ich auch gerade fragen.«

Ich möchte vor Scham im Erdboden versinken. Am liebsten würde ich abhauen, in das Unwetter hinauslaufen und nie mehr wiederkehren.

»Ich dachte, Poppy hätte sie gestohlen«, murmelt Esther. »Ich war mir hundertprozentig sicher. Dabei warst du es.«

»Esther«, flehe ich. »Ich kann dir das erklären.«

»Das will ich hoffen«, sagt Esther. »Ich bin ganz Ohr.«

FÜNFUNDZWANZIG

Chloe

21. Mai 2023

Wie kommt Annabel an Esthers Kette? Das ergibt doch gar keinen Sinn.

Dass wir nichts als unsere Taschenlampen zur Verfügung haben, macht die Sache nicht eben besser. Ich kann immer nur eine der anderen sehen und muss meine Lampe ständig hin- und herschwenken. Das Unwetter wütet jetzt noch heftiger, heulend peitscht der Wind gegen die Fenster, so laut, dass wir uns regelrecht anschreien müssen.

»Im Ernst? Jetzt also auch ich, Annabel?«, fragt Esther hasserfüllt. Die Beherrschung, die sie eben noch ausstrahlte, ist mit einem Mal wie weggeblasen, und ich frage mich, wie wohl ihr wahres Gesicht aussieht, wenn sie so schnell von einem Extrem ins andere fallen kann. »Nach allem, was ich über dich weiß, bist du ja wohl kaum so blöd, mich zu bestehlen? Oder hast du es vielleicht gerade deshalb getan? Hast du etwa auch das Messer in Tanyas Zimmer deponiert?«

»Was?«, stößt Annabel hervor. Es klingt wie ein Winseln. »Das ist doch absurd. Du verstehst das alles falsch.«

»Ihr wollt mich zum Sündenbock machen.« Wütend fährt Esther zu mir herum. »Ich habe euch da draußen gehört. Ihr wollt mich hinhängen. Von wegen verdächtig. Ich dachte, es würde reichen, euch zu erklären, woher die blauen Flecken stammen. Ihr könnt mir erzählen, was ihr wollt. Das Ganze war doch von langer Hand geplant. Richtig, Chloe?«

»Nein«, protestiere ich. »Ich habe damit nichts zu tun.«

Annabel hebt beschwichtigend die Hände: »Bitte, hört mir zu, dann erkläre ich euch alles. Es war nach unserem Streit, Esther.«

Ich runzle die Stirn. »Nach welchem Streit?«

Doch Esther scheint genau zu wissen, wovon sie spricht. »Du meinst, wegen …«

»Genau.«

»Würde mir freundlicherweise jemand verraten, worum es geht?«, fahre ich unwirsch dazwischen. »Ich habe keine Ahnung, wovon ihr redet.«

Esther presst die Lippen aufeinander. »Du musst es ihr sagen.«

»Na schön.« Seufzend sinkt Annabel wieder auf ihren Stuhl und winkt uns zu sich. Als wir sitzen, fährt sie fort, ohne den Blick von der Halskette auf dem Tisch zu wenden. »Esther weiß es schon, Chloe, aber ich erkläre es dir gern, damit auch du es verstehst. Ich … klaue.«

»Du klaust?«, wiederhole ich.

Sie macht ein gequältes Gesicht. »Andrew ist … aber was rede ich, du kennst ihn ja selbst sehr gut, wie wir festgestellt haben. Dann sind wir uns sicher einig, dass er nicht der großzügigste Mensch auf diesem Planeten ist.«

Sie will Andrew doch nicht ernsthaft dafür verantwortlich machen, dass sie klaut? Ich kann ihr schlecht erzählen, dass Andrew mir eine teure Goldkette gekauft hat, als ich mich darüber beklagte, ich hätte nur Silberschmuck, so verlockend es auch ist. Darum nicke ich nur.

»Er hat darauf bestanden, dass ich meinen Job aufgebe. Mit dem Ergebnis, dass ich den ganzen Tag zu Hause saß und mich zu Tode langweilte. Also ging ich shoppen, nur um mir die Zeit zu vertreiben, um überhaupt etwas zu tun zu haben.«

Sie verstummt. Ich muss an ihre ganzen teuren Klamotten denken, über die ich mich gewundert habe. Langsam fügt sich eins zum anderen.

Ich muss gestehen, ich bin beeindruckt. Das hätte ich Annabel nicht zugetraut.

»Anfangs habe ich nur Kleinigkeiten mitgehen lassen«, fährt Annabel fort. »Nichts Großes. Hier ein Armband, da einen Schal. Im Notfall hätte ich mich damit herausreden können, ich hätte schlicht vergessen, die Sachen zu bezahlen. Aber dann wurden die Kleinigkeiten immer größer.«

Logisch. Wer möchte schon aussehen wie ein wandelnder Grabbeltisch?

»Ich habe Kleider und Röcke anprobiert. Und sobald die Verkäuferin mit jemand anderem beschäftigt war, bin ich einfach zur Tür hinausmarschiert. X-mal hätten sie mich beinahe erwischt. Aber ich kann einfach nicht damit aufhören. Es ist wie eine Droge.«

»Wie viel hast du denn geklaut?«, frage ich.

»Ich weiß es nicht«, flüstert sie. »Andrew kommt nicht einmal auf die Idee, mich zu fragen, woher ich meine neuen Sachen habe, obwohl er genau weiß, dass ich sie mir von dem bisschen Geld, das er mir gibt, nie und nimmer leisten könnte. Außerdem habe ich eine Menge Kreditkarten, mit denen ich jedes Mal irgendetwas kaufe, wenn ich etwas stehle.«

»Warum hast du es überhaupt so weit kommen lassen?«

»Ich kann einfach nicht damit aufhören.« Selbst im matten Licht der Taschenlampe sehe ich, dass ihr Tränen in den Augen stehen. »Ich wurde regelrecht süchtig danach. Ich war so sicher, dass Poppy das für mein Geheimnis hielt. Aber das hat sie wohl nicht herausbekommen.«

»Und Esther wusste Bescheid?«, hake ich nach.

»Sie hat mich gefragt. Nach meinen Outfits. Ich musste es ihr sagen.«

Krass, was wir einander so alles verheimlicht haben. Annabel, die kleine Diebin. Meine Affäre mit ihrem Mann. Esthers prügelnder Freund. Tanyas Drogensucht. Und wir nennen uns Freundinnen.

»Dann hast du also auch die Halskette gestohlen?«, sage ich. Ich muss unwillkürlich grinsen. »Wie blöd kann man eigentlich sein? War doch klar, dass Esther dich verdächtigen würde – schließlich wusste sie Bescheid.«

Annabel wird schamrot. »Esther hat dauernd von der Halskette geredet. Auf dem Hinflug hat sie die Geduld mit mir verloren und mir erklärt, von nun an müsse ich allein mit meinen Problemen klarkommen.«

»Das Outfit, mit dem du am Airport aufgelaufen bist, hat mindestens fünftausend Pfund gekostet!«, faucht Esther. »Kein Wunder, dass ich sauer war. Und aus Rache hast du meine Halskette gestohlen?«

»Ja.«

Esther taumelt rückwärts, als hätte Annabel sie geohrfeigt. »Du bist wirklich unglaublich.«

»Tut mir leid. Ich war wütend auf dich.«

»Nach allem, was ich für dich getan habe?«

»Ich bin einfach ausgerastet. Wir hatten uns gestritten. Ich bin beleidigt abgezogen. Und als ich mich mit dir aussprechen wollte, warst du Laufen gegangen. Die Kette lag auf deinem Kopfkissen … Es tut mir ja so leid. Ich hätte sie dir auch wiedergegeben, ich schwör's.«

»Hast du aber nicht. Sonst hätte sie wohl kaum noch in deiner Jackentasche gesteckt.«

»Ich weiß nicht, was ich mir dabei gedacht habe.«

Esther steht der Abscheu ins Gesicht geschrieben. Ich habe sie noch nie so wütend erlebt; man könnte Angst vor ihr bekommen. Doch dann sackt sie plötzlich kraftlos in sich zusammen; ihr Kampfgeist ist erloschen.

»Was soll's«, sagt sie. »Was passiert ist, ist passiert. Wir haben weiß Gott wichtigere Probleme.«

»Warum hast du mir nichts davon gesagt?«, frage ich.

»Weil du mich vermutlich noch ermuntert hättest«, sagt Annabel. »Außerdem warst du viel zu sehr mit meinem Mann beschäftigt, um überhaupt etwas zu merken.«

Autsch, das hat gesessen. Aber ich hab's nicht besser verdient.

Die beiden haben sich voneinander abgewandt und sitzen mit verschränkten Armen da. Jetzt heißt es jede gegen jede. Annabel hasst mich, und Esther hasst sie. Und ich? Ich traue weder der einen noch der anderen über den Weg.

Wie lange ist es noch bis zum Morgen? Wie lange sind wir noch in diesem Raum gefangen, während hier drin ein heftigerer Sturm wütet als draußen? Wenn wir so weitermachen, werden wir den Sonnenaufgang nicht mehr erleben. Die Atmosphäre ist derart geladen, derart gespannt – man könnte sie buchstäblich mit dem Messer schneiden.

Ich könnte ebenso gut den Schlichter spielen, falls mich das davor bewahrt, erstochen zu werden. Was ich begrüßen würde.

»Wir alle hatten Geheimnisse voreinander«, sage ich. »Und wir alle sind zu schrecklichen Dingen fähig. Das weiß ich selbst am besten.«

Doch die erhoffte Reaktion bleibt aus.

Esther macht ein finsteres Gesicht und murmelt etwas vor sich hin.

Annabel fletscht die Zähne. »Manche mehr als andere.«

Gott. Ich halte es hier drinnen keine Sekunde länger aus.

»Mir ist zu letzter Nacht noch etwas eingefallen«, sagt Esther plötzlich.

Wir starren sie an.

»Es ist seltsam«, fährt sie fort. »Es war schon spät, in den frühen Morgenstunden, würde ich sagen. Wir vier waren zu unseren Hütten gegangen – glaubten wir jedenfalls –, und als ich ins Zimmer kam, dachte ich, meine Sachen sehen aber merkwürdig aus. Ich drehte völlig durch, zog sämtliche Schubladen heraus und suchte nach meinen Klamotten. Bis mir aufging, dass ich in Annabels Zimmer gelandet war.«

Annabels Zimmer. Ich sehe es deutlich vor mir: ein einziges Chaos.

»Du hast mein Zimmer verwüstet?«, fragt Annabel. »Ich dachte, ich wäre es selbst gewesen, mit besoffenem Kopf, und hätte es schlicht vergessen. Ich war total geschockt, als ich am nächsten Morgen aufwachte.«

»Ich kam zu meiner Hütte«, sagt Esther, ohne auf Annabels Einwand einzugehen. »Und es ist komisch, aber ich hätte schwören können, dass mir auf dem Weg dorthin jemand gefolgt ist.«

»Gefolgt?« Allein der Gedanke lässt mich frösteln.

Esther räuspert sich. »Es war total verrückt. Aber kennt ihr das, dass man bestimmte Dinge manchmal einfach spürt? Es war, als würde ich beobachtet, als würde mich ein Schatten auf Schritt und Tritt verfolgen. Vielleicht war das auch nur dem Gin geschuldet, ich weiß es nicht. Aber es machte mir Angst. Ich lief zu meiner Hütte. Annabel war in meinem Zimmer; sie hatte sich in der Hütte geirrt. Himmel, es klingt furchtbar, aber ich war heilfroh, endlich die Tür hinter mir zumachen zu können, und dachte, wenn tatsächlich jemand da draußen ist, kriegt er …«

»Mich zuerst«, ergänzt Annabel entsetzt. »Gott, Esther.«

»Ach was«, gibt sie zurück. »Dir ist doch gar nichts passiert. Du bist zu deiner Hütte gewankt und am nächsten Morgen putzmunter aufgewacht.«

»Und wenn etwas passiert wäre? In derselben Nacht wurde Poppy umgebracht!«

»Aber das konntest du da ja schlecht wissen, oder?«

Und so geht das Gezänk noch eine Weile weiter, während ich mich an letzte Nacht zu erinnern versuche. Ich stochere nach wie vor im Nebel. In groben Zügen kriege ich es aber zusammen: Wir haben beieinandergesessen, uns mit Gin betrunken und mit den Schnitzeljagdpreisen herumgealbert. Aber die Einzelheiten liegen nach wie vor im Dunkeln, und die Vorstellung, dass Esther beobachtet worden sein könnte, behagt mir ganz und gar nicht. Es läuft mir jedes Mal kalt über den Rücken, wenn ich an diese Nacht zurückdenke.

Weil ich mich genauso beobachtet fühlte.

»Vielleicht sollten wir uns bewaffnen.« Die Angst löst mir die Zunge. »Jede von uns steckt ein Messer ein, oder zwei, für alle Fälle.«

»Du meinst, falls eine von uns auf die Idee kommt, die anderen beiden abzustechen?« Esther fährt sich mit den Fingern durchs Haar. »Lieber nicht. Hauptsache, wir bleiben zusammen.«

Ich weiß nicht, wie ich Esther und Annabel klarmachen soll, dass ich bald durchdrehe, wenn ich hier noch länger mit ihnen eingesperrt bin. Eine von uns ist eine Mörderin. Und wir wissen nicht, wann sie das nächste Mal zuschlagen wird. Zwei gegen eine, hin oder her. Wer weiß, wen sie sich als Erstes vornimmt?

Mich jedenfalls nicht. Bevor ich draufgehe, bringe ich die beiden Bitches um.

»Ich glaube, es ist besser, wenn wir uns trennen«, sage ich.

»Trennen?«, überlegt Annabel. »Kommt nicht infrage.«

»Denk an das Unwetter«, sagt Esther. »Wir können hier nicht weg, selbst wenn wir wollten.«

Ihr arroganter Tonfall ist der Tropfen, der das Fass zum Überlaufen bringt.

»Für wie dämlich haltet ihr mich eigentlich, hä?«

»Was?« Sie tun so unschuldig, aber sie können mich nicht täuschen.

»Dumpfbacke Chloe, mit der man zwar prima Scheiß bauen, aber kein inspirierendes Gespräch führen kann«, sage ich. »*Inspirierend* – das hättet ihr mir nicht zugetraut, was? Ich bin nicht komplett hirntot. Ich habe euch durchschaut. Und ich traue euch keinen Zentimeter über den Weg.«

»Wir haben jetzt keine Zeit, um über deine Minderwertigkeitskomplexe zu diskutieren«, fährt Esther mich an.

»Aber ihr habt es mich doch ständig spüren lassen. Genau wie Tanya, von Poppy fucking Greer zu schweigen. Als wäre ich nur ein strunzdummes Blondchen, das nicht bis drei zählen kann.«

»Na ja«, sagt Annabel. »Das bist du doch auch.«

»Herrgott, Annabel«, sagt Esther. »Du machst alles nur noch schlimmer.«

»Wusste ich's doch!« Ich springe auf und marschiere zur Tür.

Esther versucht, mich aufzuhalten. »Chloe, nicht! Das ist zu gefährlich.«

Hier drinnen ist es feucht und stickig, und ich schwitze am ganzen Körper. Im Schein einer Taschenlampe sehe ich Annabels versteinerte Miene und Esthers besorgtes Gesicht, aber inzwischen ist mir alles egal.

»Ich halte es mit euch keine Sekunde länger aus«, sage ich. »Falls mir eine von euch folgt, gehe ich davon aus, dass sie mich umbringen will. Also lasst mich in Frieden.«

»Chloe!«

Ich öffne die Tür, aber ich habe noch keine zwei Schritte gemacht, als sie vom Wind zurückgeschleudert wird und mich mit voller Wucht in die Seite trifft. Ich ringe krampfhaft nach Luft.

»Alles okay mit dir?«

»Fick dich«, brülle ich. Trotz der stechenden Schmerzen in der Hüfte stoße ich die Tür ein zweites Mal auf.

Der Sturm hat nicht nachgelassen. Ganz im Gegenteil, er wütet noch schlimmer als zuvor. Ich leuchte mit der Taschenlampe in die Dunkelheit, kann jedoch nur ein paar Meter weit sehen. Der Rasen ist mit abgerissenen Zweigen und Ästen übersät. Die Palmen biegen sich fast bis zum Boden, und der Wind zerrt an meinen Haaren, als wollte er sie mir ausreißen.

Aber das ist immer noch besser als da drinnen.

»Du machst einen Fehler!«, ruft Esther.

»Das geht dich einen Scheißdreck an!«, brülle ich. »Ich hab die Schnauze voll. Poppy hatte sowieso den Tod verdient.«

»Und Tanya?«, schreit Annabel. »Sie etwa auch?«

Ich werfe einen letzten Blick zurück. Das Licht meiner Taschenlampe gleitet über ihre Gesichter, ein letzter Schnappschuss der beiden Frauen, die ich für meine Freundinnen gehalten habe. Annabel ist außer sich vor Zorn, ihre Augen glühen, und sie richtet ihre Taschenlampe auf mich. Sie ist klatschnass, die Haare kleben ihr im Gesicht. Esther hingegen scheint die Ruhe selbst, auch wenn sie kaum merklich die Stirn runzelt. Sie sagt kein Wort. Das sind nicht mehr die Frauen, mit denen ich hierhergekommen bin.

Ich erkenne sie nicht wieder.

Das war's. Ich trete in den Sturm hinaus.

SECHSUNDZWANZIG

Esther

21. Mai 2023

Annabel und ich bleiben in der dunklen Lodge zurück. Der Wind weht mit aller Macht durch die offene Tür und fegt unsere Becher vom Tisch, die auf dem Boden zerschellen. Der hereinpeitschende Regen hat uns im Nu bis auf die Haut durchnässt. Es ist so laut, dass mir die Ohren klingeln. Ich richte die Taschenlampe erst auf Annabel, dann auf die Tür.

Sie scheint zu begreifen, auch wenn es ihr sichtlich schwerfällt, gegen diese Naturgewalten anzuschreien. »Wir sollten sie suchen gehen. Ich glaube, sie hat einfach nur den Lagerkoller.«

Haben wir den nicht alle? Trotz der Wucht des Sturms hat die frische Luft, die uns entgegenschlägt, etwas Befreiendes; die Schwüle in der Lodge ist kaum zu ertragen. Außerdem will ich nicht mit Annabel allein sein, hier im Dunkeln wäre ich allzu leichte Beute. Besser, wir gehen da raus und stellen uns der Insel.

Schwer zu sagen, was ihr durch den Kopf geht, ohne ihr mit der Taschenlampe ins Gesicht zu leuchten, aber damit würde ich mich verraten. Seit ich weiß, dass sie meine Halskette gestohlen hat, ist nichts mehr wie zuvor. Bis dahin habe ich Annabel bedingungslos vertraut. Jetzt bin ich mir nicht mehr so sicher. Wenn sie nicht einmal davor zurückschreckt, mir mein wertvollstes Schmuckstück zu stehlen, wozu ist sie dann sonst noch fähig?

»Gehen wir«, brülle ich. »Sie kann noch nicht weit sein.«

Mit unseren Taschenlampen bewaffnet, treten wir in den strömenden Regen hinaus. Jetzt sind wir den Elementen schutzlos ausgeliefert. Binnen Sekunden bin ich bis auf die Haut durchnässt, und der Wind macht mir das Atmen schwer. Wir kämpfen uns langsam voran, dann bleiben wir stehen und überlegen, welche Richtung wir einschlagen sollen.

»Am Strand ist sie garantiert nicht«, schreit Annabel. »Das ist viel zu gefährlich.«

»Wo denn dann?« Selbst das Sprechen bereitet Mühe. Der Sturm trägt unsere Stimmen davon wie gefallenes Laub.

»Sie ist wahrscheinlich in einer der Hütten. Komm, wir sehen mal nach.«

»Was hältst du von Arbeitsteilung?«, schlage ich vor. »Du zwei, ich zwei.«

Sie gibt keine Antwort, und ich frage mich, ob sie mich überhaupt gehört hat. Ich drehe mich in ihre Richtung, und der Schein meiner Taschenlampe erhellt ihre gequälte Miene. Das Haar klebt ihr im Gesicht, und Mascara rinnt über ihre Wangen. Mit einem Mal sieht sie schrecklich verletzlich aus und gar nicht mehr furchteinflößend.

Sie tut mir leid. »Vergiss es. Dann bleiben wir eben zusammen.«

Wir halten uns im Windschatten der Main Lodge und tasten uns langsam voran. Hin und wieder weist uns ein Blitz den Weg. Krachend und zischend stößt er vom Himmel herab ins Meer, als wollte er die Erde aufreißen. Er lässt den Boden unter unseren Füßen erzittern, und wir taumeln wie Betrunkene umher. Ich richte meine Taschenlampe auf den Trampelpfad, während Annabel wild durch die Gegend leuchtet und zwischen den Bäumen Schatten sichtbar werden lässt, die aussehen wie finstere Gestalten, die uns beobachten.

»Chloe!«, ruft Annabel so laut sie kann. »Chloe, wo bist du?«

Keine Antwort. Kein Wunder, denn der Sturm verschluckt selbst den schrillsten Schrei. Nichts ist zu hören außer dem Wind: ein einziges Heulen und Tosen, als wolle der Himmel bersten.

Keuchend erreichen wir die erste Hütte und stoßen die Tür auf. Automatisch sucht meine Hand den Lichtschalter, aber natürlich bleibt alles dunkel.

»Chloe?«, rufe ich.

Wieder keine Antwort. Unsere Taschenlampen offenbaren, dass niemand hier ist, weder im Zimmer noch im Bad. Doch es tut gut, dem Sturm, wenn auch nur für ein paar Minuten, zu entkommen, und so setzen wir uns aufs Bett und atmen erst einmal tief durch. Obwohl wir kaum mehr als ein paar Schritte vorangekommen sind, fühlen wir uns wie nach einem Marathonlauf.

»Was sollen wir jetzt machen?«, fragt Annabel mit heiserer Stimme.

»Das ist erst Hütte Nummer eins. Wir haben noch drei vor uns.«

»Zwei.«

Ich runzle die Stirn. »Wieso zwei?«

»Tanyas Hütte würde sie nicht betreten.«

Natürlich. Fast hätte ich es vergessen. Schon bei dem Gedanken an Tanyas Leiche wird mir ganz anders. Noch schlimmer ist der Gedanke an Poppy, deren lebloser Körper jetzt den Gezeiten ausgeliefert ist oder vielleicht längst am Grund des Meeres liegt und langsam verwest.

Unwillkürlich muss ich schlucken, was mich davor bewahrt, mich auf der Stelle zu übergeben.

»Dann mal los«, sage ich mit aufgesetzter Fröhlichkeit. »Keine Angst, ihr ist garantiert nichts passiert.«

»Was, wenn wir sie dort nicht finden? Wo sollen wir dann noch suchen?«

Wie auf ein Stichwort donnert es über unseren Köpfen, und draußen kracht etwas zu Boden.

»Bei dem Wetter können wir schlecht die ganze Insel absuchen«, sage ich. »Wenn sie nicht in einer der Hütten ist, können wir wenig tun.«

Annabel wirkt niedergeschlagen, doch sie nickt. »Ja, du hast wahrscheinlich recht.«

»Also. Weiter?« Ich stehe auf.

Da wir mit vier Tagen Sonnenschein und blauem Himmel gerechnet hatten, haben wir natürlich keine Regenkleidung mitgenommen. Obwohl Annabel und ich nur leichte weiße Kleider anhaben, frieren wie uns nicht zu Tode. Adrenalin strömt durch unsere Adern und hält uns warm und lebendig. Ein intensiver Geruch liegt in der Luft, ein Geruch wie von Parfum, ein süßlicher Geruch, der uns fast den Atem raubt. Gierig ringen wir nach Sauerstoff.

Chloe ist in keiner der beiden anderen Hütten.

Am Ende sitzen wir in meinem Zimmer, und ich sehne mich nur noch nach Schlaf. Mir ist schon ganz schwindlig vor Erschöpfung.

»Vielleicht ist sie ja doch in Tanyas Hütte«, gebe ich zu bedenken. »Oder sie ist zur Main Lodge zurückgegangen.«

»Möglich.« Annabel wringt ihre Haare aus, und auf dem Fußboden bildet sich eine kleine Pfütze.

Immer noch kein Strom, und der Sturm scheint kein Ende nehmen zu wollen.

Mehr können wir nicht tun.

»Vielleicht sollten wir ein bisschen schlafen«, sage ich. »Ich bleibe hier, du gehst in deine Hütte. Ich behalte dich im Auge, bis du drüben angekommen bist.«

»Du traust mir wohl nicht?«

Die Frage trifft mich wie ein Schlag ins Gesicht, aber ich lasse mich nicht beirren. »Aus gutem Grund.«

»Das mit der Kette tut mir wirklich leid«, sagt sie.

»Ich dachte nur, getrennt schläft sich's besser. Und wenn wir in ein paar Stunden aufwachen, ist Chloe bestimmt wieder da.«

»Bestimmt.« Sie seufzt und steht schwerfällig auf. »Ich bin todmüde.«

»Ich auch.«

»Aber du wartest auch wirklich, bis ich in meiner Hütte bin?«

»Natürlich.«

Sie schleicht zur Tür hinaus und setzt vorsichtig einen Fuß vor den anderen. Für die knapp zwanzig Meter bis zu ihrer Hütte braucht sie eine kleine Ewigkeit. Ich leuchte ihr mit der Taschenlampe den Weg zu ihrer Tür.

Auf der Schwelle dreht sie sich noch einmal um und ruft mir etwas zu.

»Ich verstehe kein Wort«, schreie ich. »Was?«

Wieder bewegt sie die Lippen, doch der Wind verschluckt ihre Stimme.

Ich mache eine ratlose Geste, und sie schüttelt den Kopf. Dann geht sie hinein und macht die Tür hinter sich zu.

Ich bin heilfroh, endlich allein zu sein, auch wenn ich mich so noch ein wenig isolierter fühle als ohnehin schon. Ich verriegele die Tür, und das Klicken des Schlosses sagt mir, dass ich wieder durchatmen kann. Ohne mich auszuziehen, lege ich mich ins Bett und decke mich zu.

Plötzlich treffen mich die Emotionen der vergangenen vierundzwanzig Stunden mit voller Wucht, direkt ins Herz, und ich lasse meinen Tränen freien Lauf.

Wem gelten diese Tränen? Hauptsächlich mir selbst. Ich sitze auf dieser verdammten Insel fest, ohne Möglichkeit zur Flucht, und denke darüber nach, dass zwei der fünf Frauen, die vor kaum vier Tagen hierhergekommen sind, jetzt nicht mehr leben. Darüber, dass ich nicht nur meinen Job, sondern meine gesamte Lebensgrundlage verloren habe und jetzt alle wissen, dass Brad mich missbraucht. Ich habe keine Ahnung, was mich zu Hause erwartet, gesetzt den Fall, ich schaffe es je wieder nach Hause.

Ich versuche, mich zu beruhigen, indem ich langsam und bewusst atme. Ein krampfhaftes Schluchzen entringt sich meiner Kehle, erstickte Tränen, die mein Kissen benetzen. Ich rieche nach der Insel, nach dem Sturm. Eine Mischung aus Regen, Erde und Schweiß. Offenbar steht das Auge des Sturms jetzt über der Insel, denn der Wind ist plötzlich abgeflaut und draußen ist es totenstill. Es ist immer noch stockdunkel, aber es tut gut, nichts zu hören als das Klingeln in meinen Ohren.

Ich kann nicht schlafen. Ich liege hier, völlig entkräftet, erschöpft wie noch nie, und trotzdem arbeitet mein Gehirn auf Hochtouren. Meine Sinne sind hellwach. Mein Körper scheint zu wissen, dass gleich hinter der nächsten Ecke Gefahr lauert, und gönnt mir keine Ruhe. Vielleicht sollte ich ihm dafür dankbar sein, dass er mich auf Trab hält.

Vor meinem Fenster blitzt ein Licht auf. Eine Taschenlampe? Es verschwindet und ist gleich darauf wieder da.

Eindeutig eine Taschenlampe.

Chloe?

Ich haste mit meiner Lampe zum Fenster, um ihr notfalls den Weg leuchten zu können. Enttäuscht lasse ich sie sinken, als ich sehe, wer es ist.

Annabel.

Warum ist sie denn nicht in ihrer Hütte? Oder will sie die Windstille ausnutzen?

Der Schein ihrer Taschenlampe gleitet über mein Fenster, und ich ducke mich. Als sie vorbei ist, richte ich mich auf und sehe ihr nach. Sie geht von einer Hütte zur anderen und leuchtet mal hierhin, mal dorthin. Ich frage mich, ob sie beschlossen hat, Chloe auf eigene Faust zu suchen, oder ob sie etwas anderes im Schilde führt. Sie scheint völlig in sich versunken, doch von Zeit zu Zeit wirft sie verstohlene Blicke nach rechts und links, um sich zu vergewissern, dass ihr niemand folgt.

Ich will kein unnötiges Risiko eingehen. Ich schleiche zur Tür, ohne die Lampe einzuschalten, damit Annabel mich nicht bemerkt, und taste nach der Klinke.

Gott sei Dank.

Abgeschlossen.

Sie kann nicht hereinkommen.

Nun fühle ich mich zwar etwas sicherer, aber das ändert nichts an meinem Problem. Ich liege im Bett und kann nicht schlafen. Ich glaube nicht, dass ich heute Nacht allzu viel Ruhe und Entspannung finden werde, nicht solange Annabel im Dunkeln umherwandert und Chloe verschwunden ist. Nicht nachdem von den fünf Personen, die sich gestern noch auf dieser Insel befanden, jetzt nur noch drei am Leben sind.

SIEBENUNDZWANZIG

Poppy

17. Mai 2023

Liebes Tagebuch,

ich war auf dem Abschlussball! Auf einer PARTY! Ich habe getanzt und getrunken, und die Jungs haben doch tatsächlich mit mir GEFLIRTET! Mit MIR!

Dieses Jahr war bis jetzt das Beste meines ganzen Lebens. Erst die Slade, und nun das. Wird am Ende vielleicht doch noch alles gut? Nach allem, was passiert ist? Sogar Annabel, Chloe, Esther und Tanya waren nett zu mir. Ich war bei Esther zu Hause!

Der Abschlussball ging um sieben los. Vorher wurden sämtliche Rituale des Erwachsenwerdens durchexerziert: mit Mum Klamotten kaufen und lächeln, bis der Arzt kommt, während sie ein Foto nach dem anderen schießt und dir tausendmal versichert, wie toll du darauf aussiehst. Davor das große Aufstylen beim Friseur und der Kosmetikerin, danach stundenlang stocksteif dasitzen und weder essen noch trinken dürfen. Und dann natürlich das Treffen für die dramatische Fahrt zum Veranstaltungsort, in unserem Fall das Marriott Hotel am College Green. Letzteres habe ich mir gespart und groß-

zügig darauf verzichtet, mich mit anderen Mädels in eine Stretchlimo oder, noch protziger, einen altmodischen Doppeldeckerbus zu quetschen. Stattdessen spendierten mir Mum und Dad eine Tour in einem echten schwarzen Londoner Taxi, mit Dad als mein Chauffeur, und als wir vor dem Hotel hielten, kam ich mir gar nicht mehr vor wie eine Außenseiterin, sondern wie eine echte Lady. Mum und Wendy saßen mit mir auf dem Rücksitz, und es war mir ausnahmsweise komplett egal, dass sie mich vor allen anderen blamierten, an mir herumzupften und noch mehr Bilder machten.

»Du siehst einfach zauberhaft aus«, sagte Dad, nachdem er mir den Schlag geöffnet, eine Verbeugung angedeutet und die Mütze gezogen hatte. »Einen wunderschönen Abend wünsche ich dir.«

Die drei fuhren übers Wochenende zu einer Wissenschaftstagung, jetzt wo feststand, dass Wendy Medizin studieren wollte.

»Den werde ich haben«, sagte ich. »Danke für alles! Es war einfach toll.«

»Du bist das schönste Mädchen der Welt.« Mum war den Tränen nahe. »Wir sind ja so stolz auf dich, Schätzchen.«

Klar war ich unsicher, aber wahnsinnig glücklich über mein Kleid. Es war lang und gerade geschnitten, mit fließenden Ärmeln. Das hört sich vielleicht schlicht an, aber der Saum war mit Pailletten besetzt, die sich bis zur Hüfte hochzogen und glitzernd gegen den grauen Stoff abhoben. Dazu trug ich passende Pumps, damit ich nicht so pummelig wirkte. Mein Haar war zu einem komplizierten Dutt geschlungen, und zwei Strähnen umrahmten mein Gesicht. Die Friseurin hatte gesagt, ich sähe echt chic aus, und das Wort gefiel mir.

Ich betrachtete mein Spiegelbild im Wagenfenster, drehte mich nach links und rechts, sodass mein Kleid sich bauschte, und checkte meine Frisur. Ich hatte noch nie so viel Make-up getragen, und auch wenn es mir ein bisschen zu viel vorkam (und es vielleicht einen Tick zu orange war), sah ich definitiv erwachsen aus. Und so ganz anders.

Statt rotem trug ich blassrosa Lippenstift, trotzdem hatte mir das Herz bis zum Hals geschlagen, als die Visagistin ihn aufgetragen hatte.

Mr Edwards, bei dessen Anblick ich nach wie vor innerlich errötete, schenkte mir ein breites Lächeln, als ich die Treppe zum Haupteingang hinaufstieg.

»O Poppy!«, sagte er. »Du siehst hinreißend aus. Freut mich, dass du gekommen bist.«

Er kannte meine Selbstzweifel und wusste, dass ich fast zu Hause geblieben wäre. Bei einem Gespräch vor ein paar Wochen hatte er mir klargemacht, dass ich mir den Ball auf keinen Fall entgehen lassen dürfe; er werde ein Auge auf mich haben.

»Danke, Mr Edwards«, sagte ich. »Ich freue mich auch!«

»Na, dann viel Spaß«, erwiderte er. »Wir sehen uns später.«

Am Empfang wurden Sekt (ab achtzehn) oder Orangensaft (für Minderjährige und Antialkoholiker) gereicht, und dann ging es über einen langen roten Teppich und durch eine Flügeltür in den eigentlichen Ballsaal. Es war ein riesiger Raum, in dem Dutzende von runden Tischen mit weißen Tischdecken und aufwendiger Blumendekoration verteilt standen. Jeder Platz war mit einer Namenskarte versehen. Dieses Jahr war die Sitzordnung ausgelost worden, was nicht nur auf Begeisterung gestoßen war, aber die Lehrer hatten dem entgegengehal-

ten, wir seien nun (fast) alle erwachsen und daher durchaus in der Lage, uns auch einmal mit jemandem zu unterhalten, den wir noch nicht kennen. Ich hatte nichts dagegen.

Am anderen Ende des Saals gab es eine Tanzfläche mit DJ und einem Megasoundsystem. Es hing sogar eine Discokugel von der Decke, die von Stroboskopen angestrahlt wurde. Da es noch ziemlich leer war, lief nur Hintergrundmusik aus der Konserve, aber ein paar Leute aus meiner Kunst-AG standen bereits im Kreis auf dem Dancefloor, rissen die Arme hoch und jubelten bei jedem Drop. Ollie Turner – mutig im türkisfarbenen Smoking – nickte, als ich ihm zuwinkte, wandte sich dann aber wieder den anderen zu, also ging ich weiter.

Da der Abend unter dem Motto »Vegas« stand, gab es auch eine »Spielecke«. Dort bekam jeder zehn Plastikmünzen, die man setzen konnte, und wer am Ende des Balls die meisten beisammenhatte, gewann irgendeinen Preis.

Ich bewunderte gerade den – noch unbesetzten – Roulettekessel, als ich hörte, wie hinter mir jemand nach Luft schnappte.

»O mein Gott, Poppy, bist du das?«

Ich drehte mich um, und vor mir stand Annabel, so ziemlich die Letzte, die ich sehen wollte.

Annabel war allein. Ihr Outfit war nicht halb so beeindruckend, wie ich erwartet hatte. Statt ihr Make-up von einem Profi machen zu lassen, hatte sie sich selbst geschminkt, und das sah man. Auch ihr Haar, blond und glänzend wie immer, fiel ihr offen auf die Schultern, geglättet, war aber nichts Besonderes. Und sie trug dieselben Schuhe, die sie schon zum Abschlussball der elften Klasse getragen hatte, weiße, an den Zehen abgewetzte Riemchensandalen, und dazu ein hautenges

Satin-Maxikleid. Ich hatte etwas Extravaganteres erwartet, aber das war doch ziemlich schlicht.

Bevor sie noch etwas sagen konnte, kam eine ganze Gruppe von laut grölenden Jungs herein. Sie hatten sich Mühe gegeben mit ihren Anzügen und gegelten Haaren, doch als sie uns erblickten, blieben sie schlagartig stehen und stießen bewundernde Pfiffe aus.

Annabel drehte sich lächelnd zu ihnen um – und errötete, als sie die Erkenntnis traf.

Die Pfiffe galten nicht ihr. Sondern mir!

»Poppy Greer, das kannst nicht du sein!« Einer von ihnen, der wahrscheinlich bestaussehende Typ des gesamten Jahrgangs, jetzt wo Julian die Schule verlassen hatte, kam grinsend auf mich zu. Er hieß Aidan und war seit einem halben Jahr Annabels fester Freund.

»Boah, ey, du siehst echt granatenmäßig aus.«

»Voll krass!«

»Genau meins.«

Ich wurde sofort misstrauisch. Seit der Sache mit Julian traute ich keinem Jungen mehr über den Weg. Doch sie schienen es ernst zu meinen und musterten mich anerkennend von Kopf bis Fuß. Ein paar von ihnen stießen sich gegenseitig in die Rippen und flüsterten etwas, das ich nicht verstand. Ich wurde immer unsicherer und schielte verstohlen auf meine Brust, um mich zu vergewissern, dass auch nichts verrutscht war.

Aber es war alles an seinem Platz. Sie fanden mich tatsächlich hübsch. Mich!

Noch nie hatte mich jemand hübsch genannt.

Aidan zwinkerte mir zu, dann ging er zu Annabel und

küsste sie auf die Wange. »Du siehst auch nicht übel aus, Babe. Aber hättest du nicht so was Ähnliches anziehen können?«

»Nein.« Annabel schaute finster drein. Ich hatte sie noch nie so aufgebracht erlebt. Ihr ganzes Gesicht war rot vor Wut, und sie sah aus, als wollte sie mir eine kleben.

»Wir sehen uns, Babe, okay?«, sagte Aidan. Er winkte mir. »Wir uns auch, Poppy!«

»Wollen wir später 'ne Runde zusammen tanzen, Poppy?«, rief einer der Jungs.

Als sie weg waren, standen Annabel und ich betreten schweigend vor dem Roulettekessel. Sie blinzelte heftig und kämpfte sichtlich mit den Tränen.

Und dann plötzlich war es, als hätte jemand einen Schalter umgelegt, denn ihre Miene hellte sich auf, sie verzog den Mund zu einem Lächeln und verdrehte die Augen. »Typisch Jungs, was?«

Wollte sie mich auf den Arm nehmen?

»Ja«, antwortete ich vorsichtig.

»Du bist ihre neue Prinzessin«, sagte sie, und ich wusste noch immer nicht, ob das ihr Ernst war.

»Wo sind Chloe, Tanya und Esther?«, versuchte ich, das Thema zu wechseln, denn sie blieb stehen, als wollte sie sich weiter mit mir unterhalten.

Sie zögerte einen Moment. »Sie kommen mit irgendeiner Luxuskarre. Ich wollte einfach ein bisschen früher da sein.«

»Wie? Du wolltest nicht mitfahren?«

»So ging's schneller. Ich wohne gleich um die Ecke.«

»Ihr wohnt mitten in der Stadt?« Ich versuchte, mir Annabels Wohnung vorzustellen: ein großes Designerloft und eine

Mutter mit Zigarette im Mundwinkel und Pinsel in der Hand, die mit französischem Akzent sprach.

»Ja, so ziemlich«, sagte sie. »Bist du allein gekommen?«

Ich war mir nicht sicher, ob sie das wirklich interessierte oder ob sie nur Small Talk machen wollte. Wie auch immer, ich versuchte es mit einem Joke. »Die Auswahl war nicht besonders groß.«

»Wir sitzen übrigens zusammen«, sagte sie und deutete auf einen Tisch am anderen Ende des Saals. »Was hältst du davon, wenn wir uns setzen?«

»Gern.« Ich war noch immer voller Argwohn, auch wenn sie mich seit drei Jahren nicht mehr behelligt hatte. Aber ich ließ mich darauf ein, in der Gewissheit, dass mir im Beisein der gesamten Lehrerschaft nichts passieren konnte. Unterwegs bekam ich jede Menge Komplimente für mein Outfit und meine Frisur, selbst von Schülern, mit denen ich noch nie ein Wort gewechselt hatte.

»Poppy, du sieht fantastisch aus!«

»Wow, Poppy, das ist ja Wahnsinn.«

Noch mehr Jungs, die in einem Pulk zusammenstanden und große Augen machten, als sie mich kommen sahen. Einer meinte sogar, ihm wäre noch nie aufgefallen, wie heiß ich sei, was ich ihm eigentlich hätte übelnehmen müssen. Stattdessen freute ich mir ein Loch in den Bauch und grinste von einem Ohr zum anderen.

Annabel saß eigentlich zwei Plätze weiter, doch sie vertauschte ihr Namenskärtchen mit dem von Eric Smith und setzte sich neben mich. Es war ziemlich seltsam, wie wir nun nebeneinandersaßen, als wären wir Freundinnen, ganz zu schweigen von all den bewundernden Blicken, die auf mir ruhten. Endlich fühlte ich mich wie ein ganzer Mensch, der Mensch, der ich immer hatte sein wollen. Nicht mehr Poppy Greer, das Mauerblümchen, sondern Poppy Greer, der Star, bei allen beliebt und stets im Mittelpunkt.

»Alle machen Stielaugen«, sagte Annabel.

Ich stellte mich dumm. »Na klar. Deinetwegen.«

Sie lachte. »Red keinen Quatsch, Poppy. Ich bin nicht blöd. Schließlich habe ich bei der Probeklausur letzte Woche wesentlich besser abgeschnitten als du. Die starren dich an. Und das nicht etwa, weil sie dich hässlich finden.«

Das saß.

Als sie meine Grimasse bemerkte, verzog auch sie das Gesicht. »Sorry, das war gemein von mir. Ich will eigentlich gar nicht so eine Bitch sein.«

»Bist du doch auch nicht.«

»Doch.«

»Gott, wie süß.«

Ich erschrak. Esther, Tanya und Chloe standen hinter uns. Sie sahen aus wie Models.

Mit einem Schlag war Annabel wie ausgewechselt. Sie drehte sich von mir weg und strahlte ihre Freundinnen an. »Zu spät, wie es sich gehört.«

»Schade, dass du nicht in unserer Limo mitgefahren bist«, sagte Esther. »Meine Mutter hätte für dich mit bezahlt.«

»Schon gut«, erwiderte Annabel hastig. »Wo sitzt ihr drei denn?«

»Mist, die haben uns jede an einen anderen Tisch gesetzt«, sagte Tanya. Als sie mich erkannte, fielen ihr fast die Augen aus dem Kopf. »O mein Gott, Poppy.«

»Du siehst ja richtig gut aus!« Chloe kreischte vor Lachen.

»Da hat sich aber jemand Mühe gegeben. Und siehe da, es hat geklappt! Echt heiß.«

Esther zog anerkennend die Augenbraue hoch. Ich sah den Silberring, ein Piercing, das in der Schule normalerweise nicht erlaubt war. »Du schaust wirklich super aus. Dagegen macht selbst Chloe keinen Stich.«

Chloe, die mit natürlicher Schönheit gesegnet ist, hatte sich wie Annabel für einen Dressdown-Look entschieden, schnitt im Vergleich jedoch deutlich besser ab. Sie sah genauso elegant aus wie wir, die wir Hunderte von Pfund ausgegeben hatten, und das scheinbar ohne besonderen Extraaufwand. Doch der böse Blick, mit dem sie Esthers Bemerkung quittierte, machte sie hässlich. »Da bin ich mir nicht so sicher.«

»Okay, Leute«, rief Mrs Hargreaves, unsere Rektorin. »Wenn sich dann alle zu ihren Plätzen begeben könnten. Wir beginnen den Abend mit einigen Ankündigungen und Erfahrungsberichten, und danach wird unser Dreigangmenü serviert.«

Annabel und ich blieben allein am Tisch zurück, doch rasch füllten sich die übrigen Plätze mit anderen Schülern unseres Jahrgangs. Als alle saßen, beugte sie sich zu mir und flüsterte mir ins Ohr.

»Wir machen nachher noch Party, willst du mitkommen?«

»Auf eine Party?«

»Du weißt schon, wo es was Richtiges zu trinken gibt.« Wir stießen an, Sekt versus O-Saft, und sie fügte achselzuckend hinzu: »Überleg's dir.«

»Aber es will mich doch bestimmt keiner dabeihaben«, flüsterte ich.

»Unsinn. Außerdem findet die Fete bei Esther statt, und da hat sonst niemand was zu melden.«

Esther wohnt in einer fünfstöckigen georgianischen Villa mitten in Clifton. Ich weiß nicht, was ihre Eltern machen, aber sie ist irre reich, und ihre Party nach dem Abschlussball der Elften war anscheinend legendär.

»Meinst du wirklich?«

»Klar«, sagte sie, als wäre es nichts.

»Also, meine Eltern und meine Schwester sind verreist, insofern …«

»Umso besser! Dann ist ja alles klar!«

Mir kamen Bedenken, und ich versuchte zurückzurudern. Schließlich hatte ich es mit Annabel zu tun. Die Sache mit Julian war noch nicht vergessen. »Ich weiß nicht, ob ich nach dem langen Tag nicht doch zu müde bin.«

»Entspann dich, Poppy«, sagte Annabel. »Mach dich locker, und lass es dir gut gehen.«

Und das tat ich dann auch, trotz meiner Zweifel. Das Essen war köstlich, und Annabel und ich unterhielten uns ewig über die Prüfungen und unsere Zukunftspläne. Ich würde an der Slade studieren, sie wollte in Bristol bleiben. Bei dem Quiz, das zum Dessert gespielt wurde, machte unser Tisch den zweiten Platz, und wir gewannen je einen Büchergutschein, worüber sich außer mir allerdings niemand freute. Danach wurde getanzt, und die Vegas-Spielecke wurde eröffnet, unter der strengen Aufsicht von Mrs Hargreaves, die darauf achtete, dass niemand schummelte. Ich verlor meine ganzen Münzen, nachdem ich beim Roulette alles auf Rot gesetzt hatte, und kurz darauf verlor Annabel ihre beim Blackjack. Da waren die anderen schon zu uns gestoßen, aber in der Menge fühlte es sich ganz normal an, mit den vieren abzuhängen. Tanya wirkte beklommener als die anderen drei, und als sie zum Rauchen auf den Balkon ging, folgte ich ihr.

Ein paar Schritte weiter stand ein Physiklehrer, der angeblich immer nach Gras roch, ganz in seiner eigenen kleinen Welt versunken.

Davon abgesehen war der Balkon leer, und der DJ spielte »Stronger« von Kelly Clarkson. Selbst bei geschlossener Tür konnte man das Wummern der Musik hören und wie die Leute den Text mitgrölten.

Tanya zündete sich eine Zigarette an, nahm einen tiefen Zug und lehnte sich rücklings ans Geländer. »Du rauchst nicht.«

Tanya konnte man nichts vormachen. Auch nach all den Jahren noch kannte niemand mich so gut wie sie. Mir fiel ein, dass wir mit zehn einen bekloppten Pakt geschlossen hatten, niemals mit dem Rauchen anzufangen oder Drogen zu nehmen, weil unser Leben uns dafür zu schade war. Wir verkündeten es der Welt (meinem Garten) und besiegelten die Übereinkunft, indem wir uns die Hände gaben, die wir zuvor in eine schlammige Pfütze getaucht hatten.

Ob sie sich daran noch erinnerte? »Du hast den Pakt gebrochen«, sagte ich leise.

Zu meinem Erstaunen grinste sie. »Ich wusste, dass du das sagen würdest.«

»Ich wollte bloß checken, ob mit dir alles in Ordnung ist«, sagte ich. »Nur deshalb bin ich überhaupt gekommen. Ich wollte wissen, wie es dir geht. Was du für Pläne hast.«

Wieder zog sie an ihrer Zigarette und blies Rauchringe in die Luft. »Ich gehe auf die UWE. Gegen die Slade kann ich damit natürlich nicht anstinken.«

Die Lehrer hatten in ihrem wöchentlichen Newsletter bekannt gegeben, dass die Slade mir ein Angebot gemacht hatte, und nun wusste es die ganze Schule. Es war so peinlich gewesen, alle hatten mich angestarrt, hatten ein Urteil über mich gefällt, aber insgeheim war ich doch auch ein bisschen stolz.

»Du studierst Journalismus, nicht?«

»Stimmt.« Sie klang erstaunt. »Ich hätte nicht gedacht, dass du das weißt.«

»Ich glaube, ein Lehrer hat so was erwähnt«, sagte ich und hätte mir am liebsten die Zunge abgebissen. Jetzt wusste sie, dass ich mich – trotz allem – über sie auf dem Laufenden hielt. »Ich freue mich für dich.«

»Danke.« Sie nahm einen letzten tiefen Zug, dann drückte sie die Zigarette aus und schnippte die Kippe über das Geländer.

»Hast du nicht immer davon geträumt, Schauspielerin zu werden?« Ich konnte mir die Frage nicht verkneifen.

»Ach, das.« Sie zuckte die Achseln. »Davon habe ich mich schon vor einer Ewigkeit verabschiedet.«

»Warum? Ich habe nie daran gezweifelt, dass du es schaffst.«

»Ach was«, sagte sie mit einem leisen Lächeln auf den Lippen. »Weißt du noch, wie wir uns am Wochenende immer verkleidet und für deine Eltern Modeschauen veranstaltet haben?«

»Na klar.« Wir dachten uns jede Woche ein neues Motto aus. Meine Eltern saßen geduldig wie die Lämmer auf dem samtbezogenen Sofa und jubelten und applaudierten, während Tanya und ich durchs Wohnzimmer stolzierten, als wären wir Tyra Banks. »Mein favorite war, als wir uns als Haute-Couture-Clowns verkleidet haben.«

Tanya lachte laut auf und klatschte in die Hände. »O mein Gott, ich weiß es noch wie heute. Nein, mein favorite war, als wir beschlossen haben, dass Aliens hundertpro UGGs auf dem Kopf und Handschuhe an den Füßen tragen würden und wir nur noch humpeln konnten, weil wir die Füße nicht in deine alten Wollhandschuhe gequetscht kriegten.«

Jetzt musste auch ich lachen, und einen Augenblick lang schien es, als wäre es gestern erst gewesen. Tanya und ich waren nicht nur wieder vereint, wir standen uns so nahe wie noch nie, und es war wunderschön.

»Komm«, sagte sie und zerstörte die Blase unserer Freundschaft. »Lass uns lieber wieder reingehen, die anderen fragen sich sicher schon, wo wir geblieben sind.«

»Wir.« Plural. Willkommen im Club.

Den Rest des Abends verbrachten wir mit Tanzen, als wäre ich immer schon eine von ihnen gewesen. Als schließlich das Saallicht anging und Mrs Hargreaves uns fürs Erscheinen dankte, war ich durchgeschwitzt und ausgepowert, aber das ging den anderen nicht anders. Und dann sprach Esther die magischen Worte, auf die ich gewartet hatte.

»Poppy, du kommst doch mit zur Afterparty, oder?«

»Na klar«, sagte ich, ohne zu überlegen. Endlich gehörte ich dazu.

Unterwegs schrieb ich meinen Eltern eine SMS und teilte ihnen mit, ich sei wieder zu Hause, auch wenn das nicht ganz der Wahrheit entsprach.

Esthers Haus war nicht gerade klein, aber es kamen alles in allem etwa vierzig Jungs und Mädels vom Oberstufenball, und so war es binnen Sekunden proppenvoll. Esther führte uns in einen langen Kellerraum hinunter, in dem So-

fas und Tische standen. Jemand legte Musik auf, und es war, als hätten wir das Hotel nie verlassen. Die Leute fingen wieder an zu tanzen, nur dass diesmal Alkohol als Stimmungsmacher bereitstand, da wir auf dem Rückweg bei einem Späti angehalten und uns mit Dutzenden von Flaschen eingedeckt hatten.

Ich hatte noch nie Alkohol getrunken. Ich weiß, für eine Siebzehnjährige im einundzwanzigsten Jahrhundert ist das eher ungewöhnlich. Aber ich hatte bislang ja auch keine Gelegenheit dazu gehabt. Es war meine erste Party.

Aidan reichte mir einen spärlich gefüllten Plastikbecher. »Komm, trink einen Shot mit mir, Poppy. Wir haben dich noch nie besoffen erlebt.«

Er war so heiß und stand so dicht neben mir, dass ich Angst hatte, er könnte mein Herz schlagen hören.

»Klar«, sagte ich, als täte ich den ganzen Tag nichts anderes, obwohl ich keine Ahnung hatte, was in dem Becher war.

»Auf drei«, sagte Aidan. »Eins … zwei … drei!«

Wir leerten unsere Becher in einem Schluck. Ich schnappte unwillkürlich nach Luft und musste würgen, als ich das Brennen in der Kehle spürte, und Aidan klopfte mir lachend auf den Rücken.

»Shots sind vielleicht ein bisschen hart für deine erste Party«, sagte er. »Moment.«

Er streckte die Hand aus und glitt sanft mit der Fingerspitze über meine Lippen. In diesem Moment hatte ich das Gefühl, die Zeit steht still. Mir wurde flau im Magen, und ich war der Ohnmacht nahe.

Ich musste mich unbedingt beruhigen. Aidan war Annabels

Freund. Ich trat einen Schritt zurück, um etwas Abstand zwischen uns zu schaffen, und er schien zu verstehen.

»Du hattest da etwas am Mund«, sagte er. »Ich stelle dich nachher ein paar von meinen Kumpels vor. Sie würden dich gern kennenlernen.«

»Okay«, flüsterte ich und brachte das Wort nur mit Mühe über die Lippen.

Ist das bei allen Mädchen so?, überlegte ich. Ein süßer Junge bandelt auf einer Party mit dir an? Oder verspricht, dich seinen Freunden vorzustellen? Einige der anderen Jungs sahen jedenfalls fast genauso gut aus wie Aidan. Ich würde nicht wählerisch sein.

Ein erster Kuss wäre schön gewesen. Mehr wollte ich gar nicht, und meine Lippen kribbelten noch immer, wo Aidan sie berührt hatte.

»Amüsierst du dich?«

Plötzlich tauchte wie aus dem Nichts Annabel hinter mir auf. Sie hielt ein Glas in der Hand und streckte es mir hin. »Ein Wodka Lemon. Nicht ganz so stark wie ein purer Shot.«

»Oh.« Ich war peinlich berührt. »Aidan hat mich einfach angesprochen, ich habe …«

»Schon gut«, sagte sie. Sie zuckte mit den Schultern. »Der tut nichts. Der will nur spielen. Und dafür sorgen, dass du dich amüsierst. Ich habe damit kein Problem. Und jetzt nimm.«

Ich zögerte.

»Jetzt sag nicht, du hast noch nie Alkohol getrunken?«

»Nein!«, widersprach ich, aber es war schon zu spät.

»Himmel.« Sie erhob die Stimme, damit es auch alle mit-

bekamen. »Leute, das ist Poppys erstes alkoholhaltiges Getränk, der Shot, den Aidan ihr gerade verabreicht hat, nicht mitgezählt. Ist das nicht einen kleinen Applaus wert?«

Heftig errötend trank ich den ersten Schluck und musste mich sehr zusammenreißen, um nicht angewidert das Gesicht zu verziehen. Es schmeckte irgendwie noch schlimmer als der Shot. Scharf und stark und schauderhaft, sogar ein wenig bitter. Annabel sagte etwas, das ich nicht verstand, und ein paar Leute lachten. Aber die meisten jubelten mir zu.

»Auf ex, auf ex!«, skandierten sie.

»O Gott«, murmelte ich, aber ich tat ihnen den Gefallen und würgte das Zeug hinunter, obwohl mir davon die Augen brannten.

»Soll das so schmecken?«, fragte ich Tanya, die neben mir stand und weder gelacht noch gejubelt hatte.

Sie runzelte die Stirn. »Soll das wie schmecken?«

»So komisch. Irgendwie eklig.«

Sie beugte sich zu mir und schnupperte an meinem Glas. Es war leer, und sie zuckte die Achseln. »Ich rieche nichts. Aber wenn da nur Wodka drin war, kann es eigentlich nicht so schlimm gewesen sein.« Tanya wandte sich einen Augenblick ab, schenkte mir ein zweites Gas ein und reichte es mir. »Probier noch mal.«

Diesmal war es nicht mehr ganz so schlimm. Zwar schmeckte ich den Alkohol deutlich heraus, aber das Bittere war weg.

»Schon besser«, sagte ich.

»Vielleicht hat Annabel dir für das erste Mal ein bisschen zu viel eingeschenkt«, sagte Tanya immer noch stirnrunzelnd. Sie ging zu Annabel, und obwohl ich nicht hören

konnte, worüber sie sprachen, schien es um etwas Ernstes zu gehen, bis Tanya beruhigt schien und lächelnd den Kopf schüttelte.

Die Party ging weiter. Ich weiß noch, wie ich tanzte, umringt von lauter Jungs aus meinem Jahrgang. Alle jubelten und johlten. All meine Sinne waren hellwach, aber ich dachte, so ist das eben, wenn man betrunken ist. Alles war grell und bunt, und ich fühlte mich so selbstbewusst wie nie zuvor, einfach unbesiegbar. Die Mädels versorgten mich mit immer neuen Drinks, und wenn sie kicherten, dann kicherte ich auch, mit absurd schriller Stimme.

Und dann passierte es: Als ich vom Klo kam, nahm Chloes Freund Elliott mich beiseite. Er ging eigentlich gar nicht auf unsere Schule und war erst vor einer Stunde auf der Party aufgetaucht. Er war ganz anders als die anderen Jungs, die ich kannte. Er hatte sogar ein Nasenpiercing, was an unserer Schule streng verboten war.

»Hallo, meine Süße«, sagte er und legte mir den Arm um die Schulter.

Auch wenn ich kicherte, musste ich sofort an seine Freundin denken. »Ich dachte, Chloe wäre deine Süße.«

Er grinste nur. »Na klar. Aber das ist doch kein Hinderungsgrund.«

Er beugte sich vor, und es war klar, dass er mich küssen wollte. Mit pochendem Herzen beugte ich mich zu ihm und schloss sogar die Augen.

Da plötzlich stand Esther in der Tür, und er ließ lachend von mir ab.

»Wir haben uns schon gefragt, wo ihr beiden steckt«, sagte sie. Sie schien nicht weiter beunruhigt, trotzdem sah sie vor

allem mich an. Ob sie unseren Beinahekuss mitbekommen hatte? Ich war mir nicht sicher.

»Ich wollte die arme Poppy nur wieder reinbringen«, sagte Elliott. »Sie ist sturzbetrunken.«

»Willst du nicht lieber mit Chloe tanzen?«, riet Esther, und er zog von dannen.

Esther sah mich wortlos an.

»Er wollte mir wirklich nur helfen«, sprudelte es aus mir hervor.

»Schon klar«, sagte sie und verschwand auf der Toilette.

Den Rest des Abends tanzte ich mit unzähligen anderen Jungs, aber dem ersten Kuss kam ich kein zweites Mal so nahe. Und just als Aidan mich nach Hause bringen wollte, kam Annabel von der Toilette. Sie habe sich übergeben, erklärte sie, und brauche Aidans Hilfe, und damit war die Sache gestorben.

Dass ich allein nach Hause gehen musste, machte mir jedoch nichts aus, nicht nach diesem großartigen Abend. Zu Hause angekommen, hängte ich mein Ballkleid vorsichtig auf einen Bügel, damit es nicht noch mehr zerknitterte und die Erinnerung an diesem Abend auf ewig bewahrte.

Sieht ganz so aus, als würde mein Stern doch noch aufgehen, liebes Tagebuch. Stell dir nur mal die Zukunft vor.

Sie werden mich alle nicht wiedererkennen.

ACHTUNDZWANZIG

Annabel

22. Mai 2023

Der Sturm lässt langsam nach.

Der Regen, der so stark war, dass man kaum einen Schritt tun konnte, tröpfelt nur noch, und selbst die dichten Wolken verziehen sich nach getaner Arbeit. Dahinter lugen die ersten Sterne hervor und bringen endlich ein wenig Licht.

Ist es wirklich immer noch Nacht? Irgendwann muss die Sonne doch mal aufgehen. Es ist, als wollte diese Nacht kein Ende nehmen.

Und wer weiß, vielleicht sind wir ja auf einer magischen Insel gefangen, auf der die Zeit keinen Gesetzen folgt, und müssen so lange hierbleiben, bis nur noch eine von uns übrig ist.

Gott. Kein Wunder, dass ich nicht geschlafen habe.

Ich habe es noch nicht einmal versucht. Ich lag Ewigkeiten wach im Bett, und als der Sturm abflaute, setzte ich die Suche nach Chloe fort, ohne mich darum zu kümmern, wie ramponiert ich aussah. Doch sie war weder in einer der Hütten – auch nicht in Tanyas, die ich mit klopfendem Herzen betrat –, noch in der Main Lodge.

Als ich mich vorsichtig aus meiner Hütte schleiche, überläuft es mich heiß und kalt.

Auf dem Rasen haben sich Pfützen gebildet. Nichts hier ist so perfekt und makellos, wie es anfangs schien, überall Schlamm und kahle Stellen. Meine Sandalen haben sich vollgesogen, aber das ist mir egal. Die letzten Gewitterwolken verziehen sich, und endlich kommt der Mond zum Vorschein, eine schmale Sichel, die ihr helles Licht auf die gesamte Insel wirft.

Als ich die Main Lodge betrete, sitzt Esther dort allein am Tisch, vor sich eine Tasse Kaffee. Sie wirkt hypernervös. Offenbar hat sie eine Überdosis Koffein im Blut, denn sie beißt die Zähne fest zusammen und klammert sich mit beiden Händen an ihren Stuhl. Sie erschrickt, als ich hereinkomme, was sie jedoch geschickt zu überspielen weiß, und sieht mich an, als wäre sie die Ruhe selbst.

»Konntest du auch nicht schlafen?«, frage ich.

Sie schüttelt den Kopf. »Ich hab's versucht. Zwecklos.«

Wir betrachten den Himmel, der ein dunkles Geheimnis zu bergen scheint.

»Wo ist Chloe?«, fragt Esther.

Mir stockt der Atem. »Hast du sie denn nicht gesehen?«

»Nein.«

»Dann müssen wir sie suchen gehen, aber diesmal richtig«, sage ich. »Bei einem solchen Unwetter kann einem alles Mögliche passieren. Wir haben sie gewarnt. Aber du weißt ja, wie impulsiv sie ist.«

Chloes Bild steht uns deutlich vor Augen. Ihre Power, ihre Energie, aber ebenso ihr Leichtsinn, ihre Neigung, erst zu handeln, dann zu denken. Wahrscheinlich hat sie sich im Dunkeln verlaufen und irgendwo das Ende des Unwetters abgewartet. Das rede ich mir jedenfalls ein. Vielleicht hatte sie aber auch einen Unfall und ist verletzt. Über die dritte Möglichkeit möchte ich lieber nicht nachdenken, denn das würde bedeuten, dass nur noch Esther und ich übrig sind.

Esther steht auf. »Aber diesmal nicht getrennt, sondern gemeinsam. Unsere Taschenlampen haben wir ja noch. Und jetzt ist es draußen auch nicht mehr so dunkel. Komm, wir gehen.«

Sie marschiert zur Tür hinaus, ohne sich noch einmal umzudrehen. Ich ziehe eine Küchenschublade auf, schnappe mir ein Messer, klemme es mir unter den BH und zucke zusammen, als das kalte Metall meine nackte Haut berührt. Ich muss auf alles gefasst sein.

Aber die besseren Lichtverhältnisse machen die Sache nicht unbedingt leichter. Obwohl wir zu zweit sind, flattern mir die Nerven. Die Bäume hüllen sich in Schatten, und ständig habe ich das Gefühl, dass uns jemand beobachtet, uns auf Schritt und Tritt verfolgt. Dann stolpere ich über einen Ast und schlage der Länge nach hin. Mühsam rappele ich mich hoch, mit Schlamm und Blättern an Knien und Händen.

Esther steht da wie ein Ölgötze und wartet, bis ich wieder stehe. Wir dürfen uns auf keinen Fall trennen, denn dann wäre jede von uns leichte Beute. Da wir davon ausgehen, dass Chloe irgendwo Schutz gesucht hat, marschieren wir auf dem schlammigen Pfad unter den Palmen hindurch, umrunden die Klippe, die sich steil und schroff gegen das Mondlicht abhebt, und leuchten mit unseren Lampen in die Büsche. Seit sich der Sturm verzogen hat, ist es totenstill, und nur das Rauschen des schwarzen Ozeans erinnert noch an die Macht der Naturgewalten. Der Boden ist übersät mit Zweigen und Blättern, und selbst die Trümmer unserer Hen Party hat es bis hierher getragen. Ein Luftballon hat sich in einem Dornenbusch verfangen, und einer von Esthers Sneakers klemmt zwischen zwei Felsblöcken.

»Chloe?«, rufe ich. »Wo bist du?«

Poppys verschwundene Leiche, das Bild von der Blutlache, die sie hinterlassen hat, erscheint vor meinem geistigen Auge, als wollte es mich auslachen. Ich schüttele den Gedanken ab und gehe weiter.

Schließlich gabelt sich der Pfad. Wir bleiben stehen und überlegen, welchen Weg wir nehmen sollen.

»Der linke führt zurück zum Hauptstrand«, sagt Esther und richtet ihre Taschenlampe darauf. »Es ist nicht weit. Chloe könnte hier entlanggegangen sein.«

»Und der andere führt zu dem kleineren Strand.« Dieser Weg wird anscheinend seltener begangen, denn er ist mit Unkraut überwuchert, aber mir fällt ein, dass ich schon einmal hier war, bei der Schnitzeljagd, mit Tanya. Kaum zu glauben, dass seitdem erst zwei Tage vergangen sind. Und Tanya jetzt tot ist.

»Stimmt«, sagt Esther. »Und da steht auch die grüne Hütte mit dem Generator.«

»Vielleicht hat Chloe sich an die Hütte erinnert und dort Schutz gesucht.«

»Möglich wär's«, räumt Esther ein. »Aber das kann ich mir eigentlich nicht vorstellen. Chloe kannte den Weg nicht. Und der Sturm war in vollem Gange. Sie konnte kaum etwas sehen.«

Sie will eben den Weg einschlagen, der zu unserem gewohnten Strand führt, doch irgendetwas hält mich davon ab, ihr zu folgen. »Warte.«

Sie wendet den Kopf. »Was ist?«

»Ich finde, wir sollten trotzdem diesen Weg nehmen.« Irgendetwas zieht mich in diese Richtung.

Esther wirkt nicht sonderlich begeistert, aber sie sieht mir an, dass ich nicht zum Streiten aufgelegt bin. »Meinetwegen.«

Es dauert nicht lange. Nach wenigen Minuten haben wir den Strand erreicht, der wie ein kleiner Klon des Hauptstrands aussieht. Der Sturm hat Treibholz und Unmengen von Seegras ans Ufer gespült. Die Hütte steht geduckt am Ende, und auf dem Sand liegt ein kleines Motorboot.

»Esther, da ist ein Boot«, flüstere ich und stoße sie in die Rippen.

Auch sie hat es bemerkt und macht große Augen. »War das die ganze Zeit hier?«

War es bei der Schnitzeljagd schon da? Ich versuche, mich zu erinnern, aber mein Gedächtnis ist wie leer gefegt.

»Hätten wir es nicht hören müssen?«, frage ich, dabei ist Esther weiß Gott keine Expertin. »Wenn jemand damit hierhergefahren wäre, hätten wir den Motor doch hören müssen. Vielleicht ist es ja immer hier, zum Angeln oder so.«

Wollte womöglich jemand auf die Insel? Aber wer?

Wir gehen zu dem Boot, doch es ist zum Schutz gegen den Sturm mit einer Plane abgedeckt.

Und warum würde jemand hierherkommen?

»Das ist bestimmt zum Angeln«, bestätigt Esther, aber auch sie wirkt verunsichert. »Wie es aussieht, ist es schon eine ganze Weile nicht mehr bewegt worden. Außer uns ist niemand hier.«

»Robin war seltsam, fandst du nicht auch?«, murmele ich. »Was macht sie hier, so viele tausend Meilen von zu Hause? Sie hat doch etwas zu verbergen. Was, wenn sie hinter der ganzen Sache steckt?«

»Red keinen Quatsch.« Esther reagiert unwirsch, obwohl sie bei meinen Worten ziemlich blass geworden ist.

Ich sehe etwas aus den Augenwinkeln und stoße einen spitzen Schrei aus. »Was ist das?«

Da verschwindet es wieder in der anrückenden Flut.

Esther legt ihre Stirn in Falten. »Ich sehe nichts.«

»Warte.«

Das Wasser weicht zurück, unter dem Nachthimmel schimmert das Meer pechschwarz. Plötzlich, zwischen dem Seegras und den Trümmerteilen, taucht sie auf.

Chloe.

»Da!«, schreie ich und laufe los. »Das ist Chloe!«

Esther folgt mir, und wir ziehen sie an Land, fort von der steigenden Flut.

Sie ist klatschnass und kreidebleich. Die Haare kleben ihr im Gesicht, das dahinter fast verschwindet.

»Chloe, hörst du mich?« Ich versuche, sie zu schütteln. »Scheiße, womöglich ist sie ertrunken. Vielleicht ist sie ins Wasser gefallen und hatte nicht mehr genug Kraft, um zurück an Land zu schwimmen. Chloe …«

Die Worte zerfallen mir im Mund, als ich ihr das Haar aus dem Gesicht streiche, um mit der Mund-zu-Mund-Beatmung zu beginnen. Meine Finger sind rot, das Blut noch feucht, es rinnt meine Hände hinab und tropft auf mein Kleid. Erst bin ich verwirrt. Ihr Gesicht ist unversehrt. Doch dann drehe ich sie auf den Bauch und sehe die Platzwunde an ihrem Hinterkopf.

»O mein Gott.« Vor Schreck lasse ich Chloe los, und ihr Kopf landet mit einem dumpfen Schlag im Sand. Ich taumele rückwärts, lande auf dem Hinterteil, rappele mich wieder hoch.

Chloes Leiche verfärbt sich bereits grau, kein Wunder, schließlich hat sie stundenlang im Freien gelegen. Die Wunde rührt von einem gezielten Schlag her und ist nicht etwa die Folge eines Unfalls. Auch sie wurde ermordet.

Mein Herz schlägt wie wild.

»Du«, faucht Esther. »Das warst du. Du hast sie alle umgebracht.«

»Was?«

Ich hebe den Kopf, und zu meinem Erstaunen fuchtelt Esther mir mit einem Messer vor der Nase herum. Woher hat sie das? Und seit wann?

Einen Moment lang verschwimmt mir alles vor den Augen, und ich sehe zwei Esthers, zwei Messer, deren Klingen mich blenden.

Esther. Ich fasse es nicht.

»Was redest du denn da? Lass den Scheiß. Beruhige dich.«

»Ich wusste es«, sagt sie. »Von Anfang an. Du bist doch schon seit Monaten komplett von der Rolle. Du klaust, du tust, als würdest du zu den Reichen und Schönen gehören und ignorierst sogar die Tatsache, dass Andrew dich seit eurer Hochzeit nach Strich und Faden betrügt. Du musst davon gewusst haben. Und genau das versuchst du, die ganze Zeit zu kompensieren. Damit ja keiner merkt, dass Annabel Hannigan leidet wie ein geprügelter Hund. Doch nicht Annabel, unsere Anführerin.«

Ich spüre mein eigenes Messer auf der Haut, die Klinge ist jetzt nicht mehr kalt, sondern warm und feucht von Schweiß.

Voilà. Endlich kommt die Wahrheit ans Licht.

»Du konntest mich doch noch nie leiden, oder, Esther? Du warst die Kluge und Gescheite, du hattest reiche Eltern. Aber niemand mochte dich um deiner selbst willen. Wäre ich nicht deine Freundin gewesen, hätten sie dich mit dem Arsch nicht angeguckt.«

Ihre Augen blitzen vor Zorn, und ich weiß, dass ich einen wunden Punkt getroffen habe. »Ach, darum geht es also?«

»Ich habe keine Ahnung, wovon du redest«, sage ich.

»Du kannst es dir nicht einmal selbst eingestehen, was? Du tust so, als wäre alles in bester Ordnung, und wenn deine Geheimnisse ans Licht kommen, musst du das um jeden Preis verhindern. Du musst die Kontrolle behalten. Hör auf, dich selbst zu belügen.«

Mich selbst zu belügen? Das muss ausgerechnet sie sagen – die größte Lügnerin und Geheimniskrämerin unter der Sonne.

Ich will protestieren, aber sie redet einfach weiter. Es macht ihr sichtlich Spaß.

»Nur dass Poppy diesmal am Drücker saß. Deine Geheimnisse kamen ans Licht, und dem musstest du ein Ende setzen.«

Was für ein Unsinn, möchte ich ihr entgegenschreien. Aber ich muss zugeben, dass mir ein Stein vom Herzen fiel, als wir das Blut in Poppys Zimmer entdeckten.

»Und dann die Sache mit Tanya!« Esther schüttelt den Kopf. »Du hattest das Messer in ihrem Zimmer versteckt. Und uns weisgemacht, sie wäre es gewesen. Und dann? Hat sie dich dabei erwischt, wie du die Leichen entsorgen wolltest? Oder etwas anderes herausgefunden? Musste sie deshalb sterben?«

Jetzt wird mir klar, worauf sie hinauswill. Was sie im Schilde führt.

»Und was Chloe angeht …« Ihre Leiche liegt noch immer zwischen uns, eine unüberwindliche Hürde. »War sie zu unberechenbar? Zu unzuverlässig? Dachtest du, sie würde in Panik geraten und dir alles in die Schuhe schieben? Oder hast du sie bloß umgebracht, weil Andrew sie im Bett einfach besser fand als dich?«

»Du elendes Dreckstück«, sage ich leise.

Sie weicht einen Schritt zurück, und mit einem Mal steht ihr die Angst ins Gesicht geschrieben.

»Du hast sie alle umgebracht«, sagt sie. »Du warst es, Annabel. Das Boot war nur ein billiges Ablenkungsmanöver. Und beinahe wäre ich darauf hereingefallen.«

Am liebsten würde ich laut lachen. So weit ist es gekommen?

Was für ein mieses, mieses Spiel.

Ich ziehe mein Messer. Erschrocken reißt sie die Augen auf, damit hat sie nicht gerechnet. Wie dumm von ihr. Nach all den Jahren müsste sie mich eigentlich besser kennen.

Wenn sie es nicht anders will – ich bin bereit.

NEUNUNDZWANZIG

Esther

22. Mai 2023

Annabel hat also auch ein Messer. Sie hält es mit beiden Händen auf mich gerichtet und versucht, nicht aus dem Gleichgewicht zu geraten.

Was meinen Verdacht bestätigt. Soll sie doch. Das macht es nur leichter, der Polizei zu erklären, warum ich mich wehren musste.

»Ich wusste es«, sage ich. »Ich wusste, dass du es warst. Du hast sie alle umgebracht.«

Ich werde nicht hier sterben wie die anderen. Dazu habe ich zu viel durchgemacht.

»Ich weiß, was du vorhast«, schreit Annabel. »Schluss mit dem Versteckspiel. Jetzt sind nur noch wir beide übrig.«

»Du hast meine Frage nicht beantwortet. Warum hast du es getan?«

Annabel lacht. »Ich fass es nicht. Das soll wohl ein Witz sein.«

»Darum also bist du letzte Nacht noch einmal draußen gewesen«, sage ich. »Ich habe dich gesehen. Dafür kann es nur einen Grund gegeben haben. Du bist Chloe suchen gegangen – und hast sie umgebracht.«

Die Verwirrung steht ihr ins Gesicht geschrieben.

»Das hängst du mir nicht an.« Annabel lässt eine Hand sinken, hält das Messer nun nur noch mit einer Hand umklammert. »Ich habe dir vertraut. Ich dachte, wir wären Freundinnen.«

»Wir sind Freundinnen«, sage ich beschwichtigend, doch meine Stimme zittert. »All deine Probleme. Die Klauerei, die Schulden, sogar deine Freundinnen hast du bestohlen. Und ich habe niemandem etwas davon verraten. Ich habe geschwiegen wie ein Grab. Und das jahrelang. Und die Sache mit meiner Kette. Vergeben und vergessen. Also lass den Quatsch. Und wirf das Messer weg.«

»Du zuerst«, sagt sie. »Reden wir lieber mal von dir. Warum hast *du* es getan? Etwa aus Eifersucht? Es kann doch nur Eifersucht gewesen sein.«

Ich bin sprachlos. Eifersucht? Glaubt sie im Ernst, dass ich vier Menschen umbringe, weil ich *eifersüchtig* auf sie bin?

»Wenn dem tatsächlich so wäre, warum bist du dann noch am Leben?«, sage ich.

»Ich weiß, was du vorhast«, gibt sie zurück. »Aber das kannst du vergessen. Außer uns ist keiner mehr da. Keine Chloe, die ständig um Aufmerksamkeit heischt, oder Transuse Tanya, die wir bloß in unsere Clique aufgenommen haben, weil wir uns langweilten und sie uns leidtat. Und jetzt sind nur noch wir beide übrig. Aber das hast du von Anfang an so geplant, stimmt's?«

»Annabel, ich weiß nicht, was für ein Spielchen du spielst. Aber jetzt ist Schluss.«

Sie stutzt, und einen Moment lang habe ich Angst, dass sie auf mich losgehen könnte. Doch plötzlich ist da ein Funkeln in ihren Augen. Ein wissender Blick.

Sie spielt nur mit mir. Ich wusste es.

»Esther«, sagt sie. »Lass das Messer fallen.«

Stattdessen halte ich es noch einen Zentimeter höher und weiche einen Schritt zurück. »Annabel, beruhige dich.«

»Hör auf, ständig meinen Namen zu blöken«, blafft sie. »Ich weiß, was du im Schilde führst. Jemanden ständig mit Vornamen anzureden, um sich sein Vertrauen zu erschleichen. Tolle Taktik, aber ich bin nicht so blöd, wie du glaubst. Ich habe zwei Abschlüsse in Psychologie.«

Das hatte ich fast vergessen.

Wie man überhaupt schnell vergisst, dass Annabel nicht dumm ist. So wie sie aussieht, blond, rehäugig und immer nach der neuesten Mode gekleidet, wirkt sie wie die typische Barbiepuppe. Aber in der Schule war sie allen um Längen überlegen, sogar Poppy. Als Poppy nicht zur Ausgabe der Abizeugnisse kam, stand Annabel im Zentrum der Aufmerksamkeit und posierte für die Fotografen. Ich hätte kotzen können. Eigentlich hätte ich im Mittelpunkt stehen müssen und nicht sie. Stattdessen heimste sie den ganzen Ruhm ein, ohne etwas dafür getan zu haben.

Unsere kleine Anführerin, Annabel Hannigan. Sie scheint es persönlich genommen zu haben, als Poppy andeutete, wir seien alles andere als perfekt. Und offenbar ist Annabel inzwischen selbst eine virtuose Schauspielerin. All ihr Entsetzen über Poppys und Tanyas Tod, ihr Kleinmädchengetue, ihre erbärmlichen Moralpredigten. Alles nur gespielt. Beeindruckend.

Und wir alle sind voll darauf hereingefallen. Nichts als Annabels Marionetten, auch nach zehn Jahren noch.

Ich riskiere einen Blick zum Horizont. Der Himmel ist noch immer dunkel, der Sonnenaufgang lässt auf sich warten. Verflucht, wie spät ist es? Wo, zum Teufel, bleibt Robin?

»Hast du das wirklich so gemeint?«, fragt Annabel. »Als du gesagt hast, Poppy hätte den Tod verdient?«

Ich schüttelte den Kopf. »Nein, natürlich nicht. Das war doch nur albernes Gerede.«

»Und Tanya? Und Chloe?«

Chloes Leiche liegt noch immer zwischen uns. Ohne Annabel aus den Augen zu lassen, mache ich einen Schritt zur Seite, verringere den Abstand zwischen uns.

»Nein«, sage ich. »Keine der drei hatte den Tod verdient.«

»Was machen wir dann hier? Ich verstehe das nicht.«

Ich verstehe es ebenso wenig. Aber ich kann ihr unmöglich vertrauen. Sie hat bereits drei Menschen umgebracht, warum also sollte sie vor einem vierten Mord zurückschrecken? Ich muss dem ein Ende setzen. Und wenn ich sie eigenhändig umbringen muss.

Wie leicht man auf solche Gedanken kommt.

Adrenalin strömt durch meine Adern, und jede Faser meines Körpers scheint zu vibrieren. Der Messergriff gräbt sich schmerzhaft in meine Hand, so fest halte ich ihn umklammert.

Womöglich ahnt sie, dass ich zu allem entschlossen bin, denn ihre Miene verfinstert sich. Den Elementen schutzlos ausgeliefert, beide ganz in Weiß, sehen wir aus wie Zwillingsschwestern.

»Lass einfach das Messer fallen, und alles ist wieder gut«, fleht sie mich fast schon verzweifelt an.

»Niemals.«

»Aber … was sollen wir denn jetzt machen?«

»Wenn du das Messer nicht freiwillig wegwirfst, muss ich dich leider zwingen.« Bevor mir die Kräfte schwinden, bevor du mich überwältigen kannst.

Ich bin ohnehin schon fix und fertig. Ich habe kaum geschlafen. Von dem Gin ist mir immer noch übel. Unter normalen Umständen wäre ich Annabel wahrscheinlich überlegen, aber die Umstände sind nicht normal.

Wie konnte es nur so weit kommen?

»Bitte, Esther«, sagt sie, fast schon beschwörend.

Aber dann fällt mein Blick auf Chloes Leiche, und mein Entschluss steht fest.

Ich bin stärker als sie. Ich schaffe das.

»Es tut mir leid, Annabel«, sage ich. Und bevor sie etwas erwidern kann, gehe ich zum Angriff über.

Das Meer um uns herum.

Der Sand zwischen unseren Zehen.

Ja, kämpfe, nimm keine Rücksicht. So wie ich. Ich habe mein Leben lang gekämpft, und dieser Kampf hat bis hierhergeführt, zu diesem Augenblick, an diesem mondbeschienenen Strand, begleitet vom Tosen der Wellen. Der Sturm, der eben noch über der Insel tobte, wütet jetzt in uns. Und wir wissen beide: Das ist das Ende.

Töte sie.

DREISSIG

Annabel

22. Mai 2023

Mit einem erstickten Schrei geht sie zum Angriff über und stürzt sich auf mich. Mein Messer fällt zu Boden, als ich beide Hände um die Klinge ihres Messers schließe und laut aufheule, als sie in meine Handfläche schneidet. Wir wälzen uns im Sand und ringen um das Messer. Sie will es mir entreißen, doch trotz der schrecklichen Schmerzen lasse ich nicht los. Ich habe Sand im Mund, in den Augen, überall, aber ich lasse nicht locker.

Kreischend treten und schlagen wir aufeinander ein. Dann merke ich, dass sie sich mir entwinden will, also verpasse ich ihr einen Kopfstoß, der sie halb ausknockt. Sie will sich aufrichten, aber da sitze ich auch schon auf ihr, mit dem Messer in der Hand.

»Hör auf!«, knurrt sie und schließt beide Hände um meinen Hals.

Sie drückt so fest zu, dass ich kaum noch Luft bekomme und das Messer fallen lassen muss. Sie versucht, es sich zu schnappen, und lässt mich los, und mit letzter Kraft stemme ich mich hoch und blicke wild um mich.

Verdammt noch mal, wo ist das andere Messer? Doch nirgends blitzt etwas im Sand. Entweder hat die Flut es mitgenommen, oder es ist im nassen Sand versunken. Ich stolpere rückwärts und sehe einen Stein. Dankbar greife ich danach.

Er ist blutverschmiert.

Und in dem Blut klebt eine Strähne von Chloes Haar.

»Fuck!«

Am liebsten würde ich den Stein wieder fallen lassen und mich übergeben. Aber Esther geht abermals auf mich los, also überwinde ich meine Hemmungen, hole weit aus und schmettere ihr den Stein gegen die Schläfe.

Mit einem Schrei sinkt sie zu Boden.

Ich hole ein zweites Mal aus und schlage zu, knie keuchend auf ihr. Sie will wegrobben, ohne Erfolg. Mit letzter Anstrengung versucht sie, mich mit dem Messer zu erwischen, aber es gelingt ihr kaum, den Arm zu heben. Sie kann nicht mehr.

In ihrem Blick spiegeln sich Angst, Schock und Schmerz, und einen Moment lang steigen Zweifel in mir hoch.

Aber es muss Esther gewesen sein. Es ist sonst niemand mehr übrig.

Sie bemerkt mein Zögern und greift nach dem Messer. Doch ich komme ihr zuvor, und sie kratzt mir mit der freien Hand quer über die Wange.

Mir bleibt keine Wahl.

Ich steche zu, immer und immer wieder, bis sie keinen Widerstand mehr leistet.

»Annabel …«, stößt sie mühsam hervor, und dann nichts mehr. Aus ihrem Mund quillt Blut. Ihre Lider flattern, und dann regt sie sich nicht mehr.

Sie ist tot.

Mit zitternden Knien stehe ich auf, laufe ins Wasser und übergebe mich.

Am liebsten würde ich mich in den Wellen ertränken.

Ich kapiere noch immer nicht. *Warum?* Genau das ist es, was mich auf den Beinen, was mich am Leben hält. Warum hat Esther es getan? Das mit Poppy verstehe ich ja sogar. Poppy hat ihr Leben ruiniert. Sie hat sie um ihren Job gebracht, sie mit den Nacktfotos gedemütigt, die jetzt wer weiß wo im Internet kursieren. Aber Tanya? Das macht doch keinen Sinn. Und den größten Groll hegte sie gegen mich. Warum also bin ich als Einzige noch übrig? Warum haben wir die Insel zusammen nach Chloe abgesucht?

Meine Gedanken überschlagen sich. Die klaffende Wunde an Chloes Hinterkopf. Das viele Blut.

Esthers weißes Kleid. Bis zu unserem Kampf war kein Tropfen Blut daran. Wie ist das möglich? Zum Umziehen hatte sie weder Zeit noch Gelegenheit. Wie konnte sie Chloe umbringen, ohne sich zu beschmutzen?

Wieder beschleichen mich Zweifel. Alle anderen sind tot. Sie muss es gewesen sein.

Mein Blick fällt auf das kleine Motorboot am Strand.

Reiß dich zusammen.

Ich sehe an mir hinab, sehe mein blutbeflecktes Kleid. Die Schnittwunden an meinen Händen bluten noch immer. Ich wasche mir die Hände im Meer, aber das ändert auch nichts, nur das Wasser ringsum färbt sich rot. Das ätzende Brennen erinnert mich daran, dass der Schmerz schier überwältigend ist. Auch meine Nase blutet, und als ich mein Gesicht betaste, spüre ich die tiefen Furchen, die ihre Fingernägel hinterlassen haben.

Das passt doch alles nicht zusammen.

Ich starre auf den Horizont: ein schmaler Streifen von Rosa und Orange. Endlich geht die Sonne auf.

Warum lag Chloes Leiche am Strand?

Keine Ahnung, weshalb ich erst jetzt darauf komme.

Bei Tanya war das anders. Sie wurde tagsüber ermordet, und die Täterin hätte die Leiche unmöglich unbemerkt entsorgen können.

Aber Chloes Leiche liegt hier. Am Strand. Esther hätte sie bloß ins Wasser schleifen müssen, und Chloe wäre aufs Meer hinausgetrieben worden. Warum hat sie Poppys Leiche aus der Main Lodge verschwinden und Chloe einfach hier liegen lassen?

Und überhaupt: Warum ist Poppys Leiche als einzige verschwunden?

O mein Gott. Ich fasse mir unwillkürlich an die Stirn, als ein stechender Kopfschmerz mir einen Moment lang den Atem raubt.

Hinter mir klatscht jemand in die Hände.

»Bravo.«

Zitternd, wie in Zeitlupe, drehe ich mich um.

Ich bin von oben bis unten voller Blut. Ich habe den Geschmack von Erbrochenem im Mund.

Poppy steht neben Esthers Leiche und stemmt die Hände in die Hüften.

Sie grinst.

»Großes Kino«, sagt sie. »Gut gemacht.«

EINUNDDREISSIG

Annabel

22. Mai 2023

Poppy ist am Leben. Sie *lebt*. Ausgeschlossen. Das kann nicht wahr sein.

Wie gebannt starre ich sie an. Selbst als ich quer über den Strand auf sie zugehe, hängt mein Blick wie gefesselt an ihr, als könnte sie sich jeden Moment wieder in Luft auflösen. Vielleicht bin ich gestürzt und habe mir den Kopf gestoßen, und alles ist nur eine große Halluzination.

»Das bist du nicht«, sage ich. »Du bist tot.« Ich zittere am ganzen Körper. Hat Esther mich womöglich doch umgebracht, und ich bin im Jenseits?

»Ach ja?«, erwidert sie. Sie legt zwei Finger an ihre Halsschlagader und fühlt sich den Puls. »Ich fühle mich eigentlich ganz lebendig. Möchtest du dich persönlich davon überzeugen?«

Woher diese Ruhe? Woher dieser spöttische Tonfall?

Nur ein paar Schritte von uns entfernt, liegen Esther und Chloe leblos im Sand.

»Ich habe Esther umgebracht«, sage ich. »Ich dachte, sie … Ich dachte, sie hätte …«

Poppy lächelt. »Schon klar. Du hast sie für die Mörderin gehalten. Wen auch sonst? Es wart ja nur noch ihr beide übrig. Das nennt man Ironie des Schicksals. Das dachte sie nämlich auch von dir.«

Mein Gott. Es war gar nicht Esther. Jede von uns hat die andere für die Mörderin gehalten. Eine andere Erklärung gibt es nicht.

»Du warst es«, flüstere ich. »Du hast Tanya und Chloe umgebracht.«

»Ja«, sagt Poppy. »Das war ich.«

Ihr Zimmer kommt mir in den Sinn, das viele Blut. Wie kann es sein, dass sie jetzt vor mir steht? Wie kann es sein, dass sie noch lebt?

»Aber …« Mir fehlen die Worte. Ich habe Esther umgebracht. Sie ist tot. Und Poppy hat Tanya und Chloe ermordet. Die Nächste bin ich. Es gibt keine andere Möglichkeit.

»Ich erklär's dir«, sagt Poppy. »Komm mit rein.«

Sie deutet auf die kleine grüne Hütte, deren Tür offen steht. Die Hütte mit dem Generator. Hat sie sich dort etwa die ganze Zeit versteckt?

Sie spürt mein Zögern. »Wenn ich dich umbringen wollte, hätte ich dich im Meer ertränkt.«

»Du willst mich nicht umbringen?«

»Nein, Annabel«, sagt sie. »Da gibt es ein paar Dinge, die ich gern in Erfahrung bringen würde. Und ein paar Dinge, die du wissen solltest. Betrachte es als deine Pflicht als letzte noch verbliebene Brautjungfer – du darfst dich gern als meine Ehrendame betrachten.«

Übelkeit steigt in mir auf.

Sie zieht eine Augenbraue hoch und lächelt mich an. »Auch wenn das eventuell ein bisschen viel der Ehre ist.«

Soll ich darüber etwa lachen? Nach allem, was passiert ist?

»Jetzt komm«, sagt sie schroff. »Ich habe keine Lust, hier in der Kälte herumzustehen. Außerdem haben wir nicht viel Zeit.«

Erst jetzt bemerke ich, dass es tatsächlich kälter geworden ist, eiskalt sogar, und eine Gänsehaut meinen Körper überzieht. Jetzt, wo sich der Sturm gelegt hat, ist die Luft frisch und trägt den Salzgeruch des Ozeans mit sich. Poppy dreht sich um und marschiert auf die Hütte zu. Bevor ich ihr folge, hebe ich das blutige Messer auf und spiele kurz mit dem Gedanken, es ihr in den Rücken zu stoßen und der Sache ein Ende zu bereiten.

Als könnte sie meine Gedanken lesen, fährt sie herum und mustert mich amüsiert. »Willst du mir mal wieder in den Rücken fallen, Annabel? Wäre nicht das erste Mal.« Sie hebt ihren Rock, und ich sehe, dass sie schwere Doc Martens trägt, nicht gerade das ideale Schuhwerk für den Strand. Sie bückt sich und zieht etwas aus einem der Boots, und im Licht des Morgengrauens blitzt eine scharfe Klinge auf.

Ein Messer.

Logisch. Wie könnte es auch anders sein.

»Vergiss es«, sagt sie. »Und jetzt komm mit rein.«

Ich lasse mein Messer sinken. Das hat sowieso keinen Zweck. Poppy ist größer und fitter als ich. Wenn ich hier lebend rauskommen will, muss ich sie auf dem falschen Fuß erwischen.

Erst als sie die Tür hinter uns schließt, wird mir der Ernst der Lage wirklich bewusst. Kein Generator weit und breit; hier drinnen sieht es eher aus wie in einer Fischerhütte. Poppy hat uns also von Anfang an belogen. An der einen Wand steht ein Feldbett, vermutlich für Nächte wie diese, wenn die Wetterverhältnisse es nicht erlauben, zur Main Lodge zurückzukehren. Ansonsten sehe ich Angelzeug, wie es sich für eine Fischerhütte gehört, aber auch eine Taucherausrüstung samt Flossen und Neoprenanzug. In einer Ecke steht eine Plastiktüte mit Lebensmitteln aus der Vorratskammer.

Poppy setzt sich auf das Feldbett. Ich mustere sie und frage mich, ob das auf ihren Wangen Regentropfen oder Tränen sind. Sie bemerkt meinen Blick und wischt sich mit dem Unterarm hektisch über das Gesicht – also wahrscheinlich doch Tränen. Neben ihr auf dem Bett liegt das gruselige Bild von der Schnitzeljagd. Als sie sieht, dass ich es anstarre, lächelt sie.

Wir sind mit unseren Nerven am Ende. Ich lehne an der Tür, damit ich sie im Notfall aufreißen und fliehen kann, zumindest rede ich mir das ein. Das Messer liegt feucht in meiner Hand, ob feucht von Blut oder von Schweiß, vermag ich nicht zu sagen.

Wie kann es sein, dass sie hier sitzt? Ihr Zimmer war ein Schlachthaus. So viel Blut.

»Raus mit der Sprache«, sage ich wie betäubt. »Was, zum Teufel, wird hier gespielt? Wie kann es sein, dass du noch lebst?«

Poppy nickt. In ihrem Blick liegt jetzt nichts Triumphierendes mehr.

»Ich habe meinen Tod nur vorgetäuscht«, sagt sie. »Nachdem ich an euch Rache genommen und euer Leben zerstört hatte, wusste ich, dass ihr durchdrehen und auf Vergeltung sinnen würdet. Also dachte ich, *ich* erledige das für euch – ein Riesenspaß. Ich habe das Blut verschüttet und bin sogar vom Bett zur Tür gerobbt, damit es realistisch aussah. Dann habe ich überall Blutspritzer hinterlassen, unter anderem an Tanyas Fenster, auf der Veranda und am Türrahmen. Und das Shirt, das ich anhatte, habe ich im Meer auf den Felsen gelegt, damit es so aussah, als hätte mich die Flut hinausgetrieben. Da hatte ich mir mein Versteck hier schon eingerichtet: ein Bett, ausreichend Proviant, den Live Feed nicht zu vergessen.«

Sie deutet auf einen kleinen, vierfach geteilten Monitor. Mehrere Kameras sind auf dem Gelände installiert, erstklassiges Bildmaterial.

»Bei dem Unwetter ist der Feed zusammengebrochen«, sagt sie. »Und dann stand plötzlich Chloe vor der Tür, weil sie den Generator suchte.«

Meine Gedanken überschlagen sich. Dass Poppy lebt, habe ich noch nicht ganz verdaut. Ich hatte mich mit ihrem Tod abgefunden. Und jetzt sitzt sie hier, und ich weiß nicht, was das zu bedeuten hat.

»Dann hast du sie umgebracht?«, platze ich heraus. »Du hast Chloe umgebracht?«

»Ja«, sagt sie tonlos. »Tja, schlechtes Timing. Aber was musste sie auch hier aufkreuzen? Der Sturm hatte mir einen Strich durch die Rechnung gemacht. Eigentlich wollte ich euch eine nach der anderen erledigen.«

»Wie hast du sie umgebracht?« Ich sehe den blutigen Stein vor mir, denselben Stein, mit dem ich Esther niedergeschlagen habe.

»Es war nicht so leicht wie bei Tanya. Sie wollte abhauen. Es war dunkel. Da habe ich den Stein genommen und ihn ihr über den Schädel gezogen. Und dann habe ich sie einfach liegen lassen, damit Esther und du sie findet.«

»Woher stammte das ganze Blut in deinem Zimmer, wenn du gar nicht tot bist?« Das zerwühlte Bett mit den dunklen Blutflecken, die Spuren auf dem Boden stehen mir deutlich vor Augen. »Es war grauenhaft.«

»Schweineblut.« Poppy verschränkt die Arme. »Habe ich mir auf dem Festland besorgt. Und es vor eurer Ankunft in zwei großen Thermoskannen auf die Insel geschmuggelt. Der Metzger hielt mich wahrscheinlich für eine Satanistin. Viele Fragen hat er jedenfalls nicht gestellt.«

»Das war also alles nur ein Mindfuck?«

»Und ob. Und das Beste war, dass ihr euch gegenseitig verdächtigt habt.«

In heller Panik versuche ich, den Gang der Ereignisse zu rekapitulieren. »Dann hast du auch die Leuchtraketen verschwinden lassen?«

»Was dachtest du denn? Ich konnte ja wohl schlecht zulassen, dass ihr Hilfe ruft und mir den Spaß verderbt.«

»Und mein Top?« Jetzt fällt es mir wieder ein, das scheußliche Paillettentop, das sich plötzlich in Luft auflöste.

Wieder verschränkt sie die Arme. »Geht ebenfalls auf meine Kappe, genau wie die Sache mit Chloes Make-up. Alles Kleinigkeiten, um euch ein bisschen aufs Glatteis zu führen. Das Top habe ich übrigens im Meer entsorgt.«

»Und du hast auch das Messer in Tanyas Zimmer deponiert?«

»Ich wollte sie mal spüren lassen, was es heißt, der Sündenbock zu sein. Bevor ich ihrem Leben ein Ende gesetzt habe.«

Ihr nonchalanter Tonfall bringt das Fass zum Überlaufen.

»Für dich ist das alles nur ein großer Witz.« Ich bin erstaunt, mit welcher Gewalt die Worte aus mir hervorbrechen. »Der ganze Trip, die Hen Party. Drei Menschen sind *tot*, Poppy. Du hast sie umgebracht. Ist dir überhaupt klar, was das bedeutet?«

Ihre Augen blitzen vor Zorn. So aufgebracht habe ich sie noch nie erlebt.

»Wie kannst du es wagen?«, sagt sie. »Du hast ja keine Ahnung. Du weißt ja nicht, wovon du redest.«

»Dann *sag's* mir!«, brülle ich sie an. »Du redest die ganze Zeit in Rätseln, langsam hab ich die Schnauze voll. Wenn du mich auch umbringen willst, warum tust du es dann nicht einfach? In deinen Augen habe ich es ja offenbar verdient.«

»Ich habe mich so lange bemüht, stark zu sein«, sagt sie. »Jahrelang habe ich versucht, damit fertigzuwerden, in mein Leben zurückzufinden. Ich habe in Cambridge Medizin studiert und bin Ärztin geworden. Eigentlich müsste ich glücklich und zufrieden sein, aber das bin ich nicht. Egal wohin ich fliehen wollte, am Ende landete ich doch immer wieder bei euch. Ihr habt mein Leben ruiniert.«

»Unsinn«, sage ich. »Dein Leben ist doch ein Traum! Tausendmal besser als unseres. Du heiratest demnächst. Also hör um Gottes willen auf zu jammern.«

»Ach, die schöne Verlobte?« Poppy seufzt. »Leider auch gelogen. Auch wenn ich wünschte, es wäre wahr.«

Ich weiß nicht, warum mich das überrascht, aber das tut es. »Die ganze Hochzeit war ein Fake?«

»Ich musste euch doch irgendwie auf diese Insel locken, und eine Hen Party bot mir den perfekten Vorwand. Ich wusste, dass ich euch damit kriege. Und nicht nur das – ihr habt meine wildesten Fantasien noch übertroffen.«

»Aber dein Instagram-Account!« Das klingt selbst in meinen Ohren erbärmlich.

»War so gestaltet, dass ihr die Story glaubt. Es ist schon komisch, ein paar Fotos von Hochzeitskleidern und ein hübscher Diamantring genügen, und schon bist du eine Braut in spe, ohne jedes Wenn und Aber.«

»Himmel …« Ich weiß nicht, was ich dazu sagen soll. »Aber davon abgesehen … davon abgesehen scheint es dir doch großartig zu gehen. Da wäre es gar nicht nötig gewesen …«

»Nein.« Sie bringt mich mit erhobener Hand zum Schweigen. »Das alles habe ich nur getan, um der Welt da draußen zu beweisen, dass ich mein Leben im Griff habe. Um meinen Eltern zu zeigen, dass ich glücklich war. Denn sie sind alles andere als glücklich, auch wenn sie ständig so tun.«

Die Sonne fällt durch den Spalt unter der Tür. Endlich ist diese fürchterliche Nacht vorbei.

Aber der Tag fängt gerade erst an.

Poppy hat Tränen in den Augen. »Schließlich beschloss ich, mich auf die Suche nach euch zu machen.«

»Wann war das?«, frage ich.

»Vor einem Jahr«, erwidert Poppy. »Ich habe euch lange beobachtet. Und Erkundigungen über euch eingezogen. Es war nicht schwer, euch im Auge zu behalten.«

»Der Einbruch bei Chloe – das warst also doch du?«

»Und sie wird es nie mehr erfahren«, sagt Poppy. »Schade. Wie gern hätte ich es ihr gesagt, nur um ihr Gesicht zu sehen. Aber damit bekam ich Zugang zu so ziemlich allem, was es an Informationen über euch gab.«

Aber du hättest es ihr gar nicht zu sagen brauchen. Chloe wusste es. Sie war von selbst darauf gekommen.

Und jetzt habe ich die Bestätigung.

Soll das heißen, Poppy hat das Video wirklich?

Hier, in dieser fensterlosen Hütte, ist das klaustrophobische Gefühl noch stärker, alles scheint auf mich einzudringen. »Du hast uns so lange verfolgt. Warum?«

»Um euch eine Chance zu geben«, sagt Poppy. »Weiter nichts. Wenn ich festgestellt hätte, dass ihr, ich weiß auch nicht, anderen helft, Gutes tut, ein anständiges Leben führt, hätte mir das wahrscheinlich schon genügt. Ich hätte mir einfach genommen, was ich brauchte, und euch in Ruhe gelassen. Aber nicht eine Einzige von euch war dazu in der Lage. Ihr wart alle noch genauso egoistisch wie damals. Ihr hattet noch nicht einmal neue Freundschaften geschlossen. Und das sagt allerhand über einen Menschen aus.«

Genommen, was sie brauchte?

»Ihr alle habt meine Einladung angenommen«, setzt Poppy hinzu, »und nicht eine von euch hat sich bei mir entschuldigt. Ihr wart mehr an meinem Äußeren interessiert.«

Noch so eine schreckliche Wahrheit.

»Aber den eigenen Tod vortäuschen?«, sage ich.

»Ausgleichende Gerechtigkeit«, erklärt Poppy.

»Was hat das denn zu bedeuten?«

Poppy seufzt. »Ihr konntet euch ja kaum noch an damals erinnern. Oder habt zumindest so getan. Nur Tanya war immerhin bereit, das Thema zur Sprache zu bringen. Ihr anderen drei hattet es offenbar vergessen.«

»Gar nichts hatten wir vergessen«, sage ich kleinlaut.

»Nein.« Sie mustert mich von oben bis unten, und plötzlich komme ich mir vor, als wäre ich nackt.

»Es ist zehn Jahre her!« Ich kann ihr nicht die Wahrheit sagen: Dass ich mir bis heute nicht vorstellen kann, dass es wirklich so schlimm war.

Poppy fährt unbeirrt fort. »Das Mobbing hätte ich euch vielleicht verziehen. Kinder mobben andere Kinder. Traurig, aber wahr. Kinder können unglaublich fies sein. Aber ihr musstet euch ja selbst übertreffen.«

Ich weiß nicht, was ich sagen soll.

»Du musst dich daran erinnern«, drängt Poppy. »Du musst dich daran erinnern, was du vor zehn Jahren getan hast.«

Ich schüttele den Kopf. »Das ist jetzt nicht der Zeitpunkt. Alle sind tot, Poppy.«

»Einen besseren Zeitpunkt könnte es gar nicht geben.« Ihre Stimme klingt erstickt. Man hört ihr an, wie sehr sie die Erinnerung schmerzt. »Auf den Tag genau vor zehn Jahren, übrigens. Am 22. Mai 2013.«

Die Kunstprüfung.

»Das war der schlimmste aller Tage. Soll ich deinem Gedächtnis auf die Sprünge helfen?«

Ich möchte Nein sagen.

»Du möchtest eine Erklärung dafür, weshalb ich Tanya und Chloe umgebracht und euch das alles angetan habe?«, sagt Poppy. »Dann hör mal gut zu.«

ZWEIUNDDREISSIG

Poppy

22. Mai 2013

Liebes Tagebuch,

entschuldige meine krakelige Schrift. Aber mir zittern immer noch die Hände. Ich habe dieses Notizbuch mindestens ein dutzendmal auf- und wieder zugeschlagen. Wie soll ich das alles nur zusammenkriegen?

Ich kann es immer noch nicht fassen. Wenn ich es nicht aufschreibe, kann ich immer noch so tun, als wäre gar nichts passiert, als wäre alles nur ein schrecklicher Albtraum gewesen.

Aber wenn ich es nicht tue, gehe ich daran kaputt.

Okay. Ich kann darüber schreiben, wenn ich ganz vorn anfange und so tue, als wäre diese Geschichte jemand anderem passiert. Nur so kann ich das Ganze wirklich begreifen. Wenn ich alles aufschreibe, werde ich vielleicht damit fertig. Und kann über alles nachdenken, ohne dabei in Tränen auszubrechen.

Diese Geschichte handelt von einem Mädchen, das bei seiner Kunstprüfung durchgefallen ist.

Der letzte Teil der Abiprüfung im Fach Kunst bestand aus einer zweitägigen Aufgabe unter Aufsicht von Miss Wersham.

Wir hatten exakt acht Stunden Zeit, um ein Projekt zu realisieren, mit dem wir unsere Fähigkeiten unter Beweis stellen sollten. Seit Monaten gab es kein anderes Thema, abgesehen vielleicht von unseren Mappen, die auf Vorlage beim Prüfungsausschuss warteten.

Bevor es losging, durften wir uns einen Platz aussuchen. Ich entschied mich für eine Ecke am hinteren Ende des Saals, wo niemand sehen konnte, woran ich arbeitete. Nicht, dass sich in letzter Minute noch jemand etwas von mir abschaute! Die gesamte Oberstufe hindurch habe ich mich mit dem Thema Isolation und dem menschlichen Körper auseinandergesetzt und mich stilistisch stark an surrealistischen Malerinnen wie Frida Kahlo, Remedios Varo und Gertrude Abercrombie orientiert.

»Ich kann es kaum erwarten«, sagte Sally, nachdem alle einen Platz gefunden und ihre Sachen zurechtgelegt hatten. Ich sah ihre Staffelei und ihre Leinwand und wusste gleich, dass ihr Bild nicht halb so gut werden würde wie meins. Kunst war für sie nicht mehr als ein Zeitvertreib. »Aus den Zeitungsausschnitten, die ich gesammelt habe, mache ich eine Collage in Form eines Vogels. Du weißt ja, Spiritualität ist mein großes Thema.«

Wie originell. Aber ich hielt den Mund. Und nickte nur.

»Ich mache eine Skulptur in einer Skulptur«, verkündete Jayla und lachte nervös. »Ich hoffe, es wird was. Ich habe zu Hause geübt.«

»Und du, Poppy?«, fragte Ebbie, die direkt neben mir saß. »Deine Leinwand ist ja riesig.«

Ich drehte meine Staffelei noch weiter in meine Richtung, damit sie auch wirklich nichts sehen konnte. »Etwas, womit garantiert niemand gerechnet hat«, sagte ich stolz. »So etwas habt ihr noch nie zu Gesicht bekommen.«

»Pass auf, dass Miss Wersham das nicht hört«, sagte Jayla. »Die dreht glatt durch, wenn sie spitzkriegt, dass du schon wieder gegen die Vorgaben verstoßen willst.«

»Miss Wersham hat hier keinen Zutritt«, sagte ich. Und tatsächlich: Als unsere Lehrerin galt sie als befangen und durfte den Saal während der Prüfung deshalb nicht betreten. Stattdessen bekamen wir eine externe Prüfungsaufsicht. »Außerdem kann etwas durchaus radikal und kontrovers sein und trotzdem den Vorgaben entsprechen.«

»Aha.« Jayla war nicht überzeugt. »Was hast du denn für eine Idee?«

Ich legte den Zeigefinger auf die Lippen, um ihr zu bedeuten, dass sie von mir nichts erfahren würde.

Ich war nicht die Einzige, die sich bedeckt hielt. Ollie hatte sich in der anderen Ecke eingerichtet und sprach mit niemandem ein Wort, sondern kontrollierte stattdessen immer wieder, ob er auch wirklich alles hatte, was er brauchte.

Die Prüfungsaufsicht, eine eher unscheinbare grauhaarige Frau in zu engen Jeans, stand auf und mahnte uns zur Ruhe. Sie erklärte die Prüfungsregeln (wir durften nicht miteinander sprechen und mussten uns ausschließlich auf unsere Arbeit konzentrieren, echt jetzt?) und setzte eine Stoppuhr in Gang. Wir hatten insgesamt acht Stunden Zeit, verteilt auf zwei Einheiten zu je vier Stunden. Zwischendurch gab es eine Pause, die Stoppuhr lief also nur je zwei Stunden. Trotzdem war es eine Mammutaufgabe, insbesondere wegen des Drucks, innerhalb so kurzer Zeit etwas fertigzustellen, mit dem ich zufrieden war.

Am liebsten würde ich gar nicht über mein Projekt schreiben. Es tut einfach zu weh. Aber wir tun ja immer noch so, als wäre es nur eine Geschichte, die einem anderen Mädchen passiert ist. Und nicht mir.

Ebbie hatte nicht übertrieben – meine Leinwand war riesig. Fast so groß wie ich. Mein Plan: ein Selbstporträt, aber ein surrealistisches. Den Hintergrund sollten Gegenstände bilden, die auf den ersten Blick positiv, auf den zweiten aber verstörend wirkten. Leuchtend bunte Blumen, die welkend vom Himmel wuchsen. Wolken in Form von Totenschädeln. Angebissene Äpfel, in denen sich Maden wanden. Granatäpfel, aus denen Saft quoll, der wie Blut aussah. Riesige Tausendfüßler, genauso groß wie die Bäume, zwischen denen sie umherkrochen. Keine gewöhnlichen Bäume, wohlgemerkt – sondern Bäume, deren Rinde aus blitzenden Spiegeln bestand, in denen traurige Märchenfiguren gefangen waren, die verzweifelt zu entkommen versuchten. Und schließlich ich, in der Bildmitte, überlebensgroß und tränenüberströmt, den Mund zu einem Schrei weit aufgerissen, die Haare nach allen Seiten abstehend, als hätte mir jemand einen Elektroschock verpasst. Silberne Linien ziehen sich über meine ausgestreckten Arme und Hände. Ich habe keinen Körper; ich schwebe.

Furchteinflößend. Radikal. Kontrovers. Surreal. Genau so sollte es werden.

Da würden sie Augen machen. Und, besser noch, neidisch sein, weil ihnen selbst nichts einfiel, was Thema und Stil ihrer Mappen so perfekt zum Ausdruck brachte. Ich wollte es an die Slade mitnehmen. Und allen zeigen, was ich draufhatte.

Mein Ticket. Wie in Charlie und die Schokoladenfabrik. Mein Goldenes Ticket in eine bessere Welt.

Am ersten Tag skizzierte ich das Ganze so detailliert, wie es in der beschränkten Zeit möglich war. Zu Beginn stand die Prüfungsaufsicht auf und drehte eine Runde durch den Saal, um sich zu vergewissern, dass auch jeder hatte, was er brauchte, ehe sie sich wieder setzte und den Rest der Zeit mit der Lektüre von Vogue und Harper's Bazaar verbrachte. Nicht sonderlich professionell. Die anderen waren genauso in ihre Arbeit vertieft wie ich; im Saal war es mucksmäuschenstill, und nur die Geräusche unserer Utensilien – Stifte, Pinsel und Papier – waren zu hören.

Am zweiten Tag geriet ich etwas unter Zeitdruck, denn das Bild war ja bis jetzt nur eine Skizze. Eigentlich hätte ich es lieber in Öl gemalt, aber dann wäre die Farbe nicht rechtzeitig trocken geworden. Weshalb ich auf Acryl ausweichen musste. Trotzdem gelang es mir, die satten, changierenden Farbeffekte zu erzielen, die ich haben wollte, mal strahlend hell, dann wieder erschreckend düster.

»Sie haben noch eine halbe Stunde Zeit«, sagte die Prüfungsaufsicht, es waren ihre ersten Worte, die sie seit der Pause an uns gerichtet hatte.

Ich geriet in Panik, als ich feststellte, was noch alles zu tun war. Der Hintergrund stand und wirkte genau so, wie ich ihn mir vorgestellt hatte, nur das Selbstporträt in der Bildmitte war erst halb fertig. Das bedeutete, dass ich schneller arbeiten musste als geplant, aber die wilden Pinselstriche und sich überlappenden Linien sahen aus, als wären sie bewusst gesetzt, als hätte ich mein Porträt von Anfang an quasi im Hintergrund und damit in sich selbst verschwinden lassen wollen.

Ich wurde buchstäblich in letzter Sekunde fertig.

»Geschafft!«, rief Sally, als wir den Kunstsaal verließen. »Ich hatte das Gefühl, es nimmt kein Ende.«

In der Tür drehte ich mich noch einmal um. Die Prüfungsaufsicht sollte eigentlich unsere Arbeiten begutachten, kramte aber stattdessen hektisch in ihrer Handtasche, bevor auch sie den Saal verließ und fluchtartig das Weite suchte. Die Tür fiel mit einem Summen ins Schloss und verriegelte sich automatisch.

»Ich kann meine Arbeit überhaupt nicht einschätzen«, murmelte Jayla. »Ich glaub, ich hab's vergeigt.«

»Wenigstens musstest du nicht an dem Platz sitzen, wo ich war«, sagte Ebbie. »Es hat total gestunken. Wollte sich da nicht jemand drum kümmern? Jungs sind echt eklig.«

Der Kunstsaal lag direkt neben der Jungentoilette, an der man gerade im Sommer nicht vorbeigehen konnte, ohne sich die Nase zuzuhalten. Den Platz an der Wand mieden alle wie die Pest. Das war zwar unangenehm, aber dort hatte man am meisten Ruhe, und so trug ich es mit Fassung.

»Wenn das nicht die Kunst-Buddies sind!«

Annabel, Chloe, Esther und Tanya standen zusammen auf dem Gang und schienen uns bereits erwartet zu haben. Die meisten Kids hatten Angst vor ihnen. Kein Wunder, schließlich sahen sie wie Supermodels aus und wir anderen wie alberne Schulmädchen. Doch seit dem Abschlussball war ich vor ihnen sicher. Ich gehörte zwar nicht dazu. So naiv war ich nicht. Aber wir hatten zusammen Spaß gehabt. Es war fast so, als könnten wir Freundinnen sein. Also zog ich nicht den Kopf ein, wie ich es sonst immer getan hatte.

»Wie war die Prüfung, Poppy?«, fragte Chloe.

Sie interessierten sich nur für mich, alle anderen gingen einfach weiter. Chloe zwinkerte Ollie noch zu, worauf er rot wurde wie ein Tomatenfrosch. An der nächsten Ecke blieb er stehen und tippte etwas in sein Handy. Glaubte er ernsthaft, noch mal bei Chloe landen zu können? So bekloppt konnte nicht einmal er sein.

Und da stand ich nun. Ich hätte es machen sollen wie die anderen: einfach weitergehen und die Frage ignorieren. Ich war eben genauso bekloppt wie Ollie. Ich glaubte tatsächlich, dass sie meine Freundinnen sein wollten und es sie wirklich interessierte, wie die Kunstprüfung gelaufen war.

Aber jeder sucht sich seine Strafe selbst.

»Hallo? Jemand zu Hause?«, sagte Chloe grinsend, als ich nicht sofort antwortete. »Ich hab dich was gefragt.«

»Gut.« Meine Stimme krächzte, weil ich seit Stunden nicht gesprochen hatte.

»Hä?« Esther legte sich die Hand hinters Ohr und beugte sich vor. »Ich hab dich nicht verstanden. Ihr?«

»Nö«, sagte Tanya.

»Also ehrlich, Poppy.« Chloe schüttelte den Kopf.

Ich lachte nervös und fragte mich, ob das ein Witz sein sollte oder sie mich wieder schikanieren wollten.

»Schluss jetzt, Mädels.« Annabel verdrehte die Augen und lächelte mich an. »Das freut mich sehr, Poppy. Läuft ganz gut bei dir in letzter Zeit, was?«

»Wie meinst du das?«, fragte ich.

»Letzten Freitag Ballkönigin. Heute Einserkandidatin. Keine falsche Bescheidenheit! Ich wette, du warst super.«

Ich wurde rot vor Stolz. »Danke.«

»Du hast doch bestimmt was total Abgefahrenes gemalt«, sagte Esther. »Deine anderen Bilder haben wir ja gesehen. Avantgarde pur.«

Es war, als hätte sie meine Gedanken gelesen, aber ich stutzte, als Tanya Chloe in die Rippen stieß und beide zu kichern anfingen.

»Ja, genau«, sagte ich. »Ich habe versucht, alles, was ich kann, in dieses eine Bild zu stecken, etwas Surreales zu schaffen.«

»Soso, surreal«, meinte Tanya. »Super, Poppy.«

Es tat gut, das aus ihrem Mund zu hören. Sie schien es ehrlich zu meinen, denn sie lächelte breit und nickte mir anerkennend zu.

Ich hatte vergessen, dass Tanya eine verdammt gute Schauspielerin ist.

»Wir sind schon ganz gespannt«, sagte Annabel. »Wir kriegen es doch zu sehen, oder? Dein Bild wird doch bestimmt ausgestellt.«

»Gut möglich«, erwiderte ich. »Ich bin auch schon sehr gespannt, ob es euch gefällt. Danke … danke, dass ihr die ganze Woche so nett zu mir wart. Das war wirklich klasse.«

»Auf der Party hast du dich ja sichtlich wohlgefühlt«, sagte Chloe. »Endlich bist du mal aus deinem Schneckenhaus herausgekommen, und wir haben die wahre Poppy kennengelernt.«

Ich runzelte die Stirn. Ich wusste nicht recht, worauf Chloe hinauswollte.

Annabel fuhr ihr sanft in die Parade. »Trotzdem solltest du dich jetzt lieber beeilen. Mr Edwards wollte nämlich die Prüfung mit dir besprechen. Das sollen wir dir ausrichten. Ich freue mich schon auf dein Bild. Das wird … surreal. Garantiert.«

Ich lief los – fast wäre ich mit Ollie zusammengestoßen, der noch immer auf dem Gang herumlungerte – und ignorierte ihr Gekicher. Sie lachten über alles. Aber bestimmt nicht über mich, schließlich waren wir ja so gut wie befreundet. Und so brachte es mich auch nicht ins Grübeln, als Mr Edwards mir irritiert eröffnete, er habe Annabel nichts dergleichen aufgetragen.

Zu diesem Zeitpunkt ahnte ich noch nicht, was sie vorhatten. Aber das sollte ich schon bald herausfinden.

Nachmittags stand eine Matheklausur auf dem Programm. Die letzte unter Prüfungsbedingungen. Ich war die Einzige, die Kunst und Mathe als Hauptfächer hatte, weshalb man mir sagte, es sei zwar bedauerlich, dass ich vormittags bereits eine richtige Prüfung abgelegt hätte, man aber leider keine Ausnahme machen könne. Umso erstaunter war ich, als Miss Wersham plötzlich den Klassenraum betrat, leise ein paar Worte mit Mr Holmes wechselte und mich dann bat, meine Sachen zu nehmen und mit ihr zu kommen.

»Jetzt gleich?«, flüsterte ich. Alle blickten neugierig von ihren Prüfungsunterlagen auf. Annabel und Esther grinsten hämisch und selbstgefällig, und plötzlich krampfte sich mein Magen zusammen.

Miss Wersham nickte mit ernster Miene. »Ja, jetzt gleich, Poppy.«

Alle Augen waren auf mich gerichtet. Es war so still, dass nur das Quietschen unserer Sohlen zu hören war. Kaum war die Tür hinter uns ins Schloss gefallen, fragte ich Miss Wersham erschrocken: »Ist etwas mit meinen Eltern? Ist ihnen was passiert? Oder Wendy?«

»Mit deiner Familie hat das nichts zu tun.« Miss Wersham bedachte mich mit einem ernsten, fast zornigen Blick. »Ich bin zutiefst enttäuscht von dir, Poppy.«

»Enttäuscht? Von mir?«, quiekte ich. »Wieso? Was habe ich denn getan?«

»Wart's ab. Ich dachte, du hättest dich eines Besseren besonnen.«

Damit verstummte sie, und mir wurde klar, wohin sie mich brachte. Zurück zum Kunstsaal.

War bei meiner Prüfung etwas schiefgelaufen?

Plötzlich musste ich an Annabel, Chloe, Esther und Tanya denken. An ihre kryptischen Bemerkungen. Ihre diebische Freude. Und die Tatsache, dass sie mich auf dem Gang erwartet hatten.

Was hatten sie diesmal getan?

Zu meinem Entsetzen erwartete uns im Kunstsaal nicht nur die Prüfungsaufsicht, sondern auch die Rektorin Mrs Hargreaves sowie ein weiterer, ernst dreinblickender Mann im Anzug mit einem Besucherausweis um den Hals.

Ich wurde blass. Es musste tatsächlich etwas Schlimmes passiert sein.

»Was ist denn los?«, fragte ich, und das Zittern in meiner Stimme verriet meine Angst.

Seufzend verschränkte Mrs Hargreaves die Arme. »Als Miss Wersham nach der Mittagspause die Prüfungsarbeiten benoten wollte, musste sie feststellen, dass Ihr Bild den Vorgaben nicht genügte. Ihr blieb nichts anderes übrig, als mir das mitzuteilen, worauf ich den Prüfungsausschuss angerufen habe. Der uns zum Glück kurzfristig einen Moderator zur Seite stellen konnte.« Mit einem Nicken deutete sie auf den Mann im Anzug, dessen Mund nur ein schmaler Strich war. »Er hat Miss Wershams Vermutung bestätigt. Ihr Abschlussprojekt ist nicht nur unangemessen und deplatziert, sondern schlicht und einfach unflätig und nicht zuletzt eine Beleidigung für die arme Miss Wersham, die all die Jahre so sehr um Sie bemüht war. Dem Moderator blieb keine andere Wahl, als es von der Bewertung auszuschließen.«

Meine Gedanken überschlugen sich. »Was meinen Sie?« Ich verstand kein Wort. »Unflätig? Inwiefern? Ich hatte doch mit Miss Wersham abgesprochen …«

»Das war definitiv nicht mit mir abgesprochen, Poppy«, fiel Miss Wersham mir ins Wort. Die Enttäuschung stand ihr ins Gesicht geschrieben. »Das hätte ich wirklich nicht von dir gedacht. Nach allem, was bei der Oberstufenprüfung vorgefallen ist. Ich dachte, du hättest daraus gelernt. Du weißt sehr wohl, dass ich dir nicht erlaubt habe, dein Bild mit diesem ekelerregenden Zeug zu ruinieren. Hättest du es so gelassen, wie es war, wäre es eine glatte Eins gewesen.«

Jetzt war ich vollends verwirrt. »Was für ekelerregendes Zeug? Die blutrote Farbe? Die faulenden Früchte? Sie hatten doch gesagt, das wäre kein Problem.«

»Natürlich hätte die Prüfungsaufsicht genauer hinsehen müssen.« Mrs Hargreaves funkelte die Prüfungsaufsicht wütend an, die immerhin den Anstand besaß, beschämt den Kopf zu senken und jeglichen Blickkontakt zu vermeiden. »Aber letztlich ist es Ihre Verantwortung, ein Bild zu verfertigen, das den Vorgaben entspricht.«

»Bitte.« Tränen verschleierten meinen Blick. »Ich weiß wirklich nicht, wovon Sie reden.«

»Herrgott noch mal, Fräulein.« Mrs Hargreaves öffnete die Tür zum Kunstsaal und trat ein. »Dann sehen wir uns das Kunstwerk doch mal an, und anschließend erklären Sie uns, was daran akzeptabel sein soll.«

Wir gingen hinein. Jemand hatte das Bild in Richtung Tür gedreht. Alle standen hinter mir, während ich den Schaden begutachtete.

Es war mein Bild.

Oder das, was davon noch übrig war.

An jeder Ecke der Leinwand hing schlaff und bunt ein zerstochener Luftballon, gespickt mit Nadeln und mit Capri-Sonne getränkt. Der Saft war getrocknet, und die Flecken sahen aus wie geplatzte Blütenkelche, aus denen gelbe Farbe troff.

Auf der Leinwand klebten Spiegelscherben, die das Licht reflektierten und glitzerten wie teuflische Kristalle. In ihnen erblickte ich mein blasses, zu Tode erschrockenes Gesicht. Manche Scherben steckten auch in der Leinwand. Ihre scharfen Kanten ragten bedrohlich heraus, so wie die Scherbe, mit der ich mich früher geritzt hatte.

Das Schlimmste aber war die Hühnerhaut, die in Fetzen von den Nadeln baumelte wie in einer Miniaturmetzgerei, und die dicken Streifen Hundescheiße, die sich quer über das Bild zogen. Es war entsetzlich. Ich musste unwillkürlich an den roten Lippenstift denken, den ich mir um den Mund geschmiert hatte, und sofort war alles wieder da.

Nichts fehlte. Die Capri-Sonne von meinem ersten Schultag. Die zerstochenen Luftballons, die für die vielen Geburtstage standen, die ich hatte allein verbringen müssen. Und die Spiegelscherben … davon konnten sie nichts wissen, aber sie führten mir vor Augen, was aus meinem Leben geworden war. Und das nicht nur, weil sie mir mein jämmerliches Spiegelbild präsentierten, sondern weil ich meinen Körper zerstört hatte, mit einer Scherbe, die hier zur Schau gestellt wurde, als wäre ich auch noch stolz darauf.

Mir war speiübel. Das war brutal. Das übertraf alles, was mir jemals angetan worden war. Die Kunst war mein Refugium. Und diesen Zufluchtsort hatten sie nun auch noch gestürmt und verwüstet, genau wie alles andere.

»Ich verstehe das nicht«, sagte ich und trat einen Schritt zurück. »Das war ich nicht.«

»Es nützt alles nichts, Poppy«, sagte Miss Wersham traurig. »Es wäre nicht das erste Mal, dass du über die Stränge schlägst. Wir haben oft genug darüber gesprochen.«

Ich bekam weiche Knie und muss leichenblass geworden sein, denn sie trat zu mir und stützte mich. Mrs Hargreaves brachte mir einen Stuhl.

»Ihre Schauspieleinlagen können Sie sich sparen«, keifte Mrs Hargreaves. »Sie müssen lernen, die Verantwortung für Ihr Handeln zu übernehmen. Und die Konsequenzen zu tragen.«

Der Prüfungsmoderator räusperte sich. »Da Sie von der Abschlussprüfung ausgeschlossen wurden, muss ich Ihnen leider mitteilen, dass Sie durchs Abitur gefallen sind.«

»Moment mal.« Ich starrte ihn mit offenem Mund an. »Was soll das heißen? Das kann nicht sein.«

»Was haben Sie denn erwartet?«, sagte Mrs Hargreaves. »Natürlich sind Sie durchgefallen.«

»Aber das geht nicht.« Übelkeit stieg in mir auf. »Ohne Abi kann ich nicht an der Slade studieren.«

»Das hätten Sie sich vorher überlegen müssen.« Mrs Hargreaves zuckte gleichgültig die Achseln. »Zur Strafe für Ihr unverschämtes Verhalten sind Sie für eine Woche vom Unterricht suspendiert. Ich gebe Ihren Eltern telefonisch Bescheid.«

Aber da hörte ich schon nicht mehr zu. Meine ganze Welt

lag in Trümmern. Das war das Ende. Ich war durchs Abi gefallen. Damit war die Slade gestorben. Ich würde niemals hier herauskommen, konnte all meine Träume begraben.

Ich hatte damit nichts zu tun. Aber plötzlich wusste ich, wer dahintersteckte.

Annabel, Chloe, Esther und Tanya.

Ich hätte es wissen müssen. Dass die vier niemals meine Freundinnen sein würden.

Aber das würde mir kein Mensch glauben.

Die Lehrer verließen den Kunstsaal, als wäre die Angelegenheit damit erledigt. Zitternd stand ich auf.

»Ich war das nicht!«, schrie ich. »Ich habe damit nichts zu tun!«

»Dieser Raum war abgeschlossen«, sagte Miss Wersham. »Niemand hätte ihn betreten können. Alle, auch du, haben heute Mittag ihre Schlüsselkarten abgegeben, die sie zu Beginn der Prüfung erhalten haben.«

Aber irgendwie mussten die vier doch hier hereingekommen sein.

»Du hast allen erzählt, wir sollten das Unerwartete erwarten«, fuhr Miss Wersham fort. »Und wir haben mit Ebbie gesprochen, die neben dir saß. Sie hat einen üblen Gestank wahrgenommen, dies jedoch auf die benachbarte Toilette zurückgeführt.«

»Er kam von der Toilette!«, protestierte ich. »Bitte. Sie müssen mich anhören. Ich weiß nicht, wie das passiert ist. Und ich kann es nicht beweisen, aber ich war es nicht. Ich schwör's.«

»Das ändert leider überhaupt nichts. Und jetzt muss ich dich bitten zu gehen. Wie Mrs Hargreaves schon sagte, geben

wir deinen Eltern umgehend Bescheid. Ich bin maßlos enttäuscht von dir, Poppy.«

»Miss Wersham …«

Doch sie schüttelte nur den Kopf. Wortlos begleiteten mich die vier Erwachsenen zum Ausgang.

Ich weinte noch immer. Ich stand buchstäblich unter Schock. Als ich das Schulgelände verließ und um die Ecke bog, war plötzlich alles klar. Denn dort warteten die vier schon auf mich und feixten.

»Oje, Poppy, was ist denn mit dir los?«, fragte Esther ohne jeden Hauch von Mitgefühl.

»Dir ist schon klar, dass du knallrot bist und dir die Wimperntusche übers Gesicht läuft?«, setzte Chloe hinzu. »Dass du überhaupt geschminkt bist, habe ich erst gemerkt, als ich deine Pandaaugen gesehen habe. Tja, wer billig kauft, zahlt doppelt drauf.«

»Ich dachte, wir werden Freundinnen«, flüsterte ich. »Ich dachte, ihr mögt mich ein bisschen.«

»Freundinnen?«, wiederholte Annabel angewidert. »Wie kommst du denn auf die Idee?«

»Weil … der Abschlussball …« Plötzlich traute ich meiner eigenen Erinnerung nicht mehr. Sie waren doch so nett zu mir gewesen. Sie hatten mich zu ihrer Afterparty eingeladen. Ich hatte mit den anderen getanzt. Alkohol getrunken. Spaß gehabt.

»Du meinst, als wir dich mit zu Esther genommen haben und du dich an unsere Boyfriends rangemacht hast?«, sagte Chloe. »Du warst echt nice, nur leider nicht zu uns.«

Erst von der Prüfung ausgeschlossen werden, und jetzt das. Das Herz schlug mir bis zum Hals, und einen Moment lang dachte ich, ich würde auf der Stelle ohnmächtig werden. »Gar nicht wahr! Aidan und Elliott waren nur nett. Die wollten doch nichts von mir.«

Annabels Miene verfinsterte sich. »Logisch wollten sie nichts von dir. Das war ein Joke. Chloe und ich haben das eingefädelt. Und du bist drauf reingefallen. Du hättest dich glatt mit ihnen eingelassen. Auf solche Freundinnen können wir verzichten!«

Sie verdrehten wirklich alles. Das konnte unmöglich wahr sein. In meiner Panik suchte ich nach Worten, aber mir fiel nichts ein. Es ließ sich sowieso nichts mehr ändern.

»Warum bist du aus der Matheprüfung rausgeholt worden?«, fragte Tanya. »Hinterher gab es kein anderes Thema mehr.«

Es war eine scheinbar unschuldige Frage, aber das Glitzern in den Augen der vier verriet mir, was ich ohnehin längst wusste.

»Das wart ihr, stimmt's?«, murmelte ich. »Ich habt mir die Kunstprüfung versaut.«

»Wir?«, sagte Annabel, griff sich ans Herz und wich dramatisch zwei Schritte zurück. »Das hast du wohl eher dir selbst zuzuschreiben.«

»Dein Bild war doch eh scheiße«, feixte Chloe. »Kein Wunder, dass du eine Scheißnote dafür bekommen hast.«

Sie wussten Bescheid. Sie wussten, dass mein Bild mit Hundekacke beschmiert war.

Tanya grinste. »Du hast nicht den geringsten Beweis.«

»Ich bin ausgeschlossen worden«, sagte ich. »Jetzt stehe ich ohne Abi da. Und kann nicht studieren.«

»Buu-huuuh.« Annabel verdrehte die Augen. »Hast du

allen Ernstes geglaubt, du könntest in London ein neues Leben beginnen? Wo die arme kleine Poppy Gierig keiner kennt?«

»Ja«, stieß ich schluchzend hervor.

Annabel grinste. »Dann will ich dich mal aufklären. Es hätte nichts geändert. Sie wären dort genauso mit dir umgesprungen wie wir. Weil dir die Verzweiflung aus jeder Pore quillt, Poppy. Du bist ein hoffnungsloser Fall.«

Die ganze Zeit hatte ich ängstlich zu Boden gestarrt, aber jetzt war das Maß voll. Ich hob den Kopf und schrie sie an.

»Das habe ich nicht verdient! Ich habe euch nichts getan! Ich wollte malen und ein paar Freunde haben, weiter nichts. Ist das so schlimm? So schrecklich?«

Ich wollte auf Annabel losgehen und ihr eine Ohrfeige verpassen, doch ich geriet ins Stolpern und stürzte auf die Knie. Ein scharfer Schmerz durchzuckte mich, als hatte das alles nicht ohnehin schon schrecklich wehgetan.

»Sie wollte dich hauen!«, kreischte Chloe. »O mein Gott! Sie ist verrückt geworden!«

»Das darfst du ihr nicht durchgehen lassen«, sagte Tanya.

Annabel trat vor mich hin, beugte sich zu mir herunter und packte mich unsanft am Kinn. »Wehe, du fasst mich auch nur einmal an, du Freak. Und viel Spaß bei deiner Ehrenrunde.« Sie wandte sich wieder den anderen zu. »Kommt, wir gehen.«

»Ciao, Poppy«, rief Esther noch. »Schade, dass aus deinem Kunststudium nichts wird.«

Trotz der Schmerzen blieb ich auf den Knien und wartete, bis ihr höhnisches Gelächter verklungen war. Tränen tropften aus meinen Augen auf die Erde, so groß, dass sie kleine Pfützen hinterließen. Einen Moment lang trug ich mich mit dem Gedanken, mich einfach zusammenzurollen und liegen zu bleiben, in der Hoffnung, dass die Nacht eisig kalt werden und ich erfrieren würde. Dann hätte das Leid endlich ein Ende.

Zitternd rappelte ich mich hoch. Meine Knie brannten wie Feuer, und meine Strumpfhose war zerrissen, aber das ließ sich nicht mehr ändern. Schleppenden Schrittes ging ich nach Hause, nicht nur wegen der Schmerzen, sondern auch weil ich wusste, dass meine Eltern bereits über alles informiert worden waren.

Die Einzelheiten will ich dir ersparen. Mum und Dad verhielten sich anfangs okay. Zwar hatte die Schule angerufen, doch als sie sahen, in welchem Zustand ich war, machten sie mir keine Vorwürfe. Mum ließ mir ein Schaumbad ein und steckte mich in die Wanne, als wäre ich wieder sechs Jahre alt, wusch mir Haare und Gesicht und beschwor mich, es werde alles wieder gut. Dad machte eine Lasagne, und beim Abendessen sprachen wir über alles Mögliche, nur nicht über das, was vorgefallen war. Wendy war erstaunlich still und ärgerte mich nicht, offensichtlich wusste auch sie, was passiert war.

Nach dem Essen schickten sie Wendy auf ihr Zimmer und baten mich, ihnen alles zu erklären.

Ich sagte ihnen, mich treffe keine Schuld. Jemand habe sich Zutritt zum Kunstsaal verschafft und mein Bild verschandelt. Sie hörten mir zu und machten an den richtigen Stellen die richtigen Geräusche, doch ich merkte ihnen an, dass sie mir nicht recht glaubten. Andernfalls hätten sie in der Schule angerufen und versucht, zu einer gütlichen Einigung zu kommen.

Ich hatte so große Angst, dass ich es nicht wagte, ihnen die Wahrheit zu sagen. Sie hätten wahrscheinlich gedacht, ich wollte die Schuld auf andere schieben, außerdem hatte ich keinerlei Beweise.

Wendy war die Einzige, der ich es erzählen wollte. Und fast hätte ich es auch getan. Wir waren nach oben gegangen, und ich wollte gerade anfangen, dir zu schreiben, als sie an meine Zimmertür klopfte und hereinkam. Ohne ein Wort setzte sie sich auf meine Bettkante und nahm mich fest in die Arme.

So verharrten wir eine Weile.

»Ich hab dich lieb, Poppy«, sagte Wendy schließlich und ließ mich los. »Das weißt du hoffentlich.«

Das sagte Wendy sonst nie. Nur wenn man sie praktisch dazu zwang. Sie wusste, wie ernst die Sache war.

Das Problem war nicht, dass ich durch die Kunstprüfung gefallen war, weil ich nicht gut genug gewesen wäre. Das Problem lag darin, dass ich mich vorsätzlich über die Regeln hinweggesetzt hatte und mir deshalb der Abschluss verwehrt worden war. Und die Slade kann ich vergessen, zumal wenn herauskommt, warum ich eine Ehrenrunde drehen musste. Ich sitze hier fest. Allein. Wie gehabt.

»Ich hab dich auch lieb«, sagte ich.

»Das wird schon wieder«, meinte sie. »Ich glaube dir jedes Wort.«

Da war ich mir nicht so sicher. Ich hatte das Gefühl, sie wollte mich nur trösten.

Niemand weiß, was in mir vorgeht. Woher auch?

Wenn ich das nächste Mal allein zu Hause bin, gehe ich nach unten und stehle ein Messer. Ich weiß sogar schon genau, welches. Klein, scharf, selten benutzt und ganz hinten in der

Besteckschublade unter zwei Pfannenwendern. Niemand wird es vermissen.

Damit geht es einfacher als mit der Spiegelscherbe, die ich nicht hätte wegwerfen sollen. Was habe ich mir bloß dabei gedacht? War doch klar, dass aus meinem Traum nichts werden würde. Aber eine Scherbe kann ich ohnehin nicht mehr benutzen, nicht nachdem sie mein Bild damit zerstört haben.

Ich könnte mich auf meine alten Narben konzentrieren. Sie von Neuem öffnen. Aber das wir nicht reichen. Ich muss etwas spüren. Egal was. Nur heftig muss es ein.

Ich gehe nicht auf die Slade. In den Sommerferien wird man mir schriftlich mitteilen, ich hätte die Aufnahmebedingungen nicht erfüllt und mein Studienplatz sei vergeben. All meine Hoffnungen, all meine Träume haben sich in kürzester Zeit in Luft aufgelöst, und das habe ich allein ihnen zu verdanken.

Diesen vier.

Diesen Bitches.

Ich hasse sie. Das werde ich ihnen nie vergessen.

DREIUNDDREISSIG

Annabel

22. Mai 2023

Die Kunstprüfung«, sagt Poppy. »Schon wegen der Kunstprüfung musste ich es tun.«

Nachdem Poppy mir erzählt hat, was damals passiert ist, stehe ich in der Hütte und bringe kein Wort heraus.

»Ich verstehe bloß nicht, warum«, fährt sie kopfschüttelnd fort. »Warum habt ihr mir das angetan? Kunst hat euch doch überhaupt nicht interessiert.«

Ich will etwas sagen, entscheide mich dann aber doch dagegen.

Ich war sauer auf Poppy. Ich will ehrlich sein. Sie sah einfach umwerfend aus an jenem Abend, und alle interessierten sich nur für sie. Das war nicht fair. Ich hatte jahrelang an meinem Image gebastelt, damit mich die Leute mochten, hatte damit aber nie so großen Anklang gefunden. Ich konnte es mir nicht leisten, ein paar hundert Pfund für den Abschlussball auszugeben, und kassierte deshalb auch keine Komplimente für meine Haare und mein Outfit. Ich konnte nicht zulassen, dass sie einen besseren Eindruck hinterließ als ich.

Selbst Aidan, mein eigener Freund, hatte an diesem Abend nur Augen für Poppy, von den anderen Jungs zu schweigen. Chloes Freund Elliott, zum Beispiel. Aber Aidan war am schlimmsten. Ich habe bis heute nicht vergessen, wie er sich zu ihr hinunterbeugte und ihr Nettigkeiten ins Ohr flüsterte und danach, auf dem

Weg zu der Party bei Esther, kein anderes Thema mehr kannte als: Poppy. Warum ich zu ihr immer so gemein gewesen sei? Sie sei ja so heiß. Und müsse unbedingt häufiger zu Partys eingeladen werden.

Also habe ich vielleicht ein bisschen überreagiert. Ich war noch ein Teenager, um Himmels willen. Sie hatte mit meinem Freund geflirtet. Sie! Ausgerechnet. Ich ließ mir doch von so einer nicht den Freund ausspannen. Der wollte ich nicht ungestraft die Bühne überlassen.

Ich weiß, das klingt spießig. Und das war es auch. Aber nach all den Jahren … Warum ist ihr das so wichtig? Warum trägt sie uns das immer noch nach?

Ich entsinne mich noch gut an diesen Tag. Wie wir vier uns in den Kunstsaal schlichen (und ich gebe zu, ich bin noch heute stolz darauf, wie wir das damals gedeichselt haben), bepackt mit so ziemlich allem, was verboten war. Ich mit Luftballons und einer Schachtel Nadeln, Chloe mit Hühnerhäuten, die wir bei KFC organisiert hatten, und nicht zuletzt zwei Tüten Capri-Sonne, zur Erinnerung an den Tag, an dem wir Poppy das erste Mal begegnet waren. Esther hatte einen Spiegel zerschlagen und die Scherben mitgebracht und Tanya eine Tüte mit der Scheiße ihres Hundes. Es stank entsetzlich. Vor allem der Gestank ist mir noch deutlich im Gedächtnis.

Chloe zog ihr Handy aus der Tasche, ein Motorola Moto X, damals das coolste Handy auf dem Markt. Sie schaltete die Videokamera ein und richtete sie erst auf uns, dann auf ihr grinsendes Gesicht und stellte sie schließlich auf einen Tisch in der Nähe von Poppys Projekt.

Der ganze Raum war voller Bilder, aber wir wussten sofort, welches Poppys war. Ein riesiges Selbstporträt, unglaublich detailliert. Bemerkenswert für eine Siebzehnjährige, das erkannten sogar wir, aber das bestärkte uns nur in dem Entschluss, es zu verschandeln.

Sie sah gut aus auf dem Bild, fast wie beim Abschlussball.

No way.

»Zuerst die Luftballons!«, sagte ich. »Das hat doch was von Katerstimmung. Darum schlage ich vor, jede bläst einen auf, dann pinnen wir sie oben dran und zerstechen sie mit diesen Nadeln.«

Esther lachte. »Warte, ich habe eine bessere Idee. Wir füllen sie erst mit Capri-Sonne und zerstechen sie *dann*. Stellt euch die Sauerei vor.«

»Au ja, und es sieht auch noch aus, als wäre es so gewollt«, sagte Chloe. »Wie diese Paint-Popping-Bilder aus *Plötzlich Prinzessin*.«

Wir füllten die Ballons mit Capri-Sonne, befestigten einen an jeder Ecke des Bildes und stachen mit der Nadel hinein. Chloe und Tanya brauchten je zwei Anläufe, aber bei Esther und mir klappte es auf Anhieb, die Capri-Sonne spritzte nur so, und der klebrige O-Saft lief über das Bild und ergab ein Muster, das tatsächlich gewollt wirkte, als hätte Poppy es genau so gemalt. Das Bild sah aus, als würde es weinen.

»Ich lach mich tot«, sagte Chloe. »Kommt, wir stecken die restlichen Nadeln auch noch in die Ballons.«

»Und hängen die Hühnerhäute dran!«, schlug Tanya vor.

»Genial!«, sagte ich. »Das nenne ich Avantgarde!«

Ich nahm eine der Spiegelscherben, zog sie quer über das Bild und rammte sie dann in die Leinwand, wo sie stecken blieb.

Chloe, Esther und Tanya klebten die anderen Scherben auf die Leinwand, sodass wir unsere grinsenden Gesichter darin sehen konnten.

»Und jetzt, zu guter Letzt, die Pièce de Résistance.« Ich hielt den Beutel mit der Hundescheiße in die Höhe. »Sollen wir es so richtig vollschmieren? Gott, ist das eklig! Wie das stinkt!«

»Nein«, sagte Esther. »Nur an den Stellen, wo sie Schatten gesetzt hat.«

»Superidee!« Chloe grinste. »Zum Glück gibt es hier ein Waschbecken, damit wir uns nachher die Hände waschen können. Boah, ist das widerlich.«

Wir machten uns ans Werk und mussten immer wieder würgen, während wir die Scheiße auf der Leinwand verteilten wie kleine Kinder Fingerfarben. Es war scheußlich, aber das war es uns wert. Und nachdem wir uns die Hände gewaschen hatten, nahmen wir unser Meisterwerk in Augenschein.

»Fertig!«, kreischte Chloe, schnappte sich ihr Handy und filmte das Bild aus nächster Nähe. »Poppy ist eine wahre Künstlerin!«

Das Ganze sah aus wie die Perversion eines Kunstprojekts. Das ursprüngliche Gemälde war unter all dem Chaos noch sichtbar, aber mit unseren Verschönerungen sah es aus wie eine Persiflage, wie die Verhöhnung eines ernsthaften Kunstwerks.

Es war perfekt. Es war grotesk.

Damals fanden wir das irre lustig. Und so schlimm war es ja auch nicht.

Okay. Das ist vielleicht nicht ganz ehrlich. Natürlich war es schlimm, und natürlich wollten wir sie damit treffen. Aber wer konnte denn ahnen, dass sie uns das zehn Jahre lang nachtragen würde? War doch alles halb so wild.

Tja. Dumm gelaufen.

»Poppy.« Meine Stimme nur noch ein Flüstern, als wollte ich ein wildes Tier besänftigen.

»Ihr hattet so viele Jahre Zeit, über eure Tat nachzudenken, und habt rein gar nichts unternommen, um sie wiedergutzumachen«, sagt Poppy. »Meine gesamte Schulzeit hindurch habt ihr mich sadistisch gequält und mich nicht einen Augenblick in Ruhe gelassen. Zum Schluss habt ihr mir auch noch das Einzige genommen, was mir wirklich etwas bedeutete: meine Kunst. Und dann habt ihr euch von mir zu dieser netten kleinen Hen Party einladen lassen, auf meine Kosten – und *nicht ein Wort* darüber verloren.«

»Ich weiß, ich kann es nicht ungeschehen machen, aber es tut mir leid«, sage ich. »Wenn ich irgendetwas tun kann, egal was, dann sag es mir, ich mache alles, was du willst. Versprochen. Bitte …« Vor lauter Angst überschlägt sich meine Stimme.

»Dazu ist es zu spät«, sagt Poppy.

»Es ist nie zu spät«, erwidere ich. »Wir sind erwachsene Menschen. Wir können doch über alles reden.«

Insgeheim flehe ich sie an: Bitte, bitte, töte mich nicht. Ich will nicht sterben. Meine zitternden Finger schließen sich um den Messergriff.

»In dem Moment, als ich Tanyas Hütte betrat, wusste sie, was Sache war«, fährt Poppy fort. »Ich klopfte bei ihr an – höflich, unschuldig –, ging hinein und schloss die Tür hinter mir. Sie wehrte sich mit Zähnen und Klauen. Das hast du doch bestimmt gesehen, das ganze Zimmer war verwüstet … Aber es ist schon komisch, weißt du, was sie zu mir gesagt hat, bevor sie ihr Leben aushauchte?«

Ich bin vor Angst so gelähmt, dass ich erst nicht begreife, dass sie eine Antwort erwartet. Ich schüttele den Kopf.

»Sie hat gesagt, es täte ihr leid. Sie habe es verdient. Sie habe deshalb jahrelang mit ihrem schlechten Gewissen gekämpft. Aber sie hat nie versucht, sich mit mir in Verbindung zu setzen. Um Verzeihung zu bitten. Ich glaube, in Wirklichkeit waren ihre Gewissensbisse nur eine Entschuldigung für alles, was in ihrem Leben schiefgelaufen war.«

»Sie wollte sich mit dir versöhnen«, flüstere ich. »Das hat sie mir selbst gesagt, als wir die Einladungen bekamen. Sie trug schwerer daran als wir anderen. Wahrscheinlich, weil ihr als Kinder so gute Freundinnen wart.«

»Ich habe ihr die Wahrheit gesagt. Und weißt du, was sie geantwortet hat?«

»Was?« Die Wahrheit?

»Sie hat gesagt: ›Dann habe ich es erst recht verdient.‹ Ja, Tanya hatte den Tod verdient. Genau wie Chloe, Esther und auch du.«

»Aber du lebst doch noch«, sage ich. Sie steht auf, und ich frage mich ängstlich, was sie vorhat. »Du bist hier. Es tut mir leid. Das lässt sich doch irgendwie regeln. Robin erzählen wir, Chloe sei bei einem Sturz ums Leben gekommen, Esther habe Tanya umgebracht und ich habe aus Notwehr gehandelt. Wir kriegen das hin.«

Poppy schüttelt den Kopf. »Zu spät.«

»Nein!«

»Doch.«

»Wir kriegen das hin«, wiederhole ich verzweifelt.

»Da gibt es nichts mehr hinzukriegen. Ich bin nicht Poppy. Poppy ist längst tot.«

»Was?«

»Poppy ist seit fast zehn Jahren tot«, sagt sie. »Sie hat sich umgebracht.«

VIERUNDDREISSIG

Poppy

21. August 2013

Liebes Tagebuch,

heute gibt es Abizeugnisse, und ich würde am liebsten sterben.

Wie ist das, tot zu sein? Vor fast genau zehn Jahren war ich bei der Beerdigung meines Großvaters. Er war alt und krank und fast hundert, und obwohl alle furchtbar traurig waren, redeten sie nur darüber, was für ein wunderbares, erfülltes Leben ihm vergönnt gewesen war. Während ich mich die ganze Zeit fragte, ob seine Lieblingsbücher wohl bei ihm im Sarg lagen und ob ihm kalt war. Heute weiß ich, dass das albern war, denn natürlich frieren Tote nicht. Und wenn doch, wer weiß?

Aber das werde ich wohl bald am eigenen Leib erfahren. Wenn mein Plan fehlschlägt.

Die restlichen Prüfungen habe ich sausen lassen, was dich kaum verwundern dürfte. Meine Kunstmappe, an der ich monatelang hart gearbeitet hatte, war nur noch Makulatur, nachdem ich in Kunst durchgefallen war. Ich verbrannte sie im Garten und sah zu, wie der Wind die Asche in alle Himmelsrichtungen wehte. Auch die Slade-Mappe, die mir zu meinem Vorgespräch verholfen hatte, habe ich verbrannt. Sie war ohnehin zu nichts mehr nütze. Mum und Dad und selbst Wendy flehten mich an, die anderen Prüfungen zu absolvieren. Sie meinten, ich würde mir die Zukunft verbauen. Dass es im Leben wichtigere Dinge gebe als eine nicht bestandene Kunstprüfung.

Heute war ich auf der Website der Schule und habe mir die Bilder von der Vergabe der Abizeugnisse angesehen. Unter anderem ein Foto von Annabel und zwei Strebern namens Oscar und Lucas, die Luftsprünge machten und grinsend ihre Zeugnisse in die Kamera hielten. Darüber stand: »Topnoten für Topschüler!« Ich kam natürlich nirgends vor, obwohl ich unter normalen Umständen natürlich auch zu den Besten gehört hätte.

Ich scrollte weiter zu einem Text über das Fach Kunst und einem Foto von Ollie mit seinem Abschlussprojekt.

Mein Bild war um Längen besser gewesen. Tja … gewesen. Bevor sie es zerstört hatten.

Außerdem stand dort, dass Ollie doch noch einen Studienplatz an der Slade ergattert hatte. Etwa meinen? War er womöglich nachgerückt, weil ich abserviert worden war? Hatte er nicht gesagt, er stünde auf einer Warteliste? Es hatte ihn tief getroffen, als ich angenommen worden war und er nicht. Tja, wer zuletzt lacht …

Auf Facebook konnte man die Feierlichkeiten mitverfolgen, die sich bis in den Abend zogen, und jede Menge Partys waren geplant. Annabel hatte ein glattes Einser-Abi hingelegt. Auch Esther gehörte zu den Jahrgangsbesten, und Tanya lag über dem Durchschnitt. Nur Chloe war durchgefallen, aber den Aufnahmen nach zu urteilen, schien ihr das nicht viel auszu-

machen. Mit Ausnahme von Chloe, die demnächst eine Friseurlehre begann, würden alle studieren und zu neuen Horizonten aufbrechen, wie ich es mir auch für mich vorgestellt hatte.

Was sie mir angetan hatten, schien sie überhaupt nicht zu tangieren.

Warum auch? Für sie war das alles nur ein großer Witz.

Trotz ihrer Enttäuschung machten Mum und Dad sich sichtlich Sorgen um mich. Erst redeten sie mit Engelszungen auf mich ein, und als das nichts nützte, schleppten sie mich zu einem Arzt, und jetzt gehe ich einmal wöchentlich zur Therapie. Und habe Antidepressiva verschrieben bekommen. Die ich aber nicht nehme. Ich tue so als ob, und dann verstecke ich sie in dem Schmuckkästchen in meiner Nachttischschublade, in der auch das Messer liegt, das ich aus der Küche geklaut habe. Dieses Messer ist mein ständiger Begleiter.

Sie warten darauf, dass ich wieder gesund werde. Aber zuerst muss ich meinen Plan in die Tat umsetzen.

Und ich bin nicht ganz untätig geblieben. Auf Facebook gibt es Kommentare über mich und die Kunstprüfung. Es existiert anscheinend auch ein Video. Chloe hat angeblich alles gefilmt. Aber wer weiß, ob das stimmt, hochgeladen hat es jedenfalls niemand. Aber stell dir vor – ein Video, das mich entlastet. Falls sie es tatsächlich jemandem gezeigt haben, bekomme ich am Ende vielleicht meinen Studienplatz zurück.

Damals war ich zu verstört, so durcheinander, dass mir ein wichtiges Teil des Puzzles entging.

Irgendjemand muss sie in den Kunstsaal gelassen haben, sonst hätten sie das niemals hingekriegt. Jedem Prüfling wurde eine Schlüsselkarte ausgehändigt, niemand sonst konnte den

Kunstsaal betreten. Also muss ihnen jemand geholfen haben. Vielleicht steckte diese Person sogar mit ihnen unter einer Decke. Wenn ich herausfinden könnte, wer das war – das wäre ein echter Gamechanger.

Aber dazu muss ich mit einer von ihnen sprechen. Und da kommt nur eine infrage, trotz allem, was sie mir an diesem letzten Tag angetan hat.

Und wenn es nicht funktioniert?

Dann war es das. Denn – was soll ich dann noch hier?

25. August 2013

Liebes Tagebuch,

ich bin bereit.

Vielleicht schreibe ich am besten einfach auf, was hier passiert ist. So bleibt mir ein wenig mehr Zeit, um …

Ich muss mich zusammenreißen. Dass ich es nicht hinschreiben kann, bedeutet nicht, dass ich nicht bereit bin. Also zu gestern.

Mum und Dad durften nicht mitbekommen, dass ich das Haus verlassen wollte, was ich schon seit Wochen nicht mehr getan hatte. Sie hätten mir zu viele Fragen gestellt. Also wartete ich, bis sie zur Arbeit gegangen waren.

Bei dem Gedanken an die beiden tut es mir in der Seele weh. Bei dem Gedanken daran, was ich ihnen antun werde. Falls sie das hier jemals lesen – es tut mir leid. Es tut mir leid, dass ich nicht stark genug war. Ihr habt nichts falsch gemacht, ich schwör's. Es ist nicht eure Schuld.

Sondern ihre.

Wendy war meine letzte Hürde.

Wohlerzogen, wie sie ist, spülte sie gerade das Frühstücksgeschirr, als ich auch sie umarmte. Sie drehte sich um und drückte mich mit seifigen Händen an sich.

»Womit habe ich denn das verdient?« Ihre Augen verengten sich zu argwöhnischen Schlitzen. Meine clevere kleine Schwester.

Sie wird es sicher noch weit bringen.

»Ich gehe mal kurz raus«, sagte ich.

»Raus?«, wiederholte sie. »Du?«

Ich hatte seit Ewigkeiten nicht geduscht. Meine Haare waren strähnig und fettig, und mein Gesicht glänzte vor Schweiß. Ich wusch mich höchstens mal am Waschbecken, wenn ich mich selbst nicht mehr riechen konnte. Ich trug seit vier Tagen denselben Schlafanzug; spätestens am fünften Tag legte meine Mutter mir einen frischen aufs Bett.

»Ich gehe unter die Dusche«, sagte ich. »Und dann mache ich mich auf den Weg.«

»Wohin?«

»Sag Mum und Dad nichts davon«, sagte ich hastig. »Bitte. Ich muss dringend was erledigen.«

»Mit anderen Worten: Alles dreht sich pausenlos um dich, und jetzt soll ich dir auch noch einen Gefallen tun?«

Ja, zugegeben, das tat weh. Denn es stimmte. Vor lauter Sorge haben Mum und Dad Wendy praktisch vergessen. Und ich habe ein schlechtes Gewissen deswegen. Aber nicht mehr lange, dann steht sie wieder im Mittelpunkt.

»Bitte, Wendy.«

Da wurde sie schwach. »Na schön, meinetwegen. Geh. Aber

sieh zu, dass du wieder da bist, bevor Mum und Dad nach Hause kommen. Sonst kann ich nichts mehr für dich tun. Die flippen aus, wenn sie erfahren, dass du das Haus verlassen hast.«

»Au, danke!«

»Poppy …« Sie biss sich auf die Unterlippe. »Meinst du, das wird irgendwann mal wieder? Es kann doch nicht ewig so weitergehen.«

Ich wusste nicht, was ich darauf sagen sollte. Ich konnte sie nicht anlügen.

»Bitte sag mir, was du vorhast.«

Tut mir leid, Wendy. Du hast eine bessere Schwester verdient als mich.

Als ich schließlich aus der Haustür trat, krampfte sich mein Magen zusammen. Ich wusste nicht, wie es laufen würde. Aber ich wusste, wohin mein Weg mich führte.

Tanyas Haus sah aus wie eh und je, ein gewöhnliches viktorianisches Reihenhaus mit ungepflegtem Vorgarten. Ich klopfte, und als sich zunächst nichts rührte, dachte ich einen schrecklichen Moment lang, sie wäre vielleicht nicht zu Hause, doch dann hörte ich Schritte.

Sie war es selbst. Und als sie mich dort stehen sah, fiel ihr buchstäblich die Kinnlade herunter. Obwohl ich geduscht hatte und frische Klamotten trug, wusste ich, dass die Spuren meines Selbstmissbrauchs nicht zu übersehen waren. Den Gürtel meiner Jeans musste ich im letzten Loch tragen, da mir nichts mehr passte. Ich war völlig abgemagert, und ich sah total erschöpft aus. Fix und fertig.

Ach, Tanya.

Entschuldige. Ich musste kurz Pause machen und mich beruhigen. Es fällt schwer, Tagebuch zu schreiben, wenn man vor lauter Tränen nichts mehr sehen kann.

Komisch, wie deutlich ich mich an diese schrecklichen Minuten erinnere. Nicht ha-ha-komisch, eher tragikomisch. Aber ich brauche nur die Augen zu schließen und es ist alles wieder da. Jedes herzlose Wort, jede grausame Geste.

»Himmel. Poppy?«, entfuhr es ihr. »Was machst du denn hier? Bist du krank?«

»Es ging mir schon mal besser«, sagte ich.

Sie schüttelte ungläubig den Kopf. »Ich fass es nicht.«

»Kann ich reinkommen?«, fragte ich.

Darauf war sie bestimmt nicht besonders scharf, trotzdem nickte sie und öffnete mir die Tür. Allein, ohne den Einfluss der anderen, war sie ganz anders. Wir gingen ins Wohnzimmer.

»Ist sonst noch jemand da?«

»Meine Eltern arbeiten beide.« Tanya machte keinen besonders glücklichen Eindruck. »Was willst du?«

»Ich muss mit dir reden.«

»Worüber?«

»Über die Prüfung.«

Sie schloss die Augen. Dann, als ich schon gar nicht mehr mit einer Antwort rechnete, sagte sie: »Es war doch bloß eine Kunstprüfung. Davon geht die Welt nicht unter.«

»Bloß eine Kunstprüfung?«, wiederholte ich. »Du weißt genau, dass es mein größter Traum war, Künstlerin zu werden. Davon haben wir schon als Kinder gesprochen. Du wolltest Schauspielerin werden, ich Künstlerin. Ihr wusstet, dass sie mich an der Slade angenommen hatten. Mein Traum war wahr geworden.«

»Na und? Dann kommst du eben woanders unter.«

»Niemals. Alle denken, ich hätte gegen die Vorgaben verstoßen. Damit sind mir sämtliche Türen verschlossen. Außerdem war es die Slade.« Mir brach die Stimme, und ich schluckte meine Tränen hinunter.

Sie verdrehte die Augen. »Und wenn schon. Irgendwann musstest du doch mal in der Realität ankommen. Als ob aus dir je eine berühmte Künstlerin geworden wäre.«

Ich schnappte nach Luft. »Woher willst du das wissen? Ich hätte es schaffen können. Und jetzt habe ich nichts. Nicht mal das Abi.«

»Selbst schuld.«

»Chloe hat euch doch dabei gefilmt. Auf Facebook geht das Gerücht, es gäbe ein Video davon.«

»Ach ja?« Tanya zog eine abfällige Grimasse. »Ja, das wäre typisch Chloe. Aber davon weiß ich nichts.«

Ich versuchte, mir meine Hoffnung nicht anmerken zu lassen. »Aber ein Video würde beweisen, dass ich nichts damit zu tun hatte. Und ich würde vielleicht meinen Studienplatz zurückbekommen.«

Sie ging nicht darauf ein. »Was willst du von mir, Poppy?«

Es brach aus mir heraus. »Du bist mit dafür verantwortlich. Also besorg mir Chloes Video, damit ich es den Lehrern vorführen kann. Und wenn ich meinen Studienplatz zurückkriege, tun wir einfach so, als wäre all das nie passiert. Ich könnte doch noch nach London gehen, und wir sehen uns nie wieder.«

»Chloe hat es wahrscheinlich längst gelöscht«, sagte sie abwehrend. »So interessant war es nun auch wieder nicht.«

»Aber du könntest doch …«

»Damit wir Ärger kriegen?«, sagte Tanya. »Nie im Leben. Ohne mich.«

Ich versuchte es anders. »Irgendjemand muss euch doch in den Kunstsaal gelassen haben. Keine von euch hatte eine Schlüsselkarte. Wer war es? Ihr könntet die Schuld auf ihn schieben und sagen, er hätte euch angestiftet.«

Sie lächelte selbstgefällig. »Du würdest es mir sowieso nicht glauben. Ja, es gab eine fünfte Person. Und es war ihre Idee. Sie hat uns die Tür aufgeschlossen, Miss Wersham den Schlüssel zurückgegeben und dann Schmiere gestanden.«

Mir blieb fast die Luft weg, als ich das hörte. Ich hatte es gewusst.

»Wer war es?«, stieß ich mühsam hervor.

»Von mir wirst du das nicht erfahren.«

»Tanya, ich …« Ausgerechnet ihr schüttete ich jetzt mein Herz aus. »Ich bringe mich um. Ich ertrage das nicht mehr. Du musst mir helfen, es gibt keinen anderen Ausweg.«

»Dich umbringen?« Sie versuchte, ihr Entsetzen zu verbergen, aber es gelang ihr nicht. »Das würdest du niemals tun.«

»Sieh mich doch an. Ich kann nicht mehr. Du hattest recht. Ich bin krank.«

»Krank im Kopf«, sagte sie. »Hör auf, von Selbstmord zu reden. Wie albern.«

»Ich meine es ernst«, sagte ich. Die Tränen stürzten mir aus den Augen, und bald konnte ich nur noch schluchzen. »Bitte sag mir, wer euch in den Kunstsaal gelassen hat. Dann ist vielleicht noch etwas zu retten. Du musst mir auch das Video nicht besorgen. Ich verstehe dich ja. Aber wenn du mir den Namen verraten würdest, könnte sich die Schule darum kümmern. Und meine Unschuld beweisen. Bitte.«

Ihre Augen blitzten vor Wut. »Willst du mich verarschen? Von mir erfährst du gar nichts. Das musst du schon selbst herausfinden.«

»Tanya …«

»Verschwinde, Poppy. Hau ab, und komm nicht wieder. Und wenn du dich unbedingt umbringen willst, nur zu. Du würdest der Welt einen Gefallen tun.«

Ich hatte meine Antwort.

»Wir sind schon seit einer halben Ewigkeit keine Freundinnen mehr.« Ihre Stimme klang bitter. »Hör auf, so zu tun, als würde uns etwas verbinden. Wir waren Kinder. Dein Theater kannst du dir sparen.«

Tanya. Meine einzige Freundin auf der ganzen Welt.

Ich weiß nicht, warum es so wehtut, warum ich nicht darüber hinwegkomme.

Und so sitze ich nun hier, liebes Tagebuch. Ich habe dir nie einen Namen gegeben. Und das war vielleicht auch besser so, sonst hätte ich ein schlechtes Gewissen, auch dich zurückzulassen.

Ach, Mum. Dad. Wendy. Wie werdet ihr mir fehlen.

Die Antidepressiva liegen neben mir auf dem Bett. Es sind so viele.

Und das Messer. Ich muss ganz sichergehen.

Ob sich die vier in zehn Jahren überhaupt noch an mich erinnern? Annabel, Chloe, Esther, Tanya?

Wahrscheinlich haben sie mich schon in zehn Monaten vergessen.

Und der geheimnisvolle Unbekannte? Der sie in den Kunstsaal gelassen hat? Wer war es? Sally? Jayla? Ollie? Es könnte jeder von ihnen gewesen sein. Ich dachte, die anderen in meinem Kunstkurs würden mich mögen. Wir waren zwar nicht befreundet, aber ich dachte, sie fanden mich zumindest nett. So wie ich sie. Und doch muss mich einer von ihnen verraten haben. Womöglich haben sie sich hinter meinem Rücken jahrelang über mich lustig gemacht. Was war ich nur für eine Idiotin. Selbst die Kunst hat mir am Ende nicht geholfen.

Ich habe Angst.

Ich will nicht sterben.

Doch, ich will.

Ich muss es tun.

Und es tut mir schrecklich leid.

FÜNFUNDDREISSIG

Annabel

22. Mai 2023

Alles um mich herum verschwimmt. »Was soll das heißen?«

»Ich weiß nicht, warum du so überrascht tust«, sagt sie.

»Du bist Poppy! Du stehst leibhaftig vor mir! Du hast deinen Tod nur vorgetäuscht.«

»Ich wünschte, Poppy hätte ihren Tod nur vorgetäuscht«, murmelt sie. »Gott, bist du blöd. Ich bin nicht Poppy.«

»Du bist nicht …«

Plötzlich kann ich wieder klarsehen und mustere die Frau, die wir alle für Poppy Greer gehalten haben. Auch wenn sie ihr Äußeres drastisch verändert hat, war dahinter immer noch Poppy zu erkennen. Ich kapiere das nicht. Sie sieht ihr so ähnlich.

»Sie hat sich umgebracht«, sagt sie unumwunden. »In dem Sommer nach den Prüfungen. Sie ist nie darüber hinweggekommen, was ihr vier ihr angetan habt.«

Ich sehe sie vor mir – Poppy, als Teenager. Ihre Zahnspange. Ihr mattbraunes Haar. Ihr Lächeln, ganz gleich, wie gemein wir zu ihr waren.

»Davon hätten wir gehört«, widerspreche ich entschieden. »Wir hätten von ihrem Selbstmord erfahren. Jemand hätte uns davon erzählt.«

»Es wurde geheim gehalten«, sagt die Poppy-Imitatorin. »Poppys Eltern wollten nicht, dass es publik wird. Die Beerdigung fand im kleinen Kreis statt. Nur die Familie. Freunde hatte sie ja keine.«

»Trotzdem wäre es doch garantiert herausgekommen. Früher oder später hätte jemand davon erfahren.«

»Natürlich. Wenn sich jemand die Mühe gemacht hätte, danach zu fragen, was aus Poppy geworden ist. Aber keine von euch hat das getan. Es hat euch schlicht nicht *interessiert.*« Ihre Worte sind wie vergiftete Pfeile.

Sie hält einen Moment lang inne und sammelt sich.

»Darum bist du bei Chloe eingebrochen«, sage ich. »Du hast nach dem Video gesucht, in dem wir ihr Bild verschandeln.«

Die Frau nickt und schließt die Augen. Ich traue mich das nicht; dann käme sofort alles wieder hoch.

»Und ich habe es gefunden«, sagt sie. »Ich habe mich gezwungen, es mir anzusehen, in voller Länge. Was mich am meisten beeindruckt hat, war die unbändige *Freude*, mit der ihr zu Werke gegangen seid.«

»Wir dachten, es wäre keine große Sache«, sage ich. »Es war doch bloß … ein kleiner Spaß.«

Die Poppy-Imitatorin stößt ein hohles Lachen hervor. »Ein kleiner Spaß! Keine von euch hatte auch nur die leiseste Ahnung, wie viel Hoffnung Poppy an ihr Studium gehängt hatte. Es war der einzige Ausweg, die einzige Möglichkeit, euch zu entkommen.«

»Es tut mir leid«, sage ich. »Es tut mir so leid.«

Sie reckt das Kinn, und das Lachen erstirbt auf ihren Lippen. »Ich habe es dir doch schon gesagt: Für Entschuldigungen ist es zu spät.«

»Wer bist du?«, frage ich.

»Du weißt es immer noch nicht?«, fährt sie mich an. »Du bist doch angeblich so intelligent.«

»Ich bin … Ich …«

Sie verschränkt die Arme. »Ich will den Namen wissen.«

»Welchen Namen?«

»Den Namen der Person, die euch in den Kunstsaal gelassen hat«, zischt sie. »Ohne die ihr das Bild nicht hättet zerstören können. Eures Komplizen oder eurer Komplizin.«

Um ein Haar platze ich damit heraus, damit das Leid ein Ende hat, aber etwas hält mich davon ab.

»Wenn ich dir seinen Namen nenne – was machst du dann mit mir?«

»Seinen Namen«, wiederholt sie, und ich verfluche mich innerlich. »Ein Junge also. Du bist wirklich eine harte Nuss, Annabel, weißt du das?«

Ich muss hier raus. Solange ich ihr seinen Namen nicht verraten habe, kann sie mir nichts tun.

Aber sie ist noch lange nicht fertig mit mir.

»Ich will dir sagen, warum das hier kein gutes Ende für dich nimmt, egal wie du dich aus der Affäre zu ziehen versuchst«, sagt sie. »Ihr seid schuld an ihrem Tod. Daran lässt sich nichts mehr ändern. Ich habe Tanya als Erste umgebracht, weil Poppy sie um Hilfe anflehte, einen Tag vor ihrem Tod. Als sie ihr eröffnete, dass sie sich das Leben nehmen würde, sagte Tanya, sie wolle sich doch bloß wichtigmachen.«

Die gute Tanya. Meine gelehrige Schülerin.

»Poppy hat ein Tagebuch hinterlassen, in dem alles steht. Jedes noch so winzige, noch so entsetzliche Detail.«

»Woher weißt du das alles? Wie bist du an Poppys Tagebuch gekommen?«, frage ich. »Wer bist du?«

Poppy – die Frau, die ich für Poppy hielt – nickt. »Sieh genau hin, Annabel. Wer könnte ich wohl sein?«

Ich mustere sie von oben bis unten. Sie hat Poppys Tagebuch

gelesen. Sie kennt persönliche Einzelheiten, die nur jemand kennen kann, der ihr nahestand.

Ich starre in ihre traurigen, zornigen Augen, da trifft mich die Erkenntnis.

»Du bist Wendy«, sage ich. »Du bist Poppys Schwester.«

SECHSUNDDREISSIG

Annabel

22. Mai 2023

Wendy. Na klar.

Fieberhaft versuche ich, mich an Poppys Schwester zu erinnern, und schon sehe ich sie vor mir: dunkle Haare, dunkle Augen, das exakte Gegenteil der Frau, die nun vor mir steht. In ihrer Miene spiegeln sich Triumph und Zorn. Ich wünschte, das alles wäre nicht wahr. Ich wünschte, sie wäre Poppy.

»Du siehst ihr überhaupt nicht ähnlich«, sage ich. »Ich erinnere mich genau an Wendy. Du hast dich völlig verändert. Du siehst aus wie …« Wie Poppy, möchte ich sagen. Poppy 2.0.

Mir schwirrt der Kopf.

»Poppy hat sich umgebracht, einen Tag nachdem Tanya ihr gesagt hatte, damit würde sie der Welt einen Gefallen tun.« Ich will etwas sagen, doch Wendy bringt mich mit erhobenem Zeigefinger zum Schweigen und fährt fort. »Sie hatte ihre Antidepressiva irgendwo versteckt und hat eine Überdosis geschluckt, nachdem meine Eltern und ich zu Bett gegangen waren. Und sie ging auf Nummer sicher – denn sie hatte auch ein Messer.« Man hört ihr an, dass ihr das Sprechen schwerfällt. »Als ich sie fand, war sie schon seit Stunden tot. Es war alles voller Blut. Die Beerdigung fand erst Wochen später statt, nach der Obduktion.«

Sie holt tief Luft, ringt um Fassung. Ich warte.

»Ihr Zimmer blieb lange so, wie es war. Keiner von uns brachte es über sich, es zu betreten. Es dauerte ein volles Jahr, bis Mum und Dad sich zum Umzug durchdringen konnten. Es war, als wäre sie mitten unter uns begraben. Beim Packen habe ich dann ihr Tagebuch gefunden. Aber gelesen habe ich es erst sehr viel später. Ich war so wütend auf sie, weil sie uns etwas so Schreckliches angetan hatte.«

Was, zum Henker, soll ich tun?

»Erst als ich mein eigenes Abizeugnis bekam, fast zwei Jahre nach ihrem Tod, beschloss ich, doch einen Blick hineinzuwerfen. Und da stand … alles drin. Aber zuerst versuchte ich, es zu verdrängen und mich auf mein eigenes Leben zu konzentrieren. Ich wollte Mum und Dad stolz machen, nachdem sie am Verlust ihrer Tochter fast zerbrochen waren. Sie haben ihn bis heute nicht verwunden. Und so studierte ich Medizin und wurde Ärztin.«

»Und die Hen Party?«, flüstere ich.

Sie schüttelt den Kopf. »Reines Wunschdenken. Es war nicht fair, dass Poppy nie heiraten und ein eigenes Leben führen konnte.«

»Nein, da hast du recht«, murmele ich, um Zeit zu schinden, bis die Sonne am Himmel steht. Wo bleibt Robin nur? »Morgens«, hat sie gesagt. Aber was bedeutet das?

»Keine von euch hat sich auch nur einmal die Mühe gemacht, sich in sie hineinzuversetzen. Also musste ich euch die Augen öffnen.«

»Die Bilder in den Hütten«, flüstere ich und schaudere bei dem Gedanken. »Wir dachten, Poppy hätte sie gemalt.«

»Die habe ich in Auftrag gegeben«, sagt sie. »Bei einer talentierten Künstlerin. Sie sind vielleicht nicht ganz so emotional wie Poppys Sachen. Aber ich habe ihr einige Bilder aus Poppys Nachlass gezeigt und sie gebeten, ein paar klassische Gemälde in ihrem Stil anzufertigen. Das Ergebnis war mir eine Idee zu perfekt. Aber sie haben ihre Wirkung nicht verfehlt.« Ein wehmütiger Unterton schleicht sich in ihre Stimme. »Ich wollte, ich hätte Poppys Entwicklung als Künstlerin mitverfolgen können. Sie hatte eine große Zukunft vor sich. Und ihr habt sie zerstört. Genau wie ihr Leben.«

»Du wolltest wissen, wer uns in den Kunstsaal gelassen hat«, sage ich.

»Ach, Annabel, clever wie immer«, sagt sie. Doch ihre Miene ist ernst. »Ja, ich will wissen, wer euer Komplize war.«

Das ist alles, was mir bleibt. Das einzige Ass in meinem Ärmel.

»Und wenn ich ihn dir verrate?«

»Frag lieber, was passiert, wenn nicht«, sagt Wendy. »Willst du mich wirklich auf die Probe stellen?«

Die eisige Kälte in ihrer Stimme verschlägt mir die Sprache. Mir zittern die Hände. Ich glaube ihr jedes Wort.

»Na schön«, sage ich. »Es war Ollie Turner.«

Ollie Turner.

Es war der Montag nach dem Abschlussball, ein herrlich warmer Nachmittag, und wir lagen zu viert auf der Wiese hinter dem Musiksaal und sonnten uns. Bis dahin hatten wir mit Ollie eigentlich nicht allzu viel zu tun gehabt; er war in meinem Bio-Kurs, und wir hatten zusammen an einem Projekt gearbeitet, weshalb ich ihn ein paarmal zu Hause besucht hatte, aber das war es auch schon. Die anderen drei kannten ihn kaum. Auf seine nerdige Art sah er ziemlich gut aus, und Chloe stand schon seit einer Ewigkeit auf ihn, aber Chloe stand praktisch auf alles, was einen Puls hatte und ein schiefes Lächeln.

»Hast du gesehen, wie Poppy Aidan angegeiert hat?«, sagte ich. Ich war immer noch stinksauer. Auf dem Heimweg waren Aidan und ich uns deswegen in die Haare geraten. Er hatte Poppy sogar angeboten, sie nach Hause zu bringen! Aber das kam nicht in die

Tüte, also spritzte ich mir ein bisschen Wasser aufs Kleid und tat so, als hätte ich mich auf der Toilette übergeben müssen.

Dass wir Poppy überhaupt zu der Party eingeladen hatten, war eigentlich ein Joke gewesen. Ich hatte ihr sogar eine Ecstasy-Pille in den Drink getan, in der Hoffnung, dass sie sich vollends zum Affen machen würde. Doch stattdessen wurde aus dem verklemmten Aschenputtel die freundliche, aufgeschlossene junge Frau, die sie gewesen wäre, wenn wir sie in Ruhe gelassen hätten. Die Jungs auf der Party waren hin und weg von ihr.

»Und Elliott erst!«, sagte Chloe. »Du kannst froh sein, Esther, dass du die beiden noch rechtzeitig erwischt hast. Elende Schlampe.«

Esther nickte. »Ich konnte es nicht glauben, als ich rauskam und sah, wie die beiden sich gegenseitig anhimmelten. Sie haben zwar alles abgestritten, aber ich wusste sofort Bescheid.«

»Alles ihre Schuld.« Chloe blickte finster drein. »Aber was sollte Elliott denn machen, so wie sie sich ihm an den Hals geworfen hat? Sie hat ihn ja quasi gezwungen, dich zu betrügen.«

»Mit mir wollte sie über meine Schauspielerei reden«, warf Tanya kopfschüttelnd ein. »Dabei wollte sie bloß mit ihrer blöden Kunstakademie angeben.«

»Die braucht einen Denkzettel«, murmelte Esther. »Erst macht sie sich an unsere Boyfriends ran. Und dann tut sie auch noch so, als wäre sie was Besseres.«

»Redet ihr über Poppy Greer?«

Erschrocken drehten wir uns um und sahen, dass Ollie sich heimlich von hinten angeschlichen hatte.

Er wirkte leicht verlegen, wie er so dort stand, doch keine von uns forderte ihn auf, sich zu uns zu setzen.

»Und wenn?«, fragte Chloe, wälzte sich auf den Bauch und stützte das Kinn in die Hände. Dabei presste sie mit den Ellbogen ihre Möpse zusammen, sodass Ollie ihr Dekolleté samt pinkfarbenem BH bewundern konnte. »Seid ihr nicht befreundet?«

Er zog ein mürrisches Gesicht. »Von wegen. Ständig labert sie davon, dass die Slade sie angenommen hat. Die Elitekunstakademie in London. Sie hält sich für die Größte.«

Tanya verdrehte die Augen. »Uns quatscht sie auch dauernd die Ohren voll.«

»Dass ausgerechnet Poppy Greer demnächst nach London zieht«, sagte ich. »Das darf doch wohl nicht wahr sein.«

»Poppy Gierig macht ihrem Spitznamen mal wieder alle Ehre«, murmelte Chloe. »Wär doch lustig, wenn wir ihr die Tour vermasseln könnten.«

»Ich hätte da vielleicht eine Idee«, sagte Ollie leise.

»Nämlich?« Ich runzelte die Stirn.

»Wenn sie erst mal auf der Slade ist, sind wir für sie Geschichte«, sagte Tanya.

»Nicht, wenn sie ihre Kunstprüfung vergeigt«, sagte Ollie. »Dann fliegt sie nämlich aus dem Kurs.«

Wir dachten einen Augenblick darüber nach.

»Nette Idee«, sagte ich, »aber wie sollen wir das machen? Keine von uns hat Kunst als Hauptfach, und ich hätte, ehrlich gesagt, keinen Plan, wie wir ihr die Prüfung versauen könnten.«

»Ich schon. Die Prüfungen gehen morgen los.« Plötzlich wirkte Ollie seltsam erregt. »Am zweiten Tag könnte ich euch in den Kunstsaal lassen, wenn alle weg sind. Bestimmte Sachen sind streng verboten. Wenn ihr Poppys Bild entsprechend *verschönert*, kann sie ihr Abi vergessen.«

»Ist das nicht ein bisschen heftig?«, fragte Tanya und machte ein besorgtes Gesicht. »Sie liebt die Kunst. Sie bedeutet ihr alles.«

»Dann wiederholt sie die Prüfung eben«, sagte Esther. »Ist doch keine große Sache.«

Allmählich gefiel mir die Vorstellung. »*Lustig* wär's schon.«

Tanya war immer noch unsicher. »Und wie verhindern wir, dass wir dabei erwischt werden?«

»Ich stehe Schmiere«, sagte Ollie. »Wenn auf dem Gang jemand auftaucht, sage ich euch Bescheid, damit ihr rechtzeitig abhauen könnt. Aber keine Angst, es ist Mittagspause, da kommt keiner.«

»Okay«, sagte ich. »Wir ziehen das durch. Mach nicht so ein langes Gesicht, Tanya. Es ist doch bloß ein kleiner Spaß. Die Rache dafür, dass du es nicht an die Schauspielschule geschafft hast.«

»Na gut, na gut«, sagte Tanya. Sie hatte sich an einer noblen Schauspielschule in London beworben und war noch nicht einmal zum Vorsprechen eingeladen worden. »Ihr habt ja recht. Sie muss endlich mal begreifen, dass ihre Bilder nicht halb so toll sind, wie sie denkt.«

»Super«, sagte Ollie. »Deal.«

»Warum bist du eigentlich so scharf darauf, ihr eins auszuwischen?«, fragte ich mit hochgezogener Augenbraue.

Er errötete, so entschlossen hatte ich ihn noch nie erlebt. »Ich will auf die Slade. Sie hat mir meinen Studienplatz weggenommen. Ich hole ihn mir lediglich zurück.«

Ich musste unwillkürlich lächeln, und Chloe gackerte voller Vorfreude.

»Das wird der Megaknaller«, sagte sie. »Ich kann's kaum erwarten, ihr Gesicht zu sehen.«

Wendy starrt mich mit offenem Mund an.

»Ollie Turner?«, wiederholt sie. »Der Typ, der statt Poppy an der Slade studieren durfte?«

»Ja, der.«

»Sollte das gelogen sein, war das das Dümmste, was du hattest tun können.«

»Ich lüge nicht. Es war Ollie.«

»Ollie Turner«, flüstert sie ungläubig.

Ich muss an Ollies entsetzte Miene denken, als wir fertig waren. Er bereute seine Entscheidung sofort.

Aber das sage ich Wendy nicht.

»Poppy dachte immer, er wäre ihr Freund«, bemerke ich. »Aber das war er nicht.«

»Ich weiß«, faucht sie zurück. »Ich bin nur froh – erleichtert, dass Poppy das nicht mehr erfahren muss. Und jetzt raus hier. Es bleibt nicht mehr viel Zeit.«

Ich mache die Tür auf und trete ins Freie. Wendy ist dicht hinter mir, und ich blicke immer wieder über die Schulter, aus Angst, dass sie mir das Messer in den Rücken stoßen könnte. Es ist Morgen, der Himmel strahlend blau, und es weht eine sanfte Brise. Nur ein paar abgerissene Äste erinnern an das Unwetter von letzter Nacht. Und natürlich liegen auch Chloe und Esthers Leichen noch im Sand. Ich kehre ihnen den Rücken zu und richte den Blick auf den Horizont.

Wendy tritt neben mich.

»Warum bin ich die Letzte?«, frage ich, aber ich glaube, ich weiß die Antwort.

Wendy bestätigt meinen Verdacht. »Das war von vorneherein so geplant, Annabel. Schließlich warst du immer schon die Anführerin, diejenige, die das Sagen hatte. Du würdest dich niemals kampflos geschlagen geben.«

Mir wird bewusst, dass Wendy einen Moment lang abgelenkt ist. Sie hat die Hand mit dem Messer sinken lassen. Während ich immer noch das Messer in der Hand halte, das Esther getötet hat. Das Blut an der Klinge ist längst getrocknet.

Aber sie muss meine Gedanken irgendwie erraten haben. Mit einem Nicken weist sie auf mein Messer. »Du überlegst, wie du mich töten kannst, bevor ich dich töte. Stimmt's?«

»Ich …«

»Du denkst an nichts anderes, als mich zu töten, und das nach allem, was passiert ist.« Sie seufzt, als wäre sie von mir enttäuscht. »Überlebensinstinkt nennt man das wohl. Und bei jedem anderen würde ich das bewundern. Aber du hast es nicht verdient zu leben. Und trotzdem werde ich dich leben lassen.«

»Was?« Damit habe ich nicht gerechnet.

»Ich habe gesagt, ich werde dich am Leben lassen.«

»Warum?«

»Weil eine für diese Morde büßen muss. Und das bin ganz gewiss nicht ich.«

»Du bist wahnsinnig.« Ich bedrohe sie mit dem Messer. »Damit kommst du niemals durch.«

»Und ob ich damit durchkomme«, sagt sie. »*Ich* war ja gar nicht hier.«

Ich spüre, wie das Blut aus meinem Wangen weicht. »Was soll das heißen?«

»Ich habe die ganze Zeit darauf gewartet, dass eine von euch Robins Verwechslung zur Sprache bringt«, sagt sie. »Aber niemand hat ein Wort darüber verloren. Hat Robin dir etwa nicht verraten, dass von Anfang an du die Braut warst, Annabel? Es war deine Hen Party, nicht meine.«

Schlagartig kehrt die Erinnerung zurück. Robin, die mich für die Braut hält. Esther, die das richtigstellen will. Und ich, die die Verwechslung köstlich findet und sich darüber schier kaputtlacht.

Irgendetwas muss Wendy mir angesehen haben, denn sie grinst. »Ach, dann hat sie dir also doch gesagt, dass du die Braut warst.

Und du hieltest es offenbar nicht für nötig, sie zu korrigieren. Warum auch? Hauptsache, im Mittelpunkt stehen.«

»Na und?« Ihre diebische Freude macht mich ratlos. »Robin hielt mich also für die Braut? Wen juckt's?«

Wendy dreht sich um und lässt den Blick über die Insel schweifen. Obwohl der Sturm sich gelegt hat und sie im Licht des Morgens sanft erstrahlt, liegt ein Hauch von Gefahr in der Luft. Die Insel weiß, was hier geschehen ist. Sie birgt Tanyas Leiche und bietet uns Chloes und Esthers leblose Körper als Tribut.

»Du hast diesen Trip gebucht«, sagt Wendy. »Nicht ich. Wenn jemand – zum Beispiel die Polizei – einen Blick in die Reiseunterlagen wirft, wird er feststellen, dass die Tour auf den Namen Annabel Dixon gebucht wurde.«

»Ich habe keine Ahnung, wovon du redest. Ich habe nichts gebucht.«

»Du kannst nicht besonders gut mit Geld umgehen, stimmt's, Annabel?«, sagt Wendy. »Du hast so viele Kreditkarten, dass du es noch nicht einmal gemerkt hast, als eine davon für ein paar Tage verschwand – reichlich Zeit, um einen Urlaub zu buchen.«

»Wie bist du an meine Kreditkarte gekommen?«

»Es ist erstaunlich, was Privatermittler alles für Tricks draufhaben. Sie liefern einem praktisch jede gewünschte Information. Und pikante Geheimnisse noch dazu.«

Einen irrsinnigen Moment lang spiele ich mit dem Gedanken, mich auf sie zu stürzen und sie zu erwürgen.

»Ich habe viel von euch gelernt«, sagt Wendy. »Nach der Lektüre von Poppys Tagebuch wusste ich, dass ich es mit wahren Könnerinnen zu tun hatte. All eure fiesen kleinen Machenschaften und Intrigen. Und die Fäden hast immer du gezogen, Annabel. Nein, Sterben wäre für dich reiner Luxus. Ich will, dass du leidest, dass du den Rest deines Lebens im Gefängnis verbringst, dass du deinen untreuen Ehemann verlierst, deine schicke Villa und deine falschen Freunde.«

»Du glaubst doch nicht im Ernst, dass du damit durchkommst.« Ich schüttele den Kopf. »Du bist ja irre. Ich werde der Polizei erzählen, du hättest sie alle umgebracht – und ich hätte in Notwehr gehandelt. Du wirst dafür büßen, nicht ich.«

»Was willst du den Bullen denn verklickern?«, fragt Wendy. »Dass du diesen Trip zwar selbst gebucht hast – mit einer von einem guten Dutzend Kreditkarten, wohlgemerkt –, aber keine Geldsorgen kennst? Dass du zu Hause keinen Schrank voll mit gestohlenen Klamotten stehen hast? Dass du mit deinen Freundinnen hier auf der Insel nicht in Streit geraten bist? Vielleicht ist dieser Streit ja aus dem Ruder gelaufen. Sie sind dir auf die Schliche gekommen, und du bist durchgedreht.«

Mir fällt die Kinnlade herunter.

»Die arme Esther, erstochen bei dem Versuch, dich daran zu hindern, Chloe zu ermorden«, fährt sie fort. »Und was wohl aus der vierten Brautjungfer geworden ist? Der armen Poppy?«

Ich ertrage das nicht mehr. Meine Finger schließen sich fest um den Messergriff und …

Aber sie ist schneller. Sie schlägt mir das Messer aus der Hand, schnappt es sich und setzt es mir an die Kehle. Ihr eigenes Messer hält sie in der linken Hand.

»Wer weiß, was aus der armen Poppy geworden ist?«, flüstert sie, als wäre nichts gewesen. Ihr heißer Atem schlägt mir entgegen, und mich überläuft ein kalter Schauder. »Poppy Hall, um genau zu sein. Es wäre unklug gewesen, den Trip unter ihrem richtigen Namen zu buchen. Vermutlich hast du sie ertränkt. Ihre Leiche wird nie gefunden werden.«

Sie weicht einen Schritt zurück und wirft das Messer in hohem Bogen in die Bäume.

»Die Polizei wird das Messer finden. Und dich, blutüberströmt.« Sie zuckt die Achseln. »Eins und eins, das macht zwei.«

Dieses Miststück. Dieses *Miststück*.

All das habe ich nur ihr zu verdanken. Ihr und ihrer dämlichen Schwester. Ich gehe doch nicht in den Knast. Ich glaube, ich bin im falschen Film.

Wendy deutet auf das Motorboot. »Damit fahre ich zurück aufs Festland. Dann nehme ich die nächste Maschine nach England, und dann ist Ollie Turner dran. Lebewohl, Annabel. Viel Spaß im Gefängnis. Du hast ihn dir redlich verdient.«

Sie wartet nicht auf eine Antwort, aber mir fehlen ohnehin die Worte; sie weicht langsam zurück, nähert sich dem Boot. Dabei lässt sie mich keine Sekunde aus den Augen, klemmt sich das Messer zwischen die Zähne, während sie das Boot ins Wasser schiebt. Sie steigt hinein, lässt den Motor an, und endlich legt sie auch das Messer aus der Hand. Ihre Lippen verziehen sich zu einem letzten süffisanten Lächeln, bevor sie mir zum Abschied zuwinkt.

Ich sehe ihr nach, wie sie das Boot aufs offene Meer hinaus lenkt. Ich bin allein. Was jetzt?

SIEBENUNDDREISSIG

Annabel

22. Mai 2023

Die Boote sind da. Sanitäter kommen auf mich zugerannt, mit Erste-Hilfe-Koffern in der Hand, die niemandem mehr helfen werden.

Ich gehe den Polizisten entgegen und trotze mir noch ein paar Tränen ab.

Ich hatte zu wenig Zeit, um mir einen richtigen Plan zurechtzulegen. Kaum war Robin angekommen, verständigte sie auch schon die Polizei. Aber ich werde mich nicht kampflos geschlagen geben.

Einer der Beamten tritt auf mich zu. Ein hochgewachsener, gut aussehender Typ, und er trägt keinen Ehering. Wenn ich nicht so verheerend aussähe, könnte ich ihn vielleicht um den Finger wickeln, aber so bleibt mir wenig anderes übrig, als das arme Opfer zu spielen.

»Was ist hier passiert?«, fragt er mit strenger Stimme. Netter Einschüchterungsversuch.

Als könnte ich kaum die Balance halten, wanke ich auf ihn zu und kehre die Handflächen nach oben, damit er die tiefen Schnitte sehen kann, damit er weiß, dass es sich hier nicht um den Amoklauf einer Verrückten handelt. Im schlimmsten Fall war es Notwehr, im Idealfall komme ich mit heiler Haut davon.

Er streckt die Hand aus, und ich zucke zurück, als hätte ich furchtbare Angst vor ihm. Sein erschrockener Blick verrät mir, dass die Masche bestens funktioniert.

»Wo sind die anderen, die mit Ihnen auf diese Insel gekommen sind?«, fragt er.

Und schon geht es los. Die anderen Polizisten hasten an mir vorbei und schwärmen aus. Zumindest Tanya werden sie schnell gefunden haben. Chloe und Esther wohl erst etwas später.

Was soll ich jetzt machen?

Sie werden natürlich nach DNA-Spuren suchen. Nach Fingerabdrücken. Die beweisen werden, dass Wendy hier war, dass sie Chloe und Tanya umgebracht hat. Aber meine DNA, meine Fingerabdrücke sind auch überall. Ich habe Chloe berührt. Ich habe Tanya berührt. Und nicht nur das – die Spuren von Dutzenden, wenn nicht Hunderten von Menschen, die vor uns hier waren. Ganz zu schweigen von dem Sturm, der Chloes Leiche übel zugerichtet haben dürfte. Esther nicht zu vergessen, deren Leichnam ungeschützt am Strand liegt. Aber Wendy hat die beiden nicht angerührt.

Auf der Kreditkarte steht mein Name. Angeblich habe ich dieses Resort gebucht.

Keine Panik. Du kriegst das hin.

Robin hat Wendy gesehen. Also gibt es außer mir mindestens eine Person, die weiß, dass eine fünfte Frau auf dieser Insel war. Dass es noch eine weitere Verdächtige gibt.

Es sei denn …

Plötzlich fröstelt es mich, und ich bekomme eine Gänsehaut. Unwillkürlich schlinge ich die Arme um mich.

Wendy hatte recht. Robin hat *Poppy* gesehen. Und Robin dachte, *ich* wäre die Braut. *Ich* hätte zur Hen Party geladen. Und ich bin als Einzige noch am Leben.

»Sergeant!«

Eine Polizeibeamtin stürzt auf uns zu. »Wir haben eine Leiche gefunden«, sagt sie. »In einer der Hütten.«

Der Sergeant dreht sich wieder zu mir und greift nach seinen Handschellen. »Ruf Verstärkung«, weist er seine Kollegin an, packt mich grob am Arm und reißt mich herum. »Wie heißen Sie?«, fragt er.

»Annabel Dixon«, sage ich, denn Lügen hat ohnehin keinen Zweck.

»Annabel Dixon, Sie stehen unter Mordverdacht und sind hiermit festgenommen«, sagt er und lässt die Handschellen zuschnappen. »Sie haben das Recht zu schweigen …«

Poppy Greers sommersprossiges Gesicht tanzt mir vor Augen.

Hat sich die blöde Kuh doch tatsächlich umgebracht. Wegen nichts. Ach was, weniger als nichts.

Und dann verwandelt Poppy sich in Wendy, auf den Lippen dasselbe süffisante Lächeln, das sie mir vom Boot aus zugeworfen hat, in der sicheren Gewissheit, den Sieg davongetragen zu haben.

Tja. Zu früh gefreut.

Ich bin nicht blöd. Ich halte erst mal die Klappe. Und suche mir einen guten Anwalt. Mir wird schon etwas einfallen.

»Noch zwei Leichen!«, plärrt es aus dem Funkgerät des Polizisten, als er mich unsanft in das Speedboot bugsiert. Ein Sanitäter untersucht mich, reinigt meine Wunden und verbindet mir die Hände.

Das Spiel ist noch lange nicht vorbei, Wendy. Wir sehen uns wieder, und zwar früher, als du glaubst.

ACHTUNDDREISSIG

Wendy

22. Mai 2023

Na, wer sagt's denn? Das war doch mal ein voller Erfolg.

Besser hätte es gar nicht laufen können.

Ich sitze in der Airport-Lounge mit einem heißen Kaffee, der mich wachhält, bis ich den langen Heimflug verschlafen kann, und muss unwillkürlich lächeln. Um mich herum ist es laut, Hunderte von Menschen warten auf Flüge in alle Welt. Das trotz der frühen Stunde unnatürlich grelle Licht schmeichelt meinen zerzausten Haaren und müden Augen vermutlich eher nicht. Aber was soll's. Nicht mehr lange, und ich kann mir den Gestank der Insel endlich aus den Poren waschen und diese Schlampen ein für alle Mal vergessen.

Während ich hier so sitze, zwischen plaudernden Passagieren, drängt sich mir eine Frage auf: Sitze ich hier zwischen lauter netten, ehrlichen Menschen, die aus dem Urlaub nach Hause fliegen? Oder zwischen Leuten mit schrecklichen Geheimnissen?

Vermutlich beides. Und womöglich ist es besser, wenn diese schrecklichen Geheimnisse ungelüftet bleiben.

Ich trinke einen Schluck Kaffee und lasse die vergangenen vier Tage Revue passieren.

Wie fühle ich mich? »Erschöpft« ist das erste Wort, was mir in den Sinn kommt. Ausgelaugt. Halb hatte ich vergessen, wie Poppy wirklich war. Die Poppy, an die ich mich kaum entsinnen kann, finde ich allenfalls auf Fotos aus unserer Kindheit.

Am deutlichsten erinnere mich an die furchtbare Nacht, in der ich mit dem Gefühl wach wurde, dass etwas Schreckliches geschehen war. Ich schlich mich in Poppys Zimmer, und das Mondlicht fiel durch das offene Fenster auf ihren leblosen Körper. Alles war voller Blut. Sie hatte sich mit einem Messer die Pulsadern aufgeschnitten. Und nicht nur das, ihre Arme waren mit alten Narben übersät. Die sie sich selbst beigebracht hatte, über Monate, wenn nicht sogar Jahre. Mit zitternden Händen griff ich nach dem Messer, beseelt von einem einzigen Gedanken: dass ich sie im Stich gelassen hatte. Ich. Ihre Schwester, ihre älteste Freundin. Ich hatte sie im Stich gelassen. Es war, als hätte ich sie eigenhändig umgebracht. Ich wusste, wer dafür verantwortlich war, aber auch mich traf Schuld, weil ich nicht bemerkt hatte, was los war. Ich wusste, dass diese Mädchen sie gemobbt hatten, ich wusste, wie sehr sie unter ihnen gelitten hatte, ohne jedoch zu begreifen, wie schlimm es wirklich um sie stand. Als ich sie so dort liegen sah – hilflos, leblos –, hätte ich sie am liebsten irgendwo versteckt und so getan, als wäre nichts geschehen. Aber am Ende stieß ich nur einen gellenden Schrei aus.

Mum und Dad werden nie mehr dieselben sein. Obwohl Mum sich die größte Mühe gibt. Ich glaube, ich habe sie seit damals nicht mehr weinen sehen, aber ich weiß, dass sie es heimlich tut. Unter einem Stapel Zeitschriften im Badezimmerschrank habe ich einmal einen Haufen Papiertücher gefunden, die mit ihrer Wimperntusche verschmiert waren.

Das ständige So-tun-als-ob hat seine Spuren hinterlassen: Sie ist noch keine sechzig, sieht aber zwanzig Jahre älter aus. Sie bringt Poppys Namen nicht einmal mehr über die Lippen. Nur so wird sie mit ihrem Leben fertig: indem sie so tut, als existierte Poppy nur an ihrem Geburtstag, zu Weihnachten und an ihrem Todestag. Dad ist an dem Schmerz zerbrochen. Ich glaube, es vergeht kein Tag, an dem er nicht weint. Ob abends vor dem Fernseher oder bei der Gartenarbeit. Immer wenn ihn die Erinnerung an seine tote Tochter übermannt, gibt es kein Halten mehr, beginnt er, hemmungslos zu schluchzen.

Ich gebe es zu. Noch Jahre später hasste ich Poppy. Sie hatte sich das angetan und es mir überlassen, die Scherben aufzusammeln, die sich nie wieder zu einem Ganzen fügen würden. Statt mich zu amüsieren und aufzubegehren, verbrachte ich meine Teenagerzeit damit, die perfekte Tochter zu spielen, meinen Eltern keine Sorgen zu bereiten, und doch war es nie genug.

Erst nachdem ich ihr Tagebuch gelesen hatte, wurde mir klar, dass ich etwas unternehmen musste.

Aber dass es so gut laufen würde, hätte ich mir niemals träumen lassen.

Ich berühre das Mohnblumen-Tattoo an meinem Handgelenk, ein ewiges Andenken an meine große Schwester. Jetzt habe ich auch das letzte Puzzleteil, das mir noch fehlte. Mein Notizblock liegt auf meinem Schoß. Zufrieden greife ich nach meinem Stift und streiche die Namen der vier Frauen durch. Dann blättere ich um.

Noch ein Name.

Noch ein Ziel.

Ob er je an Poppy denkt, das Mädchen, dem er das Leben stahl? Ob er sich je gefragt hat, wie es ihr wohl ging, nachdem er sein Studium begonnen hatte? Oder hat er an der Slade einfach ein neues Leben begonnen, ohne je wieder einen Blick zurückzuwerfen?

Tja. Bald wird jemand seinem Gedächtnis auf die Sprünge helfen.

Eine Lautsprecherdurchsage.

»Flug BA 2256 nach London Gatwick ist bereit zum Boarding. Alle Passagiere bitte zu Gate 6.«

Energisch klappe ich den Notizblock zu und verstaue ihn in der Seitentasche meines Rucksacks.

Ich bin fein raus.

Annabel wird für alles geradestehen, egal für wie clever und durchtrieben sie sich hält. Die Sache ist eine Nummer zu groß für sie.

Auf dem Weg zum Gate fällt mein Blick auf eine Familie, und einen Augenblick lang bleibt mir tatsächlich die Luft weg. Die Eltern sind abgelenkt, betrachten die Schaufensterauslagen der Flughafenläden, der Vater zieht zwei große Rollkoffer hinter sich her. Hinter ihnen zwei Mädchen mit Sommersprossen und braunem Haar, die sich zum Verwechseln ähnlich sehen und sich in einem fort kneifen und knuffen. Die Jüngere zieht eine Schnute, weil sie gegen die Ältere nicht ankommt. Doch just in dem Moment, als sie in Tränen auszubrechen droht, steckt die Größere den Arm aus, legt ihn der Kleineren zu meinem Erstaunen um die Schultern und zieht sie an sich.

Ich tupfe mir die Augen. Was sollen die Leute von mir denken, wenn ich scheinbar ohne Grund in Tränen ausbreche.

Schwestern müssen zusammenhalten.

Mag sein, dass diese Schlampen angefangen haben, aber ich habe es beendet.

Danksagung

Es gibt so viele, denen ich dafür danken möchte, dass sie mir geholfen haben, meinen Traum wahr zu machen.

Allen voran Helen Heller, die nicht nur die beste Literaturagentin der Welt ist, sondern mein Leben komplett verändert hat. Du hast so sehr an mich und dieses Buch geglaubt und mir so viele wertvolle Ratschläge gegeben. Danke für alles.

Sowie Saliann St-Clair, Katie James, Sarah McFadden und den Mitarbeitern der Marsh Agency. Und Joe Veltre von der Gersh Agency.

Dank auch meiner Lektorin Rachel Kahan, weil sie von Anfang an Feuer und Flamme war für dieses Buch und es überhaupt erst zu dem gemacht hat, was es heute ist. Du bist genial! Sowie dem fantastischen Team von William Morrow: Ariana Sinclair, Kim Lewis, Eliza Rosenberry, Kaitlin Harri, Olivia Lo Sardo und Ali Hinchcliffe, für alles, vom Korrektorat über das Cover bis zum Marketing – ihr seid phänomenal.

E. A. Aymar wurde über Pitch Wars mein Mentor, eine unvergessliche Erfahrung. Abgesehen von Freunden und Verwandten warst du der Erste, der mein Manuskript gelesen und auch noch für brauchbar befunden hat! Dank deiner Unterstützung und deinem Feedback entwickelte sich das Manuskript zu etwas, das ich guten Gewissens Agenturen anbieten konnte. Aber damit nicht genug – egal wie oft ich dich anrief oder mit Fragen löcherte, du warst immer für mich da. Mir ist noch nie jemand begegnet, der sich so selbstlos für den Erfolg anderer einsetzt und engagiert. Und wenn du der Meinung warst, dein Rat sei nicht genug (und ob er das war!), hast du mich mit anderen netten und hilfsbereiten Autoren zusammengebracht, denen ich ebenfalls danken möchte: Susi Holliday, Jennifer Hillier, Bruce Holsinger, Hannah McKinnon und Alex Segura.

Den anderen Pitch-Wars-Mentees – danke für eure Unterstützung! Besonders Kelly Mancaruso, die mit mir weint und lacht, wann immer mir der Sinn danach steht!

Freddie Valdosta, du hast eine sehr frühe Fassung gelesen und mir ein fantastisches Feedback gegeben. Und nicht nur das: Du bist der beste Freund, den man haben kann, und hast keine Sekunde daran gezweifelt, dass dieses Buch irgendwann das Licht der Welt erblicken würde.

Ein Danke auch an meine Eltern, die von Anfang an mich geglaubt haben. Seit ich ein kleines Mädchen war, habt ihr mich in meinem großen Traum bestärkt. Nicht nur habt ihr mir Hunderte (wenn nicht Tausende!) von Romanen gekauft und meinen ersten Schreibtisch in einem hinreißenden Pink lackiert, sondern mir obendrein Unmengen von Notizbüchern und Stiften geschenkt. Ohne euch wäre ich nicht da, wo ich heute bin. Ich hab's geschafft! Ebenso an meinen Bruder Lewis, dem besten älteren Bruder, den man sich nur wünschen kann. Obwohl er keine große Leseratte ist, hat er mich von Anfang bis Ende auf dieser Reise begleitet. Du weißt gar nicht, wie viel mir das bedeutet! (Am Erscheinungstag köpfen wir zusammen eine Flasche Champagner!) Und ein Dank an meinen wunderbaren alten Kater Toby, der beim Schreiben so oft auf meinem Schoß lag.

Alle meine Freunde und Verwandten standen von Anfang an

hinter mir. Ich hoffe, ihr wisst, wie sehr ich euch alle liebe und schätze.

Ebenso mein Lebensgefährte Joe, der sich nicht rührender um mich hätte kümmern können. Du hast unzählige Fassungen gelesen, mir bei der Figurenzeichnung wertvolle Tipps gegeben und mir nach so manchem langen Tag ein herrliches Schaumbad eingelassen. Du bist ein Schatz. Vielen, vielen Dank. Ohne dich gäbe es dieses Buch nicht.

Wenn du es gelesen hast – danke ich *dir*.

Und schließlich widme ich diesen Roman dem Andenken meiner Großmutter Marie Blackmore. Sie starb ein paar Tage, nachdem William Morrow *Sie hat angefangen* gekauft hatte, und ich bin überglücklich, dass sie das noch erleben durfte. Nichts verband uns so sehr wie die Liebe zu Büchern und zum Lesen, und sie hat immer daran geglaubt, dass ich das Zeug zur Schriftstellerin hatte. Ich hoffe, ich habe sie stolz gemacht. Danke, Granny. Ich hab dich lieb.